KB269098

달을 쫓는
스파이

달을 쫓는 스파이

방현희 장편소설

민음사

차 례

스파이의 키스는 달콤하다

깊은 어둠 속, 빛이 흐르는 하얀 기모노를 입은 여자가 나무 사이로 나타났다. 유난히 창백한 얼굴에 눈자위를 검게 칠한 여자는 커다란 눈망울을 이리저리 조심스럽게 돌려 주위를 살폈다. 바람도 없고 냄새도 없다. 여자는 눈으로 걷고 눈으로 움직였다. 주변은 깊은 어둠에 잠기고 여자만이 하얗게 도드라져 빛났다. 그녀의 게다 발이 머뭇거리다 마침내 한 걸음 내딛자 어디선가 나타난 남자가, 아니 남자의 손인 듯싶은 것이 그녀의 손을 휙 낚아챘다. 남자는 꽃잎을 떼어 내는 것처럼 여자의 기모노를 살며시 벗겼다.

여자는 고개를 잔뜩 외로 틀어서 뺨과 목덜미밖에 보이지 않았다. 옷을 내릴수록 하얀 목덜미 아래로 등이 점점 포실하게 드러났다. 치켜뜬 그녀의 눈 위로 벼 이삭이 일렁거렸다. 머리카락 색이 옅고 체격이 커다란 남자가 작은 여자를 거의 다 덮어 눌렀다. 그녀는 일렁이는 벼 이삭을 보고 있는 것처럼 고개를 쳐들고 있다가 어느 순간 미간을 찌푸리며 남자의 얼굴을 끌어당겨 입을 맞췄다. 남자가 깊숙한 곳에서 울리는 신음을 뱉자 벼 이삭이 온통 쏟아질 듯 출렁거렸다. 화면이 점차 어두워진다. 여자의 하얀 얼굴이 아주 서서히 어둠에 먹힌다.

현중은 영화를 보다 말다 하며 홍주를 마룻바닥에 눕히고 입을 크게 벌려 얼굴을 다 빨아 먹어 버릴 듯이 핥았다. 홍주는 영화 따위는 전혀 아랑곳하지 않고 그의 입술에 대답하고 있다. 그는 텔레비전에서 피아노 소리가 팅, 울리자 입술을 떼지 않고 눈길만 들었다.

어두운 홀, 한 남자가 커다란 그랜드 피아노 앞에 앉아 등을 잔뜩 구부린 채 악보를 들여다보며 건반을 하나하나 두드리고 있다. 홀 안은 텅 비어 있어 들뜬 마룻장만 선명하다. 창문이란 창문은 모두 두꺼운 커튼에 가려 있다. 가만 보니 커튼 끝자락 구석에 또 한 남자가 팔짱을 낀 채 턱을 당기고 서 있다. 멀리서도 그의 목선이 긴장되어 있는 것을 볼 수 있다. 땡, 라 음이 울린다. 댕, 도 음이 울린다. 팅, 시 음이 울린다. 반음으로 온음으로 4분의 1 음으로. 그렇게 맥락 없는 음이 계속 울린다.

화면이 둥글게 돌아 피아노 건너편에 앉아 있는 한 남자를 비춘다. 그 남자는 두 손으로 머리를 감싸고 등을 구부린 채 딱딱한 나무 의자에 앉아 있다. 지난밤 벼 이삭을 다 쓰러뜨린 남자다. 장교복을 입은 남자가 의자 뒤에서 피아노 쪽으로 걸어 나온다. 그 남자의 구둣발이 헐거운 마룻장을 콱 밟자 먼지가 부하게 일어난다.

의자에 앉은 남자만 서양인이고 나머지는 모두 왜소한 체격의 동양인이다. 자, 당신이 한번 연주해 보시지. 피아노로 다가온 장교복의 남자가 의자에 앉아 있던 남자에게 악보를 흔들며 나직이 지른다. 그리고 그는 몸을 직각으로 돌려 힘차게 걸어 홀을 나간다. 문밖에서 기다리던 기모노의 여자가 종종걸음으로 장교를 따라간다. 푸른 대나무 무늬가 그녀의 엉덩이에서 기우뚱거린다. 발보다 훨씬 작은 여자용 게다를 신은 버선 뒤꿈치에서 포화 같은 먼지가 피어오른다. 홀 안에 남아 있던 남자들이 천천히 의자로 다가온다. 일정한 형태의 음표에 알파벳을 하나씩 대응한 암호는 금방 파악되었다.

하얗게 바랜 자갈이 깔린 마당, 하얀 자갈만큼 날 선 태양이 내리쬐는 정오. 독일의 언론인이었던 스파이 조르게는 제이차세계대전 막바지, 도쿄 구치소에서 처형되었다.

그들은 영화를 보다 말다 하며 영화보다 키스에 더 열중했다. 그렇다 해도 영화에 관해서 한마디쯤 안 할 수 없다. 스파이는 스파이에게 당한다니까. 하나 마나 한 말을 홍주의 입술 사이로 밀어 넣듯 중얼거리고는 또다시 입술을 빨았다. 홍주의 윗입술엔 벌써 보라색 수포가 생겨 버렸다. 입술이 부르튼 거 같아요. 홍주는 혀를 내밀어 수포를 핥다가 그의 입술과 혀를 핥고 뺨을 거쳐 그의 눈을 빨았다. 그가 숨을 훅 불어넣었다. 밀려 들어온 그의 숨이 귓속까지 차오르자 그녀는 아득해졌다.

그녀를 품에 안고 나니 그는 이제야 좀 쉬는 것 같았다. 인생의 피로가 몰려올 때마다 네가 그리웠어, 라고 말하고 싶었지만 그는 들릴락 말락 하게 보고 싶었어, 라고만 여러 번 말한다. 어디로 숨어 다녔기에 찾을 수가 없었냐고 묻기도 했다. 홍주는, 부산에도 있었고 청주에도 있었고 또…… 글쎄 오래됐잖아요, 라고 대답했다.

그는 궁금한 게 많았지만 다 물어볼 수 없었다. 궁금한 것은 그녀가 더욱 많을 터였으니까. 왜 그때 그렇게 나를 버렸느냐고, 그녀가 물어야 했으니까. 그녀가 아무것도 묻지 않아서 그는 죄책감과 뻔뻔함과 넘치는 애정을 동시에 느끼며 그녀에게 키스를 퍼부었다.

창밖은 엔딩 자막이 올라가는 영화 끝처럼 어두워지고 유리창에는 그들의 움직임이 어릿어릿 비쳤다. 유리창을 언뜻 돌아본 현중은 아직 식지 않은 홍주의 젖가슴을 물고 몸을 일으켰다. 그런 자세로 사흘 동안 욕실에도 가고 침실에도 가곤 했다. 커튼을 내려야겠어. 2층이라 문을 활짝 열어 놓는다 한들 아무도 들여다볼 수 없을 테지만 그는 홍주가 와 있는 동안 저녁이 되기 무섭게 커튼을 내렸다. 그녀도 젖꼭지를 떼이지 않을 양으로 그를 따라 몸을 일으켰다. 그녀는 몸의 균형을 잡기 위해 팔을 뒤로 뻗어 더듬더듬 벽을 짚었다. 소파 때문에 벽이 짚이지 않아 몸이 뒤로 젖혀진 그녀가 소파에 벌렁 뒤집어지려 할 때 그는 그녀의 등을 감싸 안았다. 그녀의 젖가슴께로 머리를 숙인 채 커튼을 내리고 다시 더듬더듬 소파에 걸터앉았다.

아쉽지만 그는 젖가슴을 놓고 리모컨을 누르며 바지를 주워 들었다. 뉴스 화면이 열리자마자 여자 앵커의 높은 목소리가 귓바퀴 안으로 날카롭게 파고들었다.

"만주 지역 광개토왕릉의 벽화로 추정되는 작품이 도굴당한 뒤, 확인되지 않은 경로로 고구려박물관에 소장된 것으로 밝혀졌습니다. 이를 확인한 중국 당국은 벽화 네 점과 같은 고분에서 도굴된 것으로 보이는 와당 세 점을 반환하라는 요청을 해 왔습니다."

현중은 바지를 꿰다 말고 뉴스 화면에 눈을 들이댔다. 앵커 옆 작은 창에 희미하게 찍힌 사진이 이내 화면 하나 가득 커다랗게 잡혔다. 그의 가슴은 순간 크게 한 번 뛰고 멈추는 듯싶었다. 뒤늦게 조르게를 처형하는 총소리가 울리고 방 안 가득 화약 냄새가 번졌다. 그는 화약 냄새를 피해 별안간 멀고먼 중국의 벌판을 벌거벗은 채 달렸다. 나무 하나 없이 다 타 버린 수풀만 황량한 벌판, 검불이 온몸을 할퀴었지만 벗은 몸 하나 숨길 데라곤 보이지 않았다. 이럴 땐 하다못해 땅이라도 쩍 갈라지거나 벼랑이라도 나타나 몸을 던질 수 있다면 좋으련만. 그는 벌거벗은 몸을 가릴 바지를 꿰지 못한 채 엉거주춤 화면에 못 박히고 말았다.

"당국은 도굴품이 박물관에 소장된 동기를 확인하기 위해 자체 조사에 들어갔습니다."

화면에는 벽화 조각 네 점이 연이어 비쳤다. 차일을 친 높은 가마와 그 앞뒤로 늘어선 길디긴 행렬이 화면을 가득 메웠다. 신분 높은 자의 행차임을 한눈에 알아보고 연구원들 모두 얼마나 환호했던지! 그가 떨리는 눈을 들어 다시 화면을 바라보니 이제는 벽화가 있던 방의 천장을 덮고 있던 커다란 기와를 차례로 보여 주고 있었다. 흙먼지 두꺼운 어두컴컴한 무덤 속에서 처음 그것들을 보았을 때처럼 가슴이 뛰었다.

일본식 처형은 언제나 순간적으로 사람을 얼어붙게 만든다. 조르게는 스무 발의 총탄을 목에 맞았다. 눈부시게 빛나는 하얀 자갈에 쏟아진 피는 도로 튕겨서 점점이 날아올랐다. 튀어 오르는 선혈 사이로 목이 덜렁거리는 사체가 툭 넘어진다. 핏방울은 이내 자갈 속으로 스며들지 않는다. 한참 동안 핏방울은 천지 사이에서 제멋대로 날아다닌다. 그는 제 얼굴에 그 핏방울이 끼얹히는 것만 같았다. 그리고 제 목이 뎅겅 잘려 나간 듯 통증이 느껴졌다. 두 손으로 목덜미를 콱 움켜쥐었다.

이제 카메라는 출품된 벽화 조각과 예전에 촬영해 둔 사진 자료 원본을 훑고 있었다. 그는 바지를 입다 말고, 허리를 구부정하게 구부린 채, 한쪽 다리를 막 들고서, 어찌할 바를 몰랐다.

저 벽화 조각이 왜, 어떻게 박물관으로 오게 되었을까. 그 물건들이 일본인에게 넘어갔다는 말을 들었을 때 그는 며칠 동안 고통을 받았다. 암시장을 통해 저걸 사 간 일본인 수집가가 도산이라도 한 것일까. 도산하면서 소중히 여기던 물건을 내다 팔았을까. 아니면 남몰래 가지고 있다가 어느 순간 마음이 돌변해서 우리나라에 기증한 것일까. 기증자의 이름이 남아 있으면 역추적하는 것은 시간문제일 텐데. 그는 9년 전 일을 지우고 싶어 눈을 꼭 감고 도리질을 했다. 홍주도 저건, 혹시 예전에…… 라고 더듬거리더니 무언가 심상찮은 기색을 느꼈는지 조심스럽게 일어나 주방으로 갔다.

발굴 당시 채색된 도료는 물론 인물들의 표정마저 생생하게 남아 있어 고미술사 연구에 더할 나위 없이 완벽한 벽화였다. 이 인물의 신분이 밝혀지면 누구의 무덤인지 규명되는, 환호하지 않을 수 없는 자료였다. 그리고 천장과 벽화 사이에 얹혀 있던 와당들은 단순히 부장품인지 죽은 자를 보호하는 벽사 기능으로써 사용된 것인지 연구해야 했다. 벽사로서의 와당은 그것을 무덤에 사용한 자의 신분을 밝히는 증거가 될 수 있었다. 그것을 밝히는 것은 너무나 욕심나는 일이었다. 그 눈먼 욕심이 그를 잡아 넘어뜨리려 9년 만에 부메랑으로 돌아왔는가.

며칠 전 도난당한 문화재가 옥션의 경매 도록에 버젓이 오른 일이 있었다. 경매에 오르자마자 경찰에서 원소유자를 추적하느라 경매 물품에서 취소되었던 「팔상도」가 광개토왕릉 벽화 위로 겹쳐졌다. 연구원들끼리 나누는 말에 의하면 「팔상도」는 도난당한 지 얼마 되지 않아 시장에 나왔기 때문에 추적에 추적을 거듭하면 곧 장물아비가 밝혀질 것이라고들 했다. 그러나 장물아비가 밝혀지더라도 마지막 소유주가 선의의 취득을 강조하면 법 처리를 할 수 없는 게 현실이기는 했다.

뉴스는 이미 다른 상황을 전하고 있었지만 그는 움직이지 못했다. 홍주는 시원한 녹차를 만들어 와서 그에게 건네주고 엉거주춤 서 있는 그의 바지 자락을 추어올려 주었다. 바지 단추를 채우느라 꼼지락거리는 홍주에게서 일랑일랑 향이 풍겼다. 그는 괜히 성질을 부렸다. 넌 아직도 일랑일랑 쓰니? 그녀는 아무런 표정도 없이 그를 올려다보았다. 그는 신경질적으로 코를 비볐다. 머리 냄새였나. 그녀는 유난히 머리 냄새가 좋은 여자니까 그럴 만도 하지. 그래도 그녀 생각을 하면 언제나 코끝을 스치는 열대의 향기는 그녀와 함께 보낸 시간과 그 뒤를 이어 돌이킬 수 없이 큰 실수를 저지른 시간이 따라붙기 때문이겠지.

오랜 세월이 흘러도 사람을 꼭 그 자리에 매달아 두는 그런 시간이 있다. 꼼짝없이 과거에 나포당한 순간, 긴 시간 속 어느 지점, 껍질 벗겨진 채 매달린 맨살의 거대한 황소를 처음 보았을 때처럼 원치 않아도 잊지 못하는 그런 순간이 있다. 그래서 순간은 간혹 헤아릴 수 없이 긴 세월을 품고 있기도 하다.

그는 자기도 모르게 홍주를 살짝 떼밀었다. 그럼으로써 그가 대롱대롱 매달려 있던 그 시간으로부터 벗어날 수 있다는 듯이. 맥주를 마셔야겠어. 그는 녹차가 담긴 머그잔을 도로 홍주의 손에 들려주고 맥주를 가지러 갔다. 그는 아주 좋지 않은 예감을 느꼈다. 하필, 지금, 홍주를 다시 만난 지 며칠 되지도 않은 이 시점에. 아무리 도리질을 해도 9년 전 만주 지역 광개토왕릉으로 추정되는 고분을 발굴하던 그 여름과 홍주를 처음 만났던 일이 자꾸 떠올랐다. 그는 맥주를 연거푸 들이켰다. 맥주 여덟 캔을 따 마시고 나서야 그는 비로소 잠이 들었다.

아침의 왕 게임

회의실 안은 몇몇이 서서 나누는 애기 소리로 소란스러웠다. 널 따란 연회색 탁자 위에 포스터가 몇 장 도르르 말린 채 놓여 있었다. 현중이 넘긴 시안이었다. 그런데 그게 벌써 나왔고 누군가 이미 펼쳐 본 모양이었다. 그는 자기가 보기도 전에 어떻게 포스터가 여기 펼쳐져 있나, 어리둥절해하면서 누구든 눈이 마주칠 만한 사람을 찾아 주변을 둘러보았다. 그때 승기가 회의실 문을 열고 발을 먼저 턱 끼워 넣더니 몸으로 문을 밀고 들어왔다. 승기는 가슴을 잔뜩 내밀어 양팔 위에 가득 쌓인 포스터 뭉치를 지탱한 채 잘도 걸어왔다. 그와 눈이 마주친 승기의 입술 양 끝이 말려 올라가 있었다.

승기는 포스터를 탁자 위에 던지듯이 사납게 부려 놓았다. 두루마리들이 떼구루루 굴러 흩어졌다. 그 겨를에 탁자 끝에 놓여 있던 커피가 쏟아져 버렸다. 중서가 뭐야, 이거, 하며 눈초리를 세울 때 실장이 막 들어왔다. 회의를 시작해야 했다. 그러나 커피를 쏟아서 기분이 상한 중서는 여전히 툴툴거리며 화장지로 탁자를 닦았고, 현중은 굴러다니는 포스터를 한 뭉치 집어 들고 이게 무슨 짓이냐 며 승기에게 눈을 치켜떴다. 승기 또한 맹랑한 눈빛으로 그것 한번 보시죠, 하는 표정으로 턱짓을 했다. 그는 시안을 펼쳤다.

"만화 같지 않습니까? 게다가 선들의 경계가 다 무너졌고요."

무엇이 잘못됐는지 제대로 훑어보기도 전에 승기가 빈정대듯이 말했다. 그는 흐릿한 카키색 바탕과 만화 같다는 글씨체를 살펴보 았다. 바탕 위에 얹힌 와당들도 왜 이리 고만고만하게 작고 조잡한 지 스스로 부끄러워졌다. 그러나 선배에게 하는 말버릇이라니. 그 는 무안함을 선배의 권위로 막아 보려고 했다.

"이건 시안이야, 시안이라고. 다른 것도 몇 장 함께 보냈고, 오케 이 사인도 안 보냈는데 왜 이걸로 다 뽑아 놨지?"

그는 상황 자체가 이해되지 않았다. 샘플이 왔어야 하는 거 아닌 가. 이거, 예산 낭비했다고 말깨나 듣겠는걸, 그 걱정부터 들었다.

"이거 하나 달랑 보냈다던데요."

그는 얼른 대꾸할 말이 생각나지 않았다. 그러고 보니 정말 자기 가 시안을 하나밖에 보내지 않은 게 아닌가 싶기도 했다. 요즘 몇 가지 사건이 겹쳐 정신이 너무 없었던 걸 돌이켜보면 그럴 만도 했 다. 고미술 전공인 승기는 원체 다른 사람이 작업한 포스터나 패널, 심지어 초청장에 대해서까지 인색하게 구는 사람이니 그러려니 하 겠지만 이렇게 많은 사람들 앞에서 당하고 보니 기분이 확 구겨졌 다. 그렇게 잘하면 네가 다 알아서 해라, 하고 던져 주고 싶지만 그 럴 수도 없었다. 때로는 맡은 일의 양이 맡은 일의 무게보다 더 중요한 경우가 있으니까. 역할 분담은 말이 역할 분담이지 서로 폼 나게 드러나는 부분을 차지하려고 싸우는 것에 지나지 않았다. 그도 잘 알고 있었다. 별거 아닌 포스터만 해도 승기가 작업했다면 눈길을 끄는 그림이 되었을 것이라는 걸. 그는 그냥 내가 참는다는 표정으로 기선을 제압하려 아무 말 없이 노려보기만 했다. 무슨 일인가 하고 두 사람의 신경전을 지켜보던 실장이 마침맞게 끼어들었다.

"그거야 다시 하면 되는 거고, 일단 앉읍시다."

실장이 두 손을 활짝 펴 내리누르는 시늉을 했다.

"와당전 준비 잘 되고 있나요?"

실장의 한마디에 다들 털썩 엉덩이를 내려놓았다. 지난번 특별전 결정 회의 때 파일을 준비해 왔던 진우와 승기, 중서, 그리고 다른 몇몇들 앞에 돌려받은 파일이 놓여 있었다. 그 파일들은 삼사분기 특별전을 앞두고 각자 관심 있는 분야의 자료를 모아 나름대로 준비한 과정이 고스란히 담긴 것이었다. 진우는 고문서 관련 유물 전시회를 열고 싶어 했고, 승기는 전공인 고미술 전시를 강하게 추진했다. 그는 와당전을 준비했는데, 그와 승기가 유독 준비를 철저히 한 편이어서 진우는 일찌감치 백기를 들었다. 승기는 일사분기에 현중이 원하는 전시를 큰 이견 없이 열었기 때문에 이번만큼은 자신이 연구한 고미술의 넓고 다양한 세계를 보여 주고 싶었던 것 같았다. 그래서 마지막 순간 와당전으로 결정이 날 듯하자 빈정거리는 낯빛을 하고 손바닥을 들어 보였다.

그러더니 저런 치졸한 짓을 다 하는군. 좀 전에 회의실 들어올 때 표정이며 행동이며, 그리 표낼 게 뭐야. 게다가 치사하게 그까짓 포스터 하나 가지고 걸고넘어지는 꼴이라니. 그는 포스터 사건에는 전혀 개의치 않는다는 듯 딴청 부리며 중서와 잠깐 귓속말을 주고받았다. 중서는 다음번 특별전에는 자신이 준비하고 있는 터키 관련 전시를 하고자 했다. 그는 큰일이 없는 한 그렇게 될 거라고 귀띔해 주었다. 물론 중서는 일찌감치 그의 와당전을 거들고 나섰다.

사실 말이지 이까짓 포스터쯤이야 아무리 문제 삼아도 상관없었다. 회의가 끝나고 나서 연구원들 사이에 오갈 말들에 더 신경 쓰였다. 혹시라도 어제 광개토왕릉 도굴품에 관한 뉴스를 본 사람은 없을까. 그는 다른 연구원들이 눈치 채지 않도록 힐끔힐끔 표정들을 살폈다.

그 연구팀에 그가 끼어 있었다는 것을 기억할 사람이 많을 텐데 말이다. 대작업이어서 중국 측에서도 두세 팀이 참가했고 우리 측에서도 기관과 대학을 비롯해서 한다 하는 사람이 수십 명 참가했기 때문에 딱히 그 누구에게 혐의를 두지는 않겠지만 무수한 말들이 오고 가지 않겠는가 싶어서였다. 물론 연구를 마치고 덮은 무덤이 도굴되는 것이야 비일비재한 일이고, 당연히 도굴꾼들의 소행으로 여길 이들이 많을 것이라 생각했다. 설마 누가 그의 소행이라고 생각하랴. 하지만 연구원들 사이에서 떠돌 얘기는 안 듣느니만 못할 것 같았다. 그래서인지 차라리 특별전에 관련된 마찰이 더 자주 일어나는 편이 낫겠다는 생각까지 들었다.

"개인 소장품 확보가 가장 큰일인데, 현중 씨가 맡아 하시고, 중앙박물관에서 빌려 오는 것은 이중서 씨가 맡으세요."

가장 중요한 일을 그에게 맡긴다는 말은 언제 들어도 고무적이다. 그러나 개인 소장품이라면 얘기가 좀 달라진다. 그는 누가 어떤 물건을 소장하고 있는지 재빨리 머릿속을 뒤졌다. 김경재처럼 소장 목록을 금세라도 줄줄 읊어 낼 수 있다면 좋으련만. 그러면 명호건설 회장님을 먼저 만나 뵙지요, 라든가 삼중기업 회장님 만나기가 더 빠를 텐데요, 라든가 해서 알은척을 좀 할 텐데 얼른 떠오르는 소장자가 없었다. 김경재가 없으니 일이 영 팍팍하다는 생각이 들게 하면 안 되는데, 싫었지만 하는 수 없었다. 그의 막막한 속사정은 아랑곳없이 실장은 일을 나눠 주기 바빴다.

"설명회도 현중 씨가 맡고. 보존실, 응 그래, 당신. 보존실 관리 철저히 하시고. 보존 처리 끝난 것만 내보내시고, 잘 아시죠? 그리고 말이죠. 관람객 확보하는 데 최선을 다해 주세요."

그때까지 포스터를 만지작거리던 승기가 두루마리 양 끝을 손바닥으로 둥글게 돌리면서 나섰다. 그는 포스터가 승기의 손안에서 빙글빙글 돌며 오르락내리락할 때마다 쏘아보았다. 저 녀석, 특별전이 통과될 때 조용했던 게 사사건건 걸고넘어지겠다는 뜻이었군, 저걸 떨어뜨리면 정말 한판 붙어야지, 하며 속으로 겨누었다. 그러고 보니 그 누구에겐지 모를 적대감이 치솟는 걸 느꼈다. 이건 아니지 싶으면서도 무언가 부당하다는 생각까지 드는 걸 보니 스스로 헛웃음이 나오기도 했다. 이런 걸 두고 적반하장이니, 똥 뀐 놈이 성낸다느니 하는 거겠지. 승기는 웃음 띤 얼굴로 의견을 냈다.

"현장 체험 코스를 넣는 게 어떨까요? 발굴하는 재미도 주고 모형도 만들어 보고. 학생들과 학부모들은 좋아할 거 같은데요."

실장은 펜을 끼운 손가락으로 승기를 가리키며 고개부터 끄덕거렸다.

"그것도 좋겠어요. 자세한 것은 승기 씨가 진행하시고."

그는 슬그머니 딴죽을 걸었다.

"장소가 협소해서 시늉만으로 끝내려면 안 하느니만 못할 텐데. 나중에 항의문 들어와요."

말을 꺼낸 시점이 요상하게 맞아떨어져서 그렇지 꼭 반대하기 위해 한 말은 아니었다. 어쨌든 많은 사람들이 함께 체험하기 위해서는 먼저 널찍한 장소가 관건인 것은 사실이었다. 생색내기에 불과한 행사라면 안 하는 게 나을 정도로 요즘엔 민원이 많아졌다. 변명을 할 겨를도 갖지 못하고 내심 켕겨 하면서 그나마 나직하게 한 말인데 누군가 파일을 거칠게 넘겼다. 파일 내용을 보려고 넘기는 게 아니라는 걸 그 소리만으로도 충분히 알 수 있었다. 승기도 목소리를 약간 낮췄다. 물론 잔뜩 으름장 놓는 말투라는 걸 누구라도 알 수 있게.

"장소야 박물관 뜰에 가마터 있잖습니까? 그 옆에서 하면 되죠. 별걸 다 트집이십니다."

그를 향해 옆으로 추켜올린 승기의 얼굴을 보는 순간, 승기와의 오랜 악연이 구차하다는 생각이 들었다. 이젠 이런 시시한 일에서까지 부딪쳐야 한다니. 이제 그만 내가 물러나자는 마음도 들었다. 그는 그냥 고개를 끄덕여 줬다. 걱정이 안 되는 건 아니었다. 승기의 계획은 쉽잖아 보였다. 전시실 로비에서 설명회를 하고, 전시실 다 둘러보고 밖으로 나가 100미터를 걸어가서 발굴 체험을 하라면 참여할 사람이 몇이나 될까, 이 더위에.

승기는 회의실을 나가면서 포스터 뭉치를 안고 있는 그를 바로 뒤에 두고 일부러 그러는지 문을 잡아당겨 탁 닫고 나가 버렸다. 겨우 가라앉힌 화가 다시 꼭지로 밀려 올라왔다. 중서가 등을 다독거리며 문을 열어 주고는 한마디 거들었다.

"뭘 믿고 저러시나."

학예관 하나가 목청을 잔뜩 낮춰 따끔하게 지르고 지나갔다.

"좋게 좋게 하시지, 두 분 좀 심하십니다."

현중은 포스터 뭉치 사이로 힐긋 쏘아봤지만 달리 할 말이 없어 입술에 침만 발랐다. 승기가 고까운 감정을 감추려고 하지 않은 지는 오래되었다. 하지만 제법 사이가 좋았던 몇몇 연구원들로부터도 무엇 때문인지 언제부턴지 데면데면한 분위기를 넘어서 냉담함마저 느끼게 되었다. 그걸 알고부터는 기분이 영 껄끄러워졌다.

그는 그를 밀어붙이고, 이끌고, 주저앉히는 무언지 모를 힘들을 생각했다. 연구실의 제 자리를 향해 걷는 사람들에게서 그 힘들의 팽팽한 기운을 느끼자 두 팔 가득 얹혀 있던 포스터 뭉치가 무너지기 시작했다. 앞서 가던 사람들의 뒤꿈치를 갈기며 포스터들이 좌악 흩어져 굴러갔다. 그로부터 빠져나가는 것이 비단 포스터만은 아닌 것 같았다. 인생의 피로가 어깨를 짓눌렀다.

발치에 내동댕이쳐진 포스터 뭉치들을 내려다보며 특별전은 특별할 게 없어, 라고 중얼거렸다. 누군가 일부러 그를 골탕 먹이려고 시안을 완성품으로 내보냈다고 해도 그까짓 것쯤 그냥 넘어가 줄 수도 있다. 그러니 무거운 마음은 승기와의 사소한 기 싸움 때문만은 아닌 것이다. 다행히 연구실로 들어갈 때까지 누구도 도굴된 벽화 사건은 입에 올리지 않았다. 당연히 학계는 벌집을 쑤셔 놓은 듯 난리가 나겠지만 어쨌거나 내 앞에서만 조용하면 된다는 심정이었다.

장인에게서도 득달같이 전화가 걸려 오겠지. 장인이나 처남이나 모든 것을 다 알고 있는데 어떻게 대응해야 한단 말인가. 처남인 경재에게 먼저 상의를 하는 게 좋을까, 그쪽의 반응을 지켜보고 대응하는 게 나을까. 아직 그를 자기들 편이라고 생각하고 있을까. 딸과 헤어져 산 지 5년이 넘는 사위를 아직도 한 가족이라고 여길까. 머릿속이 어수선하기 그지없었다. 무슨 일이든 면밀하게 지켜보는 쪽이 주도권을 쥐게 되어 있으니, 우선은 몸을 사리는 게 최선일 듯싶었다.

그는 불안한 마음을 억누르려 애쓰며 특별전에 내놓을 물건 목록을 작성하기 시작했다. 역시나 개인 소장품을 유치하는 것은 누군가의 도움을 받아야 할 것 같아서 하던 일을 멈추고 한숨을 길게 내쉬었다. 특별전 준비는 아직 시간이 있었다.

슬픈 첩자

현중은 막 시작한 개인 작업의 자료를 보충하기 위해 실장 방으로 가서 무질서하게 쌓인 책들을 뒤적였다. 실장은 하루에도 몇 권씩 들어오는 홍보용 책자와 연구 자료, 논문집들을 이제 더 이상 깔끔하게 분류하지 않고 연구서들 위에 대강 쌓아 두었다. 실장의 책상 두 쪽과 티 테이블 하나와 의자 세 개가 있는 곳으로 가려면 마치 최소한의 구멍을 뚫어 놓은 고분에 들어가는 기분이 들 정도로 몸을 옹송그려야만 했다. 그는 책들이 무너져 내리지 않게 조심하면서 『일본서기』와 『고사기』를 겨우 찾아내 자리로 돌아왔다.

그는 삼국시대 첩자에 관한 연구를 하고 있었다. 작업을 시작하면서 곰곰이 생각했다. 왜 하필 첩자를 택했을까. 올봄, 그는 테마를 정하기 위해 작업 노트를 여러 번 넘겨 보았다. 거기에는 그가 그동안 연구하고 공부하면서 간간이 떠오른 의문들을 적어 놓거나 언젠가는 제대로 한번 파헤쳐 보고 싶은 것들을 견출지를 붙여 가며 표시해 둔 게 있었다. 다른 연구를 하며 딸려 온 자료들과 원전, 관련 문헌들을 적어 두어서 그것만으로도 이미 상당한 양이 되는 것들도 있었다.

흥미를 붙잡는 목록이 몇 가지 눈에 띄었다. 삼국시대 첩자, 대륙을 넘나든 연개소문, 벽사 부장품으로서의 와당. 그중 와당에 관해서는 그의 전공이니만큼 언제든지 전시와 세미나를 통해 기회가 있을 거라 생각해서 젖혀 두었고 연개소문에 관해서는 연구 자료가 방대해서 조금 더 시간이 필요했다.

이 핑계 저 핑계 대면서 첩자를 찍었지만 보다 확실한 목적도 있었다. 논문은 아니지만 역사상 실재했던 이 분야의 연구물이 거의 없는 까닭에 발표를 하면 눈길을 끌 수 있을 것 같았다. 첩자라면 가벼운 흥밋거리로나 알고 싶어 할 뿐, 그 속사정이야 짐짓 모른 척하고 싶은 게 사람 심사일 것이다.

미 국방부 기밀 자료를 우리나라 군에 넘겨준 죄로 체포된 로버트 김 사건만 해도 애국자니 뭐니 떠들썩하다가 정작 국민들의 도움이 필요할 때는 다들 나 몰라라 했지 않은가. 대북 공작원이니 첩보원이니 하는 사람들의 명예를 회복시켜 달라는 문제가 터져도 국민들은 모르쇠로 일관하지 않았던가.

그런 생각을 하다 보니 그는 오래전부터 첩자에 마음을 두고 있었던 것을 깨달았다. 인간살이가 어쩌면 그렇게 어수선하고 아슬아슬하고 불안한지 모르겠다는 생각이 깊어졌다. 한없이 쓸쓸해져 창밖을 넘겨다보았지만 그곳에는 뜨거운 햇살이 쏟아질 뿐이었다. 더욱 고립된 느낌이 든 그는 그 누구라도 자신과 같은 이를 만나면 마음을 다 줄 것 같은 심정이 되었다. 누가 있을까. 남의 비밀을 염탐하면서도 항상 제 뒤가 켕기는 사람은……. 괜히 칸막이에 둘러싸인 남의 책상을 건너다보고 뜨거운 햇살 너머 먼 곳을 바라다보았다.

착잡해져 가는 기분을 애써 추스르려 자리를 고쳐 앉고 머리를 털었다. 작업을 하기 위해 모아 놓은 자료와 새로 찾은 책을 펼치며 얼른 몇 쪽만 쓰고 일어나야지, 하며 컴퓨터를 켰다.

타인의 삶을 엿보는 자, 타인의 기밀을 빼내려는 자. 어쩌면 그들에게 첩보에 따른 보답 따위는 아무것도 아닌지 모른다. 매와 같은 눈으로 대상을 고르고, 술수를 쓰고, 표적이 걸려들기를 기다리는 데서 죽음과도 맞바꿀 수 있는 쾌감을 누릴 것이다. 그들만큼 아슬아슬하고 위태위태한 삶을 살아가는 자가 또 있을까. 그는 '제2장, 생간(生間) 도림'이라고 소제목을 붙이고 키보드에서 손을 뗐다. 뜨거운 여름 해가 얹힌 왼쪽 팔이 나른해졌다. 팔보다도 머리가 서서히 녹아내리는 듯했지만 몇 줄만 더 쓰기로 한다.

첩자에게 필요한 덕목은 정세를 판단하는 능력, 보고 들은 것을 면밀히 복원할 수 있는 기억력, 정보를 입수하기 위해 여러 사람을 사귀고 그들의 신뢰를 얻을 수 있는 친화력, 그리고 또 무엇이 있을까. 그는 쉬 떠오르지 않는 덕목을 하나하나 되짚어 나가다가 문득 그들이 겪을 법한 감정들로 미끄러져 갔다. 정처를 두지 않는 생활, 그리하여 갖게 될 극단의 외로움. 스스로 불러내거나 누군가에 의해서 불려 나와 자신의 삶과 상관없이 사용되는 영혼, 그리하여 끝이 보이지 않는, 끝이 보이지 않는……. 무언가 얼른 뱉어지지 않고 입안에서만 맴돌았다.

끝없이 반복되는 여행. 썩 마음에 들지는 않지만 어쨌든 문장은 끝맺고 봐야 했다. 그는 등받이에 몸을 털썩 던지고 무심한 표정으로 마지막 문장을 바라보다가 본문과 상관없이 곁길로 샌 몇 문장을 삭제 키를 눌러 지웠다. 그리고 첩자가 지녀야 할 덕목으로 다시 돌아왔다. 자신의 목적을 입으로 발설하지 않는 과묵성, 행동으로 자신의 정체를 드러내지 않는 신중성, 그리고 궁극적으로는 나라를 위한 애국심. 그는 마지막 항목은 뺄까 망설였다. 애국심이 끝없이 반복되는 여행을 택하게 할까. 낯선 땅 어느 벼랑에서 죽음을 맞을지 모르는 생을 버티게 할까. 유목민의 영혼을 지니고 태어난 자라 할지라도 쉽지는 않을 것이다. 해가 더욱 뜨겁게 팔에 내리쬐었다.

그는 자료로 쓰기 위해 뽑아 놓은 원고 뭉치에 무거운 손을 턱 떨어뜨렸다. 봄부터 준비하기 시작해서 한여름에 이르렀지만 원고를 쓰기 시작한 건 며칠 되지 않았다. 늦어도 10월까지는 마쳐야 했다. 승진에 결정적인 역할을 할 연구 실적을 제출하는 기간이었다. 게다가 올 사사분기에 진급 심사가 있을 거라는 정보가 돌았으니 차례가 된 그로서는 시간을 아끼고 또 아껴야 했다. 요 며칠 동안은 특별전 자료 준비로 근무 시간을 넘겨 일하는 경우가 태반이어서 개인 작업은 대부분 약속 없는 저녁 시간이나 주말을 이용해야 했다. 특별전이 결정 나고서야 간신히 시간을 좀 낼 수 있었다.

그는 삼국시대에 중국과 일본을 오가며 맹활약을 펼친 첩자들에 대한 연구를 하고 있었다. 전쟁을 일상처럼 치르는 사내들이 살아온 역사 이래 첩자가 없던 시기는 없을 것이다. 아니 사내가 생겨난 이래, 라고 말하는 편이 훨씬 정확하리라. 삼국시대로 한정한 것은 한반도 안에서 세 나라가 각축을 벌이고 있었고, 그 삼국이 중국, 일본과 아주 긴밀하게 동조하고 분열하던 시기여서 어느 때보다도 첩자들이 뛰어다닐 여지가 많았을 것이기 때문이었다. 한반도의 춘추전국시대라 할 시기에 이름을 바꾸고 신분을 바꿔 자유로이 동아시아 대륙을 넘나든 사내들이 마음을 쏙 끌었다. 그런 것들이 가능했던 시대가 또한 그립기도 했다.

정보를 선택하는 능력, 상황 변화에 따른 이득의 변동, 그것들을 과민하게 포착하는 능력. 언제부턴가 이런 능력을 갖춘 이가 자기 주변에도 있을 것이란 생각이 들었다. 그렇게 생각해서인지 실제로 그런 기미가 느껴지기도 했다. 내가 너무 과민한 걸까. 그는 태평하고 싶었다. 실제로 태평하지 않다 해도 그렇게 보이고 싶었다.

작업을 마치기 전에 그는 인터넷으로 뉴스를 검색했다. '장물이 버젓이 박물관에'라는 제목으로 뉴스가 떠 있었고, 그 아래에는 누군가의 블로그가 올라와 있었다. '중국의 문화재 반환 요청, 동북공정의 일환인가.'라는 글의 내용은 그다지 치밀하지 못한 추정 아래 이 사건은 동북공정의 일환이 분명하니 절대 반환해서는 안 된다는 게 요지였다. 댓글들도 몇 개 붙어 있었다. 광개토왕릉이 어느 국가 소유인가 분명히 하자, 돌려주면 매국노다, 중국 땅에 있으니 중국 것이다, 등의 글들이었다. 논쟁이 심한 것은 아니어서 그는 컴퓨터를 껐다.

해가 많이 누웠다. 전시실 건물을 타고 넘는 석양을 보며 그는 책상 위의 자료와 새로 찾은 책들을 주섬주섬 챙겼다.

길거리에 하얀 분필로 그림이 그려져 있었다. 낮 동안 놀던 아이들이 그린 것인가. 분필 자국이 아직 또렷했다. 중절모자를 쓴 여자였는데 다시 보니 각 부분에 숫자가 적혀 있었다. 모자 윗부분에 1자가, 모자챙은 두 칸으로 나뉘어 2와 3이, 4자 모양이 옆얼굴에, 그보다 좀 작게 그려 놓은 목 부위에는 5자가, 양 가슴에 6과 7이, 배에는 8이, 치마에는 9와 10이 쓰여 있었다. 각 부분의 숫자에는 주위를 가득 채운 작은 숫자들, 동그라미, 해와 달, 구름이 보였다.

그는 어제 본, 화면에 가득 찼던 조르게의 암호를 떠올렸다. 이건 모두 암호들이다. 중절모자를 쓴 여자나 음표, 동그라미나 숫자들은 어쨌든 함께 사용하는 자들이 공유하는 암호였다. 입술에, 콧잔등에, 앞가슴에 숨긴 암호들. 난수표, CDMA 방식의 암호들. 또다시 화약 냄새가 그의 속을 뒤집었다. 그림을 지나치자마자 뒤를 돌아보니 여자의 모습이 한눈에 들어왔다. 이건 어린 여자 애들이 주로 하는 사방치기가 아닌가. 아니면, 사방치기를 가장한 암호이거나. 예전에는 그저 네모반듯하게 그렸던 것을 중절모를 쓴 여자로 그려 내다니. 누구일까, 이렇게 멋진 사방치기 그림을 그린 아이는. 그림 위에 돌멩이를 던지고 발로 밀며 숫자 10을 통과했을 꼬맹이들을 생각하려 애쓰며 광장을 가로질렀다.

광장 끝 부분에 이르러 왕 게임을 하던 그림도 눈에 띄었다. 이건 남자 애들이 주로 하는 놀이다. 어린 녀석들이 앉기엔 너무 큰 의자가 등받이로 그려져 있고, 그 앞으로 작은 의자로 보이는 동그라미가 그려져 있었다. 동그라미는 왕의 의자 바로 앞에서부터 점점 작아지는 모양이었다. 아마도 서열 표시가 아닌가 싶은 게, 나 참 사내 녀석들이라니, 한숨부터 새어 나왔다. 벽화에는 대체로 그 무덤 주인의 신분이 나타나 있게 마련이다. 만주의 그 무덤도 마찬가지였다. 주인 내외인 듯싶은 나이 지긋한 남자와 여자가 높은 가마에 앉아 있고 그 앞뒤로 상당한 규모의 행차가 줄을 지었다.

그는 분필 그림치고 제법 장식이 화려한 왕의 의자를 밟고 지나갔다. 왕 게임은 사방치기와 달리 왕이 된 아이가 신하가 된 아이들에게 무엇이든 시키고 신하가 된 아이들은 시키는 대로 해야 하는 놀이다. 그는 아파트 광장에서 자주 그 광경을 목격했다. 한껏 등을 젖힌 채 의젓한 자세로 땅바닥에 앉아 있는 왕이 시키는 대로 어떤 아이는 코끼리 코를 만들어 열 바퀴고 스무 바퀴고 돌아야 했다. 어떤 아이는 왕의 구두를 닦는 시늉을 해야 했다.

놀이는 오직 즐거움을 누리기 위해 하는 것일 텐데, 왕 게임을 하는 아이들은 무슨 즐거움을 누리는 걸까. 왕의 순서가 돌아오길 기다리며 신하됨을 기꺼이 겪는 것일까. 순서는 제대로 돌아오는 것일까. 규칙은 제대로 지켜질까. 놀이 그룹에는 언제나 무법자가 끼어 있는 법인데 이 녀석들도 그런 무법자 때문에 놀이가 중간에 끊어진 것은 아닐까. 사내 녀석들이란.

그는 납으로 만든 구두를 신은 듯 한 걸음 한 걸음 무겁게 떼어 놓으며 9년 만에 만난 홍주와 9년 만에 들춰진 사건을 생각했다. 그 두 사건이 서로 어떤 파장을 일으킬까. 홍주는 아직도 내 집에 머물러 있을까. 그녀가 아직 집에 있다면 어떻게 해야 하나. 이제 그만

너의 집으로 가 줘, 라고 말할 수 있을 것 같지 않았다.

길바닥에 떨어져 있던 음료 깡통에 부딪힌 햇빛이 그의 눈을 날카롭게 찔렀다. 그는 뒤통수까지 꿰뚫을 듯한 금속 빛에 놀라 엉겁결에 깡통을 걷어찼다. 멀리 날아간 깡통은 지하 차고로 내려가는 유리문을 때리고 널브러졌다. 유리문을 보자마자 확인해야 할 일이 생각났다. 진열창이 갈아 끼워졌는지 확인도 할 겸 시간도 벌 겸 안압지로 걸음을 옮겼다. 명령이 이행되는 데 거쳐야 하는 그 많은 단계를 감안하더라도 유리 한 장 갈아 끼우는 데 사흘이면 충분할 터였다.

안압지에 도착한 그는 깨진 유리 진열창을 찾았다. 다행히 유리는 갈아 끼워져 있었다. 그러나 깨진 유리를 들어내는 과정에서 부서졌을 유리 가루가 틀의 홈을 따라 소복이 남아 있었다. 솔로 털어 주기만 했어도 좋았을 것을. 그는 입으로 호호 불어 가루를 털어 버리고 나서 도망치는 황새와 쫓아가는 황새를 내려다보았다. 그녀가 황새처럼 긴 다리로 9년 동안 걸어와 마침내 그를 다시 만나게 된 사흘 전, 그날이 없었다면 그녀와는 지금까지처럼 비켜 갈 수 있었을까.

나의 황새

태양은 저 극점에서 조금도 비키지 않을 태세로 하루하루 더해
가며 열을 내뿜고 있다. 마치 푸코의 진자가 극점에 매달린 채 빙글
빙글 돌 뿐, 절대 그 꼭짓점은 움직이지 않는 것처럼. 그는 이렇게 7월
의 한낮을 맞을 때마다 영원히 되풀이 되는 모진 시간을 겪는 기분
이다. 내장을 빼 주고라도 도망치고 싶은 시간이다.

태양은 푸른 능을 뜨거운 혓바닥으로 핥고 침을 삼킨다. 그 능
선은 할딱거리며 해를 등 뒤로 넘기기 위해 애를 태우는 것만 같다.
능 위에 오르면 능 너머 능이 첩첩이 보였다. 그는 산을 넘듯 능을
두어 개 넘어 서출지로 갔다. 백일홍은 연못을 붉게 물들이고 친구
아내의 목덜미를 물들였다. 오직 음영만 남은 햇빛 아래의 솜털. 솜
털 사이로 길을 내며 흐르는 땀방울. 흐르지 않는 뜨거운 시간. 그
가 고개를 돌리는 곳마다 나뭇잎, 친구 아내의 머리칼, 심지어 연
못 물에서 햇볕에 달아오른 뜨거운 냄새가 풍겼다. 그는 숨이 가빴

지만 크게 들이쉴 수 없었다. 뜨겁게 타는 햇빛이 그를 자빠뜨릴 것 같았다.

친구가 이 시간에 그를 불러낸 것은 정말 실수였다. 친구의 아내는 2년 전에 헤어졌을 때와 그다지 달라지지 않았다. 자꾸만 그를 향해 은밀한 눈길을 던졌다. 곁을 스쳐 지나가면서 일부러 그러는지 길게 숨을 내뱉었다. 귓바퀴를 스쳐 가는 그녀의 끈적거리는 숨소리는 삽시간에 높은 신음 소리와 혼동되고 말았다.

잠시 잠깐 올려다본 태양빛이 나선형으로 빙글빙글 돌며 쏟아진다는 착각을 일으켰을 때는 자기도 모르게 친구 아내를 안고 바닥에 엎어져 한 바퀴 빙글 돌아 버린 것만 같기도 했다. 그는 어이쿠, 싶어 주위를 돌아보았다. 친구는 능 앞의 비문을 읽고 있고, 친구의 아내는 눈시울을 좁혀 그를 더듬고 있었다. 천만다행, 2년 전과는 달리 아직 아무 일도 일어나지 않았다. 그는 자기와 친구의 아내가 아무렇지 않은 것을 확인하느라 내내 어디를 어떻게 돌고 있는지도 몰랐다.

그는 친구와 그의 아내를 향해 주절거리고 있는 내용조차 전혀 기억하지 못했다. 하도 많이 되풀이해서 읽고 듣고 말한 것들이어서 굳이 기억을 떠올리는 것조차 필요하지 않았다. 그의 시선은 그가 안내하는 목적물을 향해 그저 움직일 따름이었다. 그 무의식적인 시선의 이동은 언제나 친구 아내의 목덜미에서 시작해서 그 목덜미에서 끝이 났다. 서출지의 홍련, 마치 홍련같이 발그레 뜬 그녀의 젖무덤, 물에 몸을 반이나 담그고 붉은 꽃잎을 물속에 피운 백일홍, 그래서 온통 벌건 연못 물.

벌거벗은 여자를 물에 담그고 한나절 두면 이렇게 붉은 물이 우러나지 않을까. 그 여름에 벌어진 일들이 잘 기억나지 않았다. 하지만 엄청나게 흘린 땀으로 흥건하게 젖은 시트를 바라보며 그게 분홍색이 아닌 게 이상했던 것은 기억났다.

연못이 좁다 하고 빼곡히 솟은 푸른 연잎들이 마치 살기 위해 처절히 자리다툼을 하고 있는 인간들 같군. 그 사이사이 있는 홍련 봉오리의 색기를 좀 봐. 잎이 다물려 있기에 망정이지 열린 잎사귀에 물방울이라도 톡톡 떨어져 있다면, 절색의 여자 같을 텐데 말이야. 그는 그가 그들에게 주절거리고 있는 게 이 따위 말이 아니기를 바랐을 뿐이다. 이런 시간에 먼 곳에서 와서 그를 불러낸 친구는 죄가 많다. 그는 먼 곳에서 아주 오랜만에 온 친구를 거절하지 못한 죄밖에 없다.

친구의 아내가 백일홍 나뭇가지를 잡고 웃으며 사진을 찍자 그는 여자의 손을 바라보았다. 장난질에 익숙하던 손. 그녀가 그의 아랫도리를 핸드브레이크를 걸듯 잡아당기며 장난을 칠 때면 그래 이제 그만 핸드브레이크를 잡아당기자, 이제 그만 이런 장난질은 끝내자, 다짐하곤 했다. 그였는지 친구의 아내였는지 확실하지 않은 가운데 브레이크가 저절로 걸리고 말았지만.

너무 오래 혼자 지내 왔다는 생각이 들었다. 단지 뜨거운 여름이어서가 아니고 땀을 섞었던 친구의 아내를 보아서도 아니다. 그때 끝내 버린 관계를 다시 잇고 싶은 것도 아니었다. 다만 혼자 지낸 시간의 길이가 살갗에 느껴졌다. 아침부터 낮에 이르는 시간과 박물관에서 서출지에 이른 거리가 있건만 그는 마치 참호 속에서 옴

짝달싹 못한 채 누군지 모를 존재를 기다리며 밤을 새우던 나날이 되풀이되고 있는 듯한 기분이었다. 어슴푸레한 빛만으로, 그 터무니없이 어설픈 음영만으로 총신인지 나무인지, 산 그림자인지 철책인지, 산짐승인지 사람인지를 구분해야 하는 그 긴 시간이 아직도 되풀이되고 있었다.

어느 날 밤 문득 이만큼 살고 보니 40년이 아니라 그보다 훨씬 더한, 1000년이나 2000년쯤의 아주 모진 세월이 되풀이되고 있다고 느끼는 경우가 있다. 게다가 몇 년 간격으로 똑같은 코스의 길을 걷는다는 기분을 잔인하도록 생생하게 느낄 때가 있는데, 바로 지금 같은 경우였다. 그는 땀을 좀 식히고 싶었다. 그리고 그 무엇에서든 벗어나고 싶었다. 그는 코스를 변경했다.

그들은 너무 단정히 정리된 탓에 조금의 여유도 느낄 수 없는 보도를 따라 안압지에 들어섰다. 녹차 병을 기울여 마지막 한 모금을 마시고 난 친구의 눈썹 위에는 처마에 빗방울 맺힌 것처럼 땀방울이 맺혀 있었다. 저 친구의 휴가는 어쩌면 지독한 것이겠는걸, 하는 생각이 들었다. 모르긴 해도 아내의 채근으로 더위를 잘 타는 그가 마지못해 내려온 것일 테니까. 마침내 안압지 누각에 들어서자 모두들 살 것 같은 표정을 지었다. 모처럼 그늘을 찾은 친구와 그의 아내는 모자를 벗어 바람을 일으키며 난간에 잠시 기대었다. 그는 그들로부터 떨어져 다른 쪽 구석에 가 앉았다.

그는 잠시 눈을 감고 다음 일정을 생각했다. 목덜미로 가벼운 바람이 느껴졌다. 더위를 식히기에는 어림없었지만 몸을 느슨하게 만들 정도는 되었다. 땀을 타고 바람이 등골로 내려갔다. 오래 앉아 있다가는 오늘 일정을 더 이상 지속하기 싫어질 만큼 노곤해질 것이다. 그는 억지로라도 눈을 떠야 한다고 생각했다. 그때 갑자기 감은 눈이 환해지면서 등 뒤로부터 뜨거운 햇살이 밀쳐 들어왔다. 더 앉아 있을 수도 없게 되었다. 그는 몸을 일으키려고 등을 뗌과 동시에 눈을 떴다.

눈을 뜬 그는 꼼짝할 수 없었다. 그의 눈앞을 가린 채 버티고 선, 거대한 기둥 때문이었다. 그는 순간적으로 덕수궁 석조전에 와 있는 듯한 착각을 일으켰다. 그러나 코린트식 지붕 머리 아래 화강암 기둥이라고 착각한 것은 길고 건강한 여자의 다리였다. 팔을 들고 있어서인지 여자의 배와 옆구리가 몇 센티미터가량 드러나 있었다. 햇빛으로 찍은 판화가 이럴까. 파장이 짧은 한낮의 강렬한 태양은 그녀의 배와 다리를 살빛이라고는 느껴지지 않을 정도로 하얗게 비추고 있었다. 살갗에는 툰드라의 거대한 평원을 뒤덮은 지의류처럼 은빛 솜털이 밀집해 돋아 있었다. 그것이 먼 나라의 땅도 아니고, 수백 년 전 세워진 기둥도 아니며, 숨을 쉬느라 조금씩 도드라졌다 가라앉는 여자의 배와 다리라는 것을 깨닫고 그는 한순간 깊은 고독이 폭발하는 것을 느꼈다.

오랜 고독은 그를 갑작스럽게 밀어붙였다. 그는 단지 5년 동안 고독했던 게 아니었다. 1000년쯤 깊은 참호 속에서 나무나 돌덩이를 대상으로 혼자 암호를 주고받으며 맴돌았던 것만 같았다. 그는 가까스로 머리를 조금 들어 여자의 배를 바라보았다. 여자의 배꼽으로 한낮의 태양이 빛의 흔적조차 없이 숨어들었다. 그는 내 모진 시간을 갚아 달라고 소리치고 싶었다. 무턱대고 여자의 두 다리를 감아 안고 그녀의 배에 얼굴을 묻고 싶었다. 얼굴조차 보지 못한 여자에게 그는 분명 가슴 깊이 애걸하고 있었다. 그래서 더더욱 여자의 얼굴을 올려다볼 수 없었다. 그는 앉은 그대로 눈을 꾹 감았다. 햇빛이 사라지고 햇빛에 찍힌 여자도 사라지기를 바라며.

그는 다시 눈을 뜨자마자 남은 일정이 급하다는 듯이 서둘렀다. 누군가 안압지에 오면 꼭 보여 주는 것이 있었다. 수막새기와가 전시되어 있는 진열창으로 가서 친구들을 불렀다. 이리 오세요. 그의 등 뒤에 있었을 누군가가 그의 벌린 팔 안으로 냉큼 들어왔다. 그는 자기 팔 안으로 뛰어든 키 큰 여자를 바라보았다. 얼굴을 확인하곤 깜짝 놀랐다. 홍주였다. 그는 얼른 그녀의 옷차림을 훑어보았다. 벨트 선에 닿을까 말까 하게 짧은 윗도리와 스커트. 바로 조금 전의 그 여자가 홍주였다니.

9년 전에 그의 곁에서 감쪽같이 사라져 버린 그 여자, 홍주. 그녀가 느닷없이 그의 앞에 나타났다. 홍주는 입가에만 웃음을 물고 오랜만이네요, 했다. 눈은 햇빛 때문에 시울이 좁혀 있어서 웃고 있는 건지 아닌 건지 알 수 없었다. 그는 웃을 수도 안 웃을 수도 없어 어정쩡한 얼굴을 감추려 애를 썼다. 누군지도 모르고 배에 얼굴을 파묻고 싶었던 여자가 홍주였던 것이다. 이렇게 다시 그녀에게로 가게 되는구나. 그는 아주 오래전 그녀를 처음 만났을 때처럼 거부감과 함께 몸을 내던지고 싶은 감정을 똑같이 느꼈다. 그건 참 두려운 감정이었다.

땀을 식히며 잠시나마 쉬어서인지 너그러운 표정으로 어슬렁어슬렁 다가온 친구와 그의 아내에게 옛 동료라며 홍주를 소개했다.

표정이 정돈되어 있기를 바라면서 그는 누각의 난간 아래 벽을 따라 길게 설치되어 있는 유리 진열창에서 수막새기와 하나를 가리켰다. 막새기와치고는 상당히 큰 것이어서 그것이 쓰인 건축물의 규모를 짐작할 수 있게 해 주었다. 하지만 그가 관심을 갖는 것은 그것의 크기가 아니라 그 둥근 테두리 안에 돋을새김 된 두 마리 새였다.

막새기와에 제일 많은 것이 연꽃 문양이고 연잎 속의 연밥이 어느 정도 크기인가에 따라 시기 구분을 하는데, 새를 새겨 넣은 건 상대적으로 많지 않아 눈에 잘 띄었다. 다리가 길쭉한 게 아마도 황새일 새 두 마리가 날개를 편 채 경중경중 뛰어가고 있었다. 자세히 보면 오른쪽 새가 뒷모습을 보이며 앞서 뛰어가다가 머리를 돌려 뒤에서 쫓아오는 새에게 입을 맞추는 모양이었다.

"다리가 붉은 느낌이 있는 게 황새 같죠?"

그가 말했다.

"듣고 보니 그런 것 같네요. 황새치고는 다리가 좀 짧긴 하지만."

친구와 그의 아내는 그의 말에 맞장구를 쳤다. 그때 홍주가 끼어들었다.

"오른쪽에 있는 새는 암컷이고요. 왼쪽에 있는 새는 수컷이네요."

모두들 그녀의 암수 구별이 생뚱맞다는 듯 쳐다보았다. 수많은 사람들에게 이 막새기와를 보여 줬지만 병아리 감별사처럼 암수를 구별하는 사람은 처음이었다. 그는 행여 섣부르게 끼어든 그녀가 분위기를 깰까 봐 조바심이 났다. 다행히도 친구의 아내가 호기심을 나타내며 그녀에게 물었다.

"그것을 어떻게 알아요?"

그녀는 명랑한 목소리로 대답했다.

"간단해요. 오른쪽 새가 등을 보이고 있잖아요. 동물의 세계를 보면 대체로 이렇게 사랑이 이루어지거든요. 수컷이 구애를 할 때 암컷이 다 응하는 건 아니잖아요. 그럴 때 힘으로 누르려는 수컷은 자꾸 암컷에게 달려들고, 그러면 암컷은 앙 하고 오히려 대들지요. 그러다 도망가기도 하고요. 하지만 도망가는 중에 마음이 바뀔 수도 있어요. 아름다운 날개를 펼치고 특별한 목소리로 노래를 부르며 따라오는 수컷에게 비로소 마음을 열어 입을 맞추고 등을 대 주는 것이죠."

등을 대 준다는 말에 그는 고개를 끄덕였다. 동물의 왕국에서는 사랑을 승낙할 때 언제나 암컷이 수컷에게 다소곳이 등을 대 준다. 그 역시 눈짓을 주고받은 여자가 무방비한 등을 보이며 살짝 앞서 걸어갈 때 자, 나를 덮쳐요, 하는 것만 같아 곧바로 뒤에서 껴안고 싶어지곤 했다.

"생물학적 해석이네요."

친구가 수긍하며 말했다. 어쨌거나 저 황새는 황새일 뿐이니까 대강 인정한다 해도 크게 실수하는 것은 아닐 테지. 그녀는 웃음 섞인 목소리로 미학적 해석이에요, 라고 대답했다. 높디높은 줄을 타는 것처럼 아슬아슬하게 떨리는 그녀의 목소리와 웃음소리를 듣자 그는 문득 처음 그녀의 웃음소리를 들은 때로 거슬러 올라갔다.

그녀의 웃음소리와 목소리 때문일까. 아니면 그녀와 함께 누렸던 시간을 다시 흠뻑 뒤집어 쓴 듯한 기분 때문일까. 누가 뭐래도 미학적 해석이 맞을 성싶었다. 그는 말끝이 목구멍으로 다시 숨어 들어가는 듯 어딘가 불안정하고 위태로운 목소리의 그녀를 다시 바라보았다. 남자들은 여자를 품어 안고 싶어 하지만 결국 여자의 품에 안기고 마는 게 아닌가, 홍주처럼. 확 끌어당겨 안으려 하지만 시간이 흐르고 난 뒤 깨닫는 건 도리어 그녀의 품에 안기고 말았다는 것이다.

어쨌거나 홍주와 자연스럽게 얘기를 섞어 준 친구의 아내에게 고마움마저 느꼈다. 그들이 막 황새에게서 등을 돌리려고 할 때 유리 진열창에 위에서부터 길게 금이 가기 시작했다. 마치 누군가 유리 칼로 길게 긋는 것처럼 균열은 똑바로 내려왔다. 결코 작다고도 얇다고도 할 수 없는 진열창이었다. 다른 사람들까지 그 앞으로 모여들었다. 위에서부터 죽 내려오던 금은 맨 아래 나무틀에 부딪쳐서야 멈췄다. 쫙 쪼개지거나 와장창 부서지지 않은 것을 다행으로 여기며 웅성거리는 사람들 틈에서 그는 박물관 시설 관리과에 전화를 걸어 유리창을 갈아 끼우도록 했다.

밝은 해 아래로 나왔을 때 그녀가 왜 덕수궁 석조전 기둥으로 보였는지 알 것 같았다. 그녀는 밝은 바탕에 청색 세로줄 무늬 옷을 입고 있었다. 기둥의 세로줄 홈에 한낮의 그림자가 서린 모습 그대로였다. 그가 덕수궁 박물관에 있을 때 그녀는 종종 그를 만나러 와서 그 기둥 사이에 서 있곤 했다. 매일 매일의 빛에 따라서 쌀쌀맞아 보일 정도로 창백하기도 했다가 푸르스름하기도 했다가 누르스름해졌다가 비오는 날이면 마치 얼룩이 지듯 젖어 드는 꽃돌 기

등. 그녀와 얘기를 나누는 잠깐 사이에 그 모든 변화를 다 맛볼 때도 있었다. 그와 그녀는 꽃돌 기둥과 함께 바짓가랑이를 적셔 가며 오래 서서 얘기를 나누곤 했다.

그는 새삼스럽게 그녀의 길고 튼튼한 다리를 훔쳐보았다. 서슴없이 낯선 사람들 사이에 낄 줄 아는 걸 보면 그녀는 예전과 하나도 달라진 게 없었다. 석사 과정 학생이 어떻게 그 발굴 작업에 끼게 된 것인지 그 당시에 한동안 의아해했던 것도 생각났다. 낯선 사람들 사이에 아무렇지 않게 스며드는 것을 보면 그녀는 자신이 석조전 기둥처럼 아무렇지 않은 존재라는 걸 알고 있는 게 아닌가 싶기도 했다. 기둥 곁에서 무슨 얘기를 한들 기둥이 아랑곳이나 하겠는가. 사람들이 기둥을 의식해 할 말을 못 하고 조심하겠는가. 그녀는 무심한 기둥처럼 그렇게 무해한 존재로 느껴졌다. 그녀의 행동은 그 뒤로도 내내 서슴없었고, 친구의 아내 또한 그녀를 마치 늦게 합류한 일행으로 여기는지 간간이 말을 섞었다.

안압지 못을 건너는 다리에 올라 누각을 돌아보았다. 태양은 누각 꼭대기에서 성성하게 빛나고 있었다. 빛이 누우려면 아직 한참 남았다. 연못 물에 비친 그림자조차 흐트러짐 없이 반듯하게 보일 만큼 깎아 세운 직선 기단부와 다리로 이어진 길의 어김없는 직각들, 그리고 그것과는 대조적으로 파상형으로 구불구불하게 조성된 호안을 가리키며 그 조화를 떠들어 댔지만, 겹을 이루는 서늘한 모서리들은 어쩌면 저 태양이 빚은 눈속임이리라고 말하고 싶었다. 저 극점에 매달린 태양이 없다면 이것은 모서리도, 저것은 호(弧)도 아닐 것이다. 홍주는 그가 하는 말을 듣고 있지 않는지 고개를 다른 곳으로 돌리고 있었다. 그리고 저 혼자 성큼성큼 걸어가기도 했다. 땀 한 방울 흘리지 않는 홍주에게는 태양도 태양이 아닌지 모르겠다.

그들은 천천히 걸어 안압지를 나왔다. 친구의 아내가 키 낮은 나무들 아래 입수구를 지나면서 그를 슬쩍 훔쳐보는 것을 귀띔으로 느꼈다. 연못에 물을 대는 입수구는 그 모양새가 아닌 게 아니라 여자를 닮았다. 물이 고이는 자궁 모양의 돌확과 그에 이어 물을 흘려보내는 조붓한 길목까지. 마침 붉은 나뭇잎 서너 개가 돌확 테두리와 물 위에 떨어져 있었다. 이 여름에 붉은 나뭇잎이라니. 그는 머리 위의 나무를 올려다보았다. 붉은 잎을 떨어뜨린 나무는 주변에 보이지 않았다. 그가 고개를 갸우뚱거리는데 친구의 아내가 어머 단풍 든 나뭇잎이네, 하면서 하나를 주워들었다.

이 나뭇잎은 작년 것인가. 그는 얼토당토않은 추측을 했다. 그 추측을 입 밖에 내지 않은 것을 다행으로 여기며 그는 얼른 홍주를 훔쳐보았다. 홍주는 붉은 나뭇잎 따위 아무 관심거리도 되지 않는지 그들이 하는 말에 상관하지 않고 저만치 앞서 걷고 있었다. 무심한 홍주의 뒷모습을 보며 유달리 황새에 대해서만 관심을 보인 것이 이상하게 여겨졌다. 그는 그녀 뒤를 따라 후문을 나서면서 입수구를 돌아보았다. 여자는 어딘가에 물을 대는 존재인지도 모른다는 생각이 얼핏, 들었다.

그녀의 흉터

그렇게 그녀를 다시 만났다. 그들은 오래전 그들이 처음 만났을 때처럼 첩첩한 능 앞에 이르렀다. 능선에 바짝 드러누웠던 태양은 이제 완전히 넘어갔다.

정사가 벌어질 것이라 짐작했어도, 언제 겪어도, 느닷없을 수밖에 없다, 이런 일은. 그는 느닷없이 그녀를 비탈에 밀어붙였다. 그러나 그가 옷을 열었을 때 사위어 가는 빛 속에서 드러난 것은 젖꼭지도 아니고 젖무덤도 아니고 흉터였다. 그녀의 가슴을 열었을 때 처음 보고 놀랐던 흉터. 젖꼭지와 나란히 시작되어 아래로 길게 그어진 희끄무레한, 매끈매끈한 금. 그는 그 흉터에 입을 맞추고 마치 지퍼를 열 듯 손가락으로 죽 그어 내렸다. 무엇 때문인지는 모르지만 그는 그 흉터가 무척 그리웠다. 그건 마치, 열 수 있을 것 같았다. 자꾸 열고 싶게 만들었다. 그가 그녀의 흉터에 길게 입을 맞춘 뒤 젖가슴을 물고 있을 때 그녀가 나른하게 말했다.

"소나무가 춤추는 여자들 같아요."

그녀를 그러안은 채 몸을 틀어 능을 둘러싼 소나무 숲을 바라보았다. 꿈틀꿈틀 몸을 비틀며 높이 솟은 붉은 몸들이 그녀 말대로 춤추는 여자들 같았다. 두꺼운 피질이 벗겨진 소나무들은 휘거나 꺾인 부위가 유난히 붉었다. 어둠이 그리도 격렬하게 꺾인 그녀들의 허리와 엉덩이, 어깨에 올라앉았다. 어찌나 격렬하게 춤을 추었든지 온몸이 발그레해진 소나무 여자들이 줄줄이 내려다보고 있는 무덤에서 그는 9년 만에 만난 그녀와 여러 번 몸을 섞었다.

"당신의 고함이 너무 그리웠어요, 당신처럼 고함을 지르는 남자는 세상 어디에도 없었거든요."

그는 그녀의 말에 놀라 얼른 주위를 돌아보았다. 다행히 소나무밖에 아무도 훔쳐보는 자가 없었다.

"내가 고함을 지른다고? 그건, 너의 귀에 바짝 대고 숨을 내뿜기 때문일 거야."

그는 다시 그녀를 끌어안고 뒹굴었다. 소나무 여자들이 우 몰려와 우둘투둘한 몸을 비벼 대는 것처럼 온몸이 쓰라렸다.

9년 전, 그녀는 승기를 따라 만주에 왔다. 만주에 산재해 있는 수많은 피라미드들 중 규모가 가장 큰 하나가 어쩌면 광개토왕의 무덤이지 않을까 하는 가정하에 중국과 한국, 양국에서 대규모 발굴이 이루어졌다. 중국 측 관계 기관과 두 개 대학, 한국 측 기관과 네 개 대학의 전문가들로 구성된 대규모 프로젝트였다. 그는 와당 전공이어서 무덤을 덮은 초기 와당의 벽사 기능을 연구하고 있었고,

벽화 전공인 승기는 그보다 조금 늦게 웬 여자를 하나 달고서 합류했다.

나무틀로 임시 출입구를 만든 거대한 무덤에서 막 나와 본부로 향하려던 그는 청록색 재킷의 그녀를 처음 보았다. 그녀는 흔한 배낭 하나를 메고 승기 뒤에 무르춤하게 서 있었는데, 그는 반갑게 인사하는 승기를 지나쳐 그녀만 바라보았다. 승기가 그날 도착한다는 것은 알고 있었지만 연구원 하나가 더 달라붙는다는 것은 몰랐기 때문이었다.

승기는 이미 고분 전실의 3분의 1 지점에서 벽화로 짐작되는 흔적이 발견되어 연구원들 모두 흥분하고 있다는 것을 듣고 온 터라 짐을 내려놓기도 전에 그의 어깨를 끌어안으며 고분으로 들어가려 했다. 그는 승기가 이끄는 대로 몸을 틀어 무덤 안으로 들어가려다가 그녀를 다시 바라보았다. 그 여자는 무덤이 아니라 무덤 주변, 그저 황량하고 너른 들판을 멀리 바라보고 있을 뿐, 이렇다 할 표정을 드러내지 않고 무심히 서 있었다. 전혀 오고 싶지 않은 곳에 따라오게 되었고, 더구나 발굴과는 아무 상관도 없어 보였다는 게 그녀의 첫인상이었다.

지지대를 여기저기 받쳐 놓은 어두운 무덤에서 그들이 나왔을 때 그녀는 출입구 바로 옆에서 무덤을 등지고 앉아 인상을 찌푸린 채 막 청록색 재킷을 벗고 있었다. 무료하다는 듯 축 내려뜨린 그녀의 뽀얀 어깨가 눈에 확 들어왔다. 여자라는 느낌, 그것 때문에 그는 당황했다.

그는 그녀의 존재가 눈에 거슬렸다. 여자라는 느낌을 자꾸만 불

러일으키는 데다 그녀는 그저 뻣뻣이 서서 먼 구릉과 무덤과 바삐
움직이는 사람들을 구경할 따름이었다. 이 바닥에 있는 사람들이야
너무 환해서 박사 과정에 있을 때부터 하다못해 서로 이름이라도
알고 있을 정도인데 그녀에 대해서는 전혀 아무런 정보가 없었다.
조금 지나서 이제 막 석사 과정을 시작한 승기의 후배라는 것을 알
게 되었지만, 그런 그녀가 어찌 이런 중요한 작업에 낄 수 있었을까,
싶었다.

그녀의 행동을 지켜보면서 더더욱 그 여자의 목적을 알 수 없었
다. 후배라는 것은 모름지기 심부름꾼이 아니던가. 선배의 뒤를 졸
졸 따라다니며 줄자와 야장(野帳)을 챙기고 석회 가루를 물에 개
어 유구에 선을 그을 때 눈치 빠르게 석회 물을 따라 주는 게 그들
의 일이 아니던가. 대부분의 연구원들은 아무도 그녀에 대해 묻거
나 관심을 두지 않았다. 당연히 수많은 연구원 중 한 사람으로 알
고 있었던 것이다.

그러나 그는 뒤늦게 알았다. 눈에 거슬린다는 것은 곧 눈에 띈다
는 것임을. 그녀가 눈에 띈 것은 진행되는 작업과 아무 관련 없는
여자처럼 보여서 더욱 그런 것임을. 눈여겨보니 그녀는 승기 곁에서
눈치껏 야장에 불러 주는 것을 받아 적기도 하고, 석회 물을 따라
주고, 꺽쇠를 집어 주고, 할 일은 다 했다. 단지 일을 하는 내내 딴
데 마음을 두고 있는 것처럼 보였을 뿐이다. 여자로 보이는 누군가
가 가까이 있다는 것이 무척 불편하게 여겨졌다. 게다가 가장 크게
마음에 걸리는 것은 그녀가 아무래도 승기의 여자 같아 보인다는
점이었다.

밤이 되어 막사 앞에 펼쳐 놓은 접의자에 앉아 있는 연구원들 사이, 그녀는 커피 두 잔을 들고 나와 앉았다. 그녀가 머리를 쓸어 넘기자 매끈매끈한 어깨가 달빛 아래 빛났다. 그녀가 승기에게 커피를 건네줄 때 그는 여자의 무심한 표정을 보았다. 여자는 그저 불쑥 승기를 향해 커피 잔을 내민 것뿐이었다. 그러나 커피 잔을 건네받는 승기는 여자에게서 눈길을 떼지 않았다. 승기의 볼과 눈에는 참을 수 없는 웃음이 숨어 있었다.

그는 두 사람을 흘깃거리며 관계를 짐작해 보았다. 승기는 좋은 기회가 될 것이라며 그녀에게 만주행을 권했고, 승기의 강권에 따라 만주에 왔지만 그녀는 승기에게 관심이 없었다. 그러니까, 승기는 그녀를 좋아했지만 그녀는 그렇지 않았고 그저 경험 삼아 온 것뿐이다. 그는 그렇게 결론을 내렸다. 그는 눈을 마주칠 기회를 엿보며 무심하게 여기저기 눈길을 던지는 그녀를 집요하게 바라보았다. 달빛이 흐르고 만주의 무더운 습기가 그들 몸으로 흘렀다.

어느 순간, 그녀와 눈이 마주쳤다. 그에게로 성큼 달려드는 그녀의 눈빛을 보고 놀라 그는 눈을 크게 떴다. 그녀가 뛰어들기라도 한 듯 자칫 팔을 뻗을 뻔했다. 서울에 있는 선영을 생각하며 여자를 멀리하기에, 홍주는 너무 강렬했다.

목덜미에서 등을 거쳐 이어지는 매끈한 다리를 바라보고 있자니 또다시 그녀를 처음 안았을 때가 일렁거리며 그를 덮쳐 왔다. 그녀의 손을 꽉 붙들고 어두운 무덤 속으로 더듬거리며 나아가던 그는 그의 손을 지그시 잡아당기는 그녀를 느꼈다. 뒤돌아서 확 끌어안고 그녀의 목덜미에 얼굴을 묻었을 때 머리카락 가득 담겨 있던 향기가 그의 호흡을 눌렀다. 그는 머리를 젖혀 수초처럼 얼굴에 감기는 그녀의 머리카락에서 빠져나옴과 동시에 그녀를 바닥에 눕혔다. 무덤 벽에서 스며 나온 듯한 희미한 빛에 그녀의 높은 치구가 드러났다.

샅을 타고 흘러내리는 점액은 방금 껍질을 벗긴 풀 냄새를 풍겼다. 점액을 타고 그녀의 샅으로 거슬러 올라 막 들어갔을 때 그는 강하게 밀어내는 듯한 저항감을 느꼈다. 그녀의 치구가 높이 들리며 그를 말아 버릴 듯하더니 허리가 휙 꺾였다. 더욱 공격심을 자극받은 그가 저항을 뚫고 그녀 속으로 깊이 들어가자마자 그녀의 내부는 그의 온몸을 뿌리까지 핥을 듯, 거센 파도인 듯, 잔잔한 물결인 듯, 일렁거리며 움직였다. 그는 여자의 몸에서 그렇게 많은 물이 쏟아질 줄 몰랐다. 쏟아지는 그녀의 물에 떠밀려 갈 것 같아 그는 그녀의 겨드랑이에 입술을 박아 정박했다.

그를 휘감은 건 그녀의 몸 어디에 그 많은 물이 숨어 있는지 모를 만큼 풍부한 물의 향기였다.

홍수가 터졌나요. 그가 몸을 타고 흘러내리는 물을 훔치며 어쩔 줄 몰라 할 때 그녀가 깊은 숨을 몰아쉬며 그 숨결에 한 마디씩 겨우 밀어내듯 말했다. 오랜만에, 홍수가, 터졌어요. 그는 어리둥절했다. 홍수라니, 오랜만이라니…… 그녀의 얼굴을 바라보다가 쏟아진 물에 흥건히 젖은 흙바닥을 번갈아 바라보다가 하는 그를 가만 놔두고 그녀가 이 세상 아닌 곳으로 편안히 가라앉으며 마지막 말을 흘려보냈다. 홍수를 불러일으키는 사람은 한 사람밖에 없었는데…….

고함을 지르네요, 당신은 우리 오빠를 닮았어요, 라고 무덤에서 나오면서 그녀는 말했다. 그는 그 말을 무심코 넘겼다. 가족과 닮은 사람에게 신뢰를 느낀다는 말이 사실인가 보군, 하고 생각했다.

소나무들이 우쭐우쭐 춤을 추는 동안 그녀의 흉터도 달빛에 일렁거렸다. 그는 흉터를 도로 찢어발길 양으로 줄곧 빨았다. 그녀는 그의 얼굴을 옆으로 옮겨 젖꼭지를 빨게 했다. 그러나 그는 어느새 또 그녀의 흉터를 핥고 있었다. 그녀는 다시 그의 입을 젖꼭지께로 밀어냈다. 몇 번 되풀이하던 그녀가 결국 아파요, 아파, 하면서 그의 얼굴을 찰싹 갈겨 버렸다. 그제야 간신히 정신이 든 그가 그녀에게 물었다.

"이 흉터는 왜 생긴 거지?"

그는 예전에도 그렇게 물었다는 것을 기억했다. 묻고 나서야 대답을 들은 적이 없다는 것도 깨달았다. 참 궁금했는데, 이렇게 큰 흉터는 어떻게 생기는 건지……. 그녀는 역시 대답하지 않았다. 바지 지퍼를 올리려고 그녀에게서 상체를 조금 떼어 내자 그녀와 그 사이에서 넘치도록 미끈거리는 땀이 느껴졌다. 그녀는 한참을 숨만 색색거리며 말을 하지 못했다. 그래, 이 여자는 정사를 치를 때마다 죽은 듯했지. 한참 지나서야 말을 할 수 있었어.

그녀는 대왕릉에서 주르륵 흘러내리듯 바닥으로 미끄러지며 말했다.

"고등학생 때 수술을 했어요. 청색증이라는 건데, 숨을 잘 못

쉬는 심장 기형이었거든요. 그 뒤로 남들처럼 쉽게 숨을 쉴 수 있었
어요."

그도 그녀를 따라 무덤 아래 편안히 누웠다. 그래서 그녀의 숨소
리가 색색거렸나. 그는 청색증인 어린아이를 안 듯 목덜미 아래 팔
을 넣어 받치고 꼭 끌어안았다. 그리고 가슴과 가슴 사이 흉터에
자신의 몸이 잘 달라붙도록 밀착시켰다.

"그럼, 고등학생 때까지 무척 힘들었겠네."

"그럼요, 운동은커녕 친구들과 가벼운 놀이도 할 수 없었어요."

그는 또다시 흉터로 입술을 가져갔다. 좀 핥아 줄 생각이었다.

뉴욕, 까마귀들의 편지

　　퇴근할 때까지 아무도 그에게 이렇다 할 소식을 전하는 사람이
없었다. 그는 하루밖에 지나지 않았지만 뉴스에 뒤따를 게 분명한
반응들을 기다리느라 지쳐 버릴 지경이었다. 문화재청은 벌써 발칵
뒤집혔을 테고, 기자들도 득달같이 달라붙었을 텐데, 왜 아직 아무
도 모르는 듯한 분위기지? 주말이라 해도 그렇지. 중서가 물어볼
수도 있고, 승기라면 핏대를 올리며 애기를 꺼낼 수도 있을 텐데.
어쨌든 벽화와 와당은 그와 승기의 연구물이었으니까.
　　더구나 장인은 왜 아직 아무 말도 없는 것일까. 뉴스를 보지도
않고 사나? 숨기고 싶고, 잊고 싶어서 의식 저 너머로 멀리 던져 버
렸던 치부가 드러날 날이 멀지 않은지도 모른다. 심장이 가끔 덜거
덕 소리 내며 달릴 때마다 목덜미가 바짝 조여 오는 것이 견디기 어
려웠다.
　　전시실 유리창 갈아 놓은 걸 확인하는 척 시간을 보내고 집으로

돌아왔을 때 홍주는 그의 방 한가운데 놓여 있는 앉은뱅이책상 위에 수북이 쌓인 편지들 중 하나를 골라 읽고 있었다. 그가 들어가자 배시시 웃음 짓고는 남의 것을 훔쳐보는 사람답지 않게 아무렇지 않은 얼굴로 읽던 편지를 계속 읽었다. 그는 그녀의 웃음과 그 뒤를 이은 무심한 표정에 턱없이 무너져 버렸다. 내내 그의 꼭지를 켕기게 했던 도굴 사건, 그녀를 다시 만난 일에 대한 후회와 자기의 불편함은 아랑곳없이 태평스러운 그녀에 대한 떨떠름한 기분, 그런 것들을 그녀의 웃음이 무심히 건드려 버렸다.

그는 그녀 옆에 털썩 주저앉았다. 식은땀을 동반한 악몽 속으로 이미 들어섰음을 그는 분명히 느꼈다. 이건 이제 그가 어찌 해 볼 수 있는 일이 아니었다. 악몽을 깨우는 것은 언제나 자신이 아니었다. 용무가 있어서 걸려 온 전화벨 소리이거나, 뜨거운 햇살이거나, 제 시간을 알리는 알람 소리이거나, 그렇게 하찮은 것들이 악몽에 깊이 빠진 자를 일깨우곤 한다. 어쨌거나 그 무엇이든 악몽에서 끌어내는 고마운 일이 일어나기를. 그는 그런 일이 일어나기 전에는 스스로 빠져나오지 못할 것만 같아 허리에 얼굴을 묻고 그녀를 끌어안았다. 이 여자를 뿌리쳐야 하는데, 하는 소리가 그의 뒤통수 너머로 살그머니 자취를 감췄다.

그는 그녀의 허리를 감고 발가락을 만지작거렸다. 발가락들은 뼈마디가 제법 굵었다. 살갗은 뻣뻣하고 거칠었다. 앞꿈치에는 굳은살이 박여 있었다. 그녀의 등은 매끈해 보였지만 그녀의 발은 전혀 예쁘지 않았다. 그녀는 어딜 그렇게 걸어 다녔을까.

그는 그녀가 9년 전 그와 헤어지면서 학업을 그만두고 일본으로 건너갔다는 소문을 들었다. 그러나 얼마 뒤에 전남 지역에서 그녀를 봤다는 말도 들었다. 어떤 사람은 강릉의 어느 미장원에서 그녀를 보았다고도 했다. 그 모든 곳을 다 돌아다녔대도 충분한 시간이었다. 그래서 저렇게 종아리가 단단하고 발바닥이 야무진가. 그녀는 어디에서 9년의 시간을 보낸 것일까. 그리고 아직도 이렇게 나를 뒤흔드는 모습 그대로 다시 나타났는가.

사흘째 아무도 그녀를 찾지 않고, 그녀 역시 아무에게도 연락하는 눈치가 없다. 그녀는 어디서 무엇을 하며 혼자 살고 있는지. 정체를 모른다는 것은 심사를 참으로 복잡하게 만드는 일이다. 사랑조차 의심하도록 한다. 모든 스파이들이 그랬잖은가. 여자를 안고 있으면서 이 여자도 스파이일까, 이 여자의 사랑도 전략일까, 하고. 그 역시 예전에는 정체가 확실했지만 지금은 그렇지 않은 홍주를 의심했다. 하긴 9년 전에도 아는 것이라곤 같은 과 석사 과정에 갓 입학한 후배라는 것밖에 없었지만.

그는 같은 분야의 여자에게서는 피로를 풀 여유를 바랄 수 없다고 생각해 왔다. 그러나 홍주라면 얘기가 달라진다. 물론 그녀는 이 분야에서 겨우 1년 남짓 머무르다가 떠났다. 그러니 그녀가 그의 생활을 낱낱이 알 리도 없고 더구나 알지도 못하는 일을 꼬치꼬치 캐물을 것도 아니었다. 설사 지금처럼 그의 편지를 읽고 있다 해도 마찬가지였다.

편지를 읽고 간섭할 그런 여자가 아니라는 건 그냥 보면 알 수 있다. 게다가 다른 데 정신을 팔고 있는 여자를 만지작거리는 건, 그의 오랜 버릇이었다. 그는 편지를 읽고 있는 그녀의 무릎에 머리를 묻고 속옷을 벗기려 했다. 그녀의 얇은 슬립은 원피스 형이라 그녀가 몸을 움직여 주지 않으면 누운 그가 벗길 수 없었다. 하지만 그녀는 웃으면서도 편지를 내려놓지 않았다. 그는 하는 수 없다는 듯 속치마를 들추고 얼굴을 파묻었다. 도둑질이고 발뺌이고, 지금 이 순간에는 그 모든 것에서 도망치고 싶었다.

그 누구로부터가 아닌 바로 내 시간으로부터 벗어나기 위한 도망은 여자에게로 가기 십상이다. 무덤 속에서 몸을 뒤섞을 때 무덤에 받쳐 놓은 보를 잘못 차서 그것들이 머리를 때리며 무너져 내린다 해도 할 수 없었던, 가장 빨리, 가장 멀리 갈 수 있는 도망. 내 시간으로부터의 도망. 여자의 향기로운 품.

그녀는 읽은 엽서를 그의 얼굴 앞에서 팔락였다. 이메일이 보편화되어 있지만 아직도 그에게는 편지를 보내오는 이들이 제법 됐다. 알음알음으로 찾아와 그와 함께 기행을 했던 사람들이거나, 오래전부터 알고 지내는 후배들이거나. 그녀가 팔락거린 엽서를 뒤집어 그림을 보았다. 만년설에 뒤덮인 히말라야였다. 아주 오래전에 받은 선영의 편지다. 홍주와 만나는 것을 알았던 그때, 선영은 히말라야에 가겠다고 벼르더니 드디어 떠난 모양이었다. 가까스로 낚아챈 기회예요. 놓칠 수 없어서 무리해 떠났어요. 그렇게 시작하는 그녀의 편지를 읽지 않더라도 히말라야의 등을 타고 있는 한 여자와 짐을 나르는 검은 얼굴의 무표정한 짐꾼이 그려졌다. 여자는 짐승처럼 뜨거운 숨을 뱉으며 추운지 더운지도 모르고 얼음 박힌 흙을 빠지직 빠지직 밟고 있을 것이다. 선영은 얼음이 박힌 돌길을 걸으며 그를 택하기로, 그의 실수를 한 번은 용서해 주기로 마음먹었을 것이다.

그는 선영의 편지를 내려놓고 홍주가 주는 다른 편지를 들었다. 그건 봄에 중서가 유럽을 돌면서 보내온 것이었다. 그녀는 중서의 편지를 슬쩍 거들떠보기만 하고 그에게 건넸다. 중서는 올봄에 21일간 휴가를 얻어 유럽의 박물관들을 순례하고 왔다. 런던의 내셔널 갤러리와 대영박물관, 파리의 루브르박물관을 돌아본 직후 보내온 편지였다. 그 편지에는 한국으로 돌아오면 여러 불합리한 시스템을 꼭 바꿔 놓고 싶다는 바람이 적혀 있었다. 중서는 열정과 확신이 넘쳤다. 그리고 한국으로 돌아온 그는 원체 그랬지만 박물관에서 가장 열정적으로 일하는 사람이 되었다. 홍주는 다른 편지를 읽고 있었다. 한때 그녀도 몸을 묻으려 했던 이 일에 이젠 아무런 흥미도 느끼지 못하는 것일까. 홍주는 또 다른 편지를 그의 코앞에 들이밀었다.

그건 편지라기보다는 일종의 보고서인데, 미국에 있는 아이의 학교생활 전반에 대해 담당 교사가 한 학기마다 보내주는 것이었다. 언제나 같은 재질에 쓰인 같은 형식의 편지였다. 그는 미농지처럼 누르스름하고 얇고 매끈한 편지지를 만지작거렸다. 이 종이는 어찌 된 일인지 만져도 아무 소리가 나지 않았다. 펼치고 팔락거려도 마치 티슈처럼 소리가 나지 않았다. 일곱 번째 편지를 받았을 때 그것을 알았고, 여덟 번째 편지를 받았을 때에는 그래서 몇 번이나 펄럭여 보았다. 아무 소리도 나지 않는 편지지를 그는 이제 책상머리에 붙이지 않았다. 그는 홍주의 팔꿈치 아래 눌려 있는 편지를 보았다. 아이의 성적표와 함께 온 선영의 편지였다.

햇볕에 그은 검은 얼굴의 나이 어린 짐꾼과 당나귀와 함께 선영이 고독하게 산길을 타고 있었다. 잘못 내려딛은 발밑에서 자갈 하나가 툭 튀어 나갔다. 자갈은 길 건너편 자갈 더미 속으로 떨어져 묻혔다. 산길은 이내 물길로 바뀌었다. 낯선 사람들에게 묻혀 히말라야로 떠나 본 적이 있는 선영은 먼 나라로 떠나는 것을 어려워하지 않았다. 미국으로 가기 위해, 달리 말하면 그와 떨어져 있기 위해 선영과 아이가 물을 건넌 게 5년 전. 그는 선영과 아이가 그 너른 태평양을 벌써 다 건너가 안착했다는 게 믿어지지 않았다.

그는 일어나 앉아 두 편지지를 겹쳐 들었다. 선영은 어차피 자신이 한국으로 돌아올 것 같지 않고 그가 그곳으로 올 리도 없으니 헤어지자고 편지를 보내왔다. 헤어지자고, 선영은 두 번이나 말해 왔다. 어떤 식으로든 답장을 해야 했지만 그는 미루고 있었다. 선영이 아이와 미국으로 떠날 당시에 이미 둘 사이는 많이 벌어져 있었다. 언제부턴지, 무엇 때문인지 모르는 상태로 선영의 냉랭함을 견디던 날들이 떠올랐다. 선영이 둘러친 울타리를 확연히 깨닫지 못한 채로 그는 3~4년을 보냈다. 뒤늦게 무엇 때문인지 알고 서둘러 돌이키려 했을 때에는 이미 그에게서 완전히 떠나 버린 상태였다. 선영은 그와 다시 가까워지고 싶어 하지 않았다. 그러고는 아이를 데리고 뉴욕으로 가 버렸다. 그러니 선영이 떠나고 얼마간의 시간이 흐르면 헤어져야 하리라고 짐작 못 한 것도 아니었다. 더구나 지금 그녀에게 무슨 일이 벌어지고 있는지 전혀 모르는 것도 아니었다.

그렇게 누군가 귀띔해 주는 작자가 있게 마련이다. 오히려 한 지붕 아래서 지낼 때보다 더욱 사소한 것들이 귀에 걸리는 게 아닌가 싶을 때도 있었다. 그녀가 한인 방송국에 자리를 잡고 남자를 만나고 있다는 것을 전해 들었을 때는 당연하다 싶었지만, 매주 토요일 그 남자가 집에 와서 식사를 함께하며 저녁을 보낸다느니, 아이의 학교에 그 남자가 대신 가기도 한다느니, 가끔이지만 아이를 맡기고 함께 플로리다에 가서 놀다 오기도 한다느니, 하는 말들을 들으면 이건 지나치다 싶었다. 요컨대 헤어져야 할 시간이 온 거다. 그럼에도 불구하고, 헤어진 거나 다름없는 이 상태를 왜 굳이 유지하려 하는지 자신도 알 수 없었다. 그는 영원히 반으로 나누어질 그날을 가능한 한 미루고 싶었다. 그는 만지작거려도 소리 나지 않는 편지를 책상머리에 압정으로 꽂았다. 어쨌거나 아직은 끝나지 않았다. 편지가 오는 한.

그는 문득 소름이 끼쳤다. 선영과의 관계가 아주 중요해질지 모른다는 생각이 들었다. 그는 자신도 모르게 선영의 편지를 움켜쥐었다가 다른 편지들 맨 아래에 밀어 넣었다.

그는 홍주를 흘깃 훔쳐보았다. 어느새 홍주는 무릎걸음으로 베란다를 향해 엉금엉금 기어가고 있었다. 왜 그래? 그가 물었다. 그녀가 뒤를 돌아보고 조그맣게 물었다.

"저게 무슨 소리예요?"

창밖에서 낡은 천을 찢어 대는 듯한 소리가 들려왔다.

"까마귀들이 싸우는 거야."

그는 아무렇게나 흩어져 문서들과 뒤섞인 편지들을 주섬주섬 모으면서 홍주에게 말했다.

"영역 다툼을 하는 건지, 암컷을 두고 싸우는 건지, 먹이 때문인지, 언제부턴가 갑자기 나타난 까마귀 떼가 심심찮게 싸움을 벌이

56

곤 해. 새를 노래하는 사람은, 새들이 싸우는 걸 좀 봐야 해."

어느 날엔가는 하도 시끄러워서 베란다에 나가 내려다보니 푸른 나무 사이로 네댓 마리의 검은 새들이 튀어 오르다가 콱 찍듯이 내리꽂히더니 금세 다른 나뭇가지로 펄쩍 뛰어 도망치곤 했다. 싸움은 상당히 오랫동안 계속되었다. 빳빳이 곤두선 날개는 마치 마구 휘두르는 검은 우산처럼 사위스럽고 위험스러웠다. 부리로 콕콕 쪼아 대는 게 아니라 높은 곳에서 뾰족한 날개 끝을 확 젖혔다가 오므리면서 강하하여 내리찍었다. 아주 죽일 작정으로 보였다.

"새들이……."

그녀가 어느새 베란다에 나가 있었다.

"들어와, 어서! 나가면 안 돼."

그는 무심코 소리쳤다. 그녀는 완전히 뒤로 돌아 그를 바라보았다. 아차, 싶었다. 돌아설 때 이미 그녀의 눈빛은 달라져 있었다. 턱을 끌어당긴 채 가늘게 뜬 눈은 깊어서 움직임을 감지할 수 없었지만 곧장 그의 눈으로 달려드는 빛은 피할 수 없었다. 그 빛을 타고 전차 같은 것이 그의 가슴팍에 부딪힌 것 같았다. 그 시커먼 것의 정체를 알 수는 없지만 그는 대번에 제 속을 들켜 버린 것을 알았다. 그는 자신이 지나치게 몸을 사린다는 것을 잘 알고 있었다. 그녀를 더 마주 볼 수가 없어서 읽지도 않는 편지로 고개를 떨어뜨렸다.

"알잖아, 여기 사람들 보수적인 거. 혼자 사는 남자 집인 거 사람들이 다 알아."

그는 희미하게 변명했다. 괜히 손바닥으로 편지 뭉치를 턱턱 쳤다. 잠시 그렇게 대치한 상태로 멀거니 눈길을 피하고 있던 그는 벌떡 일어났다. 갑자기 해야 할 일이 생각났다. 그는 책상 앞에 가서 연구물의 쪽 순을 챙겼다. 홍주에게 읽으라고 줬던 1장의 마지막 세 장이 보이지 않았다.

"참, 아까 내 연구물 읽었지? 어디다 뒀어?"

그녀는 소파에 걸터앉아 눈을 떴다 감았다 하며 그가 부산하게 움직이는 모양을 바라보기만 했다. 그는 작업하는 책상 위를 살피고 앉은뱅이책상의 편지들을 다시 들췄다. 책상 아래로 날려 들어갔나, 고개를 디밀기도 했다. 좀 읽을 만해? 재미있을 거 같아? 하고 물으려던 것은 까맣게 잊었다. 홍주는 불안하게 움직이는 그를 따라 눈만 움직였다.

"아, 여기 있었네."

작업한 문서를 모아 세워 놓은 독서대에서 그걸 찾았다. 언제 챙겨 놓았는지 도무지 생각이 나지 않았다. 그는 겸연쩍어져서 등을 돌렸다. 원고를 순서에 맞게 끼워 넣으며 의자에 엉덩이 한쪽만 걸치고 앉았다. 등 뒤에서 홍주가 조심조심 발바닥 떼는 소리가 고스란히 들렸다. 그는 얼른 의자에서 일어나 홍주에게로 갔다. 그녀는 벌써 옷을 갈아입고 가방을 어깨에 메고 있었다.

"미안해. 너무 바빠서 말이야, 일을 좀 해야겠어."

그러고 보니 며칠 동안 거실장 한쪽에 놓여 있던 휴대용 화장품들이 말끔하게 정리되어 있었다.

현관으로 나간 그녀가 입가에 웃음을 지어 보였다. 잘 쉬고 가요, 말할 때는 눈가에도 짧은 웃음이 흘렀다. 그녀의 웃음을 보자 그는 가슴이 아려 왔다. 언젠가도 저 웃음을 보았던 것 같았다. 그의 지나친 태도에 실망했다든지, 혹은 제대로 대접받지 못한 것에 대한 체념이 묻어 있다든지, 하는 미소였던 것일까? 알아차릴 수가 없었다. 무슨 뜻인지 안다면 변명이라도 할 텐데. 오른편 볼 한가운데를 지그시 누른 미소는 언뜻 잔인하게도 보였고, 얼핏 더없이 부드럽게도 보였다. 등 뒤에서 비치는 기운 태양이 그렇게 만든 듯도 했다. 예전에도 그랬지만 그 미소의 의미를 읽기도 전에 그녀는 몸을 돌려 집을 나갔다.

나는 왜 언제나 그녀를 이렇게 떠나보내는 걸까. 그녀는 왜 웃음 지으려고 애쓰며 떠나는 걸까. 마흔네 채의 아파트 현관문을 하나씩 차례로 닫는 듯, 쿵 하는 소리가 한참 동안 그의 가슴에서 울렸다.

그는 현관의 작은 창문으로 그녀의 뒷모습을 내려다보며 「두이노의 비가」 한 구절을 떠올렸다. '아름다움이란, 우리가 가까스로 견딜 수 있는 무서움의 시작에 불과하므로. 우리가 아름다움을 그토록 찬미함은 파멸시킬 만큼 아름다움이 우리를 멸시하기 때문이다.'

그 두려움 속으로 기꺼이 몸을 바치는 자는 누구일까. 그는 자신의 용기 없음을 탓해야 했다.

첩자 부리기

아라비아에서 건너온 커다란 푸른 유리잔에 각얼음을 넣고 잔에 성에가 낄 때까지 기다렸다가 차가운 물을 받아서 쭉 들이켰다. 세 개의 독서대에 올려놓은 인쇄물과 자료를 한 번씩 들춰 보고 작업을 시작했다.

그는 1장 마지막 문장을 다듬고 나서 '제2장 생간 도림'이라고 쓰인 데에 커서를 옮겼다. 처음부터 너무 생경한 단어를 쓰느니 '살아 돌아온 첩자 도림'이라고 쓸까, 망설였다. 한 손은 지우기 버튼 위를 얼쩡거리면서 다른 손으로는 『삼국사기』 「백제본기」와 『손자병법』에서 발췌한 자료를 독서대 맨 앞에 올려놓았다. 어차피 '사간(死間)'이니 '반간(反間)'이니 하는 간첩의 종류에 따라 쓸 것이니 해설을 덧붙인다면 풀어 쓰는 것보다 나을 듯했다.

삼국시대의 수많은 사례 가운데서도 고구려의 첩보 공작은 '백제의 패망'이라는 분명한 결과를 가져온, 백미 중의 백미로 꼽힌다.

무릇 싸움터란 유형무형의 지뢰밭이다. 그것은 3000년 전이나 21세기나 다를 게 없다. 반드시 지뢰가 깔려 있는 곳과 매복과 강점이 있는 곳을 알아내 그곳을 피해야 한다. 그리고 강한 곳이 있다면 반드시 약한 곳이 있게 마련, 그곳을 알아내는 것은 필수다. 아무리 막강한 군사력을 갖추었다고 해도 지형이나 정세가 불리하게 작용하면 도리어 싸움에 질 수도 있는 것이다. 정보를 손에 쥐고 있는 것은 비밀 병기를 갖추고 있는 것과 같다.

그는 제목을 바꾸지 않고 오랜 인류사를 다채롭게 장식한 이 직업 전문인에 대해 지금으로부터 2500년 전 손자의 말을 인용하면서 시작했다.

그런 까닭에 영명한 군주와 현능한 장수가 싸우기만 하면 이기고 남보다 뛰어난 공을 세우는 것은 (적의 상황을) 미리 알기 때문이다. 미리 아는 것은 귀신에게서 얻을 수 있는 것도 아니고, 비슷한 사례를 유추해 알 수 있는 것도 아니며, 천문을 관측해 알 수 있는 것도 아니다. 그것은 오직 사람, 곧 적의 상황을 잘 알고 있는 자를 통해서만 알 수 있는 것이다.*

『손자병법』「용간편(用間篇)」에 나오는 글이다. 물론 기술이 발달한 오늘날에는 첩보 활동도 초정밀 망원경에 의한 영상 정보, 디지털 통신 시설에 의한 통신 정보, 레이저를 쏘아 거기서 나오는 물질

---

* 『손자병법』「용간편(用間篇)」.

을 초스펙트럼 탐지기 등으로 측정하여 얻는 측정 징후 정보 등으로 세분화되고 있지만, 그래도 가장 효율적이고 경제적이며 구체적인 상황에 답해 줄 수 있는 것은 손자의 말처럼 '오직 사람, 그것도 적의 상황을 잘 알고 있는 자'에 의해서 얻어 내는 인간 정보다.

이 얼마나 명쾌한가. 예나 지금이나 그 무엇도 사람만 못한 것이다. 사람은 그 어느 곳에서도 틈을 찾아내고 그 틈으로 스며들 줄 안다. 어쩜 그리 정확히 냄새들을 맡는지 놀라울 따름이다. 아무래도 우리의 이마는 눈으로 보기도 전, 귀로 듣기도 전에 인간의 지형도를 완벽하게 포착하는지도 모르겠다. 레이저 한 방에 숨겨진 뼈들이 들통 나고 부끄러움을 가리던 체열 분포가 드러나듯이.

그는 『삼국사기』를 다시 인용했다.

이에 앞서 고구려 장수왕은 은밀히 백제를 도모하려고 간첩으로 그곳에 갈 수 있는 자를 구했다.*

장수왕은 치세 중에 동으로는 일본 홋카이도와 만주 훈춘까지, 서로는 요하까지, 남으로는 아산만, 남양만에서 죽령까지, 북으로는 개마고원까지 국토를 확장해 고구려 최대 전성기를 구가했던 군주의 한 사람이다. 그가 막무가내, 다짜고짜 백제를 쳤을 리 없다.

다짜고짜 쳐 내려가도 이길 수 있다손 쳐도 양측의 손실을 최소화하는 편이 좋다. 그는 남진 정책을 도모하기에 앞서 북아시아의

---

* 『삼국사기』「백제본기」, 개로왕 21년 조.

여러 세력들과 다각적인 외교 관계를 수립하여 서북쪽의 안정을 꾀하고, 위나라를 위시한 중국의 여러 나라들과 국교 정상화를 도모하여 백제의 후원 세력을 먼저 차단한 다음 고구려와 맞닿아 있던 백제를 치기 위해 간첩을 고용한 것이다.

여러 번의 전쟁을 통해 장수왕은 이미 많은 첩자를 보유하고 있었지만, 그럼에도 백제에 들어가 활약할 첩자를 따로 공모했다는 것은, 장수왕이 무엇보다도 양질의 첩보를 원했다는 얘기다. 만주에 관한 한 손바닥 보듯 환하다고 해서 백제에 대해서도 반드시 그렇다고 할 수는 없기 때문이다. 공모에 응한 자들 가운데서 장수왕이 발탁한 사람은 도림이라는 승려였다. 그는 도림이 과연 그와 함께 먼 길을 갈 수 있는 채비를 갖추었는지 테스트를 했을 것이다. 하지만 능력은 알아보았다 해도 신뢰는 어떻게 해결했을 것인가?

그는 우리 고대사의 기록이 터무니없이 적은 것에 가끔 허탈해하곤 했다. 그러나 상상력이 거침없이 뻗을 공간을 마련해 주는 것이려니 여기면 아주 나쁜 것만은 아니었다. 누군가는 이런 빈 공간에서 새로운 인물들이 움직이게 하여 어쩌면 가능한, 어쩌면 실재했을지도 모르는 새로운 역사를 써 낼 수도 있으리라. 그 어느 시대건 어떤 것에든 지독히 편벽되이 몰두하는 인간들이 있을 테니까. 앙코르와트의 거대한 돌벽을 쌓아 올린 이들과, 지구 반대편 마추픽추에서 똑같은 돌벽을 쌓아 올린 이들과, 중원을 사이에 두고 말을 달려 전쟁에 몰두한 자들과, 많은 반대에도 유전자 복제를 기어코 이루어 내는 자들과. 그러니 비어 있는 역사의 공간엔 다른 무엇에 미친 인간들이 있을 것이다.

　그는 잠시 상공에 떠서 제각기 미친 짓에 열중하고 있는 바글거리는 인간들을 내려다보는 상상을 하다가 자세를 고쳐 앉았다. 그녀 때문에 갈팡질팡하느라 작업이 더디었던 것을 벌충하려고 잠시도 쉬지 않고 타이핑을 했다.

　'생간'이라고 쓴 것을 떠올렸다. 이쯤해서 첩자들의 종류를 풀이해 줘야 할 필요성이 느껴졌다. '생간'은 살아서 돌아온 간첩이며, '사간(死間)'은 중대한 임무를 맡고 죽을 각오로 떠난 간첩이며, '내간(內間)'은 이쪽의 필요에 따라 포섭한 현지 관리, '반간(反間)'은 『손자병법』에 의하면 적의 간첩을 이용해 쓰는 것으로 이중간첩을 말한다. 이중간첩은 간첩 자신이나 간첩을 알아보는 자에게나 아주 유혹적인 존재임이 분명하다.

당신의 구파발

　붉은 와인 잔을 들고 옷자락을 끌며 호텔 계단을 올라가다가 유혹적으로 뒤를 돌아보는 마타 하리. 카펫이 치워진 목조 계단에 구두굽이 걸린 여자가 살짝 비틀거린다. 그녀의 꽁무니를 쫓아가던 턱이 뾰족하고 카이젤 콧수염을 날아가게 기른 적국의 장교가 그녀를 계단참에 몰아넣으며 속삭인다. 와인 잔은 당신의 몸, 붉은 술빛은 당신의 실크 스커트, 출렁거림은 당신의 웃음.

　러시아 남자의 손가락은 마타가 들고 있는 와인 잔을 어루만지며 점점 내려와 잘록한 손잡이에 이른다. 아름다운 여인의 새끼손가락을 만지는 듯 남자의 손놀림이 섬세하다. 그는 와인 잔의 손잡이와 함께 그녀의 손가락 끄트머리를 만지작거린다. 그녀는 벽에 등을 기대고 점점 주저앉는다. 장교의 손이 스커트 속으로 기어든다. 그의 숨소리가 마타의 귓불에 닿는다. 그런데 실크 스커트가 반이나 내려갔군요.

장교는 반쯤 비운 여자의 와인 잔을 바닥에 내려놓는다. 삐걱거리는 마룻바닥엔 손잡이 달린 은색 트레이가 놓여 있다. 그들은 좁은 계단참에 스르르 기대 눕는다. 그가 그녀의 입속에 무언가 넣어줄 때 계단참 창문으로 포화가 피어오른다.

전선은 며칠째 파리 교외 반센에서 오락가락하고 있다. 이중 스파이 여자의 트릭처럼, 반센 둑은 잦은 폭격에도 무너질 듯 무너지지 않는다.

첩자인 여자는 사랑을 이용하려 하고, 걸려든 남자는 자국(自國)에 대한 사명감이 사랑 앞에서 무용지물이 되지 않게 하기 위해 안간힘을 쓴다. 아직 무너지지 않은 반센 둑 따위, 트릭을 쓰는 여자에겐 아무것도 아니다. 그는 그레타 가르보의 「마타 하리」를 보며 와인 잔의 손잡이를 잡고 슬슬 돌렸다. 딱 여자의 새끼손가락 굵기다. 엔초비도 올리브와 함께 한 점 집어 먹는다. 작업하느라 시간이 없어 좋아하지도 않는 자장면을 시켜 먹었더니 그 냄새를 이기기 어려웠다. 무엇으로 입가심을 할까 궁리하다가 와인을 한 잔 따랐다. 와인이 마타 하리의 붉은 스커트처럼 반쯤 내려갔을 때 처남인 경재에게서 국제전화가 왔다. 그래, 이제야 소식이 오는군.

"맨해튼입니다."

나흘 전 박물관에서 봤는데 그새 뉴욕에 가 있다니 빠르기도 했다. 그는 상대의 목소리에서 무슨 낌새라도 채려고 귀를 솔깃했다가 맨해튼이라는 말에 긴장이 풀리고 말았다. 무심코 자네는 맨해튼에 자주 가네, 했더니 대뜸 저야 맨해튼이 구파발이나 다름없죠,

라고 했다. 그는 갑자기 말문이 막혀서 하, 하고 숨을 내뱉었다. 전화기를 귀에서 잠시 떼며 남은 와인을 죽 들이켰다.

구파발과 다름없다……. 선영의 집이 있던 곳, 구파발. 지금 선영이 있는 뉴욕이 구파발로 느껴진 적이 있던가. 더구나 지방으로 내려온 뒤의 구파발이란 어쩌면 맨해튼보다도 더 먼 거리가 아닌가. 구파발에서 보낸 시간들이 새삼스러웠다. 선영을 찾아가던 길. 좁고 오르막진 그 골목, 골목마다 기어오른 담쟁이와 능소화와 장미 넝쿨. 오래되어 검은 이끼가 서린 담벼락. 그리고 저녁이면 그곳으로 달리던 낡은 93번 버스들. 수백 번은 좋이 넘었을 어스름 녘의 그 언덕배기. 그는 전화기를 든 채 맨해튼과 구파발을 느리게 오갔다. 이제 구파발이나 맨해튼은커녕 어쩌면 코트디부아르나 노르웨이 정도의 거리로 밀려날지도 모른다. 그에게는 존재하지 않는.

경재는 안부를 묻는다, 나흘 전에 떠난 한국의 날씨가 새삼스레 궁금한지 날씨를 묻는다, 박물관 사정을 묻는다, 하며 너스레를 떨었다. 목소리가 이렇게 밝을 일이 아닐 텐데, 하며 귀를 기울이던 그는 뉴욕에 가 있어서 경재와 장인이 벽화 사건을 모르고 있나 보구나, 비로소 짐작이 갔다. 경재는 너스레 끝의 안부 인사일 뿐이라는 투로 서울로 가신다면서요, 하고 말했다. 순간 그는 또 몰래 숨을 들이켰다. 나를 서울로 보내는 작전을 수행하느라 그토록 맨해튼과 구파발을 오갔나 보지, 싶었다. 하반기에 인사이동이 있을 테니 승진 차례가 된 나를 그 등급 그대로 서울로 올려 보내고 이곳의 '짱' 자리를 차지하겠다? 경재가 그를 지방으로 내려 보내 한 등급 승진시키고 자신은 서울에서 승진한 일이 있고 보면 표면상 서로에게 좋은 길을 찾은 것 같지만 결국 오래 잘해 보겠다는 생각은 없는 듯했다. 흠, 그런 속셈이로구먼.

"서울로 올라오고 싶어 하더니 잘되셨네요."

처남은 이미 다 된 결정이라는 듯이 말했다. 그 언사에는 그렇게 되도록 만들 테니 발버둥치지 말아라, 라는 의미가 깔려 있었다. 이제 제가 하는 일을 숨기지도 않는구나, 그는 입술을 깨물다가 하마터면 와인 잔을 깨물 뻔했다. 전화선 너머로 한마디씩 던지면서 그의 반응을 포착하기 위해 오감을 열어 놓고 있을 경재가 그려졌다. 지금 서울로 가느냐, 승진을 하느냐가 대수일까. 제가 지금 어떤 처지에 있는지 까마득한 모양이군. 그는 처남의 레이더망을 교란하기 위해 되도록 너털웃음을 웃어 주고 어떻게 하면 몇 수를 건너 뛴 말로 그의 허를 찌를까 궁리하면서 대꾸했다.

"서울이 좋기야, 좋지!"

어쩌면 그것 역시 경재와 선영의 공작의 소산이었을 지방 발령으로 5년이나 이곳에서 지냈다. 선영이 미국으로 떠나기 전에 이미 그는 그녀로부터 좌천을 당한 것인지도 모른다고 자조했다. 선영으로서는 무엇보다도 그로부터 떠날 명분이 필요했고, 그도 암묵적으로 동의했다. 그가 생각하기에도 한 지붕 아래서의 별거보다 지방 발령 쪽이 훨씬 자연스러웠다. 이젠 그의 선영이 다시 처남을 위한 자리를 만들고 있었다. 사랑이 끝난 지 오래니까, 그는 어찌되건 아무 상관없는 것이리라.

사랑과 권력의 속성이 그러한 것을. 선화가 적국의 남자인 서동의 아내가 되었을 때에는 이미 제 부모로부터도 떠났던 것이다. 어

쩌면 베갯머리에서 서동은 못다 캐낸 적국의 약점을 선화로부터 캐
냈을지도 모른다. 국경 부근의 어느 산성과 어느 산성 사이에 매복
이 있는지, 그중 어느 성의 방어가 허술한지. 선화는 서동을 최고의
남자로 만들기 위해 부모를 넘겨주는 것쯤 아무렇지 않았을 테지.
서동으로서는 금은보화를 줄 만큼 주고 데려온 여자로부터 충분할
만큼 캐내려 했겠지. 사랑에 눈먼 여자가 남자를 위해 제 부모를 배
신하는 것쯤이야 아무것도 아닐진대 하물며 이미 끝난 남녀간이라
면야 그보다 더한 일도 서슴지 않을 터였다. 베개를 같이 쓰는 남편
이 수시로 제 부모 멱을 따겠다고 쳐들어가도록 내버려 두는 거나,
제 부모를 배신하면서까지 남편으로 만든 남자를 사랑이 끝나자
비로소 다시 제 부모, 제 피붙이와 되바꾸겠다고 하는 것, 그 모두
한 여자가 하는 짓이다.
　여자는 사랑의 시작과 끝에 망설임이 없다. 승진을 앞두고 그와
처남의 자리를 바꾸게 하는 데 선영의 힘이 작용했다. 혼자된 여식
을 안쓰러워하는 장인은 여자의 힘이 얼마나 큰지 몰랐는가 보다.
　적국의 수도에 잠입하여 국정을 탐지하는 임무를 맡았던 한낱
첩자가 아니었던가, 서동이란 자는. 동서고금을 막론하고 남을 염
탐하는 자는 여자의 속내를 염탐하는 데도 능란한 모양이다. 로저
무어나 피어스 브로스넌에 버금가게 활약했을 서동이 적국의 아름
다운, 더구나 자기에게 마음을 품고 있는 게 확실해 보이는 최고 권
력자의 딸을 그냥 두고 올 수는 없었을 것이다. 서동이 백제의 왕손
이기는커녕 국경 지대에서 마를 캐다가 첩자로 발탁된 남정네이고,
선화도 공주가 아니라 한낱 여염의 꽃같이 어여쁜 처자였을지라도

마찬가지다. 비밀한 공작을 마치고 가장 확실한 전리품인 여자를 품고 국경을 넘었을 사내의 흥분된 마음을 그도 한때 누렸었다.

어려운 거래가 성사되었을 때 갖는 성취감이었을까. 그도 선화 공주를 얻은 서동처럼 으스대던 적이 있었다.

학과 한 학년 후배인 처남은 전적으로 그들 편이었다. 선영이 그를 좋아하는 것을 알고 발굴 작업 현장에 커피와 도시락을 싸 들고 찾아오게 한 것도 처남이었고, 밤늦게 그들 둘만 남기고 떠나 버린 것도 처남이었고, 장인이 주도한 만주 지역 광개토왕릉 발굴 작업에 그를 선임 연구원으로 추천한 것도 처남이었다.

그는 중국 측과의 마찰로 누구의 무덤인지 규명하지도 않고 그대로 덮어 버릴 작업이 무척 안타까웠다. 땀과 먼지와 수면 부족과 열정이 아무것도 아닌 것이 될 지경이었다. 게다가 벽화의 내용으로 보아 신분 높은 사람임이 분명했고, 그렇다면 귀족이나 왕족일 텐데, 복식과 행차의 규모, 형식 등을 규명하면 추정대로 광개토왕릉인지 아닌지 결정될 것이었다. 그는 욕심이 났다. 언젠가는 제대로 연구해 볼 기회가 올 것이고, 이 물건으로 고구려, 백제, 신라로 흘러간 다른 유적들 간의 상관관계를 밝힐 수 있을지도 모른다, 그리고 무엇보다 발 빠른 연구는 그에게 생각보다 좋은 결과를 가져다 줄지 모른다는 생각이 들었다. 그는 네 쪽으로 나뉜 벽화와 그 위를 덮은 와당 세 점을 들고 나왔다.

그가 훔쳐서는 안 되는 것을 훔친 사실을 알고 경재는 펄쩍 뛰었다. 그러나 실수는 무엇보다도 뒤처리가 중요하다던 사람도 경재였고, 그것을 깨끗하게 처분해서 장인의 선거운동에 필요한 비용을 대도록 조언한 것도 바로 그였다. 그리고 마침내 그는 선영을 얻고 장인의 오른팔이 되었으며 동기보다 호봉이 빠르게 높아졌다. 그저 그의 집에 숨겨 둔 게 아니라 비용으로 전환함으로써 그의 실수는 개인의 실수를 넘어서 조직의 실수가 되어 버렸다.

벽화 사건이 이토록 크게 벌어졌다는 걸 알면 그들은 어떻게 나올까. 어떤 해결책을 내놓을까. 나와 헤어져 아주 결별하는 편이 그들에게 유리한 걸까. 아니면 나와 유대 관계를 가진 채 내 입을 막고 나를 보호해 주면서 결국 자기들을 보호하는 편을 택할까. 나는 또 어떤 트릭을 쓰는 게 좋을까. 내게 선영과 헤어지기를 종용하면 나는 어떻게 그들의 뒤통수를 쳐서 후회하게 만들어야 할까. '짱' 자리를 차지하려는 공작쯤은 사소한 문제겠지. 모든 것을 다 잃거나 하나도 잃지 않고 오히려 내가 '짱'을 차지하게 될지도 모른다. 경재가 벽화 사건으로 전화를 다시 걸어 올 날을 점치며 짐짓 웃음을 지었다. 그땐 지금과는 어조조차 전혀 다르겠지.

그는 사랑처럼 쉬운 게 없다는 것을 새삼 깨달았다. 사랑이 변화무쌍하다는 것만 인정하면 사랑처럼 주는 것도 받는 것도 많은 게 없다. 그러나 자나 깨나 잊지 말아야 할 게 있으니 그건 바로 어느 날 어느 순간 감쪽같이 변해 버린다는 것이다. 변하기만 하면 다행이지 싶게 그 어떤 술수도 책략도 마다하지 않는 것이 바로 그 사랑이라는 것이니 아연하지 않을 수 없다. 하긴, 사랑을 이루려 할 때 또한 얼마나 많은 책략이 동원되는가. 끝내고 나서 남김 없이 회수하기 위해서도, 또한 그렇다. 호르몬을 비롯한 신경전달물질과 효소의 분비, 어쩌면 그것이 인간을 행동하도록 부추기는 전부인지 모른다.

선영의 구파발은 적국보다 더 먼 나라로 멀어져 갔다. 경재는 끝내 선영이 원하는 것이 무엇인지는 말하지 않았다. 그만 헤어져 주시죠, 그게 형님에게도 좋을 겁니다, 같은 말은 결코 하지 않았다. 다만, 누님은 잘 지내고 있습니다, 조만간 좋은 일도 있을 것 같고요, 형님도 축하해 주십시오, 그렇게 말했을 뿐이고 그도 그런 처남에게 그래, 그래야지, 하며 어물쩍 말끝을 흐리고 말았다. 하지만 정작 전화기를 놓는 순간부터 선영과의 관계에 어떤 묘수를 두어야 할지 더욱더 모르게 되어 버렸다. 인사 문제와 도굴 사건의 추이에 영향을 미칠 선영. 어쩌면 그쪽이나 이쪽이나 중요한 카드가 될지도 모를, 선영.

그는 식탁 위의 자장면 냄새에 눈살을 찌푸렸다. 남긴 자장면에는 검은 액체 위로 기름이 흐르고 있었다. 쓰레기에 불과한 자장면 찌꺼기를 보자 그는 갑자기 노여워졌다. 그릇을 봉지에 담아 내놓으려 문을 열고 나갔다. 그는 그릇만 내놓고 몸을 돌이키려고 했다. 그러나 서늘한 공기에 잠시 노출된 살갗은 집 안에 서린 그 자신의 높은 체온에도 노여움을 탔다. 자신의 체온에 몸서리를 치며 그는 황급히 신발을 갈아 신었다.

나의 달팽이

어디로 가겠다는 생각은 없었다. 아파트를 벗어나 고구마 밭 사이로 난 길을 따라 걸었다. 김유신 묘지와 천관녀의 절터를 멀찍이 에두른 길을 걸었다. 깊은 어둠에 잠긴 묘지 터의 숲을 힐끗 돌아보았다. 길가의 돌 하나에까지 1000년의 의미가 서려 있다는 도시. 1일 관광객이 인구의 절반을 넘는 도시. 어둠 속에서 더욱 또렷한 대학 정문을 지나고 또 누구의 집인지 모를, 반쯤 헐린 시멘트 담을 지나쳤다. 아직도 걷지 않은 빨래가 누더기처럼 축 늘어져 있는 집도 지나쳤다. 체인이 늘어진 자전거가 기대 세워진 가게 앞도 지나쳤다. 그 너머 어둠 속에서 누군가가 줄넘기를 하는지, 탁탁탁 바닥을 때리는 소리가 들렸다.

그는 어둠 속을 걸으며 벌써 몇 번이나 홍주의 전화번호를 누르고 있었다. 그렇게 보내 놓고 나니 마음이 영 편치 않았다. 게다가 부정하고 싶지만 일이 번다해질수록 홍주의 품이 그리웠다. 다섯 번쯤 누르다 보니 어느새 작은 번화가의 베스킨라빈스 불빛 아래였다. 홍주는 전화를 받지 않았다. 그는 그녀를 만나지 못한다 해도 밤새 어슬렁거리고 싶었다. 시내를 동서로 가른 중앙로 양 끝이 어둠에 깊이 잠겨 있었다. 길 한가운데서 그는 휴대전화 액정화면을 바라보았다. 어디로 간다? 그는 무심코 자기 집 쪽을 향해 고개를 들었다. 아, 배반동. 그는 혼자 웃었다. 이름도 탁월하지, 배반동이라니. 그는 배반동을 등지고 번화가 속으로 발짝을 옮겼다. 오비 파크가 눈에 띄었다. 그때 손바닥을 쩌르르 울리며 홍주에게서 전화가 왔다.

베스킨라빈스 앞이라고요? 높은 목소리로 홍주가 물었다. 어디로 오라고 하는 것 같은데 휴대전화 속에서 요란한 음악 소리가 들려와 제대로 알아들을 수 없었다. 2층으로 오세요, 2층요. 홍주는 소리를 질렀다. 그는 겨우 알아듣고 2층을 올려다보았다. 유리문이 반쯤 열려 있어서 상호가 무엇인지는 알 수 없었지만 거기서 요란한 노랫소리가 흘러나왔다. 그는 컴컴한 계단을 올라 2층으로 갔다.

연푸른색 철문 위에 댄스 아카데미라고 쓰인 팻말과 운영 중인 프로그램이 적힌 용지가 나붙어 있었다. 이 여자가 여기서 무엇을 하는 거지? 그는 문을 밀었다. 갑자기 트럼펫이 높은 소리로 터져 나왔다. 그는 어두운 복도로 왈칵 쏟아지는 트럼펫 소리와 밝은 불빛에 크게 놀랐다. 투, 스리, 포, 원, 하며 소리를 지르던 홍주는 그를 보며 손짓을 했다. 열 쌍 남짓한 남녀가 서로 붙잡고 홍주의 구령에 따라 춤을 추었다.

홍주가 춤을 추는 여자가 되어 있으리라곤 짐작도 하지 못했다.

그녀의 걸음걸이나 옷차림, 달라진 몸짓에 좀 더 주의를 기울였다면 눈치를 챘을까. 아니, 아무리 그래도 그녀가 설마 춤추는 여자이리라고 전혀 짐작할 수 없었을 것이다. 홍주는 초록색 프릴이 많은 짧은 스커트에 짙은 주홍색 톱을 입고 있었다. 주홍색 톱은 앞가슴이 깊숙이 파여 있고 스팽글이 번쩍거렸다. 사방을 두른 거울과 밝은 마룻바닥, 쏟아지는 불빛과 강렬한 유로파.

그는 호기심에 가득 차서 발소리가 들릴 리 없는데도 조심조심게걸음으로 한쪽 구석으로 갔다. 커다란 스피커 앞으로 다가갔을 때 공기를 밀어젖히며 터져 나온 음악이 그의 가슴을 퍽 밀어붙였다. 그는 깜짝 놀라 여자처럼 가슴을 감싸 안았다. 스피커를 찢어발길 듯이 터져 나오는 열대의 음악은 아닌 게 아니라, 사람을 무대로 떠미는 힘을 가졌다. 그의 몸을 마구 두드리며 음악은 너른 공간으로 퍼져 나갔다.

"몸의 모서리로, 강하게, 찌르듯이, 다가가서 휙 돌아요!"

홍주가 음악을 찢고 높이 소리쳤다. 아니, 저 여자가 저렇게 열정에 가득 찬 적이 있었던가. 정사를 치를 때 외에는 거의 말도 없고 느리고 나른한 여자였다. 그는 놀랐다. 그녀는 파트너의 정면으로 미끄러지듯이 다가가더니 매몰차게 90도로 회전했다. 파트너는 도망치려는 그녀를 팔을 길게 뻗어 탄력 있게 낚아챘다. 도망치던 그녀는 빙글 돌아 남자 품에 쏙 안겼다. 그리고 남자에게 등을 댄 채 허리를 아주 천천히 비틀었다. 그녀의 긴 목선이 허리와 반대쪽으로 꺾였다. 남자의 두 손은 그녀의 꺾이는 허리와 엉덩이를 어루만졌다. 관능은 언제나 갈급증을 동반한다, 라고 그는 생각했다. 그녀의 간절히 추켜올린 눈썹과 붉은 입술, 땀에 젖은 앞가슴은 남자의 몸을 타고 한없이 느리게 올라갔다 내려왔다. 한입 가득 차가운 물을 머금고 그녀에게 입을 맞춰 목마름을 가시게 해 주고 싶었다.

조그만 교습소의 라틴 댄스 강사. 홍주였다. 그녀는 9년 동안 만주에서 서울로, 서울에서 부산으로, 고고학 연구원에서 미용사로, 마침내 댄스 강사로 그의 앞에 나타났다. 대서양이라도 걸어서 건널 것 같은 그녀의 다리를 바라보았다. 땅에 질질 끌리도록 무거우면서 금방이라도 가뿐히 날아오를 것 같은 발로 그녀는 춤을 추었다. 그녀는 음악을 끄더니 회원들을 향해 말했다.

"발을 끌어요. 절대 바닥에서 발끝이 떨어지면 안 돼요. 돌 때도 마찬가지예요. 두 발목을 묶어 놓은 쇠사슬의 보폭만큼만 발을 떼세요. 룸바는 노예들의 춤에서 유래했으니까 성큼성큼 걸어선 안 돼요. 자, 몸의 움직임을 여덟 박자로 잘게 잘게 쪼개서 꾹꾹 눌러 주세요. 투 앤, 스리 앤, 포 앤, 원 앤."

바닥을 딛는 섬세한 발끝에 시선이 꽂혔다. 그녀는 탄력 넘치는 발끝을 밀면서 나아갔다. 무릎에서부터 직선으로 떨어지는 종아리와 발등이 도톰했다. 한 걸음 걷는 데 여덟 박자의 움직임이 필요했다. 발끝에서 종아리, 허벅지로 올라가는 근육의 팽팽한 긴장감이 마지막으로 엉덩이의 육감적인 움직임을 낳았다. 움씰거리는 말의 엉덩이가 떠올랐다. 동물 중에서 말만큼 여자 엉덩이와 닮은 게 있을까.

홍주는 아주 느리게 발을 끌고 나가서 멈추고 또 끌고 나가서 멈추었다. 발끝에서부터 타고 올라와 천천히 비틀리는 허벅지와, 엉덩이에서 잠시 멈춘 움직임이 다시 지극히 매끄럽게 이어 돌아가는 허리선을 지켜보며 그는 숨을 들이쉬었다. 그녀의 등줄기에서 시작되어 허리까지 이어진 골을 타고 갈색 땀이 주르륵 흘렀다. 어두운 저녁, 땀에 젖은 채 무거운 쇠사슬을 끌고 사랑을 찾는 노예들의 슬픈 관능이 그녀의 몸에서 묻어났다.

"언제부터 춤을 췄어? 예전에도 춤을 췄나?"

그녀가 어깨 끈을 톡 부러뜨리듯이 만지자 톱이 순식간에 죽 흘러내렸다.

"난요, 내가 춤을 잘 추는지 전혀 몰랐어요. 그 일이 일어나기 전까지는요."

"그 일이라고?"

그녀는 손가락 끝을 자기 몸 쪽으로 향하게 해서 위에서 아래까지 죽 그었다. 그어 내리는 손동작이 몸에 무언가를 뿌리는 듯도 했고 가르는 듯도 했다. 무슨 뜻인지 선뜻 이해가 가지 않았다.

"어떤 공연을 보았어요. 커다란 무대였죠. 네덜란드 탄츠 시어터라는 현대무용 팀이었어요. 얇은 살색 타이츠로 온몸을 감싼 남녀 무용수들이 아주 발랄하게 뛰어다녔죠. 마치 어린애들 같았어요. 가만 보니 놀이를 하고 있었어요. 바닥에 누운 친구들을 타 넘기도 하고, 서로의 몸으로 정글짐을 만들어 오르는 시늉을 하기도 하고, 그네를 타는 것처럼 날듯이 뛰어다녔죠.

한참을 바닥에서 뒹굴면서 극을 이끌어 가다가 어느 순간 그들이 성인이 되었다는 것을 느꼈어요. 그때 높은 하늘에서부터 아래로 아주 얇은 비단 천이 길게 드리워지기 시작했죠. 비칠 만큼 얇은 천이 무대 중앙을 가렸어요. 남녀 무용수가 무심한 듯 스쳐 지나가며 그 천을 건드렸죠. 아, 손끝에 스친 떨림이 화르르 천을 타고 올라가는 것을 보았어요. 난 숨을 멈췄죠. 내 가슴은 서서히 뛰어오르고 뜨거운 열기가 눈가로 몰렸어요.

그 얇디얇은 비단 천을 휘감고 남녀 무용수 둘이 끊임없이 이리 돌고 저리 돌았어요. 나는 무용수들이 그만 움직이기를 바랐죠. 아니, 더욱 빨리 움직여 주기를 바랐는지도 몰라요. 가슴은 내 목덜미를 꽉 조일 정도로 벅차게 뛰었어요. 여자가 숨었다가 나타나면 남자가 천에 가려 보이지 않았죠. 하지만 그의 움직임은 예민한 천에 의해 끊임없이 화르르화르르 하늘로 날아올랐죠. 그토록 예민한 천이 있을까요? 아주 얇은 살갗이라면 그렇게 반응할 거예요.

무용수들이 천 자락을 잡고 조금 더 빠르고 강렬하게 빙글빙글 돌았어요. 땅으로부터 하늘로 타고 오르는 미세한 물결과 커다란 출렁거림이 무대에, 아니, 내 눈에 가득 찼어요. 내 살갗을 타고 그 떨림이 머리끝으로 솟구쳤어요. 머리카락들이 모두 일어나 길게 곡선을 그리며 흩날렸죠. 나는 목구멍 깊숙이에서 감탄을 터뜨렸어요. 그 순간 뛰쳐나가 온몸을 난자당한다 해도 아무 이상할 게 없을 것 같았어요.

그런 상태를 '두엔데'라고 한다더군요. 격렬한 감정을 지닌 민족들에게서 공연 중에 흔하게 일어나는 일이래요. 그러고 나서 우연찮게 룸바라는 춤을 봤어요. 느리게 흘러가지만 흐느적거리지 않고 매몰차게 돌아서기도 하죠. 그리고 그 춤을 내가 그대로 출 수 있다는 것을 알았어요."

그녀가 조용히 드러누웠다. 그랬구나. 어떤 자질은 한순간에 터지기도 하는구나.

"다리가 무척 튼튼해 보여."

그녀는 바닥에 드러누운 채로 다리를 번쩍 들어 올렸다. 브이(V)자로 들어 올린 다리 사이, 그녀의 치구를 타고 텔레비전의 푸른빛이 터지듯 번쩍였다. 마침 텔레비전에서는 뮤직비디오를 내보내고 있었다. 그녀는 음악에 맞추어 들어 올린 다리를 움직였다.

"오래 버티지는 못해요. 왼쪽 다리로는 중심 잡고 5분 버티기도 힘들어요. 엉덩이 관절만 튼튼하면 댄스 스포츠 선수가 될 수도 있었을 텐데. 어렸을 때 골반 뼈에서 대퇴골이 탈구된 뒤로 왼쪽 다리가 부실해요. 아기 때 엄마가 내 다리를 깔고 잠이 들었대요. 빠져나오려고 몸을 틀었나 봐요. 허벅지가 빙글 돌면서 아주 천천히 빠져나간 거죠."

심장 기형에 다리 기형이라고 그녀는 말했다. 상관없어요. 선수가 된 것보다 오히려 다행이에요. 어디를 가든 일자리가 있으니까. 그렇구나. 그녀는 춤을 추면서 떠돌았구나. 나도 저렇게 떠돌며 살 수 있을까? 어쩌면 곧 닥칠지도 모르는 일이다. 생각하지 않을 수 없었다. 그는 어쩌면 고고학계에 큰 허물을 남긴 자로 영영 내쫓길지도 모른다. 춤추는 여자의 기둥서방이 되어 세상을 떠도는 것도 좋을지 몰라. 그는 집시의 포주 혹은 기둥서방, 혹은 주인이 되어 심장 기형에 다리 기형인 아내가 춤추는 그 곁에서 꼬질꼬질한 돈을 세는 검고 주름진 앤서니 퀸이 되어도 좋다는 생각을 아주 잠시

했다. 그러고는 이 여자를 품고 있으면 왜 이렇게 방만해지는 걸까, 라고도 생각했다. 이러면 안 되는데, 이러면 안 되는데, 어디선가 그를 찾아내기 위해 눈을 밝히는 자들이 있을 텐데. 그러면서 그는 더욱더 느슨하게 풀어졌다.

그녀는 달팽이처럼 느리게 그의 몸을 기어 다녔다. 기어가는 게 아니라 꼬물거리며 어딘가로 파고들려는 게 아닌가 싶기도 했지만 어쨌거나 아주 조금씩 기어갔다. 그녀가 기어간 자리엔 그녀의 자국이 길게 이어졌다. 그녀의 타액과 그녀의 땀으로 그의 다리에 그녀의 팔꿈치 자국이 찍히기도 했고, 그의 가슴에 그녀의 머리카락 자국이 어지럽게 남기도 했다. 지금 아랫배를 간질이는 것이 젖꼭지이지 싶어서 고개를 들어 보면 발가락이었다. 그녀의 젖꼭지 사이 흉터가 손바닥에 잡히는가 싶으면 그것은 그녀의 음모 몇 가닥이었다. 문득문득 그녀의 존재가 느껴지지 않았다. 진득한 타액과 땀이 지워진 자리에 그녀는 없었다. 그는 느슨해진 의식을 잡아당기려고 애쓰며 자기 몸 어딘가를 기어 다니고 있을 달팽이 같은 그녀를 더듬더듬 찾아보았다. 커다란 엉덩이를 씰룩거리는 암말처럼 품에 넘치던 여자가 점액만 남기고 몸 사이로 흘러내렸다.

방만한 의식 사이로 불현듯 존재감 없는 그녀에 대해 화가 치밀어 올랐다. 자기 존재를 각인시키지 않는 그녀를 도저히 견딜 수 없었다. 이러려고 발가벗고 있는 건 아니니까. 그녀를 점액으로만 느끼려는 건 아니니까. 그녀를 내 살갗 아래서 비벼지는 살로서 또렷이 느끼자고 하는 짓이니까. 그는 그녀를 눕히고 그녀의 입속으로, 그녀의 몸속으로 짓쳐들어 갔다. 그가 그녀의 몸 위에서 군악대처럼 소리 높여 행진하는 동안 그녀의 젖꼭지는 단단하게 일어서서 그의 몸 어디고 빨판처럼 달라붙었다. 그는 또다시 그녀의 젖가슴 사이의 상처를 빨아 댔다. 그녀를 깨우는 건 그 수밖에 없다는 듯이. 그녀는 그의 머리를 치우려고 움켜쥐다가 그의 등을 꼬집고 어깨를 물어뜯다가 뺨을 찰싹 갈겼다. 그만, 그만. 그녀가 소리 질렀다. 아파 죽겠어요. 10년도 넘은 흉터가 아프다니 엄살도 심했다. 그는 들은 척도 하지 않았다. 그녀는 그를 떼어 놓으려고 발길질을 하고 그는 떨어지지 않으려고 다리를 꽉 붙잡았다.

그의 얼굴에서 비처럼 땀이 뚝뚝 떨어졌다. 비 맞는 거 같아요. 그녀는 길거리에서 비를 맞는 것 같은 얼굴로 땀을 훔치고 젖은 머리칼을 젖은 손가락으로 넘겼다. 그녀의 목소리는 쉬어 있었고 점차 아무 소리도 내지 않았다. 그는 그녀의 소리를 들을 수 없어 초조해졌다. 계속 소리를 내. 그는 그녀를 이리 눕히고 저리 돌려 눕혔다. 웬일인지 자꾸 못된 놈이 되어 가는 기분이었다. 그런데 이 여자는 왜 갈수록 반응이 없어지는 거지? 너를 깨우려고 이렇게 애쓰고 있는데 너는 어디로 간 거야?

그녀는 여전히 소리를 내지 않았다. 홍주마저 사라지게 할 수는 없어. 중얼거리고 나자 그는 참을 수 없이 비통해졌다. 그는 뼈를 부러뜨리는 소리를 지르며 혼자 파정에 이르렀다. 이토록 고독한 오르가슴이라니. 그녀의 홍수 없이 제 땀으로 흥건히 적신 시트에 그는 몸을 내던졌다.

그녀에게로 도망쳐 얻은 고독한 오르가슴. 지독한 파정은 이따금씩 자신조차 잊게 만든다. 그는 물구덩이에 빠진 것처럼 축축한 시트 위에서 가까스로 눈을 떴다. 그녀가 앤서니 퀸이 되어 떠돌이 집시가 된 자신을 거두어 축축한 뒷방 구석에라도 안전하게 눕혀주기를 간절히 바랐다.

"제발, 거기 좀 건드리지 말아요. 자꾸 생각나게 하지 말란 말이에요."

발가락 새에 숨어 있던 그녀가 어느새 그의 어깨 위로 돌아와 있었다.

"고등학생 때 한 수술이면 아물어도 한참은 아물었을 텐데, 뭘."

그녀는 야무지게 말했다.

"수술 완벽하게 한 거 아니에요. 두 번은 더 해야 하는데 안 해 줬어요. 엄마는 내가 죽어도 상관없었거든요."

"아무려면, 무슨 사정이 있었겠지. 죽어도 상관없어서 그랬으려고."

그는 그 흉터에 무언가 있다는 것을 눈치 챘다. 사춘기 소녀에게 저리 큰 흉터란 얼마나 큰 상처였을까. 더구나 하다 만 수술이라면. 그녀에게도 거둬 줘야 할 상처가 있다는 게 얼마나 다행인지 모른다는 생각이 들었다.

"걱정 마. 내가 다시 수술시켜 줄게."

허튼 소리가 될망정 주절거리고 그는 섣부른 물음을 서둘러 덮기라도 하듯 그녀의 어깨를 열심히 다독거렸다. 고분 한 기를 발굴하려면 얼마나 많은 논의를 거치며, 허가를 받기 위해 얼마나 많은 단계를 거치며, 얼마나 많이 기다려야 하는가. 한 사람의 삶과 그를 둘러싼 짧지 않은 역사가 묻혀 있는 곳이다. 섣불리 열어서는 안 되는 것인지도 모른다. 그것은 발굴의 기본이다. 한 번 열면 결코 열기 전으로 돌이킬 수 없다. 이제 발굴 허가를 받은 모양이니 기다리면 자연스럽게 상처의 역사를 알게 될 것이다.

그는 웬 꼬마가 금붕어와 애완용 사자를 데리고 온 꿈을 꾸었다. 때 구정물투성이 어린 사내아이를 돌볼 일이 까마득했다. 물고기는 한 마리 두 마리 물에 둥둥 떴고, 그의 마음을 읽고 있는 듯 애완용 사자는 꼼짝하지 않고 한나절 보내다가 그가 보지 않는 틈을 타 어디론가 사라졌다. 그는 진저리를 치며 뜰채로 물고기를 건져 내고 교활한 사자를 찾으러 온 구석을 다 뒤지고 다녔다. 그러나 찾고 보면 애완용 사자는 천진한 사내아이와 함께 방 한가운데서 웃고 있었다. 사내아이는 동물이 돌아다니는 것은 당연하고, 동물을 돌보려면 찾아다니는 것 또한 당연하다는, 그 무슨 짓을 해도 사자가 너무 사랑스럽다는 표정이었다. 그는 꿈속에서 어린애한테 한 대 얻어맞은 듯했다.

당신의 치미

포스터가 엉망이 된 건, 색깔 때문이었다. '아름다운 신라 기와, 그 1000년의 숨결 전(展)'이라는 문자 위에 얹은 치미(鴟尾)의 색깔, 그것을 결정할 수 없었다. 승기가 말했듯이 카키색 바탕에 붉지도 않고 황금색도 아닌 어정쩡한 벽돌색은 다시 봐도 영 아니올시다, 였다. 승기는 차라리 황금색이 낫지 않겠습니까, 라고 빈정거렸지만 황금색은 아무래도 마음에 걸렸다. 기와에 황금 칠을 한 일본이나 중국과 달리 우리나라는 보통 용마루 양 끝에 하늘을 찌를 듯 높이 세우는 치미를 다른 기와와 똑같은 기와제로 표현했다. 그러나 어차피 길상과 벽사의 상징인 봉황에서 비롯된 것이니 황금색으로 표현 못 할 바는 아니었다. 그가 선뜻 황금색을 택하지 않은 것은 그가 처음 본 치미 때문이었다. 뻘 층에 처박혀 1000년을 지낸 그것 은 붉은색이었다.

그는 치미를 발굴하던 오래전을 기억했다. 처남인 경재와 그는 막 학부를 마친 무렵이었고 한창 일에 미칠 듯 빠져들었던 때였다. 그들은 일에 대한 열정으로 많은 시간을 함께 보냈다. 그와 경재는 한겨울 절터 발굴을 함께했다. 선영이 가져올 따뜻한 커피를 기다리며 얼어붙은 손을 뻘에 담갔다. 물 반 흙 반의 뻘 속을 얼어붙은 손으로 헤집을 때 손끝에 닿는 느낌은 기와나 서까래 토막이나 별다를 게 없었다. 그저 무언가 만져지면 행여 뻣뻣이 굳은 손가락이 무신경한 쇠망치처럼 그것들을 다치게 할까 봐 조심 또 조심했다.

겨울 오후, 해가 저무는 시간. 차진 뻘에서 한쪽 끝이 몇 개의 조각으로 층층이 나뉜 튼실한 게 만져졌다.

"어, 이게, 뭐지?"

그의 목소리가 높이 울려 퍼졌다. 한 번도 만져 본 적 없는 물체라는 것을 둔감한 손가락도 알아차렸다. 그는 차디찬 바닥에 무릎을 꿇었다. 뾰족한 부분을 한 손으로 받치고 다른 손을 더 깊이 집어넣어서 갈수록 굴곡을 이루며 두툼해지는 몸뚱이를 더듬었다. 흰 원추의 몸뚱어리가 점점 드러났다. 경재가 바짝 다가왔다. 그는 묵직한 그것을 번쩍 건져 올려 경재의 무릎에 얹었다. 경재는 손으로 뻘을 걷어 냈다. 그들은 그게 무엇인지 단박에 알아차렸다. 문헌으로만 남아 있던 백제의 치미였다.

붉은 흙을 뒤집어 쓴 원추형의 그것은 아무 말도 할 수 없을 정도로 찬란했다. 높은 용마루 끝에서 날개깃을 바짝 세우고 모든 불길한 힘들을 향해 당당하게 몸을 펼쳤을 거대한 새가 눈앞에 그려졌다. 신라 황룡사의 치미는 높이만 186미터다. 거대한 치미만으로 황룡사의 규모를 짐작할 정도이니, 로마군의 투구처럼도 보이는 그것을 마주하고 그 어떤 사악한 귀신이 놀라지 않겠는가. 어떤 이가 그 위용 앞에서 행여 가슴을 활짝 펼 수 있겠는가. 치미는 그 존재만으로도 다른 이들을 저절로 고개 숙이게 했다.

그가 캐낸 백제의 치미는 산란하는 빛을 받아 붉게 반짝였다. 경재가 소리쳤다.

"이거 치미 아닙니까? 이런 여기가 깨졌네."

그는 얼른 몸을 숙여 웅덩이를 휘휘 저어 날개깃 한 조각을 마저 건져 올렸다. 경재의 무릎 위에서 맞춰 본 조각은 틈 하나 없이 꼭 들어맞았다. 마침맞게 다가온 실장은 경재의 어깨를 다독거렸다.

"김경재 수고했어. 대단한 걸 건졌어. 추운데 수고들 했어. 오늘은 이만 해산하지."

경재는 마치 공을 그에게 돌리려는듯 얼굴을 붉혔다.

"아닙니다, 형님이 한 일인데요."

실장은 이미 몸을 돌려 언덕을 내려가고 있었다. 외부인들의 접근을 막기 위해 네모반듯하게 둘러친 노란 띠가 실장의 등 뒤에서 바르르 떨렸다. 파란 비닐 덮개를 씌워 놓은 한 무더기 유적 위로 군데군데 남은 눈이 녹아서 주르륵 흘러내렸다.

그는 춥지도 않았다. 곱은 손으로 들고 있는 치미가 아름답기만 했다. 흙물이 흘러내려 깃털 끝부터 회색 속살이 드러났다.

그의 눈앞에 높고 거대한 건축물이 떠올랐다. 당대의 실력자가 머물렀을 그 건축물의 높은 용마루 양 끝에서 봉황의 꼬리를 치켜 세우고 사악한 뭇 존재들에게 감히 범접할 수 없는 현실을 일깨워 주던 장식물, 치미. 절대 권력의 아름다움을 그는 보았다. 절대 권력을 향해 까마득한 계단을 오르는 힘센 남자들이 떠올랐다. 그 꼭대기에는 힘센 남자를 태우고 하늘로 날아오를 거대한 날개들이 기다리고 있을 터였다.

앙코르와트나 라자라자왕의 힌두 사원이나 중국의 자금성이나 모두 절대 권력의 아름다움을 한눈에 일깨우는 것 아니겠는가. 그들의 권력이 한순간에 무너졌어도 사원과 궁궐은 여전히 그들의 영혼을 지켜 주었다.

흙을 걷어 낸 뒤에도 치미는 여전히 붉은색이었다. 회색 기와제는 그의 눈 속에 박힌 첫인상을 지우지 못했다. 그는 며칠 동안 치미에 관한 연구서를 작성하느라 책상에 틀어박혔다. 그것을 일정 비율로 축소해 모눈종이 위에 그림으로 옮기고 있을 때 그 곁을 지나치다가 칸막이 안으로 얼굴을 들이민 실장이 한마디 던졌다.

"김경재가 신문사에 가서 당신이 마무리하고 있는 건가?"

그는 그게 무슨 말인가 하고 실장을 올려다보았다.

"김경재, 그 자료 들고 신문사에 가느라 자네에게 마무리 맡겼냐고. 아무리 그래도 자기가 끝마쳐야지, 원."

실장이 지나갔다. 그는 어안이 벙벙하다가 차츰 무슨 뜻인가 알아차렸다. 사진도 경재가 찍었고 그가 실측한 자료를 들여다보며 으흠, 으흠, 고개를 끄덕였던 것도 생각났다. 나머지 작업 과정, 장소, 치미의 기원과 의의 등은 경재라면 충분히 언론에 제공할 만한 실력을 가졌다. 그는 경재를 도와주고 있는 꼴이 되었다.

연구실로 들어서는 경재의 머리칼 서리서리에는 야심 찬 바람이 성싱하게 배어 있었다. 경재는 묻혀 온 바람 냄새를 풍기며 그에게 맨 먼저 보고했다.

"작업하느라 바쁜 것 같아서 제가 좀 도와드렸습니다."

현장에 가랴, 발굴해서 야장(野帳)에 적은 것 옮겨 놓으랴, 눈코 뜰 새 없는 건 맞는 말이었다. 그건 경재도 마찬가지였다. 그렇게 바쁜 사람이 조사가 완결되지도 않은 자료를 넘기다니……. 그가 연구한 백제 치미에 관한 논문은 기회가 와야 발표되겠지만 신문 기사는 내일 아침이면 학술란에 경재의 이름을 실은 채 모두에게 읽힐 것이다. 치미는 이제 김경재의 것이었다. 그는 책상 위의 치미를 생색내기 좋아하는 경재의 앞섶에 던져 주고 싶었다.

날카로운 것은 언제든지 저를 만진 자를 다치게 할 수 있다. 그것은 새의 꼬리 깃털이라 해도 마찬가지다. 어쨌든 용마루 위에서 저를 노리는 불길한 기운을 막기 위해 날카롭게 벼린 것이 아닌가. 그렇게까지 생각이 나아간 그는 처음으로 적개심 같은 걸 가슴에 품었다. 그는 치미를 경재에게 넘겨주고 와당 전문가가 되었다.

오래전에 있었던 그 일을 떠올리고 나서야 비로소 포스터 색깔을 결정할 수 있었다. 어둠처럼 검은 실크 바탕에 붉은 칠을 뒤집어쓴, 가끔 막연한 적개심을 품고 낮은 세상을 휘 돌아보는 새를 그려서 인쇄소에 넘기고서야 그는 마음이 좀 풀어졌다. 나쁜 일은 항상 좋은 일을 통해서 온다. 그즈음 실장이 현장에 들어서면 입버릇처럼 하던 말이었다. 조심, 또 조심하라는 당부였다. 치미를 경재에게 넘겨준 그날, 그는 거꾸로 중얼거렸다. 좋은 일은 항상 나쁜 일을 통해서 온다.

중서가 그의 칸막이 안으로 불쑥 들어왔다. 칸막이 합판이 그의 어깨에 맞아 흔들거렸다. 합판 벽에 압정으로 꽂아 둔 계획표와 기초 자료들이 펄럭 날리다 한 개가 떨어져 압정이 떼구루루 굴러갔다. 그가 압정을 집으려 몸을 숙이는데 중서가 얼른 손으로 합판을 잡고 급하게 말했다.

"서울에 연락해서 치미랑 쌍조문와랑 보내 달라고 부탁해야겠어. 우리 물건은 거의 다 찍었거든. 도록 작업은 시간 좀 걸리니까 사진이 빨리 돼야지. 귀면와 소장자에게서 전시 허락 받았어?"

현중이 해야 할 일을 중서가 챙겼다. 그는 압정을 도로 꽂으며 중서를 향해 고개를 마구 끄덕여 주었다. 할 일이 태산 같은데 한낱 포스터에 시간을 이렇게 지체하다니. 그가 협조 문건을 올려 보내면 백제의 치미는 며칠 안에 그의 쇼 케이스에 진열될 것이다. 그렇게 가끔 전시회 때나 손에 들곤 하기는 경재나 그나 마찬가지였다.

그는 곧바로 성내건설에 전화를 넣고, 공문을 올려 보내마고 중서를 안심시켰다. 먼저 서울로 협조 공문을 재빨리 보내고 성내건설 사장에게 닿는 사람을 파악하기 위해 지역사회 문화계 인사 명단을 뒤졌다. 이런 일은 경재에게 부탁하면 직방인데, 아쉬운 점이 많겠어. 그는 중얼거렸다. 야생 차를 따러 다니는 여자, 도자기를 굽는 여자, 고문서 전문가, 족보 연구가 등등 경재가 주로 다리를 놓던 사람들을 찾아보았지만 자신이 접촉하기엔 마땅치 않은 인물들뿐이었다. 그도 고미술품 소장자들은 웬만큼 알고 있는데 성내건설과는 인연이 없는 듯했다. 경재와 아주 끊기기 전에 가능한 한 많은 사람들과 끈을 만들어 놔야 할지도 모른다는 생각까지 들었다. 할 수 없이 그는 실장에게 전화를 넣어 달라고 부탁하러 실장 방으로 갔다.

실장은 썩 내키지 않는지 눈길을 외면하더니 인디아나 존스 스타일의 카고 바지 옆 주머니에서 하얀 쌈지를 꺼냈다. 야생 차를 재배하는 여자에게서 얻어왔을 듯싶은 반발효차를 한 덩어리 꺼내 잘게 나누기 시작했다. 그리고 뜨거운 찻주전자에 넣으며 잊은 말이 있다는 듯 그를 흘깃 치켜 보며 입을 뗐다.

"아 참, 자네 중국에서 반환 요청해 온 유물 알지? 자네도 그 작업 함께했으니까 잘 알겠지? 문화재청에서 관련자들에게 사건 조사 요청해 왔어. 자네하고 승기 씨가 진술해야 할 게 있을 거야. 근데 말이야, 이런 경우 소유권이 어떻게 되는 거지?"

그는 결국 실장에게까지 내려왔구나, 싶어 뜨끔했지만 아, 그 사건요? 하는 듯 고개를 끄덕이다가 뭐, 이런 경우와 똑같달 수는 없지만, 하고 말을 꺼냈다.

"거, 왜 예전에 일본에서 반환 요청했던 불경 있잖습니까. 왜구가 우리나라에 와서 노략질 하던 때 부처님 복장에 숨겨 놓은 고려 불경을 훔쳐 갔다가 왜구 대장이 일본 성주에게 바쳤는데 성주가 모자란 것을 채워서 자신이 다니는 절에 시주했고 절에서 잘 보관했지요. 1980년대에 야쿠자가 그것을 훔쳐서 미국에 팔아넘기고 다시 한국 사람이 사게 된 거예요. 그런데 그 한국 사람이 불경을 문화재청에 보물 신청하고 다행인지 불행인지 보물로 지정이 되어 버리는 바람에 일본에서 알게 되었고, 일본에서는 도난품을 보물로 지정할 수 있느냐고 한국에 문제를 제기한 일이 있었잖아요."

"아, 그렇지, 그거 외교 문제가 돼서 무척 복잡해졌던 거지?"

"그렇죠. 우리나라나 일본이나 문화계 인사들 모두 전례를 찾고 야단법석이었죠. 일본에서 반환 요청하는 바람에 그걸 보물로 지정해 준 분이 얼마나 힘들었습니까. 뭐, 근데 결국 이건 야쿠자가 훔친 것이었기 때문에 우리 잘못은 전혀 없는 경우였고요. 산 사람은 미국에서 정당히 제 값 주고 산 것이니 선의의 취득이었으니까, 뭐, 결국 안 돌려주는 걸로 결정 났죠."

"그러게. 이번 경우도 비슷하지 않을까 싶네. 어차피 중국 도굴꾼 짓일 테고, 박물관은 정당하게 구입했을 테니까 말이야."

"박물관이 음성적으로 산 경우라면 문제가 되겠죠."

그는 무심코 말했다가 아차 싶었다. 굳이 그런 말은 안 해도 되는 건데, 싶었다. 박물관이 음성적으로 구입했는지 안 했는지는 금방 알게 될 일일 테니 말이다.

"문화재청에서 전례들을 다 확인하겠지. 하지만 도난품이라면 돌려주는 게 맞지 싶네."

"여론은 그렇지 않을 텐데요."

"뭐, 여론이야 항상 그럴 테니까."

그는 맞는 말이라며 심상하게 고개를 끄덕여 주었다. 실장은 차를 한 주전자 다 마시고서야 전화를 들었다.

"이분은 여간 까다로운 게 아닌데 말이야."

그는 창문에 빗기기 시작하는 빗방울을 바라보며 식은 차를 들었다. 그러나 식은 차 한 잔도 마실 수가 없었다. 부탁을 넘어서 애

원하는 듯한 실장의 목소리를 들으며 그는 고개를 점점 깊이 떨어
뜨렸다.

"그 귀면와를 전시하면 이번 특별전이 더욱 빛이 날 겁니다. 예,
예, 이번 특별전은 좀 중요합니다. 그래서 회장님 물건을 좀 올리려
고요. 도록을 만드는 데 시간이 걸리니까. 아, 예. 빨리 좀 부탁드리
겠습니다. 그럼요, 탑 차로 모셔와야죠. 아무 걱정 마십시오. 학예
관이 갈 겁니다. 보험도 물론, 물론이지요."

실장은 아쉬운 소리를 끝내자마자 이내 일어섰다. 책상 위의 초
청장을 누런 봉투에 넣으면서 이런 전화 다시는 시키지 말라는 의
중을 내보였다.

"하필 장마가 걸렸으니 아주 조심성 있게 가져와야 하네. 그 사
람 성화가 대단해서……."

누런 봉투를 옆구리에 끼고 카고 바지 주머니에 손을 한번 집어
넣어 빠진 게 없는지 확인하던 실장이 방금 생각났다는 듯이 그에
게 말했다.

"참, 김승기와 함께 가지."

그는 뜬금없는 말을 들은 사람처럼 실장을 바라보았다. 그러나
실장은 그대로 문을 나섰다.

승기라고? 전혀 예상치 않은 파트너였다. 좀 전에 전시실 앞 복
도에서 스쳤던 승기가 생각났다. 승기는 전시장 곳곳의 벽에 걸 이
미지 패널과 설명 패널을 만드는 작업을 했다. 승기는 첩첩이 쌓인
커다란 패널들을 하나하나 들추며 목록과 완성품을 대조하고 있었
다. 혹시라도 오타가 있거나 이미지 컷이 마음에 들지 않는 것을 한

쪽으로 빼놓느라 몸을 한껏 뒤로 젖히는 것을 보며 그는 실장 방으로 왔었다.

이런 경우, 필요하다고 생각되면 자기가 편한 사람을 하나 데리고 가는 게 관례였다. 그런데 굳이 승기와 함께 귀면와를 가지러 가라고 하다니. 그는 기분이 언짢아졌다. 소장 목록을 얻어 내고 안면을 터놓고 하는 일이 단지 일을 수월하게 하기 위해서만은 아니라는 것쯤은 알고 있지만 이런 대접은 무척 거슬렸다. 곁가지가 본가지보다 더 중요한 경우가 한두 가지가 아니었다.

승기와 함께 가면 도굴에 관한 얘기를 나누게 될 텐데, 반환한 전례를 내놓는 게 유리할까, 돌려주지 않은 예를 드는 게 유리할까. 속내를 들키지 않고 앞으로 자신이 하는 행동에도 모순되지 않을 방법을 찾느라 그는 머리를 굴려야 했다. 승기와 이렇게도 얽혀 드는 걸 보면 그의 인생에 승기는 아주 중요한 인물인 게 아닐까, 하는 생각도 들었다. 그는 과거 어느 시점부터 승기와 얽혀 온 일들을 곰곰이 되짚어 보다가 어제 작업한 내용을 기억했다. 그와 함께 승기에 대한 신뢰가 배어 있는 실장의 목소리도 함께 떠올랐다. 그는 중얼거렸다. 나는 아마도 매사에 치밀하지 못했던 걸 거야. 나는 배워야 할 게 아직 너무 많아. 장수왕은 말이지, 얼마나 용의주도했나 말이야.

장수왕이 공모에 응한 자 가운데서 발탁한 게 바로 도림이라는 승려였다. 도림은 말했다.

때에 도림이라는 중이 응모하여 말했다.

"어리석은 중이 아직 도는 깨닫지 못하였사오나 생각이 있어 나라의 은혜에 보답하고자 하옵니다. 원컨대 왕께서 신을 어리석다 마시고 그 일에 써 주신다면 왕명을 욕되지 않게 하겠사옵니다."

장수왕이 기뻐하며 은밀히 그를 보내 백제를 속이게 했다. 이에 도림은 거짓 죄를 짓고 도망친 것같이 하여 백제로 들어갔다.*

장수왕은 후보들 가운데 적임자를 뽑기 위해 나름대로의 테스트 같은 것을 실시했을 것이다. 장수왕은 첩자의 덕목을 상세히 생각한 뒤 그에 맞는 자를 발탁했을 텐데, 그 배경을 살펴보면 도림은 다른 이와 달리 유리한 조건이 있었을 것이다.

첫째, 문맹률이 높은 당시의 실정에서 승려는 일종의 지식계급이었다. 유능한 첩자는 사물의 이치를 꿰뚫을 수 있는 지적 능력과 정세를 판단할 수 있는 예리한 눈을 필요로 할 테고, 당연히 그 지식 습득의 도구가 되는 글을 알아야 한다. 따라서 학문을 공부한 도림은 판단력과 기억력 면에서 일반 백성보다 유리했다.

둘째, 승려 신분이 상대방에게 거부감이나 의혹을 사지 않는다는 점이다. 당시 불교는 동양 종교로 확실히 인정받아 어디를 가나 절이 있고 시주를 받으러 다니는 승려들이 있었다. 종교는 국적을 초월하기 때문에 승려가 포교나 공양을 위해 이 나라 저 나라 떠돌아다닌다 해도 이상하게 여길 사람이 없었을 것이다.

---

* 『삼국사기』 「백제본기」, 개로왕 21년 조.

셋째, 과묵성이나 신중성 면에서는 장수왕이 도림의 언행이나 용모를 보고 그 적합성 여부를 쉬 판단할 수 있었을 것이다. 사람이 듬직하다든가, 경박하다든가, 하는 것은 현대에서도 마찬가지로 중요한 판단 기준인데 고대에는 신하를 기용할 때도 관상학을 이용했다는 점에서 현대인보다 전문적인 소양을 갖췄다고 볼 수 있다.

넷째, 애국심의 측면에서도 도림은 흠잡을 데가 없었다. 그의 충정은 장수왕에게 언급한 말에서 잘 드러난다.

마침내 백제로 파견된 도림은 처음에는 정보를 수집하느라 많은 시간을 보냈을 것이다. 국경 부근의 성곽이나 지세를 답사해 보고, 사람이 많이 모여드는 주막 같은 데를 드나들며, 또는 시주를 받으러 가가호호 돌아다니며 민심의 소재를 파악하거나 설법 같은 것을 행하며 시중 정보를 얻어 냈다. 그리고 그 정보를 분석해 보니 백성들의 삶과 조정의 기풍이 소박하고 그 왕은 화려하지 않은 궁실에 처박혀 바둑으로 소일하고 있다는 것이었다. 그 대목에서 도림은 손바닥을 탁 쳤을 것이다. 바둑이라. 바둑에 일가견이 있던 도림으로서는 더할 나위 없이 좋은 도구를 만난 것이었다. 비로소 왕에게로 접근할 빌미를 잡았으니 이제는 구체적 방법을 만들 차례였다.

'고구려인들은 바둑과 투호 놀이를 좋아한다.'는 『구당서』의 기록으로 보아 장수왕이나 개로왕 시대에 이미 일반 백성들 사이에서도 바둑이 성행하고 있었던 것으로 보인다. 도림은 자기가 바둑을 잘 둔다는 소문을 내는 한편 철저하게 위장을 해야 했다. 바둑으로 일반 백성과 고관들을 거쳐 개로왕에게까지 접근하는 한편 오직 바둑에만 관심이 있을 뿐 정치 같은 것에는 애당초 아무 관심도 없다는 승려의 모습을 취한 것이다. 그래서 도림은 여러 비정치적인 사교 모임을 통해서 최종 목적인 신뢰를 쌓아 갔다. 그의 최대한의 책략은 철저히 신실함을 보이는 것이었다.

신실함으로 말하자면 오나라로 도망쳐 간 오자서가 오왕 합려에게 보인 정도는 되어야 할 것이다. 오자서는 먼저 오왕 왕료에게 도망가 구함을 얻었지만 공자 합려가 왕료를 도모하려 한다는 것을 알고 전저를 천거했다. 전저는 합려에게 왕료를 도모할 수 있는 방법을 가르쳐 주었다.

"무릇 군주를 죽이고자 할 때는 반드시 먼저 그 좋아하는 것을 구해야 합니다."

전저는 틈을 파고들 줄 아는 모사꾼이었다. 전저는 합려로부터 왕료가 구운 생선을 좋아한다는 것을 알아냈다. 물가에 찾아가 생선 굽는 요리법을 배운 지 석 달 만에 맛을 내는 비법을 배워 가지고 돌아왔다. 생선의 내장에 비수를 감춰 구운 다음 그것을 받쳐 들고 왕께 나아가 왕의 배를 뚫어 버렸다.

오자서는 합려의 잔인함을 보고 그가 뼈에 사무친 자신의 원한을 갚아 줄 인물임을 알아보았다. 합려를 도와 오갈 데 없는 자신을 구해 준 오나라 왕 왕료를 죽이는 충성을 보이고 오랜 세월을 두고 신임을 얻어 합려 스스로 군사를 일으켜 모국인 초나라를 도모하게 만들고야 말았다. 이렇듯이 도림도 세월을 이겨야 개로왕을 움직일 수 있을 터였다.

개로왕이 백성을 사랑하고 소박한 생활을 하고 있기는 하나 바둑을 지나치게 좋아한 것은 이미 누군가 끼어들 틈새를 보인 것이다. 『사기』에 이런 구절이 있다. '복숭아나 오얏나무는 말은 하지 않지만 그 밑에 저절로 샛길이 생긴다. 엎질러진 꿀물에 꼬여 드는 개미를 어떻게 해도 막을 수 없는 것과 마찬가지다.' 어지러운 천하의 샛길로만 다녔을 첩자들. 그림자마저 바꾸고 샛길을 통해 뜻을 이루었을 책략가들. 그들이 지닌 최대의 강점 '책략'과 '신실함'을 굵은 필체로 바꿔 쓰고 싶었다. 이 두 가지를 갖춘다면 고대나 현대나 첩자로서 완벽한 자세를 취할 수 있을 것이다.

그는 도림이나, 오자서나, 숱한 책략가들이 주어진 조건들 속에서 택했을 방법들을 생각해 보았다. 어떤 문제나 한 가지 방법만 있는 것은 아닐 테니, 탄력 있는 대응을 위해서는 다른 복안도 생각해 두었겠지. 그는 지금 자신의 상황을 유리하게 만들기 위해 정보를 제공해 줄 사람과 자신의 편이 되어 줄 사람이 시급하게 필요하고, 그들과의 연대에 기반이 될 신실함을 보여 줄 방법을 찾아야 하는 것을 깨달았다.

이번 일에는 승기가 중요한 역할을 하게 될 것이다. 그 꼬장꼬장한 성격으로 보아 필시 그에게 유리한 쪽으로 일을 몰아가지는 않을 게 분명했다. 이제라도 승기를 잘 다독일 수만 있다면……. 그는 한숨을 몰아쉬었다. 불리한 국면에 처해 꼼짝 못 하면서도 유리한 상황으로 돌변시켰던 자들도 있을 텐데. 그들은 누구였지. 그는 자기가 읽었던 고전들을 더듬어 보았다.

빗방울이 굵어진다 싶어 우산을 챙기는데 중서에게서 전화가 왔다.

"일 끝냈으면 옥토버 페스트로 나와. 후배들하고 오랜만에 술이나 한잔 하게."

어차피 혼자 보내야 할 금요일 저녁이었다. 누군가 바깥 돌바닥 위에서 줄넘기를 하는구나 싶었는데 나와 보니 타다닥 빗방울 떨어지는 소리였다. 비가 오는 줄 알면서도 빗방울 소리가 달리 들렸다. 검은 어둠 속에서 누군가가 오래도록 줄넘기를 하는 줄만 알았다. 그건 참 가슴 파이도록 외로운 소리였다.

홀로 보낸 긴 저녁들. 오후 5시에서 7시 사이. 혼자 우두커니 서 있다가 신호가 바뀌면 건널목을 서둘러 건너는 이 시간이 여전히 낯설다. 매일 같은 길을, 매일 낯설게 건넌다. 신호를 기다릴 때는 바람만 건듯 불어도 자칫 잘못 든 인터체인지처럼 순식간에 다른 길로 올라탈 것만 같고, 대기의 색깔이 조금만 짙어져도 왠지 그를 부추기는 세력이 달라붙을 것처럼 쓸데없이 가슴이 두근거려 무슨 일이든 금방 터트릴 것만 같았다.

당신의 추

옥토버 페스트의 격자 유리문을 열자 왁자한 소란과 후텁지근한 훈김이 그를 떠밀었다. 그가 들어서자 서양의 하녀처럼 하얀 앞치마를 입고 종아리까지 올라오는 타이츠에 굽 낮은 구두를 신은 여자가 그를 안내했다. 드넓은 실내에 사람들의 머리가 빼곡했다. 그들이 부르짖는 소리가 거대한 실내를 가득 채웠다. 추울 정도로 시원했지만 그 머리 숫자에 지레 견딜 수 없게 더워지는 것 같았다. 그는 살짝 눈살을 찌푸렸다.

여자는 좌석 사이로 데리고 걸어가다가 앞에서 다가오는 남자에게 뭐라 하면서 그를 넘겨주었다. 시종처럼 헐렁한 조끼에 희고 흐늘흐늘한 셔츠를 받쳐 입은 남자 종업원 역시 그의 얼굴은 거들떠보지도 않고 정확히 중서가 있는 자리로 데려다주었다. 떠들썩한데다 종업원의 옷차림 탓인지 독일의 맥주 페스티벌에 온 듯한 기분이 들었다. 공짜로 마시는 맥주와 흘러넘치는 거품, 수북한 소시지와 닭 바비큐, 높디높은 돔과 거국적인 축배만 더해진다면 꼭 그렇게 여겨질 법했다.

자리에 앉으면서 보니 중서는 후배들에게 둘러싸여 벌써 여러 잔 마신 것 같았다. 중서는 이렇게 맥주잔을 높이 치켜들고 수많은 저녁을 보냈다. 그 얼굴의 반은 즐거움에 취해 있고 반은 권태로움에 취해 있었다. 중서에게 느리게 흘러가는 시간과 일의 느린 진행과 어정쩡한 상태들은 견딜 수 없는 권태였다. 후배들은 붉은 얼굴을 일제히 중서에게 모으고 그의 얘기를 듣고 있었다. 무슨 얘기인지 이미 상당히 진행된 것처럼 보였다.

"무슨 소리야? 그럼 여자에게는 사랑만 있단 말이냐?"

"그래도 여자에겐 사랑이 먼저죠. 안 그래요?"

"모르는 소리. 퀸 엘리자베스가 말이야, 욕망을 달성하기 위해 남자를 어떻게 이용했는지 알아? 결혼을 하네 마네 하면서 귀족과 의회를 얼마나 교묘히 다뤘는지 아냐고. 결국 국민을 사로잡기 위해서 국가와 결혼했다고 공표했지. 그것만이 그녀가 살아남을 유일한 길이었지만, 그녀에게 사랑은 욕망을 달성하는 과정에서 맨 밑바닥에 깔려 있었을 뿐이야. 그저 사다리에 불과했다고."

중서의 말에 그가 맞장구를 쳤다.

"여자에게 사랑이 먼저라는 말은 나도 인정할 수 없어. 제인 그레이를 죽인 블러디 메리도 있고, 여자들이 얼마나 무서운데. 남자보다 더할 때가 있다고요. 퀸 엘리자베스가 자기를 사랑했던 남자들을 이용한 것을 보라고요."

한 여자 후배가 질 수 없다는 듯이 맞받았다.

"그렇게 말할 수는 없을 것 같은데요, 블러디 메리 또한 몇 번이나 사랑을 겪었지만 결국 정략결혼을 피할 수는 없었던 거라고요. 사랑을 버리고 피의 여왕이 될 수밖에 없었던 역사였으니까요. 그 뒤를 이은 여자가 엘리자베스고요. 그녀가 짊어진 짐은 그녀로 하여금 지독히도 합리적일 것을 요구하지 않았을까요? 연인에게서 권력 찬탈의 위험을 겪고, 사랑을 버려야 했던 젊은 퀸을 생각해 보라고요. 사랑을 버리고 피를 부른 여왕과 사랑을 버리고 피의 역사를 종식시킨 여왕을요. 일생 동안 사랑 없이 살 것을 맹세한 여자, 제아무리 지독한 여자라도 쉬울 것 같나요? 선덕여왕도 그렇고요."

"자식도, 부모 형제도 죽이는 게 권력인데, 여왕을 배반하는 연인이란 뭐, 충분히 있을 수 있지."

중서가 흔들흔들 무심하게 대꾸했다. 또 다른 여자 후배가 붉은 얼굴로 앞 여자의 말을 이었다.

"그러게. 진성여왕이 딱 퀸 엘리자베스가 되었어야 했는데, 각간 위홍이라나, 정치에 무관심한 예술가 삼촌과 사랑하는 바람에 제 역할을 못 하고 말았죠. 참 안타까워요. 역사가 원하는 것을 이루지 못한 여왕이란 죽일 년밖에 더 되겠어요. 사랑과 역사가 함께 갈 수는 없을까요."

중서가 열정적으로 고개를 끄덕거렸다.

"사랑과 역사가 함께 간다? 야, 그 말 멋지다. 사랑과 역사가 함께 가지 않은 적은 또 어디 있겠냐. 그런 말도 있잖아. 남자는 돈도 권력도 여자 무릎 아래에 갖다 바치기 위해 죽을 용을 쓰는 거라고. 금방 돌아설 한낱 여자에게 바치기 위해 말이지. 야, 참 취할 수밖에 없다."

"어쩌면 여자의 무릎 아래 갖다 바쳤기 때문에 인류가 이만큼 살아온 건지도 몰라요. 약탈해 온 것을 몽땅 여자에게 바치고 사랑을 나누기 위해서라도 싸움을 중지해야 했을 테니까요. 그렇게 사랑을 놓지 않았던 평범한 여자들이 없었으면 인류가 어찌 되었을지 끔찍하지 않나요?"

이야기는 점점 남자의 야만성으로 흘러가고 있었다. 여자의 본능에 대해서라면 또 얼마나 할 얘기가 많겠는가만 중서는 맥주잔을 높이 치켜들고 혼자 잔을 부딪치는 시늉을 했다.

"하긴, 너희들 얘기 들으니까, 우리 집사람 생각난다. 아들이 막 중학생이 되었을 때 샌드백을 매달고 오며 가며 글러브로 팡팡 치고 발로 퍽퍽 차는 것을 볼 때마다 그러더라. 저 테스토스테론, 어휴 저 테스토스테론을 어떡해."

모두들 웃음을 터트리며 잔을 들고 단숨에 주욱 들이켰다. 여자들은 새로운 잔을 채울 때마다 메뉴판을 들여다보며 다른 종류의 맥주를 시켰다. 어린 여자 종업원들은 작고 가냘픈 손목으로 한 손에 200시시 잔을 두세 개씩 잡고, 다른 손에는 안주 접시를 들고 아무렇지 않게 날랐다. 종업원들은 주문을 받을 때도, 음식물을 가져올 때도 눈은 항상 분주하게 다른 곳을 바라보았다. 그들이 일일이 손님과 눈을 마주치기에는 너무 큰 홀이었고, 너무 많은 사람들이 있었으며, 번번이 그들의 주의를 빼앗아 가는 사람들이 있었다. 매번 새로운 맥주를 시키는 여자들과 매번 같은 맥주를 시키는 남자들의 얼굴이 점점 술에 젖어 갔다.

사랑과 함께 가는 역사, 그는 술에 취한 입으로 중얼거렸다. 내 척추에 하나하나 금을 새긴다면 첫 번째 경추에는 어떤 금이 그어 질까. 붉게 부푼 어미의 젖가슴, 그것을 빼앗기고 울었던 첫 번째 설움. 두 번째 경추에 그어진 금, 아버지의 죽음. 세 번째 경추에 새 겨진 건 도둑질일까, 홍주와의 만남일까. 그는 남아 있던 숨을 몰아 내쉬었다. 차가운 입김이 코앞으로 몰려 나갔다.

젖은 그의 눈에 한지에 싸인 길쭉한 물건이 들어왔다. 아까부 터 그 물건의 주인인 듯한 어린 후배가 자긍심에 가득 찬 표정으로 제 가슴 쪽으로 끌어당기곤 했던 것이 기억났다. 그는 "발굴을 마 친 모양이지?" 지나가는 말처럼 묻고 후배는 자랑스럽게 "저울이에 요."라고 했다.

그는 펼쳐 보이라는 손짓을 했다. 한지가 벗겨지고 속에 한 겹을 더 싼 소청지가 벗겨졌다. 묵직한 추까지 완벽하게 보존된 조선 초 기의 저울이었다. 그리 오래전 것은 아니지만 첫 발굴이라면 그의 기억 속에 영원히 각인될 것이다. 그는 추를 손바닥에 얹었다. 어느 상인의 점포에서 미역을 달고 절인 생선이며 육고기를 달았을 저 울. 접시에 얹힌 무게를 정확히 가늠해 줄 추. 고리에 녹이 그대로 남아 있는 무쇠의 차고 둔중한 감촉이 한 주먹 가득 잡혔다.

물기가 흐르는 차디찬 맥주잔과 달리 손바닥 한가운데를 묵직하 게 내리누르는 추를 만지자 무딘 살갗은 불현듯 아주 오랜만에 선 영을 떠올렸다. 그리고 그녀의 별명이 곧바로 떠올랐다. 시큰둥. 그 는 추를 만지작거렸다. 무쇠 덩어리의 무심함에서 시큰둥을 떠올렸 나 보다.

그는 선영을 '시큰둥'이라고 불렀다. 학계가 다들 들떠 있던 풍납 토성 발굴단에 끼어 일하기 시작했을 때 그가 너무 기뻐 주방에서 거실로, 거실에서 방으로 뒤따라다니며 미주알고주알 늘어놓을 때도 선영은 시큰둥했다. 결혼 전에 그를 위해 매일같이 발굴터에 커피를 날랐던 그녀는 알고 보니 자신의 관심사 외에는 거의 모든 일에 시큰둥한 여자였다. 나중에 풍납토성에 관한 사건이 터졌을 때도 그의 투덜거림을 귓등으로 들어 넘기곤 했다.

그러나 자신의 관심사에 이르면 사정이 달랐다. 선영은 한때 가구며 주방 용품이며 장식품에 흥미를 보였다. 하얀 까사미아 콘솔과 앤티크 장식장은 아라비아에서 막 건너온 듯한 유리잔과 값비싼 양식당의 식탁에서나 나옴 직한 화려한 문양의 접시들로 채워졌다. 그러다가 마호가니와 오크에 눈을 돌리더니 곧 각각의 재질에 관한 한 전문가가 되어 이러쿵저러쿵 얘기를 했다. 그러나 얼마 안 가 집 안 꾸미기에서 관심을 잃더니 부동산 투자에 눈을 돌렸다. 지방의 작은 개발 구역을 용케도 찾아다니고 몇 차례의 굴리기도 손쉽게 해 냈다. 그러고는 아이가 학교에 다니기 시작하자 교육에 열을 올렸다. 지금 뉴욕에서는 무엇에 열중해 있을까.

그녀는 독특한 재주가 있었다. 눈을 돌리면 곧 그것에 전문가가 되었다. 오직 그가 하는 일에만 관심이 없었을 뿐이다. 그는 워낙 어렸을 때부터 접해 온 분위기라 호기심이 없어서였을 거라고 짐작했다. 그런 선영은 당연히 그의 깨진 유물 접시 조각 같은 것에는 눈길도 주지 않았다.

그런데 어느 날 그녀가 그를 놀라게 했다. 한여름, 한낮이었을 것이다. 집에 온 친구들 모두 얼음물부터 찾을 때 선영은 그들을 식탁으로 안내했다. 냉커피가 투명한 유리잔에 준비되어 있었고 식탁에는 이미 신선한 물방울이 맺힌 야채와 화채, 냉채들이 놓여 있었다. 그리고 각각의 앞 접시로 귀퉁이가 깨져 나간 접시들이 놓여 있는 게 아닌가. 자리에 앉으면서 보니 그의 방에서 가져온 유물 조각들이었다. 하얀 레이스 식탁보와 금실로 짜인 테이블 러너 위에는 그가 만들었으나 그녀가 떨어뜨려 깨뜨린 분청 접시에 야채 샐러드가 서늘하게 담겨 있었다. 친구들은 감탄을 연발하며 시원한 여름 상을 받았다.

그런데 다음 날이 되니 무심해지기는 마찬가지였다. 무심함을 지나쳐 심하다 싶을 정도로 그의 물건을 함부로 다루었다. 선영은 청소를 할 때 책장에 올려놓은 물건들을 걸레로 쳐서 떨어뜨리기 일쑤였다. 그가 며칠 동안 공들여 만들어 놓은 황룡사 석탑 모형, 한 뼘 길이로 주조한 청동 불상, 1000년 전의 것을 모조한 21세기의 석불상들이 그녀의 걸레질에 바닥으로 떨어져 와장창 깨진 적이 한두 번이 아니었다. 너무 많은 물건들이 무질서하게 널려 있어 청소하기 곤란하다는 게 이유였다. 어느 날 그는 왜 이렇게 내 물건들을 업신여기느냐고 화를 낸 적이 있다. 선영은 그런 적 없어, 라고 간단히 말했다. 미안한 표정도 짓지 않고 싸늘하게 말하는 얼굴을 보며 저 무심함 뒤에 무언가 있다는 것을 간신히 알아차렸다. 그는 선영을 아주 늦게 알아차린 거였다. 그러나 그녀의 마음이 떠나간 이유를 알 수 없었다. 그녀는 왜 내게서 마음을 회수했는가.

홍주였다. 선영은 그가 홍주를 잊지 못하고 가끔 만나던 것을 알

왔던 것이다. 선영을 아내로 만들기 위해 경재와 장인에게 달라붙어 있던 그 시기에 홍주를 만났고, 관계를 유지했다. 그녀는 그 사실을 알고 홍주와 자기 중에 선택하도록 했고 그쯤해서 둘의 관계가 끊어졌다고 생각하고 그와 결혼했다. 그러나 그 뒤로도 완전히 끊긴 게 아니었다는 것을 뒤늦게 알게 되었던 것이다. 그에게 철저히 무심해지는 것, 그것이 그녀의 복수라면 복수였다는 것을 그가 알 리가 있었겠는가. 그는 그것도 모르고 선영을 미워했다. 그러나 선영은 그를 미워하지 않았다. 그저 잊었을 뿐이다. 미움조차 먹히지 않는 그녀에게 절망한 나날들이 새삼 돌이켜졌다.

그러니 선영은 묵직한 추와는 그리 연관성이 없어 보였다. 그럼에도 추를 잡고 있으면 있을수록 선영이 생각났다. 선영과 연관된 가족 관계 때문인가. 새로 시킨 보드랍고 따스한 빵과 차갑고 거칠며 몹시 커다랗고 묵직한 추를 번갈아 만졌다. 중서는 여전히 무엇인가에 대해 주절거리고 있었다.

"여기 맥주는 정말 맛있어."

중서는 시큼하고 달콤한 맛과 쓴맛이 강한 맥주를 번갈아 시켰다. 그러고는 차가운 물기가 주르륵 흐르는 맥주잔을 두 손으로 감쌀락 말락 하며 말했다.

"여길 봐. 이걸 소홀히 하면 안 돼. 너무 연약한 것이라 쉽게 변하니까 조심해야 해. 맥주잔이 중요한 이유를 알겠지? 맥주를 사랑하면 알게 돼. 왜 거품 아래 차가운 액체가 살아 있다고 느껴지는지, 왜 거품이 필요한지. 맥주를 빚는 이집트 여자를 보았니? 그 여자의 풍만한 젖가슴 아래서, 그 여자의 짓이기는 손바닥 아래서, 커다랗고 둥근 항아리 속의 효모는 발아하는 거야. 물론 부장품이지. 기원전 2050년경에 만들어진 석고상인데 난 그걸 보는 순간 맥주의 태생을 알아 버린 기분이었어."

중서는 풍성한 거품에 입술을 묻고 말했다. 그는 말랑말랑한 빵을 손으로 뜯으며 중서가 예찬해 마지않는 맥주를 마셨다. 그리고 중서의 말을 들으며 선영의 보드라운 빵 같은 젖가슴을 기억했다. 선영은 무심한 표정과는 달리 보기 드물게 젖가슴의 감촉이 좋은 여자였다. 한 손 가득 잡히던, 뜯어 먹고 싶던 말캉말캉한 젖가슴의 기억을 그는 털어 버리지 못했다. 그는 오래된 녹과 흙이 그대로 남아 있는 구리 접시 옆에 추를 놓았다. 그리고 선영의 젖가슴을 얹고 추를 움직였다. 이집트 여자의 젖가슴 아래서 맥주가 빚어지듯 선영의 젖가슴 아래서 수많은 행복이 빚어졌다. 선영 아버지의 연구물을 누구보다 먼저 보았고, 동기보다 일찍 승진하였고, 무슨 일에나 중심에 섰고……. 그는 슬며시 선영의 젖가슴을 내려놓았다. 선영으로 인한 행복은 그것이 전부였을까.

깨끗이 비운 접시 위에 스무 살을 얹고 스물여덟 살을 올리고 서른다섯 살을 올리고 마지막으로 마흔 살을 올렸다. 선영과 관계된 인생의 고비였던 순간들이다. 그녀와 함께 겪어 낸 시절을 얹고 추를 움직였다. 그가 몰랐던 그녀의 슬픔을 얹고 또 추를 움직였다. 완전히 끊을 수 없는 연민을 놓고 그는 또 추를 움직였다. 어떻게 움직여도 선영 쪽으로 무게가 기울었다.

그는 일은 잘 알았지만 사랑은 잘 몰랐다. 그러니 갈수록 일도 사랑도 무거워지기만 했다. 마흔, 선영이 앉아 있었으나 이제 비워진 접시에 무엇을 얹어야 할까. 떠나 버린 선영을 도로 불러 억지로 주저앉혀야 하나. 아직 선영을 보내 줄 수 없는 건 내 불안한 앞날 때문일까, 서늘한 가슴에 아직 남아 있는 입김 같은, 사랑이랄 수도 있는 것 때문일까.

그는 중서가 하는 것처럼 맥주잔을 소중히 잡고 단숨에 들이켰다. 중서처럼 맥주에 귀를 기울이고 촉각을 바치며 그 쓰고도 달콤하며 시큼하게 살아 있는 것을 느끼려고 애를 썼다. 그러나 시간이 흐를수록 그들 모두는 서서히 무너져 갔다. 그들은 쓴맛의 맥주와 시큼한 맛의 맥주를 구분하지 못하고 게슴츠레한 눈길로 서로를 바라보고 서로를 혼동했다.

추는 여전히 무거웠다. 그는 취한 영혼으로 그들이 나누는 얘기를 녹슨 접시에 얹어 보려 했지만 취한 영혼들은 나부끼는 연기처럼 종잡을 수 없었다. 그가 무슨 짓을 하건 전혀 개의치 않는 중서는 다시 영국의 여왕을 얘기하고 있었다. 블러디 메리에게 죽어 간 9일간의 여왕 제인 그레이로 이야기는 갑자기 활기를 띠었다.

"너희들 그 그림 보았니? 창백하고 아름다운 제인 그레이가 두 눈이 가려진 채 단두대 앞에서 휘청거리는 그림 말이야. 시녀들이 가엾은 여왕의 옷과 장식품을 수습하며 옆에서 슬퍼하고 있지. 더듬거리는 제인 그레이의 창백한 팔과 손을 보지 못했다고? 그거 꼭 봐라. 그림이란 모쪼록 그래야지. 보기만 해도 가슴에 사무치지 않나."

아름다운 제인 그레이를 살려 주지 못한 것이 못내 아쉬운 듯 중서의 얼굴이 더욱 붉어졌다. 「런던탑의 비극」이라는 그림을 그도 기억했다. 어둡고 좁은 건물 구석, 두 눈이 가려진 채 온기가 사라진 두 팔을 내젓는 여자의 황망한 표정이 너무도 또렷한 그림이었다. 제인 그레이는 몸을 제대로 가누지도 못하며 어처구니없는 운명을 향해 걸어야 했다. 아버지의 눈먼 욕망에 희생당한 딸들이 어디 한둘이겠는가. 요새 세상이라고 다른가. 제 눈먼 욕망은 또 어떻고. 그는 다시 맥주를 들이켰다. 아름다운 제인, 어쩌고 하며 비분강개 하던 중서가 느닷없이 그를 향해 고개를 홱 돌렸다.

"참, 자네 그 소식 들었어? 광개토왕 유물 말이야, 그거 진품이 맞는 거 같아? 자네가 작업했으니 잘 알 거 아냐. 어떻게 생각해?"

그는 뭔 소리냐는 듯이 취한 눈을 한껏 치켜떴다. 그저 그랬을 뿐인데 중서가 또 넘겨짚었다.

"아, 아직 모르는 모양이군. 고구려박물관에 소장된 유물이 알고 보니 중국에서 도굴당한 것이라는 거야. 그걸 반환 요청해 왔어. 하지만 그게 위품이라면 뭐 반환하고 말고 할 게 없잖아."

그는 더욱더 취한 듯한 얼굴로 무슨 소리냐는 듯이 멍하니 쳐다보다가 겨우 알아들었다는 듯 느릿하게 고개를 끄덕이며 맥주를 한 모금 마시고 대답했다.

"보질 않았으니 진품인지 위품인지 알 수 없지. 박물관에서 소장할 때 조사했겠지, 뭐."

"박물관 소장품이라고 다 믿을 수 있는 건 아니잖아. 장물인 걸 알면서도 전시했을 수도 있고 위품이라서 전시한 것일 수도 있잖아."

중서가 하는 말에서 현중은 빠져나갈 구멍을 보았다. 자신에게 진품 감정 요청이 들어온다면 의외로 일이 쉽게 끝날 수도 있을 듯

싶었다. 취한 덕분에 그는 손을 흔들며 낙천적으로 생각했다.

그런데 얘기가 의외로 열기를 띠었다. 남자 후배가 아, 그건 돌려주면 절대 안 되죠, 하며 나섰다. 중서가 학생을 가로막으며 손을 저었다.

"이 친구야, 돌려줘라 말아라, 그건 그렇게 간단하게 결정할 문제가 아니야."

"그러니까, 이번 기회에 누구의 무덤인지 규명하게 발굴을 재개하도록 허가해 달라고 요청해야죠."

"광개토왕릉이라는 결정이 나도 소재지가 중국인데 소유권은 당연히 중국에 있단 말이야. 역사는 어차피 승자의 것이야."

"그렇지만 박물관에서 정당하게 구입했다면 그걸 돌려줘야 할 이유가 없잖아요."

다른 학생도 남학생의 말을 받았다.

"중국에서 발굴 허가, 절대 안 해 줄 거예요. 동북공정을 위해서 그냥 덮어 두려고 할 거라고요. 우리가 왜 그 장단에 놀아나야 하냐고요."

"박물관에서 소장하게 된 경위를 조사하겠지. 그런데 전례를 짚어 보면 이런 경우, 어쩔 수 없이 돌려주게 되어 있어. 하지만 여론이 안 좋다면 그냥 돌려주지는 않을 테지. 그러니 양국이 어떤 식으로 협상을 해 나갈지 두고 봐야지."

그는 중서의 의견이 그렇다면 학계 대부분의 의견이 그럴 것이라고 짐작하며 취한 척 어깨를 축 늘어뜨려 의자에 기대고 오가는 얘기들을 듣기만 했다.

"오늘 네티즌들 들썩이는 걸 보니 여론 때문에 그냥 내줄 수 없을 것 같긴 한데……."

말이 끊어지고 말끝이 흐려지는 걸 보니 중서도 상당히 취한 것 같았다. 다른 이들은 벌써 대화에 끼지도 못하고 늘어져 있었다. 다만 추를 갖고 있던 남학생만이 몸을 추스르려 애쓰며 혼자 주절거렸다.

"국민들 정서가 돌려주는 걸 원치 않아요. 난리 날걸요."

그는 잘 움직이지 않는 고개를 들어 실내를 돌아보았다. 셔츠 소매를 걷어 올렸거나 세련된 반소매 체크무늬 셔츠를 입은 남자들과 단정한 옷차림의 여자들은 밤이 깊었는데도 바로 길 건너에 있는 올갱이 해장국 집이나 순댓국 집에서 마주칠 수 있는 사람들과는 아무래도 달라 보였다. 그러나 이곳을 거쳐 해장국 집으로 가는 사람들도 해장국 집에만 들어서면 어딘가 모르게 축 늘어져 애초 그곳에 있던 사람들과 마찬가지가 되었다. 길을 건너는 1~2분 사이에 옥토버 페스트에서의 표정은 해장국 집에서의 표정으로 바뀌곤 했다. 이미 새벽에 가까운 시간이기 때문일까. 아니면 조명이 다르고 실내를 채운 냄새가 달라서일까. 저울의 주인인 학생은 내내 안절부절 못하는 자세로 그가 만지작거리는 추를 향해 슬금슬금 손을 내밀었다가 미적미적 다시 거둬들였다가 했다. 그는 후배의 불안한 마음에는 아랑곳하지 않고 여전히 추를 손에 잡고 있었다. 그는 분위기를 바꾸고 싶었다.

3시가 넘어서자 그는 중서와 후배들을 이끌고 해장국 집으로 들어갔다. 장소가 달라졌다는 걸 취한 자들이 언제 알아차렸는지 제인 그레이와 블러디 메리는 다시 입에 오르지 않았다.

"이거 올갱이 아냐? 이건 뭔지 아냐?"

중서가 해장국 속의 푸른 나물 건더기를 들어 올리며 후배에게 물었다.

"시금친가요?"

"이게 시금치냐? 먹어 봐라. 아욱이다, 아욱."

"아, 그렇구나."

아마 그 여자 후배는 자기가 올갱이 아욱국을 먹었는지도 기억하지 못할 테고 다음에 물으면 또 시금치인지 아욱인지 구별하지 못할 것이다. 그들은 그런 하잘 데 없는 얘기를 나누며 4시까지 버텼다. 어떻게 집에 들어갔는지 아무도 기억하려고 하지 않을 것이다. 집 앞에 이르러 휴대전화를 꺼내 보니 경재에게서 여러 번 전화가 와 있었다. 이제야 소식이 쫙 퍼진 모양이군. 그는 어둠에 몸을 던지는 것처럼 이리저리 비틀거리며 걸었다. 어둠이라도 자기를 받아 주면 좋겠다고 생각했다.

나의 토마토

금요일은 혼자 사는 남자에게 최악의 날이다. 살아 있는 맥주는 다음 날까지 제가 살아 있었음을, 육체와 얼마나 잦은 대화를 나누었는지를 기어코 확인시킨다. 그는 혓바닥이 쩍쩍 갈라지는 갈증과 뒤틀리는 위통을 느끼며 한낮에 되어서야 겨우 일어나 앉았다.

그는 뭐라 말하는지 자신도 모를 말을 구시렁대며 정수기에서 물을 받아 벌컥벌컥 마셨다. 그러나 아무리 맹세에 맹세를 거듭한다 해도 뜨거운 여름 금요일 밤 어찌 시원한 맥주의 유혹을 뿌리칠 수가 있겠는가. 그는 관자놀이를 꾹 누르며 햇빛이 쏟아지는 베란다로 나가 기지개를 쭉 폈다. 오늘도 지독히 덥겠군. 그는 팔과 다리, 허리를 차례로 털고 나서 거실로 들어서려다가 베란다 벽에 붙여 놓은 콘솔 위를 보고 깜짝 놀랐다. 거기 검고 거친 묵직한 쇳덩이가 놓여 있었다. 아니, 저것이 어떻게 저기에 있는 거지? 그는 황당한 마음을 추스르며 추를 집어 들었다. 이것을 잃어버린 후배는 얼마나 당황하고 있을까. 후배 것이니 괜찮다고, 그의 무의식 어디선가 안일하게 생각했던가. 그나저나 그 취한 정신으로 어찌 베란다로 나와 여기 둘 생각을 했을까, 싶었다. 여기 두면 안전하다고 여겼을까.

베란다 콘솔 위에는 선영의 걸레질에서 벗어난 그의 작품들이 몇 개 놓여 있었다. 뿌연 먼지가 쌓인 모조품들 곁에 문제의 추가 멀쩡하게 놓여 있었다. 이것은 훔친 것이다. 그의 기억 어디에도 남아 있지 않지만 이것은 분명히 후배에게서 훔친 것이다. 왜 이렇게 같은 실수를 반복하는 것일까. 도굴 사건은 제 아무리 연구에 대한 열정 때문이었다지만 엄밀히 말하면 그의 욕심에 지나지 않았다. 하물며 후배의 추를 훔친 것은 그 무엇으로도 변명할 수 없는 일이 아닌가. 지난밤의 행적을 말해 주는 흔적과 맞닥뜨리는 것은 언제나 두렵기만 했다. 그러나 어쩌겠는가. 여기 이렇게 수치스러운 자신이 또렷이 놓여 있으니.

중서에게 연락하려고 휴대전화를 열었다. 경재에게서 전화가 무려 여덟 통이나 와 있었다. 이제야 네트워크가 가동된 모양이군. 그는 경재의 전화 기록을 지우기 시작했다. 그는 아직 경재의 전화를 받자마자 반응할 스타일을 정하지 못했다. 스타일, 그거 중요한 건데 말이야, 기선을 잡으려면 아무리 전화라 해도 한순간 느낌을 확실하게 전달해야 하는데 말이야. 그게 그가 전화를 하지도 받지도 않는 표면상의 이유였다. 그러나 그는 아직 사건을 정면에서 해결할 자신이 없었다. 시간을 최대한 벌고 싶은 것뿐이었다.

그가 막 중서의 전화번호를 누르려던 참인데 중서로부터 전화가 왔다. 중서는 다짜고짜 언성을 높였다.

"자네, 어제 후배 거 추 들고 갔나?"

"어, 그랬더군. 많이 취했던 모양이야. 지금 막 전화하려던 참이 었어."

시인할 수밖에 없었고 비겁하게도 술을 핑계대야 하는 자신이 모멸스럽기만 했다.

"어떻게 그런 짓을…… 그 애가 지금 사색이 되어 있어. 잘 놔두 라고, 금방 가지러 갈 테니. 미안하다는 말 잊지 말고. 나 참, 나 참. 어떻게……."

더 이상 말을 잇지 못하고 전화를 끊는 중서의 말 줄임에는 수많 은 비난이 들어 있었다.

그는 정말이지 도망치고 싶었다. 벽화와 와당을 훔친 과거로부 터, 후배의 추를 훔친 어젯밤으로부터.

추를 든 채 어찌할 바를 모르고 왔다 갔다 하다가 한지를 찾아 모든 서랍을 다 열어 보았다. 겨우 찾아낸 한지로 세 번이나 겹겹이 추를 포장한 다음 베란다 콘솔 위에 조심스레 내려놓았다. 문득 창 밖을 내다본 순간 바짝 다가온 홍주가 보였다. 다시 목을 빼서 내 려다보려 했을 때는 이미 현관으로 들어섰는지 보이지 않았다. 나 쁜 일은 언제나 홍주와 함께 오는군. 홍주 곁에는 언제라도 자신이 실족하기만을 기다리는 늪 같은 것이 도사리고 있는 것만 같았다. 마치, 그녀를 향해 달려가면 홍주가 그를 실수투성이 삶으로 밀쳐 넣기라도 할 듯 그는 인상을 확 구겼다.

벨소리를 누군가 들을까 봐, 그녀가 어른대는 걸 누군가에게 들킬까 봐 벨을 누르기도 전에 달려가 문을 열었다. 예전처럼, 아주 적절치 못한 때에 그녀가 왔다. 그러나 홍주는 그의 굳은 인상을 보지도 않고 품 안에 들 듯 집 안으로 쏙 들어왔다. 차마 밀쳐 내지 못해 안아 버린 그녀에게서 뜨거운 열대의 향기가 물씬 풍겼다. 그를 순식간에 휘감아 도는 일랑일랑 향은 저항 없이 그의 허리띠를 풀어 버렸다. 일랑일랑을 한 모금 가득 삼킨 것처럼, 코와 입술이 화끈해지고 단숨에 아랫도리로 힘이 몰려 내려갔다.

그녀를 안은 건지, 그녀에게 안긴 건지 알 수 없게, 그녀의 품에 푹 고꾸라졌다. 그리고 그녀 속으로 밀치고 들어가면 한참은 숨을 고르고 정신을 가다듬을 시간이 필요한 것처럼 품에 안겨 가쁜 숨을 고르느라 정신이 없었다. 그녀와 함께 도망쳐야 하는지도 모른다. 혼자서는 그 어디에도 숨을 곳이 없었다.

그는 힘을 내어 그녀를 안고 식탁까지 걸어갔다. 식탁 위에 그녀를 앉히고 목덜미에 입을 맞췄다. 그녀는 토마토가 가득 든 비닐봉지를 엉덩이 옆에 내려놓았다. 그녀가 그를 안느라 비닐봉지를 놓자 토마토가 와르르 바닥으로 떨어졌다. 떨어진 토마토들이 바닥 여기저기에 부딪쳐 튀어 오르며 데굴데굴 굴러 갔다.

그들은 웃음을 터뜨리며 서로에게 매달렸다. 그녀는 긴 다리로 그의 허리를 휘감았다. 열 마리, 스무 마리의 구렁이가 스르르 몸 위를 지나가다가 어느 사이 돌돌 휘감고 서서히 조여 오는 것처럼 숨이 막혔다. 그녀의 다리는 허리를 휘감을 때 엉덩이를 놓치지 않았고, 다리를 감을 때 사타구니를 그냥 지나치지 않았다. 그녀의 팔이 견갑골을 스치듯 조여 올 때 그는 숨을 쉬지 못했고, 가슴팍은 그녀의 입이 닿자마자 붉은 자국이 남았고, 등은 그녀의 손톱에 날카롭게 할퀴였다. 그는 자기 사타구니로 들어온 그녀의 정강이를 기억했다. 그녀의 정강이가 빠져나가려 할 때 얼른 그녀의 다리를 잡고 허벅지에 힘을 줘 빠져나가지 못하게 했다. 눕거나 주저앉고 싶지 않았다. 이렇게 서서 그렇게 서 있는 그녀를 쫓아가고 싶었다. 그래서 그녀에게 연거푸 말했다. 들어와, 들어와. 그녀는 그의 말에 따라 그의 몸속으로 들어갔다. 그녀는 그에게 들어와야 마땅했다.

그때 휴대전화 벨이 울렸다. 경재였다. 하필 이런 때, 낭패스러웠고 너무 두려워졌다. 그는 자기 안에 들어온 그녀를 놓치지 않기 위해 전화기를 잡지 않은 손으로 그녀의 엉덩이를 바짝 끌어당겼다. 그와 그녀는 순식간에 아주 깊숙이 들어갔다. 그의 가장 깊은 부분을 홍주의 가장 깊은 내부가 따뜻이 감싸 안았다. 그때 순간적으로 알았다. 확실히 아주 적절한 때 경재의 전화를 받은 것임을. 그는 들뜬 숨소리를 억누르지 않고 한가득 바람 받은 플래카드가 내는 소리를 냈다. 그러고는 한참 동안 누군지 모르겠다는 듯이 딴청을 부렸다. 숨소리는 더욱 높아졌다. 본의 아니게 헉, 하는 격한 소리까지 무선을 타고 전달됐을 즈음, "아아, 음, 그래. 나야." 겨우 대답이 새어나왔다. 경재는 처음에 여보세요, 하고 입을 뗄 때는 외치듯이 하다가 이게 무슨 상황인가 싶어 당황했는지 목소리를 낮춰 불렀다. 여보세요, 를 네 번째 되풀이했을 때쯤에는 염탐과 의심이 가득해 목청이 한결 조심스러워져 있었다. 제대로 전화를 했는가, 하는 의심과 제대로 했다면 지금 이 소리들은 무엇을 뜻하는가, 하는.

"전화 받을 상황이 아닌 것 같네요. 나중에 다시 할게요."

이왕 이렇게 된 것 하는 수 없지, 싶어서 그는 조금 뜸을 들이다가 대답을 했다.

"그으래, 나중에 해."

전화를 끊자마자 그녀는 그를 확 끌어당겼다. 그 또한 그녀를 거세게 당겼다. 벌거벗은 그녀 엉덩이와 식탁의 마찰이 빚은 날카로운 소리와 동시에 그녀가 소리를 질렀다. 그와 함께 그도 깊숙이 가서 꽂히는 느낌에 신음을 내뱉었다. 그들은 그렇게 여러 번 엉덩이를 찢어발길 듯한 아픔을 느끼며 서로에게 숨어 들어갔다. 그의 뿌리를 적시며 쏟아진 그녀의 홍수가 식탁 모서리를 타고 흘러내렸다.

그녀의 머리가 그의 어깨에 힘없이 얹히고 그도 그녀의 머리에 제 머리를 기대며 잠시 숨을 내쉬다가 그녀를 번쩍 안아 들고 침실로 가려고 했다. 그녀는 그의 목과 허리를 꼭 감고 중얼거렸다.

"둥실둥실 떠다니는 것 같아."

그는 그 말을 듣자마자 다시 그녀를 식탁에 내려놓고 곧바로 그녀 속으로 들어갔다. 그녀는 다시 찔린 듯 소리를 질렀다. 쏟아지는 그녀의 물에 떠밀려 그는 둥실둥실 떠내려갔다. 사지를 다 내뻗고 방만하게 물결에 휘말려 떠내려갔다.

둥실둥실 떠다니다가 찔리다니, 이런 일은 처음이야. 그녀가 내쉬는 숨에 얹어 겨우 말했다. 그는 그녀의 뺨을 쓰다듬으며 중얼거렸다. 와 줘서 고마워, 와 줘서 고마워. 그녀 곁에서 맴돌며 그가 빠지기만을 기다리고 있는 허방 같은 것은 잊은 지 오래였다. 정신 차리고 나면 이런 식으로 현실에서 도망치는 자신을 비웃고 또 비웃을망정 지금은 아무 생각 없이 도망치는 중이었다.

올리브기름에 바지락과 마늘을 볶는 냄새가 고소했다. 좀 매콤하게 해 줄게요. 속이 풀릴 거예요. 퉁퉁 부은 눈으로 곁에서 얼쩡대는 그에게 그녀가 웃으며 말했다. 팬에서는 바지락이 톡톡 튀고 냄비에서는 토마토가 데쳐지고 있었다. 빨간 토마토 껍질이 툭 찢어졌다. 문득 그녀의 젖꼭지가 떠올랐다. 젖꼭지를 정점으로 젖가슴이 툭 찢어질 것만 같았다. 아, 홍주의 젖가슴. 말캉한 토마토 껍질을 도르르 말아 벗겨 내듯 그녀의 젖가슴 껍질을 도르르 말아 열고 속살을 움켜쥐고 싶었다.

토마토 볶는 냄새가 번졌다. 그는 오랜만에 집 안 가득 퍼지는 따뜻한 향기에 숨을 깊게 들이쉬며 어슬렁어슬렁 돌아다녔다. 그렇다고 마냥 좋은 것만은 아니었다. 이런 기분을 언제까지나 누리고 싶은 마음과 도처에서 훔쳐보는 눈초리들을 두려워하는 마음이 부딪쳤다. 쓸데없이 베란다로 나가 바깥을 한번 휘돌아보고, 현관을 한번 쓱 돌아보고, 다시 주방으로 들어와 쓸데없는 소리를 늘어놓았다.

"맛있는 것을 해 주고 싶을 때까지만 함께 살아야 하는 거야, 그렇지?"

그녀는 그를 돌아보지도 않고 웃었다. 맞아요.

바지락 스파게티에 그녀가 건네주는 핫소스를 뭉텅뭉텅 뿌리고 있는데 경재에게서 다시 전화가 왔다. 그는 전화를 받기 전에 선영이 남기고 간 푸른 유리잔에 물을 가득 따르며 베란다를 바라보았다. 시커먼 쇳덩이가 햇빛을 받아 절반이나 날아갔다. 그는 푸른 잔을 들어 뜨거운 햇빛에 건배했다.

"알고 계십니까?"

경재는 다짜고짜 언성을 높였다. 그는 다소 어리둥절하다는 듯
이 되물었다.

"뭘?"

"만주 광개토왕릉 유물 말입니다. 반환 요청 들어온 신문 보도
안 보셨습니까?"

"아, 그거. 광개토왕릉이라고 확정 지은 적 없으니 그렇게 말하면
안 되지."

그가 느긋한 어조로 나오자 경재는 어이가 없는지 허, 하고 헛웃
음을 뱉었다.

"어떻게 하려고 의논도 안 하시는 겁니까? 역추적하면 밝혀지는
건 시간문제입니다."

경재의 말을 듣자 그는 순간적으로 방법을 찾아냈다. 그는 마치

자기가 아니라 경재가 저지른 문제인 것처럼 말을 받았다.

"지금 의논하려고 전화한 거 아닌가?"

사실 그건 맞는 말이기도 했다. 가지고 나온 건 그였지만 처분하자고 권한 건 경재였으니까. 그는 나와 남을 떠나 뼈아픈 한때의 실수를 만회할 기회조차 주지 않는 인생의 무자비함에 한없이 씁쓸해졌다.

다섯 달 동안 그들은 만주의 허허벌판에서 제대로 먹지도 씻지도 못하고 무덤의 지층을 한 꺼풀씩 열어 나갔다. 명문이 남겨진 와당 한 조각, 바닥에 깔린 판석 하나에도 눈물을 흘릴 정도로 열에 들뜬 날들이었다. 이 거대한 무덤이 누구의 것인지 밝혀지면 사소한 에피소드조차 역사에 남게 될 것이다. 연일 소위원회가 열리고 간이 세미나가 열렸다. 무덤 전실이 열리고 벽화의 한쪽 면과 그 위를 덮은 와당이 보이기 시작할 때 중국 당국에서 더 이상 조사를 허락하지 않겠다는 통보를 보내왔다. 비용이 초과되어 지원할 수 없다는 것이었다. 연구원들은 모두 그건 표면상의 이유라고 반발하며 정직하게 사유를 밝히라고 당국에 요구했다.

그들은 두 달 동안 최소의 비용으로 벌판에서 버티며 당국을 향해 읍소를 했지만 결국 짐을 싸야만 했다. 이건 도굴꾼들에게 다 해 드십시오, 라고 턱밑에 바치는 꼴이라며 다들 땅을 쳤다. 그들은 중국 측의 속셈을 모르지 않았다. 일본이 나주의 전방후원형 무덤을 조사하다가 덮은 것이 일본에 산재한 전방후원형 무덤이 결국 마한과 백제의 무덤 형식에서 비롯된 것이라는 사실을 확인하고 싶지 않아서였듯, 이번 일도 광개토왕의 활약지가 만주 혹은 그보다 더 광대한 지역이었음을 사실화하고 싶지 않아서였을 것이다. 그래서 나주의 그 무덤들을 도굴꾼의 손에 넘겨주었듯이, 이 보물섬도 매한가지 신세가 될 것은 뻔한 일이었다. 그리고 관심이 숙지근해지면 슬그머니 자체 연구를 시작하겠지. 그리고 은근슬쩍 자기네 역사로 둔갑시키고 말 테지. 연구원들 모두 땟국과 절망에 절어 몰골이 말이 아니었다.

짐을 싸기로 결정한 날 밤, 그는 홍주의 손을 잡아끌고 무덤에 들어갔다. 어쩌면 홍주와 마지막 밤이 될지도 몰라 그는 초조했다. 홍주 또한 달아오른 뺨을 그의 목덜미에 비비며 떨어지지 않으려 했다.

무덤에서 나오다가 그는 자기 발에 채인 넓적한 조각을 내려다보았다. 머지않아 도굴꾼들의 손에 조각조각 뜯겨 정처 없이, 정체도 없이, 어마어마한 값이 매겨져 세계를 돌아다니겠지. 그는 북한에서 철저히 보존한 광개토왕릉을 생각했다. 언젠가는, 물론 도굴꾼들이 다 들어 내간 뒤겠지만, 그 언젠가는 만주에 산재한 이 무덤들에 대한 연계 연구가 이루어지겠지. 그는 순간적으로 벽화를 집어 들었다. 그 누군들 이 무덤 안의 것을 모두 안전한 곳에서 복원하고 싶지 않을까. 그는 또다시 그의 발에 채인 와당을 집어 들었다. 하늘과 땅을 떠도는 귀신과 인간으로부터 유택을 지키려 가장 단단한 기와를 구웠을 고대인. 어쩌면 초기 무덤의 벽사 역할을 했던 전서와 연결 지어 와당에 새겨진 글씨들을 연구해 볼 수 있을 것 같았다. 고대의 벽사를 가장 극명하게 드러내 줄, 무덤을 덮은 와당에 얽히고설킨 역사를 자신이 품어 가고 싶어졌다.

그러나 그것들을 수많은 상자들 속에 숨겨 가지고 나온 뒤부터 그는 고통을 받아야 했다. 학문에 대한 열정이 그런 짓을 하게 만들었다고 생각하고 싶었지만 남보다 빨리 연구해서 독보적 이론을 내세우고 싶었다는 것을 부인할 수가 없었다. 더구나 가지고 나올 때의 포부와 달리 그는 벽화와 와당에 대해 더 이상 연구를 할 수도 들여다볼 수도 없었다. 어쨌거나 역사로부터 도둑질을 한 것이었으니까.

그는 숨겨 두고 후회하고 가슴을 치다가 마침내 경재에게 그 사실을 털어놓았다. 경재는 당연히 펄펄 뛰었다. 돌이킬 수 없는 실수라는 건 이제 분명한 사실이었다. 경재는 다시 안 볼 사람처럼 그의 실수를 나무랐다. 벽사를 뜻하는 벽화와 와당은 오히려 골칫거리가 되어 버렸다. 그것은 앞으로 큰 화를 불러올 게 틀림없었다. 다시 세상으로부터 숨겨야 했다. 그는 큼직한 상자에서 그것들을 꺼내 볼 엄두도 내지 못했다. 찜찜한 날들을 보내던 그에게 경재는 그것을 처분할 기회를 갖고 왔다. 장인의 선거에 급히 필요한 비용을 조달하기 위해 그것을 암시장에 내놓자는 것이었고 그는 이미 살 수 있는 사람까지 다 알아본 상태였다. 그는 제 손에서 떠나보낼 수 있는 기회가 왔다는 것에 차라리 마음이 편해졌다. 그것들은 경재의 브로커를 통해 일본의 암시장으로 흘러 들어갔다.

그는 벽화와 와당이 돌아다녔을 법한 개인 금고를 생각했다. 그리고 결국 박물관으로 나오게 된 경위를 추정해 보려 애썼다. 몇 사람이나 거쳤을까. 어떻게든 숨겨 두려 했던 물건이 밖으로 나도는 것을 보면 역사는 그 누구의 것도 아니라는 것이 분명했다. 경재는 짐짓, 자신은 그를 도와줬을 뿐이라고 말하고 있지만, 그렇지 않은 것은 두 사람 다 잘 알고 있었다. 어쩌면 경재가 훨씬 다급한 상황인지도 모른다. 그는 경재와의 대화에서는 속을 들키지 않는 것이 유리하다는 것을 알았다.

"외교부와 재경부가 문화재청 요구로 회동했답니다. 나 참, 무슨 방법이든 강구해 봐야 하는 것 아닙니까?"

경재는 벌써 여러 방법을 궁리하고 있을 것이며 그것은 경재 쪽에 유리한 방법일 터였다. 그는 오늘자 신문을 찾아 상자를 뒤적거렸다.

"일단 사건이 사람들 입에 오르내리지 않게 해 주십시오. 전혀 연관되지 않은 것처럼 행동하시라고요. 최대한 조용히 해결해야 하니까요."

그것이야말로 그가 원하는 바였다. 경재는 어떤 방법을 택할까. 가장 손쉽게는 나를 희생자로 만들고 자기들은 빠져나가려고 하겠지. 선영과도 완전히 결별하게 만들 테고. 그렇지만 내가 희생자가 될 수는 없지. 내가 희생자가 되어 주면 그들은 어떤 보상을 던져 줄 것인가. 그 보상이 지금까지 쌓아 온 것들과 맞바꿀 수 있을 만큼 클 리가 없을 테고, 그렇다면 그건 절대 안 될 말이다. 내가 쥘 최대한의 카드는 그쪽의 약점을 잡는 것이겠지. 그는 경재의 초조하고 격앙된 목소리를 들으며 일방적으로 불리한 상황은 아니라는 점을 알아챘다.

"자네야말로 쓸데없이 말을 하지 않도록 해."

조사가 어디까지 진행되었을까. 경재의 브로커까지 밝혀지는 데

걸리는 시간은 어느 정도일까. 경재는 당연히 브로커 입막음을 단단히 해 놓았을 것이다. 어쩌면 브로커와 시나리오도 다 짜 놓았을지 모른다. 그 시나리오에 그를 위한 부분은 아마 털끝만큼도 없겠지.

하지만 경재가 도망칠 수 있다면 그도 도망칠 수 있는 틈이 있을 것이다. 그래서 경재의 수를 읽는 것이 중요했다. 당국의 조사보다 관계자들 사이에서 미리 덜미를 잡히지 않는 것이 훨씬 중요할 것 같았다. 그러려면 그를 적극적으로 도와줄 사람들을 만드는 것이 급한지도 모른다는 생각이 들었다.

사람들의 관심이 사건에서 멀어지게 만드는 데는 몇 가지 방법이 있다. 관계자들이 사건의 중심을 모른 체하거나 계속 부인해서 모호하게 만드는 방법이 있을 수 있고, 조직에 손상이 안 되게끔 희생물을 만들고 그 희생물에게는 충분히 보상하는 법이 있을 테고, 사건 자체를 사람들의 관심에서 멀어지게 하는 방법이 있을 것이다.

그런 방법들 중에서 가장 판은 크지만 그 누구에게도 손상을 입히지 않는 방법은 마지막 방법일 것이다. 즉, 누군가 문제를 강하게 제기한다 해도 선거나 대대적인 자리 옮김, 또는 조직에 이익이 될 만한 일 같은 게 생긴다면, 각자의 이익에 직접적으로 관계될 테니 사람들은 자기 자신의 이해관계에 더 집중하게 마련이다. 그러니 판을 하나 크게 벌이면 조직 내부의 손상을 최소화할 수 있을 것이다. 하지만 그렇게 큰 판은 윗선의 힘 없이는 안 될 테니 그건 이미 내부적으로 다 알려진 뒤라야 수습책으로서나 만들어질 일이었다. 아니나 다를까 경재는 가장 손쉬운 방법을 택하려 했다. 선영과의 관계 정리가 그것이었다.

"누님이 전화 좀 해 달랍니다. 누님이 원하는 게 뭔지 아시잖아
요. 어서 해결해 주십시오."

무언가 묵직한 것이 가슴에 가득 들어차더니 목울대를 치받고
뻐근해져 왔다. 그는 잠시 숨을 고르느라 아무 말도 못 하고 목만
쓸어내렸다. 가슴이 너무 무거워 눈물이 나올 것 같았다. 나를 떼
어 내고 안전해지겠다는 것이구나. 이젠 아무도 없이 혼자 남는구
나. 이렇게 버려지는구나.

그는 한동안 갈피를 잡을 수 없었다. 상대방의 계획을 짐작했다
고 해도 막상 듣고 보니 어떻게 해야 할지 막막했다. 그는 바다에
착 풀어 던져 놓은 그물같이, 헤성헤성해진 머릿속을 가닥 잡으려
애쓰며 작업대로 돌아갔다. 그는 일을 해야만 했다. 시간도 없었다.
그는 일상을 하나하나 꾹꾹 눌러 챙기겠다고 마음먹었다. 할 일을
하다 보면 어떻게든 사건은 진행될 것이고, 무언가 실마리가 보이
겠지.

전원을 끄지 않은 채로 두었던지 활짝 젖혀진 디지털 사전의 배
터리가 다 나가 있었다. 그는 그것을 지그시 눌러 닫고 책상 위를
건성으로 정리했다. 기초 자료 앞에 꽂힌 요금 청구서 봉투들과 체
납된 재산세 고지서가 어지러이 널려 있었다. 그는 마치 가압류 통
지서를 받아 든 사람처럼 낙망해 있다가 그냥 그대로 던져 두고 말
았다. 마음과 몸, 그리고 그를 둘러싸고 있던 모든 것들이 정체를
알 수 없는 절대자에게 가압류된 것만 같았다. 일을 해서라도 정신
을 다른 데로 돌려야 했다. 될 수 있다면.

세상이 쉽게 뒤집히던 시대에는 무엇에 마음을 두었을까. 그는 춘추전국시대에 활동했던 무수히 많은 유세가들, 자객들, 첩자들을 생각했다. 국경 지대에 살며 사실상 누가 지배해도 아무 상관없었을, 노상 가랑이 사이에 나라의 경계를 두고 그저 농사나 지을 수 있게 전쟁터로 불려 가지만 않으면 행복해했을 대다수의 백성들과, 하루아침에 하늘이 쪼개지듯 목숨이 오락가락했던 실력자들, 그리고 권력자의 그늘로 다가갔던 당치 않은 욕망을 가진 자들을 생각했다. 그런가 하면 목숨을 초개와 같이 알던 자들 또한 넘쳐나던 시대였다. 초나라에서 도망친 오자서를 배에 태워 겨우 강을 건네주고는 도망친 자를 도와주었다는 이유로 노와 함께 강물에 빠져 죽은 노인도 있었다. 이른바 인물을 알아보고 그를 위해 한 목숨을 버린 자들이었다. 그런 자가 요새 세상에도 있을까.

가랑이 사이의 땅이 두 조각 세 조각으로 갈라지는 걸 막기 위해 실력자들은 매와 같은 눈으로 첩자를 뽑고, 첩자는 또한 신뢰를 업고 적의 틈을 비집고 들어갈 줄 알아야 한다. 도림은 이미 일을 반 이상 진척시켰다. 신뢰를 얻는 것은 모두를 얻는 것이나 마찬가지였다.

마침내 상당한 신뢰가 형성되었다고 판단되었을 때 도림은 자신이 생각하던 바를 이렇게 진언했다.

"신은 이국인입니다만, 주상께서는 저를 멀리하지 않으시고 저에 대한 은총이 매우 두터우십니다. 오직 한 가지 기술로써 보답할 뿐 아직까지 털끝만 한 도움도 드린 일이 없기에 지금 한 말씀 진언하고자 하오나 주상의 뜻이 어떠신지 알지 못하겠습니다."

왕이 말했다.

"말해 보시오. 만일 나라에 도움이 된다면 이는 스승에게 바라는 바이오."

도림이 말했다.

"대왕의 나라는 사방이 모두 산과 언덕과 바다니 이는 하늘이 베푼 험지요, 사람이 만든 형세가 아닙니다. 이에 주변 나라들이 감히 엿볼 생각을 품지 못하고 오직 받들어 섬기기를 원해 마지않는 것입니다. 하오니 왕께서는 마땅히 숭고한 국력이 있고 국부가 있다는 업적을 보이시어 사람들의 이목을 두렵게 하셔야 합니다. 그러나 성곽은 기울고 궁실은 수리되지 않았으며 선왕의 뼈가 맨 땅에 묻혀 있는가 하면 백성들이 사는 곳은 오두막집으로 강물에 쓸려 무너지고 있사오니 신이 생각건대 이는 대왕이 취할 바가 아니옵니다."

왕이 승낙하며 말했다.

"내가 그렇게 하겠소."

이에 나라 사람들을 징발하여 흙을 써서 성을 쌓고, 이어 그 안에 궁실이며 누각, 관청, 정자 등을 지으니 장려하지 않은 것이 없었다. 또 욱리하에서 큰 돌을 가져다가 석곽을 만들어 부왕의 뼈를 개장하고, 강 연변을 따라 둑을 쌓으니 사성 동쪽에서 숭산 북쪽까지 이르렀다. 이로써 창고가 비고 곳간이 마르며 백성들이 곤궁해지자 나라의 위태로움이 계란을 쌓아 놓은 것같이 되었다.*

---

* 『삼국사기』 「백제본기」, 개로왕 21년 조.

개로왕이 도림의 진언을 단숨에 채택한 것은 평소의 신뢰가 축적되어 있었던 까닭이다. 도림은 단순히 정보활동만 하고 돌아온 스파이가 아니었다. 개로왕을 움직여 국력을 극도로 쇠잔하게 만들었다는 점에서 그의 활약은 빛난다. 춘추전국시대에 중원을 누비며 말로써 왕을 움직이고 전략을 꾸미던 유세가에 다름 아니었다.

현대의 첩보전은 어떤가. 첫째, 정보의 은밀 수집. 둘째, 수집된 정보에 대한 분석과 평가. 셋째, 비밀공작. 넷째, 방첩 활동. 이렇게 네 파트로 분류되는데 도림은 이 가운데 적어도 첫째와 셋째를 성공적으로 해 낸 고구려의 '007'이었던 것이다. 공작을 성공적으로 수행하고 돌아온 도림도 그렇지만 그에 앞서 그의 보고를 믿고 실천에 옮긴 장수왕이야말로 더 없이 훌륭한 군주이지 않을까. 다시 말하면 그에게는 정보를 판단할 능력이 있었던 것이다. 손자도 "뛰어난 지혜가 없으면 능히 간첩을 부릴 수 없다."*고 말했다.

만일 장수왕이 침략 가능성에 대한 보고를 듣고도 이를 정치적 논쟁에 부쳤던 선조(宣祖)와 같았다면, 도림의 정보 수집이나 공작은 수포로 돌아가고, 도림이 도망간 이유를 깨달은 개로왕이 대책을 강구할 시간적 여유를 벌게 되었을지도 모른다.

장수왕은 도림의 보고를 들은 뒤 신속히 판단하고 결정하여 3만 병력을 동원하여 백제를 쳤다. 그는 선봉장으로 백제에서 투항한 장수들을 기용했다. 적국 왕에게 증오심을 갖고 있던 투항자들을 앞세움으로써 백제 공략을 보기 좋게 성공시켰던 것이다. 원래 배반

---

* 『손자병법』 「용간편」. '비성지 불능용간(非聖智 不能用間)'.

자가 더 나서는 법이다.

이에 도림이 도망쳐 나와 이를 알리니 장수왕이 기뻐하며 장차 백제를 토벌하려고 병사를 장수에게 내주었다. 개로왕이 이를 듣고 아들 문주(文周)에게 일러 말했다.

"내가 어리석고 밝지 못하여 간신의 말을 신용하다가 이 지경에 이르렀다. 백성은 쇠잔하고 병사는 약하니 비록 위태로운 일이 생긴다 한들 누가 나를 위해 힘써 싸우려 들겠는가? 나는 마땅히 사직을 위해 죽겠지만 너도 여기서 함께 죽는 것은 무익하니 난을 피해 나라의 계통을 잇도록 하라."

문주는 이에 목협만치, 조미걸취와 함께 남쪽으로 내려갔다. 이때 고구려의 대로인 재우, 재증걸루, 고이만년 등이 병사를 이끌고 내려와 북성을 쳐서 7일 만에 이를 함락시키고, 병사를 이동시켜 남성을 치자 성 안이 흉흉해졌다.

왕이 나와 달아나는데 고구려의 장수 재증걸루 등이 왕을 보더니 말에서 내려 절을 하고, 조금 있다가 왕의 얼굴을 향해 침을 세 번 뱉고 그 죄를 열거한 뒤 결박하여 아단성 밑으로 보내 살해했다. 재증걸루와 고이만년은 백제 사람이었는데, 죄를 짓고 고구려로 도망한 사람들이었다.*

김부식은 이 7일 전쟁을 기록한 뒤 조국을 배신한 재증걸루와 고

---

* 『삼국사기』「백제본기」, 개로왕 21년 조.

이만년을 비난하는 글을 남겼다. "오자서가 초평왕의 시체에 채찍질을 한 것은 덕이 아니다. 재증걸루 등이 스스로 지은 죄로 인하여 나라에 용납되지 못하고 적병을 인도하여 전군(前君)을 결박하여 죽이니 그 의롭지 못함이 심하도다."

한성 백제, 475년 그 가을에 진언이라고 생각한 참언에 그렇게 무너지고 말았다. 그는 믿음이 무너지면 사람을 두 동강 내는 것은 한순간이라는 것을 안다. 선영도 자신에게 그랬고, 자신도 선영에게 그랬으며, 다른 누구도 마찬가지일 것이다. 모쪼록 아무도 믿지 말지어다. 내가 나 자신을 믿지 못하듯, 첩자가 기생할 장소를 제공하지 말지어다.

밤이 내렸다. 작업은 잠시 고통스러운 관계에서 그를 놓아주었다. 더 진행하기 어려울 정도로 허리가 아파 오자 그는 작업을 쉬고 밤바람을 쏘이러 집을 나섰다. 며칠 동안 열대야가 이어지더니 서늘한 바람이 불어왔다. 산책로의 가로등은 빽빽하게 내린 어둠 속에서 구부러진 길을 알려주었지만 그는 가로등 밑을 피해 걸으며 비로소 편안해졌다. 팔을 크게 돌려 뭉친 어깨도 풀어 보고 등을 쫙 펴서 좌우로 돌려 보기도 했다. 선명하게 빛나는 초승달 옆구리에 목성으로 보이는 별 하나가 예쁘게 반짝였다.

"헉."

그는 자기도 모르게 발가락을 싸안고 주저앉았다. 눈물이 주르륵 흘렀다. 어둠 속에 묻혀 있던 돌부리에 발가락을 부딪쳤다. 밤하늘을 올려다보는 게 지금의 그로서는 사치였을까, 지나친 오만이었을까. 그는 누군가의 품에 안겨 실컷 울고 싶었다. 선영도, 홍주도, 중서도 아무라도 좋았다. 잠깐이었지만 선영이었으면 좋겠다는 기분이 들었다. 어리광이라 해야 마땅할 어처구니없는. 하지만 선영은 너무 멀리 있었다. 그가 이제 그녀를 부를 수도 속죄할 수도 없이 너무 멀리 떠나 버렸다. 어둠 속에서 그는 소리 없이 울었다.

그는 되풀이되는 역사를 느꼈다. 4만 년, 5만 년, 혹은 그보다 훨씬 거대한 시간 동안 한 작은 개인은 자신을 보존하기 위해 가능한 한 인간 전체를 이용했을 것이다. 그러니 자객은 자객대로, 첩자는 첩자대로, 천자는 천자대로, 변방의 군주는 군주대로 움직이는 길이 있을 것이다. 복숭아밭 아래 샛길로 드나드는 자, 복숭아밭을 둘러 커다란 울타리를 치는 자, 하늘을 나누고 강을 나누며 천하를 지배하는 자, 그들이 만드는 길이 따로 있을 것이다. 나는 복숭아밭에 두른 울타리를 뺏기지 않으려고 안간힘을 쓰는 자일까. 그는 절룩거리는 자신에게 물었다.

도둑 사랑

더위 먹은 소, 달만 봐도 허덕인다더니 장마가 시작되고부터는 아침나절 흐리기만 해도 비가 오겠거니 하고 탑 차 부르는 것을 미뤘다. 그러나 예상과 달리 낮이 되면 활짝 개이기도 했다. 특별전 준비가 아무리 다급하다고는 하지만 한낮이 되어 날이 갰다고 해서 당장 와당을 가지러 갈 수 있는 것은 아니었다. 다행히 아침 일찍 해가 강하게 내리쬐어서 포석과 포석 사이까지 바짝 말라 가는 것을 보고 성내건설 회장에게 오늘 귀면와를 가지러 가마고 전화를 넣었다.

아침부터 탑 차를 부르랴, 회장에게 연락을 넣으랴, 부산스럽기 이를 데 없었다. 미리 예약해 놓았지만 며칠 동안 비가 계속 내리는 바람에 미루고 다시 미루다 보니 정작 갠 날엔 탑 차를 쓸 수가 없었다. 그는 애초 예약했던 운송 회사에 사정하다시피 해서 다른 회사의 탑 차를 끌어 오는 데 성공했다. 귀면와 하나 가지러 가는 게 이리 힘들 줄이야. 이 탑 차 역시 되도록 오전 중에 일을 끝마치도록 해 달라고 해서 부랴부랴 승기를 불렀다. 승기는 마침 이미지 패널 작업을 하느라 황룡사지에서 출토된 와당을 몇 개 늘어놓고 사진을 찍던 중이었다. 승기는 홍주와의 사건 이후로 그와 사사건건 맞서서 그렇지 맡은 일은 철저히 해 내는 사람이었다. 고미술 전공인 데다 감각도 뛰어나서 그가 한 작업은 다시 손볼 일이 거의 없었다. 그래도 언제나 껄끄러운 사이여서 승기를 부르러 가는 내내 투덜거렸다.

"성내건설에 다녀오자고."

그의 다급한 마음을 아는지 모르는지 승기는 하던 일을 차근차근 마무리했다. 그걸 지켜보면서 그는 현관으로 나가서 기다릴까, 그냥 이대로 기다릴까 하는, 아무것도 아닌 것을 결정하지 못해 갈팡질팡했다. 그사이 벌써 차가 도착했다는 전화가 왔다. 그는 하는 수 없이 승기를 다시 부르고 차를 향해 걸어가면서 지난번 승기와 마주칠 뻔했던 날의 당혹감을 돌이켰다.

드라이브 인 호텔에서 나올 때 하필 승기가 바로 차고 앞을 지나치고 있었다. 그의 차가 딱 앞좌석만큼 빠져나왔을 때 그는 승기를 알아보았다. 그는 얼른 후진을 해서 가리개 안으로 숨어 들어갔다. 승기는 무심코 뒤를 돌아보고 계속 걸어갔다. 그는 괜히 와이퍼를 움직여 차창을 닦으며 아무것도 보지 못한 듯한 홍주에게 너스레를 늘어놓았다.

"워셔액이 떨어졌나 보네. 와이퍼 찢어지겠어."

홍주는 한 번 움직이고 털썩 내려앉은 와이퍼는 보지 않고 그를 보고 웃어 주었다. 이 작은 도시에서 승기와 한 번도 마주치지 않을 확률이란 거의 제로에 가까울 테니 어쩔 것인가.

출발하고 얼마 지나지 않아 비가 내리기 시작했다. 그러나 더 미룰 수 없으니 이제는 어쩔 수 없었다. 운전사에게 길을 안내하는 말이나 간혹 했을까, 성내건설 회장 집에 도착할 때까지 그와 승기는 한마디도 따로 주고받지 않았다. 그들은 밖에서 묻혀 온 장맛비마저 단숨에 쾌적하게 말려 버리는 서늘하고도 뽀송뽀송한 실내로 안내되었다. 그들을 보자 짙은 갈색 소파에서 잠시 엉덩이를 들었다가 금세 내려놓으며 회장은 아침부터 기다렸다는 말로 인사를 대신했다. 그들은 고택의 대청마루처럼 윤기 나는 마루를 쥐라도 된 것처럼 자국도 남기지 않고 미끄러지듯 가볍게 걸어갔다.

회장 앞의 테이블에 오동나무 상자가 하나 놓여 있었다. 내용물만 확인해 보고 얼른 들고 나오고 싶었지만 순서를 무시할 수는 없는 법. 그는 엉거주춤 다가가 조심스럽게 엉덩이를 반쯤만 걸치고 앉아 장마철이라 현장은 좀 한산하겠다는 둥, 서울 집값 잡는다는 정부 시책 때문에 죽어나는 건 지방 건설 업체가 아니겠냐는 둥, 중부권은 오히려 살판 난 것 같다는 둥, 잘 알지도 못하는 업계의 사정을 주워섬기느라 진땀을 뺐다. 그런데 정작 회장은 그런 쓸데없는 말을 참을성 있게 들어 주었으니 이제 나 하고 싶은 말 하겠다는 표정으로 승기에게 얼굴을 돌리고 말하기 시작했다.

"요즘, 내가 생각하는 게 있는데 말이오. 이게 부장품이 아니라는 게 얼마나 다행스러운지 몰라요."

승기도 무슨 특별한 말을 기대하는 것처럼 회장에게로 몸을 바짝 기울였다.

"그게 무슨 말씀이십니까?"

"글쎄, 내가 죽을 때가 가까워서인지 안 보이던 게 자꾸 보인단 말씀이야."

승기는 그의 말 사이사이에 고개를 흔들어 강하게 부정하다가 한층 관심을 나타냈다.

"원, 죽을 때라뇨. 그건 그렇고 아니, 뭐가 보인단 말씀입니까."

회장은 눈썹 한쪽을 찌그러뜨렸다가 치밀어 올렸다가 미간을 좌악 폈다가 하면서 흥미진진한 얘기가 펼쳐질 것임을 예고했다. 그의 몸도 회장 쪽으로 저절로 기울어졌다.

"내가 젊었을 때 말이야, 파묘 당한 것을 본 적이 있거든. 그게 자꾸 생각난단 말씀이야."

"파묘라고요?"

흔치 않은 일이라서 두 사람은 호기심을 드러냈다.

"우리 동네에서 두 집이 유난히 친하게 지냈거든. 그중 한 집에서 아주 소중히 여기던 그림을, 중국 사신에게서 얻었다던가 하는 그림을 잃어버린 거야. 어느 날 감쪽같이 없어진 거지. 아무리 찾아도 없고 달리 없어진 물건도 없는데 앞집 영감이 그 그림을 그리 탐냈던 것을 기억하고 오며 가며 앞집을 기웃거리고 기회만 있으면 뒤지려고 했지. 그림 없어진 것을 알고 있는 앞집 사람들의 기분이 이상해지는 것은 당연한 거 아닌가. 근데 그 며칠 뒤에 앞집 여편네가 죽었지. 곡을 하고 묻었는데, 스무나흘쯤 지나 묘가 뒤집힌 거야.

당연하게도 그림이 발견되었고 온 동네가 발칵 뒤집혔지."

에어컨 온도가 너무 낮았나, 살갗으로 소름이 좍 돋았다. 너무 넓어서 조금은 어두침침하고 그래서 더욱 서늘하게 느껴지는 거실을 그는 한번 슬쩍 휘둘러보았다. 별스러운 현장을 다 돌아다닌 그였고, 무덤이야말로 발굴의 보고인 만큼 무덤이라면 숨은 얘기 많은 흥미진진한 집 안방 정도로 호기심을 갖는 그였으니 소름이 돋는 것은 지나친 감이 있지만 그 정도로 긴한 호기심이 당겼다. 승기도 두 팔을 쓱쓱 문지르며 의자 끝 부분에 겨우 걸터앉다시피 하며 회장에게 몸을 기울였다.

"근데 그걸 어찌 알았다죠?"

"어찌 알게 되었는지는 알 수 없는 일이지. 그거야말로 감 잡았다, 아니겠는가. 혹시 누군가 귀띔해 줬을지도 모르지. 입관할 때 여편네 품에 무언가 길쭉한 것이 안겨 있었다든가. 묘가 뒤집히고 나서 그런 말이 돌았지. 무덤 속에 숨겨 두고 잠잠해지면 이장합네 하고 파내서 팔아 치우면 감쪽같지 않겠느냐고 말이야. 그보다 더 안전한 데가 어디 있겠는가. 그 뒤로 앞뒷집이 웬수가 된 것은 당연하지. 그런 배신이 어디 있겠나 말이야. 심지어 훔친 물건을 부장했으니 이게 말이 되냐 말이야."

승기와 그의 입은 그런 어이없는 일이 있다니 하는 듯이 저절로 벌어졌다. 회장의 얘기는 쉬 끝날 것 같지 않았다.

"내가 그 무덤 파헤쳐진 것을 봤거든. 어린 마음에 뭐 그리 끔찍하게 여겼겠는가. 그저 호기심만 당겼지. 근데 그게 이제야 자꾸 마음에 걸리네. 내 하나 물어봄세. 부장품을 또 부장할 수도 있나?"

"그거야 뭐, 정당한 물건이기만 하면야 문제될 거 있겠습니까? 남의 물건입니까, 하하하."

승기는 좀 과장스럽게 웃어 젖혔다. 그리고 회장의 말을 받아 얘기를 늘어놓기 시작했다.

"공수래공수거라고 하지만 지난 수천 년간 빈손으로 떠난 사람은 거의 없다고 봐야 해요.. 부장이야 워낙 네안데르탈인 때부터 있었으니까 말이죠. 오히려 현대에 와서 없어진 셈이죠. 생각해 보면 참 재미없는 시대예요. 사후 세계를 믿지 않는 사람이 많다는 뜻인지, 수의만 비싼 거 입고 가면 저승사자가 알아서 대접해 주려니 하는 건지. 요즘엔 부장을 한다 해도 참 재미없어요. 네안데르탈인들은 갈무리해 둔 늑대나 승냥이 다리 한 짝, 이걸로 무슨 불을 만들 수 있을까 싶은 부싯돌과 도끼, 숯 같은 걸 함께 넣었죠. 나중엔 차돌멩이 한 쌍과 자루 썩은 도끼만 남는 거죠. 흙 속에 켜켜이 박힌 숯을 보면, 참, 놀라워요. 그 시기에 숯을 구워서 멀리 갈 때는 가지고 다녔다는 얘기니까요."

승기는 토마토 주스를 한 모금 마셨다. 회장도 주스 잔을 들고 그도 덩달아 주스 잔을 들었다. 그러나 그도 회장도 승기의 말을 가로막지 않았다.

"노르웨이에서 시베리아에 이르는 대륙에 사는 사람들은 말이죠, 썰매 줄을 넣어 주기도 했어요. 어두운 길 환히 밝혀 가라고 짐승 기름도 넉넉히 챙겨 주었고 말이에요. 썰매 줄 넣어 줄 생각을 했다니, 참. 노잣돈만 해도 정말 재밌는 얘기가 많죠. 노잣돈을 넣어 주는 풍습은 아주 현실적인 민족에게서 볼 수 있는데 말이죠.

그리스인들이 그중 독보적이에요. 이 세상에서도 그렇듯 다음 세상도 어디를 가든 입구마다 요금을 내야 하는 것으로 생각해서 노잣돈을 넉넉히 넣어 주곤 했죠. 국립공원 따로, 사찰 따로 입장권 파는 식으로 말이죠."

그제야 회장이 느긋하게 끼어들었다.

"그거야 사람이라면 누구나 그런 생각을 할걸세. 배에다 돈을 감고 가고 싶을걸. 주머니가 두둑하면 뱃심도 두둑해지는 법이니까. 저승이라고 별 수 있겠나, 하는 거지."

"그러게 말입니다. 근데 또 중국인들이 좀 현실적입니까. 그리스인 못지않죠. 중국인들은 지옥을 빠져나올 때 쓰거나, 천국에 갔다면 다시 환생할 때 좀 더 좋은 자리를 달라고 넣는답니다. 리들을 매수할 동전과 옥이며 진주를 같이 넣었으니까요. 지옥에서도 불이 덜 닿는 자리로 바꾸려고 촌지깨나 쓸 거예요. 요즘엔 뭘 넣는지 아세요? 지옥 은행에서 인출한 특별한 붉은 지폐를 넣는답니다. 심판관까지 매수하려면 얼마나 많이 챙겨야 할지 모르지만 말이죠. 하긴 요즘도 부장이 없다고 말할 수 없는 게, 우리 어머니 돌아가셨을 때도 아버지 유품을 넣었거든요. 어머니가 한복 짓는 일을 하셨는데 아버지 옷을 자주 만들어 주셨어요. 남겨 놓은 아버지 옷을 어머니 관에 넣어 드렸죠."

승기는 잠깐 말을 끊더니 그를 홱 돌아보았다. 승기의 분위기 다루는 솜씨에 그저 놀랄 뿐인 그는 어리벙벙하여 승기를 멍하니 바라보았다.

"선배님은 뭘 넣어 가고 싶으세요?"

물론 승기는 그의 대답을 기다리지도 않고 회장에게로 고개를 돌리더니 말했다.

"저는 말이죠, 좋은 지도나 한 장 가지고 갈까 봐요. 길눈이 어찌나 어두운지 저세상에 가서 천국 찾아가느라 끔찍한 고생을 할 걸 생각하면 말이죠. 자칫 한 블록 더 가는 바람에 지옥으로 갈지 어떻게 알겠어요, 하하하."

"네비게이터를 넣어야지, 이 사람아. 길눈 어두운 사람은 지도 읽기도 힘들어."

그는 승기가 길눈이 어둡다는 얘기도 처음 듣는 데다 두 사람 사이가 이리 가까웠는지도 처음 알았다. 그도 재빨리 맞장구를 쳤다.

"글쎄, 나는 잘못 들어간 지옥에서 재심을 기다리는 동안 몸에 옮겨 붙은 불이나 끄게 소화기를 가져갈까. 그것보다는 심판관을 매수해서 빨리 지옥을 빠져나가는 편이 낫겠군."

두 사람은 썩 매끄럽지 못한 그의 농담에도 적당히 웃어 주었다. 웃음이 잦아질 즈음 회장이 드디어 오동나무 상자를 열었다. 아주 조심스럽게 뚜껑을 열고 손을 집어넣으려다 잠시 멈추었다. 손등을 덮은 얇디얇은 피부와 피부를 덮은 검버섯을 주시하고 있는데 회장이 승기에게 상자를 살짝 미는 시늉을 했다. 내 요즘은 손이 떨려서 말이야. 승기는 엉덩이를 들고 일어나 흰 면장갑을 낀 손으로 유난히 조심스럽게, 경건하다시피 한 자세로 상자 안에서 와당을 들어냈다. 그리고 테이블에 깔아 놓은 다포 위로 살며시 내려놓았다. 한지를 한 겹 벗겨 내고, 소청지를 한 겹 벗겨 내고, 마지막으로 싸인 소청지를 들추었다.

소청지 사이로 귀면와의 울퉁불퉁한 이마가 보였다. 귀한 귀면와가 드러나자 승기는 어휴, 하고 진심 어린 감탄사를 내뱉었다. 그역시 장갑 낀 손으로 귀면와 뒤쪽을 받쳤다. 소중히 다루는 그들이흡족한지 회장은 너그러운 웃음을 지으며 등받이에 비로소 몸을기댔다.

승기는 뭔가 짚이는 데가 있는지 귀면와를 찬찬히 들여다보며 한마디 흘렸다.

"부장하기론 귀면와가 제일이죠. 벽사 중에 벽사 아닙니까. 아무도 얼씬거리지 않을 겁니다."

회장도 고개를 끄덕거렸다.

"습한 곳에 두지 말게. 잘 알겠지만, 사진 찍는다고 조명 너무 강한 데 오래 두지 말고."

"그럼요. 흙으로 빚은 건 온도, 습도, 조도 철저히 지킵니다."

승기 혼자 왔어도 좋았을 것을, 하고 그는 문득 생각했다. 욕심낸다고 무슨 일이든 잘하는 건 아닌데 말이지, 싶었다. 더구나 소장품 가져오는 능란함을 과시하려던 생각에 이르니 그는 혼자 귀밑이벌게졌다.

"그런데 말이야, 예전에 도둑맞았다는 그 그림 말이야. 그거 사실은 내가 그 집 딸에게 주었던 거라네. 무언가 가장 중요한 것을주고 싶어서 말이지. 그 딸은 어머니가 돌아가시니까, 너무 슬픈 나머지 그 그림을 관에 넣었고. 우리 둘만 그 그림을 둘러싼 소동을모르고 있었던 거지. 사랑에 빠진 자들에게 주변이 눈에 들어오기나 하겠는가. 파묘 당하고 동네가 발칵 뒤집힌 뒤에 우리는 바들바

들 떨었지. 나는 또 얼마나 그 집 딸에게 미안했겠는가. 이 귀면와
는 말이지, 그 딸이 늙고 늙어 죽기 전에 내게 주고 간 거라네. 내
가 물려받은 그 그림은 일찌감치 딸에게 도로 주었지. 무덤까지 갖
고 가라고 했는데 어찌 되었는지는 모르네. 만약 가져갔다면 누군
가 다시 시신의 품에서 빼앗아 오지는 않겠지? 내가 죽을 때가 되
어 가니까 이런 말도 다 하나 보구먼."

　내킨 김이었겠지, 지난 일을 마저 다 털어놓는 건. 이제 와서 굳
이 숨길 것까지 없다고 생각한 걸까. 죽을 때까지 가슴에 남겨 두
는 사랑은 미련을 남겨 둔 사랑일까. 할 만큼 다 하고 끝낸 사랑이
었다면 뒤늦게 정표를 주고받을 일은 없을 테니.

　승기는 사건의 전말이 궁금한 모양이었다.

　"그걸 훔친 건 소년이었는데 들통 나지는 않았나요?"

　"나중에 내가 실토를 했지. 그 소녀가 당하고 있을 일을 생각하
니 견딜 수가 있어야지."

　"다행입니다. 뜻이야 어찌됐건, 훔친 건 훔친 거고, 억울하게 당
하는 사람은 없어야죠."

　승기의 단호한 어조에 그는 가슴이 덜컥 내려앉았다. 걸핏하면
원칙과 정의를 부르짖는 녀석과 일이 얽히다니. 녀석이 사실을 알게
되면 어떻게 나올까.

　그러다 그는 문득 그것이 어떤 그림인지 궁금해졌다. 어린 남자
가 어린 여자에게 주었을 그림이라면 어떤 것일지, 중국 사신이 가
져온 그림이라면, 더욱 궁금해졌다.

"어떤 그림이었냐고? 생각나지 않는 건 아니지만, 그 그림이 무얼 그린 것인지는 중요하지 않았네. 여자의 얼굴이 그려져 있었겠나, 내 마음이 그려져 있었겠나. 다만 그게 그렇게 우리 집에서 소중한 것이었다는 게 내겐 중요했을 뿐이네. 내가 줄 거라곤 아무것도 없었으니까. 관이 세 등분 나서 톱으로 썩썩 잘려 나간 것을 보았네. 그새 썩기 시작한 옷가지가 시신에 감겨 젖어 드는 것도 보았네. 붉은 흙이 뭉텅뭉텅 시신에 내려앉는 것도 보았네. 비가 내리기 시작해서 그 흙이 시신의 몸을 타고 흘러내리는 것도 보았지. 망연자실 무덤 주변에 서 있던 그 집 식구들도, 아직 생각나네."

그는 그 자신이 어린 소년이 되어 멀찍이서 어쩔 줄 몰라 울어 대는 어린 여자와 무덤 안을 번갈아 바라보고 있는 것 같았다. 처참하게 파헤쳐진 무덤을 보여 줘야만 했던 어린 소년의 가슴에는 한 가지 생각만이 도사리고 있었겠지. 소년은 무턱대고 어린 여자의 손을 잡고 뛰어 달아나고 싶었겠지. 원앙의 종사처럼.

원앙의 시아(侍兒)를 데리고 어둔 밤길을 달려 도망친 종사. 사무치는 사랑을 품고 도망칠 때 그는 훗날을 예상이나 했을까. 원앙의 종사는 원앙의 시녀를 도둑 사랑했고, 원앙은 그것을 알고도 모른 체해 주었으며 도망친 그들을 용서해 주었다. 오랜 시간이 흘러 오나라 왕으로부터 효문제의 총애를 받는 원앙을 죽이라고 의뢰받은 종사는 자객으로 원앙을 만나야 했을 때 운명의 유전을 원망했을 테지. 그는 군사들에게 술을 줘서 모두들 취해 쓰러지도록 하고 역시나 술에 취한 원앙을 일으켜 어서 도망치라고, 날이 밝기 전에 어서 강을 건너라고 떠밀었겠지. 제가 죽을 것을 알고도.

도애(盜愛)가 자심했던 것이겠지. 그 도애를 지키게 해 준 옛 주인에게 목숨을 내주는 그것도 사랑이 한 짓이었을까. 그저 심심풀이 사랑이었다면 옛 주인을 기억하고 있지도 않았겠지. 그토록 자주 뒤집히는 세상에서 사랑을 제일로 삼은 건 아니겠지, 설마. 사랑 또한 천하가 나뉘고 뒤집히는 것보다 쉬운 일이었을 테니까. 종잡을 수 없는 세상의 한복판에서 사랑을 믿는 자가 있다면 그자가 믿는 것은 삶의 유전일까. 회장은 그 여자의 손을 잡고 도망칠 수 없었겠지. 그래서 이토록 오래 미련을 품고 있는 것이겠지. 내 사랑은 종사가 달려간 거리만큼이라도 도망칠 수 있게 할까. 다시 돌아와 사랑을 갚을 만큼 자심한 걸까.

그는 파묘 당한 무덤 앞에서 기도를 올리는 기분으로 귀면와를 들고 탑 차에 올랐다. 10분가량 달려가다가 그는 차를 세워 혼자 내렸다. 쓸데없는 줄 알면서도 승기에게 귀면와 보관 잘하라는 말을 했다. 그는 막 떠나는 탑 차 뒤 연도에 서서 더러운 물줄기가 흘러드는 하수도를 내려다보았다.

그녀와의 '생크 아 세트(cinq à sept)'

작은 다리 하나를 건너자 다운타운이 시작되는 곳, 거센 빗줄기 사이, 모퉁이에 그녀가 보인다. 그는 낚아채듯 그녀를 태운다. 차에 올라앉은 그녀의 무릎에 작은 날벌레가 앉아 있다. 그는 손가락을 튕겨 날벌레를 날려 버린다. 그녀의 콧등에 빗방울이 맺혀 있다. 비가 많이 내리네. 그는 인사말을 건넨 뒤 얼굴을 돌려 차를 운전하고, 그녀는 그의 옆모습을 한참 바라본다.

20분 전, 그는 그녀가 너무 보고 싶어서 차를 급하게 몰았다. 그러나 약속 장소를 10분 정도 남겨 놓고 완전히 속력을 떨어뜨렸다. 그는 차들의 흐름에 방해를 주지 않을 정도로 기어가면서 곰곰 생각했다. 만나지 않으면 견딜 수 없을 지경인가. 만나는 게 불안한가. 만나지 않는 게 불안한가. 아니, 불안한 상황을 잊으려 그녀를 만나는가.

그는 오늘, 평소보다 생각을 많이 한다. 그는 이렇게 그녀를 자주 만나는 게 어쩐지 불안하다. 이 시간에 산더미같이 쌓인 작업을 해결하는 편이 낫지 않을까. 아니, 그것보다 지금으로서는 누군가 내게 힘이 되어 줄 사람을 만나 은밀한 동맹을 맺는 게 필요하지 않을까. 그런데 나는 왜 그녀를 만나러 허겁지겁 달려가는 것일까. 아무 도움도 줄 수 없는 그녀를. 그는 또다시 그의 귀를 파고드는 그녀의 목소리를 들었다. 그 소리를 들으면 순식간에 몇 바퀴 빙빙 돌아 현실을 훌쩍 뛰어넘곤 했다.

밤도 낮도 아닌 시간. 어스름 속, 가장 불안정한 마음이 되는, 개와 늑대의 시간이라는, 오후 5시에서 7시 사이에 그는 그녀를 만난다. 그는 퇴근하기 전 그녀에게 만날 곳을 말한다. 그러면 그녀는 정확한 시간에 정확한 장소에서 먼저 기다리고 있다. 분명 시내 저 끝에 있었는데 그녀는 날아서라도 그에게 온다. 대서양을 건너는 게 마치 조금 긴 횡단보도를 건너듯 별거 아니게 느껴지게 하는 그 활달한 걸음걸이로 그녀는 망설이지 않고 그에게 온다. 달려온 홍주의 살갗은 뜨겁게 달궈져 있다. 이 무더운 날, 그녀는 뜨거운 살갗, 뜨거운 혀로 그에게 입을 맞춘다.

그녀가 그를 향해 달려오는 날들이 오래 계속되었다. 그는 그녀가 점점 달라지고 있다는 것을 알아챘다. 그저 곁에 서 있는 기둥처럼 무심했던 여자가 결코 떨어지지 않을 듯한 눈빛으로 변했다. 그녀는 무심한 기둥도 아니고, 언제든 어디로든 달아나 버릴 얼룩말도 아니고, 그가 찾아내기 어려운 달팽이도 아니었다. 그녀는 언제부턴가 걸음이 더욱 빨라졌다. 불안한지 옆에 앉아 가만히 손을 쥐었다 폈다 한다. 그가 아무 말도 없이 운전을 하면 그녀는 차츰 초조해진다. 치마를 꼭 쥐기도 하고 양 팔을 쓱쓱 문지르기도 한다.
아무 필요도 없이 머리카락을 배배 꼬기도 한다. 필요 이상으로 입
술의 거스러미를 뜯기도 한다. 그의 시야에 그런 행동들이 포착된
다. 그가 불안한 것 이상으로 그녀도 불안하다.

그는 그녀의 마음을 고스란히 읽는다. 너를 언제나 내 곁에 두고
싶어, 라고 말하고 싶다. 그렇게 해서 그녀의 불안을 없애 주고 싶
다. 그러나 그게 얼마나 위험한 말인지 그는 너무 잘 안다. 지키지
도 못할 약속이라면, 그는 속으로 중얼거린다, 하지 않는 게 나아.

그들은 상호도 확인하지 않고 드라이브 인 호텔에 들어간다. 차
에서 내리면 바로 데스크로 연결되고 그대로 객실로 올라갈 수 있
다. 객실에 들어서면 먼저 전등들과의 씨름이 시작된다. 중앙 등, 거
울 등, 화장실 등, 욕실 등, 파우더룸 등. 그 전등들의 작동법을 익
히기에 두 시간은 너무 짧다. 게다가 그런 것들은 대개 완벽하게 정
상적이지 않다. 그 많은 전등들 중 한두 개는 제대로 작동되지 않
고 다른 것을 작동시키곤 한다. 심지어 창문의 덧문을 여닫는 데도
미숙하기만 하다.

그는 작동법을 제대로 익힐 시간이 없기 때문에 아무 쓸모없는
벽면에 그녀를 기대 세운다. 한 손은 그녀의 치마 밑으로 들어가고
다른 한 손은 그녀의 등 뒤에서 지퍼를 내리며 그 모든 손길을 어지
럽히도록 길고 깊게 입을 맞춘다.

"보고 싶었어요."

목구멍 깊숙이 후두를 훑는, 시베리아 툰드라지대를 달려온 바
람 소리 같은, 삭은 목소리. 그녀는 마치 슬라브어를 중얼거리는 것

같다. 많은 말을 하는 것도 아니다. 보고 싶었어요, 오직 그 말을 하기 위해 그를 기다리느라 입속이 뜨겁게 달아올라 있다. 그는 보고 싶었다는 말을 듣지 않기 위해 재빨리 입을 맞춘다. 그녀의 입속은 훈김으로 가득 차 있다. 그녀는 그의 입술을 깨물고 놓지 않는다. 들이민 그의 혀를 용케 잡으면 또 결코 놓지 않을 것처럼 꽉 깨문다. 그는 그녀의 입을 벌리기 위해 애를 쓴다. 그녀는 살갗이 조금이라도 떨어지지 않게 하기 위해 그의 굴곡에 제 몸을 꼭 맞춘다.

그녀의 가장 깊숙한 속살은 그곳으로 파고든 그의 가장 날카로운 부분을, 손과 혀로 쓰다듬듯이 구석구석 쓰다듬는다. 그녀는 그녀의 속살이 쓰다듬는 그의 날카로운 부분을 그의 온몸인 듯 여긴다. 그녀는 눈물을 흘리듯, 눈물이 흐르는 뺨으로 그의 뺨을 문지르듯, 흥건한 액체에 담긴 그를 문지른다. 그가 그녀 속살의 도도록한 버튼을 비비고 누르는 순간, 그녀는 뜨거운 홍수를 일으킨다. 수밀도를 크게 한입 물었을 때 터져 버린 즙이 손과 팔을 타고 죽 흘러내리는 것처럼, 밀려오는 달큼한 홍수 속에 그는 까무룩히 잠겨 버린다. 두 사람을 두른 흥건한 습기 속에서 그녀는 그녀의 귓바퀴 안으로 스며드는 그의 숨결과 고함을 하나라도 놓칠세라 얼굴을 돌려 입술을 열고 그의 숨결을 빨아들인다. 수염 뿌리를 헤집을 듯 그의 턱을 빨다가 어느 순간 그의 어깨에 이빨을 박아 넣는다. 그 무엇이든 그의 살 속에 박아 넣고 싶어 한다.

그녀는 그를 만나면 헤어질 때까지 그에게서 눈을 떼지 않는다. 그 또한 그녀를 그토록 원하고 있음에도 그 감정을 전달하는 게 어렵기만 하다. 뭐라고 해야 하지, 그녀의 눈빛을 피하며 갈팡질팡하는 순간, 그는 그 감정에 집중하지 못하지만 그녀는 바로 그 감정의 순간 위에 있다는 것이 그대로 느껴진다. 외줄을 타고 있건, 길고 긴 두 줄 그네를 타고 곡예를 하고 있건 그녀는 자기 발밑의 줄이나 그네를 의식하지 않는다. 그가 무슨 말을 고를지, 어떤 표정을 지을지 고심하느라 더듬거리는 동안 그녀는 줄을 타고 단숨에 그의 눈으로 짓쳐들어오고 만다. 그녀는 고스란히 전한다, 제 모든 것을.

그는 그때마다 오랜 시간의 기억을 다시 만난다. 저것에 휘어잡히고 저것에서 도망쳤지. 하지만 도망쳐도 또다시 그녀의 홍수에 빠져들었지. 그녀가 없는 곳에서도 문득문득 뜨거운 일랑일랑 향을 맡곤 했지. 짐승의 털 속 깊이 배어 있을 듯한 그 향을 그는 두려워한다. 그녀를 만나면 만날수록 그녀에게서 도망치는 것이 점점 더 어려워진다는 것을 잘 알아서 그렇다. 그래서 그는 다시 한 번 결심한다. 생크 아 세트를 지속하기로. 오후 두 시간, 일주일에 한 번이나 어쩌다 두 번. 그 이상은 안 된다. 시간과 마음은 지독한 상관관계를 맺고 있다는 것을 아는 까닭이다.

그는 서둘러 옷을 입는다. 조금이라도 빨리 남겨 두고 온 세계로 돌아가야 한다. 그는 자신도 모르게 가방을 가슴에 품어 안는다. 그리고 그녀를 똑바로 바라보지 못한 채 더듬거린다.

"있지, 지난번에 쓰던 거 있잖아. 첩자 이야기 말이야. 쓰면 쓸수록 재밌어."

그는 자신이 작업에 빠진 이유를 둘러대려고 한다.

"쓰다 보니 그 인간들이 차암 흥미로워. 2000년 전이나 지금 우리나 다를 게 없더라고."

그러나 그는 설명하려 애쓰다가 제대로 하려면 너무 길게 해야 할 것이고 그렇잖으면 뜬구름 잡는 얘기가 될 거라는 걸 깨닫고 도중에 그만두었다.

그녀와 사랑을 나누는 동안에도 경재는 일을 진행시킬 것이다. 그는 진우와 중서와 함께 술을 한잔할 시간을 만들어야겠다고 생각한다. 그리고 실장에게도 무언가 제스처를 취할 필요가 있을 거라고 생각한다. 실장에게 곤란한 일이 생긴다면 전심전력으로 도와줄 텐데, 하며 문제가 생기기를 바란다. 자, 이제 돌아가서 일을 해야 한다. 삶에 대한 불안이 사랑에 빠지게 하지만 사랑에 빠져 어처구니없이 허우적거리는 동안 삶이 그를 팽개치고 달아날까 봐 그는 불안해한다. 도무지 삶은 그를 기다려 주지 않는다.

그는 언제나 저울에 이것을 달아 보고 저것을 달아 보았다. 밤을 새워 공부를 해서 두각을 드러내지 않았으면 아무것도 가진 것 없는 그가 선영을 얻고 그 가족을 얻을 수 있었을까. 경재를 영원히 제 편으로 하기 위해 자신이 발굴한 것을 넘겨주고도 아무 대가를 바라지 않았다. 밤을 새워 연구를 하고 발표를 하지 않았으면 그가 남들보다 빨리 승진할 수 있었을까. 손발을 바지런히 움직인 만큼 주어진 삶이었다. 사랑이 일보다 오래 갈 리 없고 사랑이 일만큼 세월을 지탱해 주지도 못한다. 그러니 어쩌면 좋을까.

그는 너무 바쁘다는 핑계를 댄다. 밤에는 개인 작업을 해야 하고 낮에는 특별전을 준비해야 해. 게다가 세미나까지 있어. 너와 많은 시간을 보내고 싶지만 일이 너무 많아. 이해해 줄 수 있지? 그녀의 손을 꼭 잡고 그녀의 볼에 입을 맞춘다. 그녀는 하는 수 없이 고개

를 끄덕인다. 그가 주는 것은 그녀가 원하는 것보다 턱도 없이 적다
는 것을 그는 안다. 결여는 슬픔을 낳는다. 그녀는 고통을 받을 것
이다.

 그는 홍주를 시내에서 멀리 떨어진 곳에 내려 준다. 화려한 옷차
림의 여자가 그의 차에서 내리는 것을 아무도 보지 않았기를 바라
며 재빨리 차를 돌린다. 그녀가 아직도 자기를 바라보고 있을까 봐
되도록 뒤를 돌아보지 않는다. 밤도 낮도 아닌 시간, 어스름 속 오
후 5시에서 7시 사이. 생크 아 세트. 그는 입엣말로 중얼거린다. 이
도 저도 아닌 시간, 이도 저도 아닌 관계를 잇기 좋은 시간. 이도 저
도 아닌 사람들을 숱하게 스쳐 지나가는 시간. 특별하지 않은 사람
과 식사를 하고 술을 마시다가 어차피 이름도 기억하지 못할 또 다
른 사람들과 만나 인사를 하고 다른 자리에서 만나면 어디서 봤더
라, 머릿속을 부지런히 뒤져야 하는 만남을 어지간히 많이 만드는
시간. 낮도 밤도 아닌 흐릿한 매혹의 시간, 인생의 생크 아 세트.

 그는 중서에게 전화를 걸면서 그녀를 그런 관계로 만들어도 되
나, 가슴이 아팠다. 동료를 평생의 적으로 만든 순간이 떠올랐다.
어깨를 드러내고 앉아 승기에게 커피를 건네주며 의례적인 미소를
짓던 그녀가 잠시 그와 눈이 마주치자 웃음을 지우는 것을 보았다.
그는 그 순간 분명 둘의 눈이 얽혔다고 느꼈고 촉수를 뻗듯 그에게
길게 보낸 눈빛에서 그녀에게 파고들 수 있음을 본능적으로 알았
다. 그녀라면 그가 어떤 상태여도 자기를 버리지 않을 것임을 알았
다. 매와 같은 눈으로 그에게 유리한 사람을 알아보았다. 첩자가 자
기에게 꼭 필요한 자를 찰나에 분간해 내듯. 선영의 맑고 찰랑찰랑

한 물빛 같은 얼굴을 택했듯, 그는 홍주를 택했다. 적외선카메라가 인체의 체열 분포를 단숨에 찍어 내듯 그는 자기를 향해 달아오른 홍주의 열선을 감지했다. 삶에 불안한 사람은 본능이 발달하게 마련이다. 그건 냄새를 맡는 능력이다.

그러나 그는 그녀에게 유리한 사람인가. 그는 가슴이 아프다. 그녀야말로 제게 좋은 사람을 알아보는 능력이 발달했어야 하는 게 아닌가. 그녀는 어리석게도 그를 택했다. 그리고 사랑한다고 말한다. 사랑이라니. 그는 아무리 가슴이 터져 나갈 듯이 그녀를 그리워해도 사랑이라는 말을 입에 올리지는 못할 것 같았다. 사랑은 오직 나를 위해서 하는 것이다. 내가 그녀에게 밥을 사 주고 옷을 사 주는 건, 그건 나를 위해 주는 것이다. 어쩌면 비즈니스와도 같다. 열을 얻으려면 적어도 여덟은 주어야 하는 것처럼. 그리고 그 모든 것은 기어코 대가를 획득해야만 하는 냉혹한 전략의 일환일 뿐이다. 그런데 하나도 얻지 못하면서 내내 열을 주는, 그녀 같은 사람도 있다. 그것은 무엇을 위한 냉혹한 전략일까. 그녀의 전략은 알아채기 어렵다.

그는 속력을 높인다. 그는 아주 오래전 그녀와 헤어졌을 때, 그녀를 내려준 광화문 사거리 횡단보도를 기억한다. 횡단보도에 선 그녀는 거리의 먼지를 잔뜩 뒤집어 쓴 얼굴로 멍하니 서 있다가 신호가 바뀌자 인파의 맨 뒤꽁무니에 매달리듯 아주 천천히 걸어갔다. 그것을 지켜본 그는 오랫동안 그녀의 얼굴에 앉은 먼지가 떠올라 힘들어했다. 그는 이제 그녀를 내려 줄 때 횡단보도를 앞에 두지 않는다. 차가 먼저 횡하니 떠날 수 있도록, 남겨진 그녀 얼굴이 이어지

는 인생 내내 그의 가슴에 끼치지 않게, 그렇게 한다. 그러나 정말
그녀의 얼굴이 금세 잊히는지, 그건 아직 확신하지 못한다. 어쨌거
나 그는 차를 재빨리 출발시킨다. 금방 교외를 벗어나 시내로 들어
온다. 그녀에게서 멀어지자 비로소 안심이 된다. 그는 중서와 약속
한 옥토버 페스트로 들어갔다. 오늘도 혼자 잠이 들 중서를 위해 진
탕 마셔 줘야지.

첩자 가마다

그는 지난밤 끝낸 「박제상」 편을 프린트해서 스테이플러로 찍어 「도림」 편 뒤에 끼워 놓는다. 이제 본격적으로 바다 건너 일본과의 거래를 시작할 차례였다. 박제상은 고구려로 잡혀간 눌지왕의 동생 복호를 세치 혀를 놀려 능란하게 데려왔고, 또 막내 동생 미사흔을 데려가기 위해 왜로 들어갔던 사람이다. 그러나 왜에 가서 공작을 벌이는 일은 쉽지 않아 자국에서 고의로 거짓 죄를 짓고, 적이 이를 알게 한 뒤 적국에 들어가 활동하는 사간(死間)이 되어 속포에서 배를 탔다.

박제상은 본래 첩자가 아니라 세객(說客)으로서, 눌지왕에게 신임을 얻은 자였다. 『삼국사기』에 변사(辯士)라고 기록된 세객은 본래 춘추전국시대에 능란한 말솜씨로 각국에 유세하러 다니던 자들이었다. 이들의 세치 혀에 따라 붙잡힌 볼모가 풀려난다든가, 나라의 정책이 바뀐다든가, 전쟁의 형태가 바뀐다든가 하는 엄청난 효과가 있었으므로 고대에는 각국의 수장으로부터 존귀한 대접을 받았다. 그러나 제 아무리 출중한 능력을 가진 자라도 누구에게 어떤 쓰임을 받느냐에 따라 용이 되기도 하고 이무기로 남기도 하는 법.

작은 마을 관아의 문지기이자 미친 선비라고 불리던 역생이란 자도, 나중 팽형을 당하기는 하지만 한고조를 만나지 못했다면 유세로써 제나라 70여 개 성을 빼앗을 수 없었을 것이다. 한낱 건달이던 한신 역시 마찬가지 아닌가. 창칼의 숲에서 나약하기 이를 데 없는 말(言)이 역설적으로 힘을 발휘하던 시대의 일이다. 그러니 그들은 첩자라기보다는 일종의 정치 협상가 같은 존재였다.

그는 도림 편을 끝내면서 개로왕의 아들 문주왕의 뒤를 쫓다가 특이한 인물을 발견했다. 첩자이며 정치 협상가이며 자객이며 또한 동아시아 문화의 전달자인, 가마다라는 자였다. 그런 변신이 가능했던 것이, 적국의 사정에 능통하여 적응력이 높으면 그만큼 문화 습득이 빠를 것이고, 그런 그는 알게 모르게 여러 나라를 넘나들면서 문화를 가져가고 가져올 수 있을 터였다.

그는 이제 「백제 간첩 가마다」 편으로 들어갔다. '폭 넓은 행동반경'으로 소제목을 뽑았다. 그리고 '물을 거울로 삼는 자는 자기 얼굴을 볼 수 있고, 사람을 거울로 삼는 자는 자기의 길흉을 알 수 있다.'는 사마천의 말로 가마다 편을 시작했다. 그는 가마다에 관한 자료를 조사하면서 그 인물에 푹 빠져들었다. 그에 관해서라면 일본에 남은 문서를 모조리 뒤지고 싶을 정도였다.

가마다는 처음 문주와 함께 신라로 갔을 때는 문화 전달자와 첩자의 역할을 수행하기 위해 내간(內間)이 되었고, 왜로 망명할 때는 박제상의 수법을 따라 사간(死間)이 되기도 했다. 그는 백제와 신라, 그리고 다시 백제에서 왜에 이르는 길목에서 몇 차례의 변신을 거듭한다. 그러다 보니 그의 행적은 끊어지기 일쑤였고, 다시 전혀 다른 모습으로 다른 사서에 모습을 드러냈다. 그는 여기저기 드러나는 가마다의 행보를 두고 많은 고심을 해야 했다. 이 인물의 정체는 대체 무엇일까.

백제가 고구려에 패망할 당시 신라로 구원을 요청하러 떠난 문주는 가마다를 몰래 데리고 갔다. 가마다는 원래 백제 궁궐에 속한 와당장이였다. 문주의 심복으로 따라갔지만 문주가 급하게 청한 구원병을 이끌고 돌아갈 때 이미 망한 나라에 가기 싫다며 뒤처져 신라에 남았다. 물론 신분이 확실한 가마다는 문주와 첩자로서의 역할을 이미 충분히 협의한 뒤였다.

당시는 한반도 내에서도 첩보 활동이 아주 활발하던 시대였다. 전쟁이 끊이지 않던 시대였으니 첩자들의 숫자만 해도 무시할 수 없을 터였다. 그는 기와를 빚고 굽는 조와(造瓦) 기술을 미끼 삼아 차근차근 현지 관리에게 접근하는 방식을 취했다. 무기는 전략이 있어야 공을 세우는 법이니까. 그는 신라 각처에 두더지처럼 은닉해 살면서 정보를 제공하는 잠복 첩자들과 먼저 연락을 취했다. 그렇게 해서 신라의 요직에 있는 자와 그가 무엇을 좋아하고 무슨 약점이 있는지, 조정에 대한 불만은 무엇인지, 충동적인 요소가 있는지를 샅샅이 알아냈다. 그리하여 가마다는 신라의 급찬 조수압을 공작 대상으로 짚었다.

가마다가 수집한 정보에 의하면 조수압은 탐심이 많고 성격이 급하여 하루빨리 공을 세우고 싶어 하는 인물이어서 내간으로 적격이었다. 하지만 아무리 조수압이 탐욕스럽다 해도 자신이 불리할 게 뻔한 일에 발을 쉬 담그지는 않을 터, 게다가 정체가 불분명한, 투항한 백제인에게 섣불리 곁을 줄 리가 없었다. 그러나 뼛속까지 첩자인 자가 가까스로 낚아챈 기회를 놓칠 리 또한 없는 법. 원하는 바를 성사시켜 줄 정보를 선택하는 것 또한 순전히 자기 몫.

조수압은 말을 좋아했다. 출타할 때는 반드시 말을 탔고, 서너 필의 말 중에서도 가장 아끼는 말이 따로 있었다. 신라인이 우산국과 가야를 병탄하려 했을 때 말놀이 전법을 즐겨 쓴 것으로 봐서 본디 고구려만큼이나 말과 가까이 지낸 것을 알 수 있다. 그는 많은 돈을 주고 말을 한 필 구했다. 그리고 조수압의 마종을 매수해서 주인이 가장 좋아하는 말의 다리에 치명적인 상처를 입히도록 했다. 가마다는 엉덩이가 탄탄한 아름다운 말을 바침으로써 조수압의 환심을 사게 되고 자신의 가치를 차차 부각시켰다.

가마다는 조수압이 그를 믿고 경계를 풀도록 그럴듯한 과거도 꾸며 냈다. 문주에게 신임을 얻고 있으면서 국정을 좌지우지하는 실세인 좌평 임달진의 심복으로 있었고, 그 무엇보다 와당 기술을 신라에 전수할 수 있음을 주지시켰다. 그는 도림이 했던 것처럼 자신의 정치적 목적을 드러내지 않았지만 정부 요직들과의 잦은 교류로 의외로 많은 정보를 접할 수 있었음을 은근히 전달했다. 그런 증거를 보이기 위해 임달진과 문주가 주고받은 대화 정도는 무심코 한다는 듯이 간혹 흘려야 했다. 실제로 문주의 심복이었던 터라 임달진 정도는 훤히 알고 있기도 했다. 그는 어느새 가치 있는 정보를 쥔 자가 되어 있었다.

　당시 고구려의 강력한 남진 정책으로 신라와 백제는 동일한 운명의 끈으로 엮여 있었다. 동성왕 때 두 나라 사이에 혼인 관계가 맺어지기까지 양국의 보조는 일체감으로 유지되었다. 그러나 저마다 꿍꿍잇속이 있게 마련이다. 가마다는 신라가 백제 몰래 고구려와 내통하는지 캐내기 위해 수를 썼다. 그 어느 나라도 표면적인 동맹 관계 때문에 이득을 놓치려 하지는 않는다. 백제는 신라를 제치고 북방으로 교통로를 뚫기 위해 갖은 방책을 다 동원해야만 했다. 신라 또한 마찬가지였다. 문주는 고구려의 방해를 무릅쓰고 송으로 사신을 보냈으나 고구려의 집중적인 방해 공작으로 무산되었다. 신라와 백제 양국이 고구려를 뚫고 중국과 교린 관계를 맺으려고 분투하는 사이, 바다 건너 왜에서는 이미 백제인들이 백제궁을 쌓고 본국을 도우려 하고 있었다.

　가마다는 조수압에게 넌지시 뜻을 전했다.

　"백제가 흥하면 백제인이 되고 신라가 흥하면 신라인이 됩시다. 저 건달패 한신(韓信)은 항우 밑에 들어가 제대로 쓰임 받지 못하고 낭중이 되었다가 한나라 왕 유방 밑으로 들어갔지만 자신을 알아주지 않는 유방에게 실망하고 다시 달아났다가 뒤늦게 그를 알아본 유방에게로 돌아와 대장으로, 제후로 거듭나지 않았습니까? 천하를 쥘 군왕을 알아보는 자가 지혜 있는 자이며, 지혜 있는 자를 쓰는 왕 또한 가히 천하를 쥘 군왕이라 할 수 있습니다. 지금 백제와 신라는 바람 앞에 등잔입니다. 나제동맹을 맺었다고는 하나 작은 이득이라도 있으면 언제든지 변동할 것입니다. 천하를 손아귀에 넣을 군왕을 찾는 자들이 여럿입니다."

그들은 구체적인 계책을 모의했다. 조수압은 가마다가 신라와 백제의 왕에게서 균등하게 신임을 받는 방법을 세우는 줄로만 알고 있었다. 그 방책의 하나로 조수압의 안전을 위해 고구려와의 관계를 개선하는 방안을 올리도록 했다. 또 다른 방책으로는 조수압으로 하여금 가마다의 여자를 신라 왕에게 바치도록 했다. 가마다 자신은 신라의 와당장이들에게 백제의 기술을 전수하기 위해 기와 가마터에 살면서 여자로 하여금 궁 안의 비밀을 탐지하게 했다.

예나 지금이나 정책이란 거의 다 대외적인 면 따로 속셈 따로일 터이다. 그러니 의뭉스러운 인물이 결국 패권을 잡게 되어 있었다. 백제와 신라의 동맹은 오월동주와 큰 차이가 없었다. 월왕 구천이 자존심을 버리고 오왕 부차의 말(馬)을 돌보면서 도모했던 후세를 오왕은 전혀 짐작도 못 했다. 오자서가 저리 납작 엎드리는 자는 분명 후일을 기다리는 자라고 그리 간언했건만 오왕은 듣지 않았다. 월왕 구천이 오욕을 무릅쓰고 살아남아 오왕 부차의 목에 칼을 겨눈 일은 후대에 범례가 되었다. 구천을 통해서는 어떤 모욕을 견디고라도 살아남아 기어코 제가 가졌던 것을 회복하는 법을 배울 것이고, 부차를 통해서는 적은 어디까지나 적이라는 것을 배울 것이다. 그러니 어느 누가 배신자이고, 누가 변절자이며, 어느 누가 저편에서 변절하고 내게 와 충성할지 어찌 낱낱이 알아볼 것인가. 그러니 눈 밝은 이를 곁에 두는 것이 최상일 터.

지금 백제는 한강 이남을 장수왕에게 몽땅 내주고 기신기신 전열을 추스르는 상태였다. 백제는 신라의 꿍꿍잇속을 알아야 했다.

그리고 그 꿍꿍잇속이 드러나기 전에 선수를 쳐야 했다. 가마다는 조수압이 조정의 신임을 얻게 하고 그것을 이용했다. 백제를 도울 원군을 더 보내도록 조수압을 조종했다. 그리고 그는 더욱 중요한 정보에 몸을 돌렸다. 신라가 뚫고 있는 북방의 교통로를 알아내는 것, 신라가 백제를 견제하기 위해 고구려와 맺는 은밀한 약속들과 그것을 피해 새로운 끈을 만들 실력자를 찾아내는 것이었다.

그는 사료를 뒤지다가 이상한 기록을 발견했다. 가마다의 여자는 왜인이라고 적혀 있었다. 그리고 가마다보다 먼저 신라에 가 있다가 가마다에게 집과 밥을 제공했던 여자였다. 그 여자는 과연 어떻게 가마다와 인연을 맺은 것일까. 그리고 가마다와 무슨 언약을 맺고 신라 왕에게 바쳐진 것일까. 왕에게 바쳐질 정도의 여자라면 빼어난 미모를 가졌을 터이다. 또한 첩자라는 자들은 상대방의 마음을 쥐락펴락해야 하는 바, 그 인물 자체의 매력 또한 무시할 수 없을 것이다. 왜의 여자가 백제로 갔다가 신라로 와서 가마다의 계략대로 왕의 여자가 되었다. 가마다와 아무런 애정 관계가 없었을 것인가. 그는 '용간' 편을 다시 찬찬히 읽으며 '쓰임'이라는 말을 가지고 한동안 생각에 잠겼다. 사랑도 쓰임의 하나일까. 그는 아직은 알 수 없는 여자에게 빠져 있다가 가까스로 정신을 차렸다.

사랑과 그 쓰임. 그는 홍주를 쓰고 있는 걸까, 선영을 쓰다가 버리고…… 그는 고개를 마구 저었다. 스스로가 너무 두려운 존재였다.

치미의 경로

박물관 뜰의 석류꽃에 빗방울이 맺혀 있다. 연구동을 향해 가면서 몇 개의 가지를 튕겨 차가운 물방울을 얼굴에 끼얹었다. 무화과 열매도 자그맣게 맺혀 있었다. 그게 익어 푸른 주머니 모양의 열매 끝이 불그스레하게 젖어 있는 것을 생각하는 것만으로도 기분이 한결 나아졌다. 뜰을 벗어나는데 마침 불쑥 뜰에서 나오는 사람이 있었다. 승기였다. 승기의 손에 석류꽃 한 송이가 들려 있었다. 승기는 계면쩍은지 씩 웃었다. 그도 물방울을 끼얹고 미소 지은 것을 승기가 보았을까 봐 같이 웃어 주었다.

"사진은 다 찍었나? 보존실에 잘 보관해 두고?"

귀면와에 관한 얘기였다. 승기는 석류꽃을 뱅뱅 돌리면서 먼 곳에 눈을 두고 대답했다. 꽃잎에서 빗방울이 투둑 떨어져 나갔다.

"예, 오동나무째 상자에 넣어서 일련번호 적어 놓았습니다."

특별전 준비는 차근차근 진행되어 가고 있었다. 그는 특별전이 있을 때마다 보존실 복도를 가득 메우는 상자들을 떠올렸다. 불상을 담았다가 청동거울을 담고 다시 옷가지를 담았다가 또다시 입구에 내놓여지는 상자들. 그때마다 겉면에 용지가 새로 나붙고, 그러다 납작하게 착착 접혀 재활용품으로 실려 나가는 것들. 무심코 지나치다가 가끔 어두운 보존실 복도에 서서 상자에 나붙은 용지들을 바라보며 시간을 느끼곤 했다.

"넓적한 귀면와 콧등의 곡선이 예술이던데요. 그거 보니까 거친 기와재가 아니라 종이 찰흙으로 빚은 것 같더라고요. 둥글둥글 말린 머리 다발도 말이죠."

그는 어럽쇼, 하고 승기를 바라보았다. 이런 살가운 말투라니. 선배 대접 못 해서 미안한 거 이제 깨달았나?

승기는 아름다움을 살필 줄 아는 능력이 있었다. 그건 그냥 감상하는 차원이 아니라 그가 즐겨하는 도록 작업에서 여실히 드러나곤 했다. 도록에 실릴 사진과 사진의 배치, 명문들은 다른 사람이 넘볼 수 없는 실력이었다. 승기가 도록 작업을 유난히 좋아하는 것은 알지만 그렇다고 무조건 다 좋아하는 것은 아니라는 것도 그는 알고 있었다.

지난봄, 전체 소장품을 도록으로 만들어서 각 국립박물관에 보내자는 의견이 통과된 적이 있는데 그걸 가지고 아주 통렬히 비판하기도 했다. 돈만 많이 들고 생색만 내는 것이지, 사실상 그게 무슨 필요가 있느냐는 것이었다. 승기는 끝까지 반대하다가 극구 만들자고 하는 선배를 무시할 수 없어서 내버려 두었지만 도록이 나오고 나자 거들떠보지도 않는 방식으로 불만을 표시했다. 무게가

4~5킬로그램은 족히 나갈 정도로 무겁고 두꺼운 그 책은 전시용이나 될까, 누가 들춰 볼 리도 없다고 퉁명스럽게 내뱉고는 다시 입에 올리지도 않았다. 승기는 그가 보기에 아주 고지식한 자였다. 적이 됐든 친구가 됐든 생각과 행동에 타당성이 없으면 너와는 아랑곳없다는 식이었다.

"그런데 설명회는 누구에게 부탁했습니까? 김경재 선배가 적격일 거 같은데."

그는 나아지려던 기분이 확 상해 버렸다. 지난번 회의 때 설명회는 그가 맡기로 했으니 실제 진행하는 거야 그가 다른 사람에게 의뢰할 수도 있는 것이지만 하필 김경재를 거론하다니, 잘나가다가 이 사람이 또 왜 이래, 싶었다. 하지만 껄끄러운 관계는 이제 더 이상 누구와도 맺고 싶지 않은 터라 감정을 눅였다.

"그건 좀 더 생각해 보려고 해. 마땅한 사람 없으면 내가 해야지, 뭐. 그거 할 시간이야 없으려고."

그는 없는 시간을 짜내려는 것처럼 말했다. 경재에게 설명회를 맡길 수는 없었다. 와당에 관해서라면 내가 한 수 위지. 누구의 무덤인지도 모르는 무덤에서 와당을 훔쳐 나올 정도면 그에 대한 관심이 어느 정도였을 거 같아. 그는 속으로 중얼거렸다. 다음 달 일본에서 열릴 '기와로 본 고대 동아시아 삼국의 교류' 학술 대회에 발표자로 참가하기로 한 게 떠올랐다. 발표자를 물색할 때 마침 경재가 뉴욕에 가 있었던 게 얼마나 다행이었는지. 경재가 그를 물 먹일 작전을 구상 중이라면 그로서는 자신의 입지를 탄탄히 다지는 것 이상으로 좋은 대책은 없을 터였다. 적의 속내를 이미 알아챘을 때는 적이 간첩 아니라 무얼 써도 이편을 당해 낼 수 없는 법이다. 지금 그가 할 수 있는 일은 학술 대회에서 먼저 카드를 던지는 것뿐이었다. 그는 복안을 가지고 있었다.

물론 그 카드의 반향은 아직 그 누구도 모를 일이지만 상대방이 취하는 입장에 따라 그가 가야 할 길을 정해 줄 것이다. 뒷일을 점칠 수 없는 작전, 그건 수행하는 쪽도 당하는 쪽도 어렵기는 마찬가지이다. 딴 생각을 들키지 않기 위해 그는 얼른 말을 돌렸다.

"안내문은 나왔는지 모르겠네."

"중서 선배가 초안을 마친 것 같던데요. 아마 오늘쯤 보여 줄 거예요."

두 사람은 모아 놓은 기와들에 대해 얘기를 나누며 100여 미터 남은 연구동까지 천천히 걸어갔다. 아침 해가 벌써부터 지글지글 타오르고 있었다.

"그나저나 연대기 순으로 전시할 것인지, 종류별로 전시할 것인지, 그것부터 정해야 할 텐데요. 마루기와 같은 경우 변천사가 확실하잖아요. 치미에서 귀면와로, 또 취두와 용두로 변해 내려온 것을 무시할 수는 없을 것 같은데요."

"내 생각도 그래. 설명 패널이 이미 그렇게 만들어졌을 텐데, 연대기 순으로 전시하도록 하지 뭐."

그는 그 정도 결정권이야 자기에게 있음을 은근히 주지시켰다. 승기는 그의 생각과는 달리 무엇엔가 들떠 있는 듯이 보였다.

"선배님이 발굴한 치미, 확보됐나요? 미적 감각으로 보면 역시 백제 것이 훨씬 뛰어나죠. 그 치미만 해도 말이에요. 황룡사 것보다

섬세하잖아요. 벽사에는 좀 뒤지지만. 그게 아스카문화에 끼친 영
향을 보면 정말 그럴 듯하다 싶어요. 경로도 확실하니 그것을 따라
다른 와당들을 늘어놓으면 좋을 거 같아요."

점입가경이네. 이 자가 정말 왜 이런다지? 승기의 미적 감각이야
다 알아주는 것이긴 하지만 이런 분위기는 지나치다 싶었다. 오늘
이 친구답지 않게 왜 이리 살가운 척을 하는 거지? 이건 오히려 소
름 끼치는데. 이러다 언제 내 가슴에 칼을 겨누려고……. 몇 가지
생각이 빠르게 스쳐 지나갔지만 그도 내색하지 않고 승기의 말에
장단을 맞췄다. 더구나 그가 발굴한 치미에 대해 말하다 보니 그도
모르게 승기의 얘기에 빨려 들어갔다.

승기가 말하는 백제의 미적 감각이란 깃털 장식과 능골(稜骨)에
대한 것이다. 황룡사의 거대한 치미는 치켜 올라간 능골의 모양새
가 거의 직각이어서 위압적인 데다 양 옆면에 연꽃과 함께 귀신의
얼굴을 부조한 것이 벽사적 성격을 강조한다. 그에 비해 백제의 치
미는 능골도 부드럽고 능골에서 깃털로 그어진 섬세한 줄무늬가 깃
털의 사실감을 더해 주었다.

"백제 치미는 너무 아름다워서 밤하늘을 하릴없이 너풀너풀 날
아다니던 귀신이 휘영청 밝은 달구경하느라 치미에 걸터앉아 쉬다
갈 거 같아요."

벽사는커녕 오히려 귀신을 불러들일 거라니. 하지만 그도 그럴
듯했다. 어쩌면 그 귀신을 보고 다른 귀신들도 함께 걸터앉아 밤 시
간을 보내는 바람에 어느 집에 들어가 누구에게 몹쓸 병을 주고,
어느 길목을 가던 손의 혼이 반쯤 나가도록 장난질을 하거나, 수절

하고 있는 부인네에게 사통의 기운을 불어넣었어야 할, 그 밤의 일정이 온통 헝클어졌을지도 모른다. 귀신이란 존재는 이승에서 못다한 한 가지 것을 해결하기 위해 남았으니 귀신 하나에 하나의 목적만 있을 뿐이라지만, 그래서 오직 그 목적을 이루기 위해 사람 앞에 나타나는 것이라지만, 귀신도 사람이었던 것을 잊지 않는다면 아름다움 역시 잊지 않았겠지. 그렇다면 밤하늘을 날다가 아름다운 치미의 뾰족한 깃털에 치마가 걸려 실족하듯 주저앉을 수도 있을 법했다. 어디서 침입할지 모르는 사악한 존재, 그리고 지붕 위의 귀면와. 서로 방어하고 혹은 맞이하는 비밀스러운 관계를 그는 알 것도 모를 것도 같았다.

그는 먼 대륙을 떠돌던 귀신이 고구려의 용마루에 걸터앉아 쉬다가 조금 더 남쪽으로 날아가 백제의 용마루를 밟고 다시 따뜻한 바다 건너 일본으로 날아가는 것을 그려 보았다.

아스카문화가 꽃피었던 시기는 당 왕조가 가장 흥성한 시기였고, 당은 또한 역대 어느 왕조보다 주변국의 문화를 집대성했던 만큼 이국적인 요소에 가득 차 있었다. 당 문화는 거대한 황하가 범람하듯 한반도와 일본으로 활기차게 넘쳐흘렀을 것이다. 붉고 긴 눈썹과 입술을 가진 부처가 그 토실토실한 발로 연꽃을 밟듯 저 멀리 인도에서 당을 거쳐 백제로 내려왔다가 마침내 일본으로 건너가 거대한 가람의 기둥을 붉게 물들이고 복잡한 무늬의 횡목으로 대들보를 떠받게 했으며, 힘찬 선과 정교한 조각을 어루만지더니 비로소 호류사의 금당에 들어가 안좌한 것이 눈에 보이는 듯했다.

긴 역사 속, 긴 대륙을 걷는 동안 부처는 여러 번 몸을 바꾸었을 것이다. 그림을 그리고 불법을 전수한 담징이나 법정, 불탑 꼭대기만 짓는 노반박사와 기와 짓는 법을 전수한 와박사들은 장려한 대륙풍의 조형 문화를 일본 특유의 그윽한 아취로 바꾸었다. 어쩌면 너나 할 것 없이 가진 것을 서로 주고받았던 천진한 시대였을 것이다.

그는 이 시기의 기와, 즉 옛기와라는 이름의 고와(古瓦)에 관심을 기울이고 있었다. 고와에 대한 집중적인 연구가 이루어질 세미나가 기다려졌다. 그가 대륙에서 훔쳐 와 일본으로 넘기고 이제 다시 한국으로 흘러 들어온 벽화와 와당 때문에라도 그는 한반도와 중국, 일본을 넘나든 와당에 속죄할 기회를 갖기 바랐다. 9년 전에는 그 벽화와 와당이 고구려와 백제, 일본을 연결할 유일한 자료인 것 같았지만, 그것 없이도 똑같은 연구 결과를 낼 수 있었다. 더 방대한 자료와 시간이 필요하기는 했지만.

치미에 대한 공통된 기분으로 이상스럽게 기분이 좋아진 두 사람은 와당 전시에 대한 얘기를 길게 나누며 연구동 현관에 들어섰다. 연구실 문을 여는데 승기가 그의 등에 바짝 따라붙으며 말했다.

"선배님, 이따 저녁에 시간 좀 내주세요."

"술 한잔하게? 그러지 뭐."

그는 심상하게 돌아보며 대답했지만 이내 고개를 갸우뚱하지 않을 수 없었다. 회식을 하자는 것도 아니고 단 둘이서 무슨 할 얘기가 있어 만나자는 것일까. 그렇다고 다시 물어볼 수도 없어 연구실에 들어서자마자 회의 준비해야지, 하며 바쁘게 갈라졌다.

중서가 체험 학습 코스에 탁본을 넣으면 어떻겠냐는 얘기를 하자마자 실장은 시민들을 박물관으로 끌어들일 수만 있다면 얼마든지 지원할 생각이라고 했다. 어찌된 일인지, 학생들을 역사에 가까 워지도록 하기 위해 한 해에 몇 번이나 특별전을 열고 얼마나 많은 학습 프로그램을 만들고 있는데 갈수록 참관자들이 적어지는지, 모두들 혀를 차며 개탄해 마지않았다.

"우리나라는 이런 현실인데 말이야, 외국의 박물관은 사람이 발 에 밟힐 지경이니, 어찌된 일인지 모르겠단 말이야. 대영박물관 전 시회 하니까 사람 몰리는 것 보라고."

"이벤트 회사만 신이 났죠, 뭐. 경복궁의 쇼 케이스 다 가져다 쓴 모양이던데."

"그거 없으면 전시하지도 못했을 거야. 전 관장님이 전시 자문을 맡았으니 쇼 케이스 빌리는 것도 가능했을 것이고. 우리도 뭔가 아 이디어의 전환이 필요한데 말이야. 먹물들은 한계가 있어서 이벤트 회사와 머리 맞대면 쌈빡한 게 나올지도 모르지."

"그 친구들이야 돈 되는 것에나 머리를 굴릴까. 기껏 지역사회 인 민 모으는 데 오려고 하겠어요."

"사실 박물관에서 전시하는 것들이 대동소이해서 그렇기도 해 요. 시민들이 보기엔 서울이나 광주나 경주나 충주나 다 비슷해 보 일 거라고요. 규모만 좀 다를까. 대영박물관 같은 경우는 세계 각 국의 유물들이 망라되어 있으니 화려하기도 그만이죠."

"우리도 그런 기획을 해 볼 만해요. 요즘 테마 박물관이 많아진 게 고무적인 일이긴 하지만 그것보다도 동아시아에서 대외 교류가 이루어진 것들을 테마로 정해 전시하는 것도 좋을 듯해요."

"동아시아뿐만 아니라 서역과의 교류도 생각해 보자고요. 전래

된 것과 서역의 동시대 유물을 함께 놓는 겁니다. 동질성과 차이를 한눈에 보여 주는 거죠."

"아 참, 광주에서 인도 세밀화전 연다고 안내문 왔던데, 실장님 보셨어요?"

"준비하고 있다는 얘긴 들었는데 벌써 오픈할 때가 되었나? 그나저나 체험 학습 프로그램 좀 재밌게 짜 보도록 하지. 흉내만 내지 말고 말이야."

연구원들은 회의실에서 나오자 커피를 한 잔 '때리기'도 하고 담배를 한 대 '때리기'도 하면서 못다 한 이야기를 나누었다. 인도 세밀화전 안내문 봤지? 인도 음악 공연에다, 세밀화 설명회에다, 인도 문양 그리기까지 하던데. 우리도 탁본을 가져가도록 해 줍시다. 그거 좋겠네. 안내문 수정 들어가야겠군. 승기와 중서는 서로 할 일을 나누었다.

껄끄러운 남자 둘이 술 마시는 데는 역시 바가 제일이다. 어슴푸
레한 전등 빛은 테이블에 곧바로 떨어져서 옆에 앉은 얼굴도 상세
히 보이지 않고 음악도 적당히 느려 기분이 느긋해지는 데다 옆으
로 앉아 입을 보지 않고 얘기를 나눠도 잘 들릴 정도로 음량도 알
맞았다. 승기와 그는 나란히 앉아 별 말 없이 맥주를 시켜 마시기
시작했다. 술을 마시자고 청한 승기가 아무런 말도 없이 맥주만 연
거푸 들이켜니 천천히 마시던 그는 갑자기 마른기침이 쏟아졌다. 마
치 좁은 공간에서 허옇게 날리는 석회 가루라도 뒤집어쓴 양 목구
멍을 바늘로 콕콕 찍는 듯 따가웠다. 언제부터인가 간혹 편도선이
말썽을 일으키곤 했다. 그는 기침을 하다가 맥주를 길게 들이켜 목
을 적셨다.

"역시 레페가 좋아. 쓴맛이 강한 게 여름 맥주로는 그만이거든.
자네는 그로시를 좋아하는가 보지? 자주 마시는 걸 보니."

건조하던 후두가 촉촉해지자 기침이 가라앉았다. 그는 중서 흉
내를 냈다. 사실 그는 맥주 맛을 그다지 섬세하게 즐기는 편은 아니
었다. 하지만 서먹서먹한 자리를 이기기에는 아무짝에도 쓸모없는
술 얘기만큼 유용한 것도 없었다. 그런데 승기는 그 따위 술 얘기
같은 건 할 마음이 없었던가 보다.

"선배, 용마 얘기 아시죠?"

그는 뜬금없다는 표정으로 승기를 바라보았다. 여전히 껄끄러운
감정이 남아 있어서 맥주 얘기로 말문을 트면서 무슨 얘기로 넘어
가지, 하며 머릿속을 뒤지던 참이었다. 그런데 갑자기 웬 용마? 사
카모토 료마 말인가? 메이지유신의 최대 공로자? 그런데 그 료마가
뭘 어쨌다고? 승기는 그를 향해 계면쩍은 웃음을 지으며 말했다.

"용마가 말입니다. 사랑했던 여자가 있었잖습니까. 게이샤였죠?"

"아니, 그거야 소설 아닌가."

승기는 그의 말에 아랑곳하지 않고 얘기를 이어나갔다.

"그를 위해 하얗게 분 바르고 춤을 추고 사미센을 뜯어 주던 기
생이었죠. 사미센 그거, 참 이상한 기분을 자아내더라고요. 아주
단조롭고 단순한 음률이잖아요. 춤은 또 얼마나 단조로운지 아세
요? 근데 사미센 말이죠, 한 줄 튕기고 얼마나 한참 있다가 다시 한
줄 튕기는지……. 한참 듣고 있자니까 뭔가 결핍이 느껴진다는 생
각이 들었어요. 그것이 이상스럽게 마음을 졸이게 만들더라고요.
음역도 좁고 음률이라곤 거의 느껴지지 않는, 충분하지 않은 그 현
의 소리가 가슴 깊은 곳의 결여를 끄집어냈는지도 모르겠어요. 몇
번 튕기고 끝나 버렸는데도 여전히 기다리거든요, 다음 가락을요.

172

품엣자식을 두고 도망간 엄마를 그리워하듯 말이에요."

이 사람이 무슨 말을 하고 싶어서 사미센을 꺼내 들고 이리 무거운 애기를 하는지 그는 내심 조마조마했다. 가끔 기침이 터져 나왔다. 이런 버거운 시간이라니……. 그러다 문득 승기의 미소는 계면쩍은 게 아니라 쓸쓸한 것이라고 생각되었다. 그렇잖아도 어두컴컴한 바의 분위기 탓인지, 그가 그렇게 여긴 탓인지 실내를 흐르던 음악조차 어느 사이 멎은 것 같더니 사미센처럼 기타 소리가 팅 울렸다. 아닌 게 아니라 한 번 울린 기타 소리가 다시 울리기를 기다리고 있는 자신을 발견했다. 마셔도 마셔도 타는 목을 가라앉히기 위해 맥주를 죽 들이켜는데 승기가 말꼬리를 이었다.

"용마가 쫓겨 가면서 다급히 그녀에게 들르죠. 나 도망간다. 근데 너 나 때문에 위험할지도 모른다. 그녀가 말하죠. 어디로 가는지 말하지 마라. 난 사무라이가 아니니 그들이 고문하면 실토하고 말 거다. 용마는 여자를 두고 도망가고, 결국 여자는 용마를 쫓던 자객들의 손에 죽고 말지요. 어디로 도망갔는지 정말 모르는데도, 그가 다시 올지 어떨지 아무것도 모르는데도, 버리고 간 여자인데도 쫓는 자들은 기어코 죽이고 말지요."

승기의 말을 끊고 그가 끼어들었다.

"그게 어디 용마만의 일인가. 기생이든, 아내든, 첩이든, 천하를 네 조각 다섯 조각 내는데 사람이라고 조각나지 않겠어. 그보다 더한 일이 얼마나 많겠어. 그런 러브 스토리가 끼어들 틈이라도 있으니 행복한 거지."

"그러게요. 차라리 죽이거나 죽임을 당하거나, 단번에 끝내는 그런 시절이 행복할 거 같아요. 목숨이 가벼웠던 시대, 그 시대가 그리워요."

"뭐, 그런 생각 많이 하지. 하늘의 별을 보고 갈 길을 알던 시절은 행복했다고. 죽거나 사는 것으로 제 갈 길이 분명해지면 정말 죽도록 열심히 살 텐데. 하지만 그 시대라고 목숨이 가벼웠을라고."

"형님."

그는 화들짝 놀랐다. 형님이라니. 이게 승기의 입에서 나온 말인가. 그는 이미 술기운에 풀릴 대로 풀린 허리를 한껏 돌려서 승기의 눈을 쳐다보았다. 승기 또한 눈을 제대로 뜨기조차 힘들 정도로 취해 있었다. 그래도 눈을 감은 채로 얘기하지는 않았다. 승기는 이마에 세 줄의 주름을 굵직하게 만들면서까지 눈썹을 한껏 치켜 올려 뒤로 넘어갈 듯한 눈동자로 웅얼거렸다.

"형님, 형님은 내게서 너무 많은 것을 빼앗아 갔어요."

그는 연거푸 놀랐다. 빼앗아 가다니? 내가 뭘? 승기가 그럴 줄 알았다는 얼굴로 쓰게 웃었다.

"그 여자만 빼앗아 간 게 아니에요."

그는 홍주 얘기가 나오자 고개를 돌려 버렸다. 그거야 어쩔 수 없는 일 아니냐고 되물을 수 없었다.

"제 심정이 그래요. 내가 버리고 도망치고 그 여자는 누구에겐가 죽었으면 좋겠어요. 누가 그녀의 심장을 비수로 찔러 주었으면 좋겠다고요."

아마도 너무 취해서 그렇게 말한 걸 거다. 그도 취한 걸 빙자해서 소리를 질렀다.

“뭐야? 그 여자를 왜 죽여? 날 죽여라. 응?”

“용마가 다시 돌아와 정적들을 단칼에 베어 버리잖아요. 이미 그 게이샤는 죽고 없지만, 그녀 때문에 정적들에게 칼을 휘두른 건 아니지만, 한두 놈쯤은, 아니 그녀를 죽인 놈들은 기어코 제 손으로 죽이고 싶었을 거예요.”

그래, 내가 그녀를 죽였고 너는 나를 죽이고 싶다, 그거지?

“그래, 나를 베어 버리고 싶단 말이야?”

“다 베어 버리고 싶습니다. 그래요. 선배가 마치 그녀를 죽인 것만 같아요. 아니, 차라리 그녀를 죽여 버렸다면 낫겠어요. 그녀가 돌아온 것 다 알아요, 선배와 만나는 것도 알고요. 왜 또 내 눈앞에 나타나서 괴롭히느냐고요. 선배는 안 그래요? 베어 버리고 싶은 사람이 없다고는 못 하겠죠.”

그들은 너무 취했다. 멱살을 잡지는 않았지만 서로의 손을 밀치고 도리질을 하고 삿대질을 했다.

“형님은 예전부터 그랬어요. 자꾸 내게서 무언가를 빼앗아 가요.”

“아니, 이 사람이, 내가 뭘 어쨌다고 그래? 내가 언제 자네 걸 뺏어 갔다고 그래? 뭔데, 내가 다 돌려줄 테니 말해 봐, 뭐냐고!”

“지나간 일을 말해 뭐 하겠어요.”

너를 베어 버리고 싶다고, 가위표를 그리며 손을 휘두르기까지 한 마당에 뒤끝을 남겨 놓고 승기는 훌쩍 일어나 나가 버렸다. 아니, 뭐냐고. 내가 네게서 뺏어 간 게 뭐냔 말이야. 그는 승기의 뒤를 비틀비틀 쫓으며 물었다. 승기의 말에 따르면 나도 모르는 새 승기에게서, 아니 다른 사람에게서도 언제나 무언가 빼앗았다는 얘기였다. 홍주만이 아니었다. 제로섬 게임인가. 누군가 가지게 되면 누군가 잃게 되는. 이런 젠장 할.

부당해요, 부당하다고요. 도둑질한 사람이 잘 먹고 잘사는 것은 너무 부당해요. 앞서 비틀거리며 걷는 승기가 웅얼거리는 소리는 마치 사미센의 리듬처럼 그의 머리에서 가끔 탱, 탱 울렸다. 그는 그럴 때마다 이런 젠장 할, 이런 젠장 할, 글쎄 그게 뭐냐고, 하고 대꾸해 줬다. 그는 중얼중얼 비틀비틀 걷다가 제 발로 제 발을 밟는 바람에 턱 넘어지면서 승기를 껴안았다. 승기는 귀찮지만 예의껏 그를 세워 주면서 마지막 비수를 찔렀다.

"천마총 말이에요. 천마총의 천마는 말이 아니라 기린인 것 같다고, 한 개의 뿔이 있는 영수(靈獸)는 기린 말고는 없다고 제가 연구 초록을 보여 줬잖아요."

이게 무슨 말이라지? 천마총의 천마는 말이 아니라 기린이라고 발표한 것은 나인데? 취한 머리가 심하게 흔들렸다. 그게 승기의 연구 논문 초록이었다 이거지. 나는 그것을 훔쳐 가 내가 연구한 결과인 양 발표했고. 그 논문을 발표한 게 언제였지? 그는 취한 머릿속을 뒤적였다. 벌써 3년도 넘은 일이네. 그러나 승기의 논문 초록은 본 기억도 나지 않았다.

그는 누가 뭐래서가 아니라 천마의 꼬리 갈기와 입에서 뿜는 신기에 주목했던 바로 그때 고구려 벽화를 보았을 뿐이다. 고구려와 신라의 기린은 꼬리털과 목의 갈기, 뿔이 수평으로 뻗은 게 아니라 한 번 위로 각이 지면서 다시 뻗쳐 나가는 공통점이 있었다. 중국의 성스러운 동물 기린은 고구려의 무덤을 거친 뒤에 신라로 내려

와서 그 화려한 궁륭에 정착해 신비한 불을 뿜었다.

그렇게 되었다는 것이다. 그는 승기의 여자를 뺏고 승기의 논문을 훔쳤다. 그리고 논문의 가치를 인정받아 남보다 3년은 빨리 승진했고, 그 뒤에도 매번 그에게서 중요한 것들을 빼앗아 갔다. 그게 승기가 오늘 하고 싶은 말이었을 것이다.

"어제 실장님이 그러더라고요. 노력한 시간과 성공 사이에는 아무런 상관관계가 없다고. 하지만 나는 기어코 되찾고 말 거예요. 내가 가져야 했던 것들, 돌려받을 거라고요. 그래야 세상이 제대로 돌아가는 것 아니겠어요? 다시는 선배와 함께 일하지 않았으면 좋겠어요, 흐흐."

노력한 시간과 성공이라고? 내가 공으로 그걸 먹었단 말이지? 그는 성공하기 위해 공으로 주워 삼킨 그 많은 논거들이 중추신경계를 마구 파손시켜 파킨슨 환자라도 된 양 몸을 가누지 못했다.

언뜻 본 논문이 실마리가 되어 그가 연구하게 되었던가? 몇 년 안 되었으니 세세히 톺아서 반드시 기억해 내야 한다지만 사건의 단초란 애초 아주 사소한 것인 경우가 많은 법. 기억 못 할 일이 훨씬 더 많을 것이다. 그래서 그토록 사사건건 가시 돋친 말을 했던 것이로구나. 그는 취중에도 소름이 돋는 것을 느꼈다. 다른 사람의 생각을 가로채고 다른 사람의 뜻을 기어코 꺾으며 물길을 돌리려 했단 말이지. 내가 훔친 것이 그렇게도 많단 말이지. 원앙을 죽이려던 양나라 자객조차 제가 누구인지 왜 너를 죽이러 왔는지 고백한 것에 비하면 나는 얼마나 비열한 존재인가. 그는 현관문 뒤에 변복을 한 검은 자객이 다른 누구도 아닌 자기에게 칼을 겨눈 채 숨어 있는 것 같아 취한 눈을 부릅뜨고 주위를 살폈다. 내게도 벽사가 필요해. 근데 난 누구에게서 몸을 숨겨야 하지? 경재? 승기? 검찰?

그는 넓디넓은 침대로 가서 몸을 내던졌다. 그 서슬에 다소곳이 세워져 있던 베개가 그의 등허리께로 풀썩 떨어졌다. 그는 베개를 끌어당겨 얼굴을 묻었다. 그리고 숨을 몰아쉬며 홍주의 전화번호를 눌렀다. 홍주가 곁에 있으면 고통이 좀 가실 것 같았다. 홍주는 곧 전화를 받았다.

"지금 바로 와 줘. 올 수 있지?"

한밤중인 것도, 그녀의 집과 그의 집 사이가 아주 멀다는 것도 아랑곳하지 않고 그는 어리광을 부리듯 다짜고짜 말했다.

"갈게요. 근데 무슨 일이에요?"

홍주가 물었다. 그녀는 아마 발딱 일어나 옷을 주워 입고 있겠지. 단숨에 달려오겠지. 그는 홍주의 품에 얼굴을 묻고 싶었다. 다행이었다, 그녀가 있어서.

"승기를 만났어. 그 자식이 너를 베고 나를 베고 싶대. 다 죽이고 싶다고 하잖아. 우리가 왜 다시 만났느냐고 하잖아. 우리는 왜 다시 만났을까."

전화가 툭 끊기는 소리가 들렸다. 그는 빈 전화에 대고 조금 더 주절거렸다. 아무 대꾸가 없었다. 그는 다시 전화를 했다. 열 번 넘게 벨이 울려도 홍주는 받지 않았다. 그는 한참 동안 홍주가 오기를 기다렸다. 그리고 자기가 무슨 잘못을 저질렀는지 서서히 깨달았다. 그는 베개로 얼굴을 덮어 버렸다.

얼굴을 덮은 베개 틈으로 하필, 그 여름이 떠올랐다.

그는 어린 시절에 개를 두들겨 팬 적이 있다. 무척 예뻐했던 개인
데 무슨 일로 그렇게 팼는지 모른다. 아니, 많이 때린 것 같지는 않
았다. 그런데 잘못 때린 한 방에 개가 죽어 버렸다. 그는 너무 놀라
그만 그의 키를 넘는 커다란 장독대 사이에 죽은 개를 숨겼다. 그리
고 하루에도 여러 번 개를 보러 갔다. 하얀 땡볕 아래, 시멘트 가루
솔솔 일어난 바닥에서 개는 하얗게 말라 갔다. 길게 빼문 혀만 검게
말랐다. 개가 집을 나간 줄로만 알았던 가족들은 며칠 지나 죽은
개를 찾았다. 개는 상처 하나 없이 죽었기 때문에 쥐약을 먹고 죽
었거니 여겼다. 그가 개를 너무 좋아했기 때문에 엄마는 개가 죽은
것을 그에게 말하지 말라고 누나에게 눈을 세모꼴로 만들면서까지
당부했다.

누나는 개가 쥐약을 먹은 걸 제가 잘 돌보지 못한 탓으로 여겨
종일 울었다. 그는 대문 뒤에 숨어서 그 광경을 모두 지켜보았다. 개
는 그사이 홀쭉하게 말라 마치 마른 가죽처럼 들렸다. 그는 개가
왜 돌아오지 않느냐고 엄마나 누나에게 묻지 않았다. 누나에게 왜
종일토록 질질 짜느냐고도 묻지 않았다. 그는 그저 다른 놀이에 심
취한 듯 무심히 행동했다. 엄마는 며칠 동안 그의 얼굴을 살피는 듯
하더니 곧 잊고 말았다. 그는 그 여름 지독히도 하얗던 땡볕이 개를
죽였고, 그렇게 홀쭉하게 말려 놓았다고 오랫동안 기억했다. 시치미
를 떼면 때로 새로운 기억이 만들어지곤 한다.

그는 그해 여름이 개를 죽인 것으로 끝나지 않았음을 또 기억해
냈다. 그는 마당을 가로지를 때마다 개가 죽었던 자리에 가 보곤 했
다. 개가 누워 있던 자리에는 거무튀튀한 자국이 남아 있었다. 죽은

몸뚱어리를 자양분 삼아 피어난 곰팡이 자국이었다. 그는 그 자국을 발로 문지르다가 해를 쳐다보곤 했다.

그러던 어느 날 그는 늦은 아침에 일어났다. 그리고 고요한 집 안에서 서늘한 기운을 느꼈다. 아침이면 제일 먼저 아버지의 라디오에서 노랫소리가 흘러나와야 했다. 그건 온 식구들을 깨우는 기상나팔 같은 것이었다. 그런데 그날 「그리운 금강산」 같은 노래도 없이 그가 눈을 뜬 것이다. 아버지의 라디오가 잠잠해서 어머니도 늦게 일어나고 누나와 그는 학교에 늦어 버리게 되었다.

어머니는 새우젓을 넣은 계란찜을 찌고 새우젓으로 간을 한 호박 나물을 무쳐 역시 새우젓을 넣은 아욱국으로 서둘러 상을 차렸다. 다른 반찬을 할 겨를이 없었음을 한눈에 알 수 있었다. 이런 식의 상차림은 아버지를 무척 화나게 할 터여서 어머니의 얼굴은 그리 밝지 못했다. 하긴 어머니의 얼굴이 밝지 못한 것이야 어제오늘의 일이 아니니 특별한 징조일 수는 없었다. 아버지 밥그릇 옆에 수저를 올리면서 어머니는 화들짝 놀랐다. 근데 아버지는 어디 가셨지? 아버지가 꼿꼿이 등을 세우고 앉아 절도 있는 태도로 숟가락을 들어야 모두들 숨을 죽이고 밥을 먹었다. 원체 엄격했던 아버지였지만 사사건건 트집을 잡고 술에 취해 가족에게 화풀이를 시작한 건 그리 오래되지 않았다. 식구들은 아버지가 없다는 것을 알고 모처럼 아주 맛있고 여유 있게 밥을 먹고 기분 좋게 지각을 했다.

아버지가 밤낚시를 가서 물에 빠져 죽었다는 것은 그의 시신이 실려 오고 난 뒤에야 알게 되었다. 아버지의 시신에서는 아무런 단서도 나오지 않았다. 아버지 스스로 목숨을 끊었는지 다른 사람에 의해 죽은 것인지 아무도 알지 못했다. 어머니는 무언가 짚이는 데가 있었는지 아버지의 친구에게 악담을 퍼부었다. 그래, 얼마나 잘 사는지 두고 보자고요. 이렇게 사람 죽여 놓고 잘되는지 보자고! 어머니의 악다구니에 의하면 몇 년 전부터 아버지는 볍씨 종자를 개량하고 있었다. 그런데 그만 아버지의 볍씨를 친구가 훔쳐 갔고, 그 덕에 친구는 진급에 진급을 거듭했다. 아버지는 한 번도 가 보지 않은 외지로 발령 통보를 받은 상태였다. 아버지는 혼자서 가 있겠다고, 어머니와는 상의도 없이 막 결정을 내린 참이었다. 그리고 그 발령지에 미리 갔다가 돌아오지 않은 것이다.

여름이란, 여름은 항상 그렇지만 그는 그 여름이 지나치게 더디 흘렀다고 기억한다. 경찰서와 아버지의 직장인 농촌진흥원에서 여러 차례 사람을 보냈다. 그는 사람들이 와서 어머니와 무슨 얘기를 나누고 가면 아버지의 시신이 부려졌던 마루 한가운데를 유심히 쳐다보았다. 누군가 깨끗이 닦아 내 처음처럼 거무튀튀한 자국은 없었지만, 그 부분만 유난히 침침한 빛으로 퇴색되어 가고 있다고 생각했다. 개를 잃었을 때와는 달리 그는 누나의 울음에 자극이 되어 함께 울어 대며 아버지의 자국 위에 앉아 친척들이 오고 가고 얘기를 나누고 울고불고 하는 것을 지켜보았다. 내가 다 책임지겠다고 큰소리 뻥뻥 치던 젊은 삼촌을, 그러나 누구 하나 믿지 않았던 것도 문득 기억났다. 그리고 정말 추모의 기간이 끝나자마자 삼촌은 단 한 번도 얼굴을 내밀지 않았다. 삼촌은 도망간 아내를 찾아다니느라 제사 때조차 나타나지 못했다.

그 여름, 그가 가진 것 중에 적어도 반 이상을 잃었다는 것을 그는 이제야 알았다. 비겁이란, 제가 살기 위해 제 짓거리에서 스스로 눈을 감는 것을 말한다. 그는 혹시 아주 어릴 적 아비의 볍씨를 가로챈 친구를 잊지 않고 기억 속 어디에 숨겨 두고 있었던가. 그 사람처럼 필요한 건 훔쳐서라도 가지면 된다고 생각했을까.

그는 큰 실수를 저질렀다는 것을 깨달았다. 그의 실수는, 승기가 모두 베어 버리고 싶다고 한 말을 전한 게 아니었다. 우리는 왜 만났을까, 라고 후회 비슷한 말을 해서 그런 것도 아니었다. 그 말이 곧 '어떻게 되어도 네가 필요하다.'라는 뜻임을 어떻게도 알리지 않았기 때문이었다. 한마디만 내뱉어도 그것이 상대방의 모든 시간과 공간의 누적을 꿰뚫고 정수에 가 닿기를 바라는 데서 빚어진 것이었다. 그는 곧잘 어처구니없는 짓을 저지른다. 특히 홍주에 대해서는. 마치 대단한 것을 맡겨 두고 아무 때나 마음대로 갖다 써도 아무렇지 않은 것처럼, 홍주는 모든 것을 이해하고 모든 것을 받아 주리라, 자주 착각을 한다.

먼지의 무게

특별전 중간 점검 차 직원들 모두 회의실에 모였다. 중서가 들고 온 신문을 펼치고 쓱 훑어보더니 큰소리로 말했다.

"일본 외무성이 조선 왕실 의궤를 반환하겠다고 했군."

"그게 무슨 소리야? 일본 궁내청이 소장하고 있는 영친왕가 유물 말이야?"

"명성황후 국장도감 의궤도 포함되어 있지, 아마?"

모두들 관심을 기울이며 다가서자 신문을 펼쳐 든 중서가 내용을 읽어 주었다. 탁자에 둘러앉은 연구원들 모두 중서가 펼쳐 든 신문을 향해 고개를 잔뜩 빼들고 넘겨다보는 시늉들을 했다.

"조선 왕실 의궤는 1922년 조선통감 데라우치가 오대산 사고를 해체하고 일본으로 가져가 궁내청에 기증한 것으로, 명성황후 국장도감 의궤 등 72점에 이른다. 그러나 일본 정부는 1965년 한일조약에 의해 청구권 문제는 완전히 해결되었으며, 그 외 다른 조약에 근거해도 일본 정부가 조선 왕실 의궤를 한국에 인도할 어떤 법적 의무도 없다는 것이 외무성의 공식 입장이지만, 양국 간의 법적인 원칙이 존중되면 개별적 사례로서 반환할 수 있다고 밝혔다."

누군가가 신문 기사에 대해 먼저 코멘트를 했다.

"환수위원회가 오래 힘쓰더니 끝내 해냈구먼."

현중은 중서가 다 읽어 주고 탁자에 올려놓은 신문을 끌어다 보는 척하면서도 주고받는 대화에 끼어들지 않았다. 그렇게라도 하지 않으면 마치 자기가 저지른 범죄를 몸소 증거하는 것만 같아서 어쩔 수 없었다. 승기가 곧바로 말을 받았다.

"이번 사례로 봐서 중국 광개토왕 유물도 반환할 가능성이 높겠는데요."

그러나 중서는 아직은 중국 문제로 주제를 넘기지 않았다.

"이 일이 처음 알려졌을 때 우리 마지막 왕실의 유물이 일본에 가 있는 게 웬 말이냐고, 이것은 강탈이라고 얼마나 여론이 들끓었어. 일본이 돌려주겠다고 한 것도 환수위가 고고학자들이 아니고 일반 스님들인 데다, 등등한 여론을 업고 끈질기게 요구했기 때문일걸. 한국 사람들 우우 들고 일어나면 아무도 못 말리잖아."

"일본과의 역사와 상징을 생각하면, 우리 국민들의 반응은 당연한 거죠. 더구나 조선의 마지막 임금인데 오죽하겠어요. 인터넷 들어가 봐요. 일본은 바다로 가라앉아라, 지진이 나서 다 땅속으로 꺼져라, 라는 둥 얼마나 반응들이 극렬한데요."

현중이 건성으로 보고 있던 신문의 뒷면을 들춰 본 승기가 신문을 잡아당기며 말했다.

"여기 중국 문제도 실려 있는데요."

현중은 가슴이 덜컥 내려앉는 걸 느껴야만 했다. 승기가 신문을 들고 읽기 시작했다.

"외교부와 재경부는 새로운 경제 중심지로 개발 중인 만주 훈춘 지방에 삼미전자 본사를 세우기로 하고 경제적 원조를 제안했다. 문화재청은 방대한 고구려 역사를 복원하라는 학계에 대한 여론의 주문에 따라 중국 당국에 만주에 산재한 고분들에 대한 발굴 조사를 재개해 줄 것을 요구했다."

"벌써부터 돌려주면 안 된다고 여론이 극성이라 뒷거래를 해야 할 거야. 여론을 무시하기가 쉽지 않거든."

"돌려줘야 한다고 말 한마디 꺼낸 사람은 완전히 매국노 취급이고, 난리가 아니에요."

금방이라도 말을 달려서 우르르 쫓아가 만주 벌판에 태극기를 꽂을 것처럼 법석인 대중들이 인터넷을 달구고 있었다.

"근데 그거 참, 이상하단 말이에요."

승기가 신문 너머에 눈을 주며 골똘한 표정을 짓더니 혼잣말처럼 중얼거렸다.

"도굴당했다가 고구려박물관에 들어간 유물들 말이에요. 어째 하필이면 우리가 발굴했던 딱 그 부분이란 말이에요. 이상하지 않나요?"

승기가 맞장구를 기대하는 얼굴로 느닷없이 현중을 돌아보자 현중은 무심결에 흠칫 놀랐다가 선웃음으로 얼버무리며 마지못해 대답했다.

"글쎄, 그랬나? 자세히 보지 않아서. 근데 그게 뭐가 이상하다는 거지?"

"사실 그 부분은 그리 돈 될 부분은 아니란 말이죠. 고분 축조 형식과 인물들 복식이 고구려와 흡사하다는 설이 나오면서 발굴이 중단된 거였잖아요. 딱 그만큼 발굴하고 다시 묻어 버렸는데, 도굴꾼들 짓이라면 좀 더 돈 될 것들을 내다 팔았겠죠."

역시 승기는 무시할 수 없는 인물이었다. 현중은 가슴이 찔렸지만 들키지 않기 위해 고개를 갸우뚱거리며 신문을 다시 한 번 들추는 시늉을 했다. 현중이 아니라 중서가 맞장구를 쳤다.

"그 말도 일리가 있군. 이건 뭐, 연구용이지, 큰 장사가 될 건 아니라는 것이지. 물론 소장하려는 사람이라면야 좋아했을 수도 있지만."

"그리고 장사꾼 짓이었다면 더 나돌아 다녀야 하는데, 다른 부분이 나돈다는 말은 없잖아요."

승기의 의심에 진우가 말을 받았다.

"그렇기도 한데, 뭐, 누가 도둑질한 물건을 공공연히 내돌리나. 이것이야 어쩌다 박물관에 들어오게 되었으니 눈에 띈 것이지."

진우의 해명이 고맙기 그지없었다. 승기는 옳다구나 하고 갑자기 열을 올리기 시작했다.

"이거, 이거, 박물관들 정말 문제예요. 물건만 좋다면 장물도 마다하지 않으니 말이에요. 이번 일을 기화로 박물관들이 유물을 어떻게 입수하는지 다 검증해야 해요. 정당치 않은 경로로 입수한 것이라면 박물관 측에서 당연히 그 값을 치러야죠. 공공 기관이 그런 짓을 공공연히 저지른다는 것이 개탄스럽지 않습니까? 당연히 대가를 치르도록 해야죠. 이런 일이 일어날 때마다 도대체 이 사회에 정의가 있는 것인지 한심스럽다니까요. 절대 눈감아 줘서는 안 된다고 봐요. 관련 법률도 제정해야 하고, 관계자들은 사법 처리해야 하고. 이런 식으로 하는 것이 관례가 되어 버리면 원칙대로 살아온 사람들은 손해만 보라는 것이 되잖아요."

승기는 정의를 내세우는 것만이 자신의 존재에 대한 증명이라도 되는 듯이 정의와 원칙이라는 말을 몇 번은 되풀이했다. 그러더니 결국 스스로 결론을 내리고 말았다.

"이거, 생각해 보니 점점 더 이상한 일이네요. 이 건은 우리나라 사람이 저지른 짓일지도 모르고, 아니라 해도 몇 다리는 걸쳐 있을 거예요."

승기가 너무 열을 올린다 생각했는지 연구원들은 슬슬 승기를 외면하며 실장님이 늦어지네, 무슨 일이 있나, 하면서 관심을 돌렸다. 현중은 잘됐다 싶어 회의 시간이 훌쩍 지났는데 실장이 왜 안 들어오는지 알아보겠다며 자리에서 일어났다. 그런데 때마침 문이 성급하게 열리면서 실장이 들어왔다.

실장은 자리에 앉자마자 승기가 중얼거리며 뒤적거리는 신문을 보고서 아 참, 그 건 말이지, 했다.

"경제적 원조를 해 주는 대신 소유권은 중국이 갖고 우리나라에서 영구 임대하는 조건을 제시했다더라고. 물론 그건 관계자들만 아는 일이고, 뭐 대외적으로는 경제적 원조와 소유권을 맞바꾼 것으로 하는 거지."

"뒷거래를 안 할 수 없죠."

누군가 대답하자 반환 문제는 더 이상 이어지지 않았고 특별전
회의로 들어갔다.

그는 신문 귀퉁이에 실린 하이쿠를 보았다. '몸무게를 달아 보니
65킬로그램, 먼지의 무게가 이만큼이라니! —《호사이》'

내 먼지 무게는 70킬로그램이나 되네, 무겁기도 하군.

그들의 더플 백

특별전 준비는 막바지에 이르렀다. 연구원 모두 눈코 뜰 새 없이 와당이 든 상자 혹은 탁본 두루마리를 들고 분주히 오갔다. 그는 이날 오전에만 스무 통이 넘는 전화를 받았다. 관리과와 총무과에서 예산에 관한 전화를 열 통쯤 해 왔고, 교습소를 운영한다는 홍주의 친구로부터 전화를 받았다. 홍주 어디 있는지 아냐고 물어 왔고 그는 모른다고 대답했다. 그러자 친구는 알았다고 대답하고는 전화를 뚝 끊어 버렸다.

그리고 경재의 전화가 한 다섯 통쯤 걸려 왔다. 그는 스무 통이 넘는 전화를 받으며 경재의 전화만 받지 않았다. 그는 일본에서 있을 와당 학술 대회의 기초 자료를 완성해서 학회에 넘겼다.

경재는 현중이 자기를 제치고 학술 대회에 나가는 것도 이제야 알았을 것이다. 이런 식으로 현중이 뒤통수 칠 줄은 몰랐을 테니 경재로서는 여러모로 화가 치솟을 것이다. 게다가 어제 도착한 선영의 편지도 있다. 빨리 서류를 정리해 달라는 선영의 뜻을 경재가 재촉하려는 것일 수도 있다. 보아하니 그와 선영을 확실히 떼어 놓으려는 심산인 것 같아서 그는 전화를 받지 않았다. 그와 선영을 떼어 놓은 다음에는 어떤 계획이 기다리고 있을까.

실장 방 앞을 지날 때 실장으로부터 《제일일보》에서 그를 찾더라는 말을 전해 들었다. 그가 없어서 승기에게 전화를 넘겼다는 말도 함께 전했다. 《제일일보》? 무슨 일이지? 그는 그냥 넘겼다. 저들이 필요하면 다시 연락해 올 테지. 그는 챙겨 온 와당에 대한 자료 카피를 누런 종이봉투에 담아 책상 옆 철제 왜건에 올려놓았다.

그는 그제야 오늘치 신문을 펼쳐 들었다. 《제일일보》 첫 머리기사가 시야가 비좁다 하고 확 달려들었다. '문화재가 털린다.'라는 기획 기사였다.

'사라진 국보급 유물, 박물관에 버젓이'라는 제하에 '훔치거나 도굴한 문화재가 박물관에 팔려가 버젓이 전시되는 기막힌 일이 벌어지고 있다.'라고 시작되는 기사는 아마도 시리즈로 최소 3회는 우려먹을 것처럼 잔뜩 폼을 잡고 있었다. 《제일일보》 기자가 그를 찾은 게 이 기사를 위한 자료 채집 때문이었을 거라는 짐작이 가고도 남았다.

광개토왕 유물에 대한 반환 요청이 들어오면서부터 불거진 '사라진 유물의 이동 경로'에 대한 의문을 본격적으로 파 들어가겠다는 의도가 분명했다. 도굴꾼이 훔친 문화재는 몇 사람의 중간상을 거치면 깨끗이 '세탁'되고 암시장은 물론 공신력 있는 박물관에까지 '입성'한다고 기사는 전했다. 그 유통 과정을 고발하겠다는 것이다.

장물과 세탁, 불법 취득을 어디까지 확인할 수 있을지 물론 아무도 모를 일이지만.

이미 불교 문화재의 하나인 백양사의 탱화 「아미타영산회상도」가 한국불교미술박물관에 「아미타극락회상도」라는 이름으로 전시된 것을 대표적인 자료로 큼지막하게 올렸다. 백양사가 박물관을 장물 취득 혐의로 고발한 사건이다. 이런 일은 사설 박물관뿐만 아니라 도립 박물관, 시립 박물관도 예외가 아니라는 것을 하나하나 짚고 있었다. 그러나 결론은 취득한 쪽에서 선의의 취득을 강조하며 시간을 끌면 공소시효 7년은 후딱 지나가게 되어 있다는 것이었다.

「팔상도」에 얽힌 장물 경매 사건 역시 아직 기소 여부가 결정되지 않았음도 실려 있었다. 은닉죄가 성립하려면 장물을 취득했다는 사실부터 입증해야 하는데 소장자가 선의의 취득을 주장하고 있으니 쉽지 않다는 전언이었다. 그러니 보다 두려워해야 할 것은 법이 아니라 학계에서 찍히는 낙인일 터이다. 그는 혹시나 그와 관련된 기관에서 자료를 제공했나 싶어 짯짯이 훑어보았다. 문화재청 관계자가 거의 기사를 제공한 듯싶었다.

그런데 그에게 무엇을 알아내려고 전화를 한 것일까. 혹시 무슨 냄새를 맡은 건 아닐까. 적어도 만주 벌판의 능을 발굴할 때 그와 승기가 함께 있었다는 것을 알아내고 그 사건에 대한 작은 실마리라도 건지려던 것은 아닐까. 그렇다면 승기는 기자의 무슨 질문에 어떤 대답을 해 주었을까. 승기는 도난당한 벽화를 가장 잘 아는 인물이고 더구나 벽화는 승기 전공이니 하다못해 그 도난품에 대한 추정 시대와 주인 등은 말해 줬을 테고 나름대로 추측한 도난의 경로도 재량껏 말했을 것이다. 그러나 그 이상은 승기도 알 수 없을 것이니 아직 관심만 클 뿐 어떻게 해 볼 도리가 없겠지, 싶었다.

그는 신문으로부터 눈을 떼며 받은 숨을 뱉었다. 오래전 히말라야에서 편지를 보냈던 선영이 떠올랐다. 선영은 다른 말 없이 설산에 대한 얘기를 늘어놓았다. 해발 5000미터를 넘어서니 목소리가 갈라져 내내 피리를 불고 있는 것 같다고 했다. 정작 하고 싶은 말은 그게 아니었을 거라는 걸, 그도 알 것 같았다. 목청이 피리가 되었다니, 얼마나 애가 타고 목이 받았으면 그랬을까. 그러나 그는 죄책감에 그 뭐라고도 대답하지 못했다. 홍주 때문에 히말라야로 떠났고, 돌아오기 전에 그런 편지 한 장을 보내 그를 용서한 선영이었다.

그는 문득, 얼음 박힌 돌투성이 능선을 빠지직 빠지직 걸으며 목구멍을 피리 삼아 묵묵히 더운 숨을 뱉었을 선영이 생각났다. 그녀는 숨쉬기조차 어렵다는 히말라야의 능선을 타며 그를 용서했다. 말을 하거나 숨을 뱉으려 들면 피리 소리만 나왔을 테고, 그녀는 아예 말을 꺼내고 싶지 않았겠지. 피리 소리는 필시 누군가를 더욱 그립게, 혹은 증오스럽게 만들 테니까. 그러나 그가 그녀처럼 오지로 숨어든다면 피리 소리는커녕 늙다리 늑대 소리로 우짖고 있을지도 모른다. 아무도 동정하지 않을 울음을 새벽녘에 달에나 대고 몰래 울어야 할지 모른다. 선영이 다시 한 번 그를 용서해 줄 것인가. 그가 남몰래 울어야 하는 상황을 감싸 안아 줄 것인가.

등받이를 따라 몸을 축 미끄러뜨리는데 학예사 한 명이 급하게 문을 열고 그를 불렀다. 그는 제2 전시실로 황급히 달려갔다.

특수 기와를 전시할 쇼 케이스가 말썽이었다. 전시실 중앙에 놓일 이형막새(異形瓦當) 쇼 케이스 중 하나의 바퀴가 빠져나간 상태로 기우뚱해 있었다. 귀하디귀한 연꽃무늬 소형막새와 반원막새, 그리고 기린 무늬 타원막새를 넣고 전면 유리를 막 고정하려는 참이었는데 케이스가 기울었던 모양이다. 오늘은 천천히 숨을 쉴 겨를도 주지 않는군. 그는 얼른 중서 곁에 달라붙어 전시창을 안았다. 중서와 진우는 케이스가 밀리지 않도록 온몸으로 전시창을 받치고 있었고, 승기는 바닥에 엎드리다시피 하여 아래쪽을 살피고 있었다.

다행히 기와들은 받침대에서 살짝 미끄러진 채 얌전히 멈춰 있었다. 중서는 몸통으로 받치다 못해 모서리를 두 다리 사이에 끼워 꼭 움켜 안은 모양으로 절절맸다. 무엇으로든 일단 받쳐야 했다. 승기가 휴대전화로 업체에 보수할 사람 보내 달라고 부르면서 적당한 받침을 찾으러 연구동으로 내달렸다.

몸을 밀착시켜 모서리를 안다 보니 왼뺨으로 유리창을 꼭 밀고 있어야 했다. 막 뺨을 기댔을 때는 선뜩했던 유리창이 점차 따스해졌다. 날숨이 유리에 어렸다 가셨다 했다. 유리에 댄 쪽 눈이 아슴아슴 흐려지면서 맞은편 전시창의 마루 암막새와 마루 수막새가 흐릿하게 보이다가 점점 형체를 잃어 갔다. 그것들의 거무튀튀하고 묵직한 양감도 스르르 무게를 잃어 갔다. 형체가 흐려지면 무게감도 없어지는구나, 그는 중얼거렸다. 얼굴을 들이대서 눈에는 제대로 보이지도 않는, 그러나 그들이 온몸으로 버티고 있는 전시창은 점점 더 무거워졌다.

중서도 진우도 진땀을 흘리고 있을 것이다. 기와가 하나라도 깨지는 날엔, 그들의 어깨를 내리누르는 무게가 전시창이 짓누르는 것과는 비교도 되지 않을 정도로 무거워질 것이다. 그렇지만 기와 몇 장 실수로 깨뜨리는 것과 도굴은 또 천지차이일 터.

알아왔던 사람들은 어느 날 전혀 다른 인물이 되어 버렸다. 선배를 베어 버리고 싶었어요, 라고 말하던 승기와 교활한 눈빛을 빛내며 아무렇지도 않게 형님, 서울로 올라가셔야겠어요, 형님을 위해서도 그게 좋을 거예요, 라던 경재. 그토록 순정한 눈빛으로 그에게서 단 한 번도 눈을 떼지 않더니 말없이 사라져 버린 홍주, 그리고 먼 뉴욕의 어디에서 서류를 정리해 달라고 닦달하는 편지를 쓰는 선영. 게다가 그 무엇보다도 조금 전에 본 신문의 붉은 그림, 「영산회상도」가 그를 짓눌렀다. 언젠가는 그가 훔친 유물들이 그렇게 신문마다 실릴지도 모른다. 들통 나면 사람들이 또 어떻게 변할지, 알 수 없다. 모두들 가차 없이 베어 버리려고 들겠지. 조직을 보존하기 위해 수치스러운 자를 잘라 버리려 하겠지. 눈물이 유리창을 타고 흘렀다.

장비 가방을 들고 휴대전화로 통화를 하며 업체의 기사가 들어왔다. 기사는 한 손으로 여전히 전화기를 들고 바닥에 무릎 꿇은 채 가방을 열었다. 그가 눈물을 훔치고 두려움에서 빠져나오기까지 기사에게 신경을 쓰지 못한 사이, 휴대전화를 쥐고 다른 손으로 무슨 연장인가를 찾아 가방 속을 더듬거리는 기사에게 중서가 소리를 질렀다.

"전화는 끝내고 합시다!"

힐끗 중서를 올려다본 기사가 폴더를 탁 닫더니 무턱대고 쇼 케

이스 아래에 연장을 집어넣는 걸 보고 중서는 손을 내뻗으며 다시
소리쳤다.

"잠깐, 잠깐. 이렇게 합시다. 먼저 전시품을 빼내고 다리를 고칩
시다."

진우가 그러자며 투덜댔다.

"이번 전시는 왜 이리 문제가 많아. 낼모레 제대로 오픈이나 할
수 있겠어, 어디."

반대편에서 밀리지 않도록 받치고 있던 진우가 쇼 케이스 아래편
문을 열고 자물쇠를 찾으려 손을 깊숙이 집어넣었다. 그런데 아무
리 열려고 해도 그것조차 열리지 않는 모양이었다.

"이거, 또 왜 그래. 자물쇠까지 고장 났나 보네. 조금 전에 잘 열
고 닫았는데, 왜 그러지?"

기사가 있길 다행이지, 하며 진우는 기사와 위치를 바꿨다.

"케이스가 워낙 오래됐어요."

기사는 그것 보라는 듯 상체를 뒤로 젖히고 심하다 싶게 천천히
일어났다. 콧노래라도 부르고 있는지 콧구멍을 벌름거리고 입술을
쫑긋거리면서 여유만만하게 손을 깊숙이 집어넣었다. 기사 역시 몇
번 더듬거려도 열리지 않자 장비 가방에서 무언가 기다란 것을 꺼
내 손과 함께 머리를 디밀었다. 가까스로 자물쇠가 열리고 유리창
을 붙안고 있던 그가 조심스럽게 커피포트 뚜껑 열어젖히듯 유리
케이스를 통째 뒤로 넘겼다. 진우가 이형기와 세 점을 꺼내 상자에
담는 동안 그와 중서와 기사는 전시창이 기울어지지 않도록 받치
고 있느라 진땀을 뺐다.

기사가 케이스 바꿔야겠다고 한 말을 알아들었는지 기와를 빼냄과 동시에 진열장 안의 조명이 툭 나가 버렸다.

"아이고, 아이고, 바꿔 드릴 테니 제발 전시 끝날 때까지만 참아 줘라."

중서가 케이스를 툭툭 치며 어르듯 말했다.

"이왕 이렇게 됐으니 이형기와는 새로 들어온 케이스에 전시합시다. 이 케이스는 손 좀 봐 주시고요."

원래 콧등을 약간 치커 올리고 다니는 버릇이 있는지 아니면 무슨 좋은 일이라도 있는지 기사는 여전히 콧노래를 부르고 있는 듯한 얼굴로 고개를 까딱 절도 있게 끄덕이고는 고장 난 쇼 케이스를 전시실 밖으로 질질 밀고 나갔다. 그 뒤로 학예사들이 일련번호 순으로 상자를 들여왔다. 붙박이 진열창을 양쪽으로 밀어 열고, 번호 매긴 순서대로 기와들을 하나씩 받침대 위에 올리고, 네임 카드를 그 앞에 붙였다. 승기는 입구에서부터 패널을 거느라 분주했다. 천장에서 내려온 가느다란 줄에 패널을 걸어 놓고 멀찍이 물러나서 전시실 전체와의 균형을 맞춰 보고 다시 줄의 길이를 맞추곤 했다. 그 일이 끝나자마자 승기는 가마터로 달려갔다. 체험 학습 준비하느라 목에서 불이 날 지경일 터였다. 이마를 훔치며 뛰다시피 나가는 승기를 보자 그의 마음은 더욱 무거워졌다.

진우도 모조품 만드는 데 드는 비용을 협찬받는 일로 약속이 있다며 급하게 뛰어나갔다.

"최 장인이 협찬 광고에 상호 들어간다니까 지원해 주겠다고 하네. 이번엔 지원금이 넉넉해서 다행이야."

모조품 만드는 사람들을 장인으로 이름 붙인 지는 오래되었다. 기업 후원회와 박물관협회에서도 자금을 확보했으니 다른 때와 달리 예산 문제는 일찌감치 해결이 난 상황이었다. 그러니 지원금을 더 받지 않으면 되련만 이렇게 요청해 오는 데야 굳이 거절할 필요도 없었다. 남는 지원금은 다음 분기로 넘기면 될 것이다.

전시물을 올리던 학예사들의 목소리가 높아졌다. 파일과 상자에 쓰인 목록을 대조하느라 학예사들이 분주하게 움직이며 빠진 상자가 있는 게 아니냐, 이 상자를 뜯어 봐라, 저 상자를 뜯어 봐라, 하더니 누군가 보관실로 다시 뛰어가는 소리들이 여간 소란스러운 게 아니었다. 중앙박물관에서 빌려 온 와당 세 점이 담긴 상자 하나가 없어졌다는 것을 알자마자 중서와 그는 막막하니 굳어 버렸다. 보관실에서 돌아온 학예사는 아무리 찾아도 없더라고 했다. 곧바로 보관실에서 중서에게 전화가 걸려 왔다. 계속 찾아보기는 하겠지만 아침나절에 분명히 내줬다면서 다른 곳도 찾아보라는 전화였다. 중서는 그러쥔 주먹을 입에 콩콩 부딪는 모습으로 곰곰 생각을 하더니 어딘가로 급히 뛰어갔다.

그는 하는 수 없이 전시 순서를 바꾸라고 지시를 내리고 중서를 기다리며 일을 지켜보았다. 기본형 기와가 올려지고, 카드들이 나붙었으며, 특수 기와가 그다음 순서를 이어 차례로 올려졌다. 담장용 기와 중에서도 별도 제작한 작은 기와들과 망새기와가 올려지고 무덤용 기와도 시신을 덮었던 기와, 적석총의 분구 위를 덮은 기와들이 다음으로 올려졌다. 제2 전시실 진열장은 거의 다 채워지고 잡상들을 올릴 중앙 진열장만 남아 있었다. 갖은 품을 들여 빌려

온 개인 소장품을 잃어버리거나 손상시켰을 경우를 생각하면, 그게 더구나 고가일 경우라면, 생각만 해도 뒷덜미가 서늘해졌다.

스포트라이트가 비치는 특수 기와를 바라보다가 학예사에게 조명 기구에서 발생하는 열기를 배출하는 통기구를 살펴보도록 지시했다. 그는 덧붙였다. 내부 온도 섭씨 20도 내외 유지하는 거 확인하고 습도도 확인해. 오늘은 두세 시간 간격으로 두 번 체크하는 거 잊지 말고. 중서가 커다란 상자 하나를 겨우 끌어안고 거친 걸음으로 들어왔다. 어디선가 문제의 상자를 찾은 모양이었다. 중서는 남겨 둔 진열장 앞으로 가서 상자를 내려놓으며 누구에게랄 것도 없이 소리를 높여 화를 냈다.

"쓰레기장에서 찾았어. 상자 버리는 곳에 이걸 버렸더라고. 도대체 일들을 어떻게 하는 거야."

빈 상자라 하더라도 상자 자체가 두껍고 무겁다 보니 내용물이 상대적으로 가벼워서 버릴 것과 혼동한 모양이다. 그는 말도 나오지 않았다. 그토록 주의를 거듭 주건만 간혹 이런 실수가 벌어지곤 했다. 어찌어찌 뒷수습이 되긴 하지만 모골이 송연한 건 거듭 겪어도 여전했다. 그는 중서의 기분을 풀어 주려고 우스갯소리를 던졌다.

"하, 참. 내일은 오늘의 운세라도 보고 나와야겠군."

중서가 사비시대의 연회색 기와를 올리며 맞장구쳤다.

"오늘의 운세, 그거 무시 못 해요. 어제 꿈이 수상쩍더라니. 꿈을 잘 안 꾸는데, 내가 무슨 보따리를 들고 집으로 오더라고. 더플 백 있지, 꼭 그런 걸 메고 말이야. 난 무슨 횡재수가 있나 했더니 그 더플 백이 문제였네."

"왜 하필 더플 백?"

"그러게 말이야. 지금 생각하니 군인이 쓰는 물건이란 그저 액운을 말하는 거지 싶어. 거 왜, 군대에 다시 불려 가는 꿈꾸잖아, 정말 괴로운 일 당하려면. 근심 덩어리란 얘기겠지."

그는 정말 그래, 하며 고개를 깊이 주억거렸다. 그러고 보니 자기도 중서와 거의 똑같은 더플 백 꿈을 숱하게 꾼 것 같았다. 어쩌면 그 더플 백은 언제나 남자들의 어깨 위에 귀신처럼 앉아 있다가 아주 간혹 꿈에서만 살며시 그 존재를 일깨우는 게 아닐까.

경재에게서 또 전화가 왔다. 그는 마지못해 전화를 받았다. 조만간 내려가겠습니다. 함께 대책을 세워야 할 것 같아요. 자리 마련할 테니 식사나 함께하시지요. 경재는 간단히 말했다. 중서는 누구에게서 온 전화인지 눈치 채고 한마디 던지고 손을 흔들며 나갔다.

"굴원의 말이 맞아. 검은색 무늬를 어두운 곳에 두면 눈 뜬 봉사는 무늬가 없다고 말한다잖아. 눈 밝은 사람에게는 다 보이는데 말이야. 자네 처남, 여기저기 다니는 거 아는데, 신경 쓰지 마. 그런다고 될 일이 안 되고 안 될 일이 되는 거 아니니까 말이야."

아마도 승진 문제를 두고 하는 말 같았다. 그러나 이번 일에 관해서라면? 개의치 말라지만, 과연 자신이 눈 뜬 봉사가 되어 버렸다는 것을 깨닫게 되면 중서는 어떻게 반응할지, 두렵기만 했다. 그는 차마 중서의 뒷모습을 지켜보지 못하고 진열장을 내려다보았다. 금방 올려놓은 와당 자리에 흙부스러기가 떨어졌다. 손가락 하나로 살살 쓸어 내고 호호 불어 진열장 구석에 앉은 먼지까지 털어 냈다.

전시실 문을 잠그고 밖으로 나왔을 때 멀리 복원된 가마터 옆,

막 부려진 모래 더미에 승기가 몸을 구부린 채 모조품들을 밀어 넣고 숨기는 데 열중하고 있는 모습이 보였다. 모래 더미 옆에는 모래 속에 파묻히길 기다리는 토기들이 쌓여 있었다.

복원된 가마터에는 흙 속에 박혀 있거나 삐죽삐죽 귀퉁이를 내밀고 있는 토기편들이 고스란히 남아 있어서 발굴 현장학습 장소로는 제법 잘 맞아떨어지는 곳이었다. 꼬맹이들의 발굴을 위해 손삽과 크고 작은 페인트용 솔들이 모래 언덕 밑에 놓이겠지. 관람객들은 제 손에 맞는 도구를 쥐고 21세기 도시의 한복판에서 21세기에 모조된 1000년 전의 기와와 토기를 감자 캐내듯 캐낼 것이다. 캐낸 토기들은 다음 날을 위해 또다시 엉성하게 묻힐 테고.

그날 이후로 승기는 그에게 거의 말을 걸어오지 않았다. 그저 일만 열심히 할 뿐이었다. 오늘 실장에게서 승기가 문화재청으로 발령을 요구했다는 말을 들은 것도 생각났다. 승기가 얼마나 그에게서 벗어나려 하는지, 그는 알 것 같았다. 기운이 한꺼번에 쭉 빠져나가는 것 같았다. 정말이지, 많은 소식과 많은 곤란으로 분주한 날이군. 그렇게라도 하면 곤란했던 하루에서 벗어날 수 있을까 하여 그는 박물관 담장을 따라 빠르게 걸어갔다.

재게 발을 놀려 걷는 동안 많은 사람들이 그를 지나쳐 갔다. 혹은 인사를 던지고 혹은 그냥 그대로. 홍주를 만나고 헤어질 시간, 그는 습관적으로 홍주의 전화번호를 눌렀다. 그새 연결 신호음이 바뀌어 있었다. 그는 노래를 한참 듣다가 폴더를 닫았다. 아무 데도, 아무의 품에도 깃들 곳이 없었다. 세상이 텅 비어 있었다.

그는 그녀의 교습소 앞에 한참 서 있었다. 지나가는 행인을 지켜

보고 교습소 창문을 바라보며 커피를 마시는 동안 두 시간이 흘렀다. 꼬랑지를 바짝 치켜세운 검은 개가 사뿐사뿐 걸어 차 앞을 지나치자 그는 마침내 몸을 돌렸다. 비가 내리기 시작했다. 발뒤꿈치를 때리는 비를 맞으며 그는 걸어서 집으로 돌아왔다. 빗소리 사이로 그녀의 목소리가 들리는 듯했다. 비를 맞는 것 같아요. 그의 몸에서 뚝뚝 떨어져 그녀 얼굴을 타고 흘러내리던 땀. 목구멍을 치받고 터져 나오는 소리와 함께 쏟아지던 그녀의 홍수, 그녀의 물에 휩쓸린 채 멀리 떠내려가는 것처럼 가물가물해지던 그의 넋. 이대로 좋아, 어디로 떠내려가도 좋아, 라고 중얼거리던 시간들. 그 시간들이 비에 젖은 채 그의 삶 아래로 흘러갔다.

우연히 사람이 되었어도

그는 작업을 계속했다. 흔히 사람들은 어떤 정보를 접하면 어떤 사람에게는 전하고 어떤 사람에게는 전하지 않는다. 그 누구나 부지불식간에 정보를 넘겨주고 사소한 일로 생각한다. 물론 그 정보는 손에 쥔 자가 요리를 할 줄 아느냐 아니냐에 따라 쓰레기와 양질의 정보로 나뉠 것이다. 수많은 존재들의 뒤에서 벌어지는 반목에는 수많은 필연이 있는 법이다. 이간질을 하는 자조차 그 나름의 절실한 이유가 있을 테니까.

첩자를 쓰는 눈 밝은 사람은 마치 자기 자신이 그 모든 것을 본능적으로 내다보고 있는 것처럼 행동한다. 자신의 행동을 둘러싼 수수께끼가 많을수록 남들에게 강하게 보인다는 것, 그리고 자기가 한 일은 오로지 자기만이 할 수 있는 일이라는 믿음을 주어야 한다는 것을 그들은 알고 있다. 이 귀신 같은 예지력의 원천이 끄나풀들의 보고나 문헌 조사에 의한 것이라는 발설은 결코 하지 않을 것이다.

아니나 다를까, 신라는 지증왕이 즉위한 이후부터 고구려와의 관계를 적극적으로 개선하기 시작했다. 그래서 백제와 고구려의 대결 구도에 직접 개입을 자제한 채 최대한 권력 기반을 강화하는 데 힘을 기울였다. 물론 백제는 그보다 먼저 동성왕 때 겨우 남조와 교린 관계를 맺고 책봉을 받았으나 한반도 안에서는 차차 고립되어 가고 있었다. 중국으로 넘나드는 건 여전히 고구려가 가로막고 있었다. 따라서 바다 건너 왜와 더욱 긴밀한 관계를 구축할 수밖에 없었다.

가마다는 백제가 신라보다 먼저 중국과 손잡을 수 있도록 공작을 펼치는 가운데 신라가 고구려와 내부적으로 교섭하는 것을 시시각각 본국에 전해 줬다. 그리고 급격하게 변동하는 나라들 사이를 숨 가쁘게 뛰어다녔다. 그의 제안을 충실히 이행해서 고구려와의 관계 개선에 알게 모르게 영향을 미친 조수압은 그사이 실세가 되기에 이르렀고 자기의 치부를 알고 있는 가마다를 은근히 소외시키기 시작했다. 그를 대하는 조수압의 변화를 통해 그는 백제의 위치를 알 수 있었다.

신라는 백제와 함께 고구려에 당하느니 백제를 내주는 편을 택했다. 가마다는 신라의 전략적 요충지와 상대적으로 약한 수비 지역을 자세히 알아내 고국에 전했다. 이제 양국의 신뢰 관계는 서서히 금이 가고 있었고 언제 서로를 칠지 모르게 되었다. 그와 더불어 조수압이 그에게 죄를 뒤집어씌워 죽여 버릴 수도 있음을 항상 염두에 둬야 했다.

가마다는 꾀를 내는 재간이 남다른 자답게 다른 수를 둘 궁리를 했다. 신라는 문화를 일구어 가는 과정이어서 가마다의 조와 기술은 여전히 신뢰를 받았다. 그는 하루 종일 가마터에서 활활 타오르는 불길을 지키고 앉아 있었다. 그의 도제들은 기술력으로도 최고였고 그를 신뢰함에도 최고였다. 조수압도 물론 그를 함부로 대할 수 없을 정도의 위치였다. 그는 신라의 신뢰를 얻기 위해 백제의 기법을 그대로 전수하지 않았다. 자신의 기와는 오직 신라의 문화를 위해 존재하는 것인 양 백제와는 다른 문양을 개발하기 위해 불꽃에 얼굴이 그을었다. 연꽃잎도 이중으로 돋을새김하고 연밥을 키우는 대신 연밥 안에 꽃술을 넣기도 하고 꽃잎을 넓게 만들기도 하면서 변화를 주었다. 하지만 그의 머릿속에는 점점 옥죄어 오는 조수압의 시선에서 벗어날 계책과 백제와 왜를 오가며 활동할 첩자들을 확보하려는 본국의 요청을 해결하려는 궁리뿐이었다.

필요하다면 신라를 빠져나가는 방법도 모색해 둬야 했을 것이다. 그즈음 신라에서도 왜에 문화를 전파하기 시작했으니 자연스럽게 기술자들 사이에 끼어 떠날 수도 있었고, 최악의 경우 몰래 밤을 도와 떠날 수도 있었다. 가마다가 신라를 빠져나가려 마음을 먹었다면 그리 어려운 일도 아니었다. 지금의 포항인 속포나 가야에서 배를 타기만 하면 물의 흐름에만 맡겨도 일본의 니가타나 시마네에 이를 수 있었다. 그 시기에는 바다 끝에서 배가 나타나기만 하면 도래인들이라며 반갑게 맞이할 정도로 왜로 건너가는 자가 숱했다. 그러나 몰래 떠날 경우, 남겨 둔 여자는 불안한 지경에 떨어질 수도 있었다. 제 과거를 숨기기 위해 조수압이 더욱 날뛸 것은 당연한 일일 테니까.

마침내 고구려가 신라로 하여금 중국과 직접 소통하는 길을 뚫도록 허락하자 가마다는 왜로 가는 기술자들을 이끄는 편을 택했다. 이미 백제를 왕의 나라로 받드는 왜에서 보다 구체적인 협력을 얻어 내는 게 훨씬 이로울 터였다. 그는 스스로 백제와 왜와 신라를 오가는 첩자가 되는 길을 택했다. 남아 있는 도제들은 여전히 그의 끄나풀이었고 자신은 '조와 기술 전수'라는 명분을 가지고 왜와 신라를 오갈 수 있었다. 박쥐라도 된 듯 남의 서까래 아래 몸을 숨기고 동정을 엿보는 비루한 삶과 뜨거운 불길 앞에서 기와 굽는 삶, 그 둘 다 그의 삶이었다. 그에게는 그 둘이 전혀 다른 세계가 아니었을지도 모른다.

우연히 사람이 되었어도 어찌 삶에 연연하리! 귀신이 된다 하여 또 어찌 슬퍼하리!* 그는 그런 노래를 읊으며 바다를 저어 갔을 것이다. 그리고 바다를 건너다 빠져 죽어 귀신이 되든가, 첩자 노릇 하다가 어느 편에게 잡혀 죽어 귀신이 된다면 자신이 올린 높은 지붕 위 꼭대기에 솟은 치미나 귀면와에 걸터앉아 휘영청 밤을 즐기는 것도 괜찮으리라 여겼을 것이다.

---

* 굴원을 추모하며 가의(賈誼)가 쓴 부(賦)의 일부.

그녀는 절름발이, 춤추는 여자

이마를 덮는 어둠 속으로 현중은 한 걸음 한 걸음 올라갔다. 계단참에서 몸을 돌려 어둠 속을 올려다보다가 급히 내려오는 누군가와 부딪칠 뻔했다. 커다란 가방을 어깨에 훌쩍 둘러메며 짧은 머리의 여자가 뛰어 내려갔다. 여자는 어둠이 전혀 아무렇지 않은 듯 가볍게 톡톡 뛰었다. 여자의 머리칼 끝에서 땀방울이 날려 뒤미처 그의 얼굴을 스쳤다. 사라진 여자가 물씬 뿜어낸 습기는 기름진 땀으로 젖은 앞가슴과 안타까이 가늘게 뜬 눈, 움씰거리는 종아리까지 단숨에 불러일으켰다. 그는 방금 그를 밀치고 지나간 여자가 홍주의 친구라는 것을 깨달았다. 그는 반사적으로 계단을 뛰어 내려갔다. 아까의 여자처럼 날래게 톡톡 뛰어.

길 건너에서 두리번거리는 여자를 천천히 다가오는 택시 헤드라이트가 강하게 쪼개 놓았다. 빛에 비친 여자의 앞모습과 어둠에 먹힌 반쪽은 무성영화처럼 천천히 돌아갔다. 다행히 냉큼 택시에 올라타지 않고 어둠 속을 길게 바라보는 여자에게 그는 성큼성큼 다가갔다. 그는 좀 불안했다. 언젠가 한 번 인사한 적이 있는 홍주 친구는 무척 쌀쌀맞은 인상이었다. 어둠 속에서 불러 세우기엔 어쩐지 망설여지는. 그러나, 어쩔 수 있는가.

여자는 그를 알아보았지만 역시나 썩 내켜 하지는 않았다. 누군가와 약속이 되어 있는지 자꾸 어둔 길 끝을 바라보았다. 마지못해 그와 함께 교습소로 올라가면서 어딘가로 전화하는 목소리가 낮게 가라앉아 뚱하게 들릴 정도였다. 그녀의 겨드랑이 뒤로 비죽 열린 가방이 무겁게 흔들거렸다. 두툼한 파일과 물병, 댄스 구두 뒷굽, 커다란 수첩 등이 엿보였다.

홍주와 달리 작은 체구에 가녀린 선을 가진 친구는 교습소 바닥에 주저앉자마자 그에게 다그치듯이 되물었다.

"모른다고요? 전 홍주가 거기 가 있는 줄 알았는데요?"

따뜻한 질감의 마루 위에 두 사람은 앉아 있었지만 사방 거울에 비친 탓일까, 이상하게도 그들은 공중에 떠 있는 듯이 보였다. 여자의 높은 목소리가 더욱 그렇게 만드는 것 같았다. 그는 열어 놓은 문 밖 짙은 어둠을 바라보며 죄 지은 사람처럼 고개를 저었다. 내 집에 와 있다고 생각했나 보구나.

"강습에 차질이 있어서, 정말이지, 자주 이러면 곤란한데."

자주, 라는 말을 듣고 그는 고개를 조금 더 떨어뜨렸다. 홍주는 자주 잠적하는 모양이었다. 그는 다시 사방 거울을 돌아보았다. 여전히 마루에서 한 뼘은 들떠 있는 듯 보였다.

"홍주는 걸핏하면 사라져요. 어디를 가도 일자리가 있다고 하지만 아무도 그런 사람 오래 써 주진 않아요."

이 여자는 사람을 주눅 들게 하는 재주가 있군, 그는 생각했다. 점점 더 불안하고 불길한 기분이 들게 하는군.

"어딜 가는지는 아나요?"

그는 물어보나 마나 한 것을 물어봤다고 뒤늦게 깨달았지만 뭐, 달리 물어볼 게 없기도 했다. 우선 그걸 알아내는 것이 제일 급한 일이었으니까.

"여기저기요."

그녀 또한 하나 마나 한 대답을 했다. 그러나 그것으로는 대답이 되지 않는다는 것을 그녀도 알기에 숨을 크게 들이쉬고는 이어 말했다.

"한동안 잠적했던 홍주가 돌아오면 며칠 동안 전화가 빗발쳐요. 청주에서, 강릉에서, 대구에서, 그 어디든 그건 중요하지 않아요. 파마 약 밀수꾼이거나 미용실 원장이거나, 선탠실 실장이기도 해요. 언젠가는 일본에서 클로렐라를 수입한다는 사람이 와서 명함을 주고 간 적도 있어요. 그녀가 오면 연락을 달라면서요."

하, 그는 숨을 돌리고 또다시 사방 거울을 둘러보았다. 그 정도면 그녀가 어디서 무엇을 하다 오는지 모른다는 것도 거짓이겠다. 대서양이라도 맨다리로 건널 수 있을 것 같던 그녀의 다리가 빙 두른 사방 거울 여기저기에 어릿어릿 비치다 사라지고 비치다 사라지곤 했다. 사방 거울 아래 앉아 있는 것은 사람을 무척 불안하게 만드는구나, 그는 생각했다. 청주나 강릉이나 대구에서 춤을 춘 게 아니란 말이지, 하 참.

쭉 뻗은 건강한 다리와 강렬하게 도드라져 날카로운 아킬레스건을 보면 그녀가 먼 거리를 걷는 데 얼마나 적합하게 태어났는지 알 수 있다. 그 다리로 날래게 사라진 지금쯤, 밀수하는 남자의 여자가 되어 부두 어딘가 그늘진 곳에서 남자를 기다리고 있는 건 아닐까. 아니면 어느 도시의 상가 2층이나 3층 피부 관리실에서 살갗을 곱게 태우기 위해 세 번이고 네 번이고 들락거리는 여자들을 위해 인공 선탠 기계를 조절해 주고 있거나. 그러니 고관절 탈구라도 가끔 일어나지 않으면 대체 그녀는 어떻게 쉴 수 있을 것인가. 다리에 트랙션을 걸어 높이 매달고 병상에 누워 있는 시간, 그녀를 찾는 이들도 잠시 쉬는 시간, 그 시간은 오랜 전장에 나가 있던 병사가 돌아와 아내의 무릎에 머리를 눕히는 시간이다. 그가 베어다 바친 셀 수 없는 수급(首級)이 비로소 용서받는 순간이다.

"다리가 불편하다던데, 혹시 좀 쉬러 간 것 아닐까요?"

친구는 한숨인지 비웃음인지 모를 웃음을 짧게 뱉고 말했다.

"홍주가 그러던가요? 어릴 적에 엄마가 깔고 누워서 다리가 돌아갔다고? 그거 사실 아니에요. 저와 홍주 사이, 어떻게 알고 있는지 모르지만 우리, 아주 오랜 친구 사이예요. 중학생 때부터 가까이 지내고 있어요."

"하지만 왼쪽 다리가 자주 탈구된다던데……. 그 다리로는 중심을 잡기도 힘들다고 하던데……."

"어떻게 고관절 탈구인 사람이 춤을 추겠어요. 이거 이래 봬도 무지 힘든 일이에요. 다리에 조금이라도 이상이 있으면 하루 일곱 시간씩 춤을 추고 가르칠 수 없어요."

설레설레, 친구는 고개를 저었다. 그러다가 문득 눈을 반짝이며 그에게 물었다.

"혹시, 가슴에 난 상처 애기도 하던가요?"

그는 친구가 느닷없이 칼이라도 번득이며 제 가슴을 노린 듯싶어 덜컥 놀랐다.

"아, 그거요. 심장 기형 수술 받았다고……."

친구는 그럴 줄 알았다는 듯이 한숨을 쉬었다.

"하긴 사실을 말할 수 없었을 거예요. 그래서 청색증인가 뭔가, 있지도 않던 병을 만들어 냈을 거고요. 숨을 쉴 수 없었다고 엄살을 떨 수밖에 없었겠죠."

그는 화가 나기 시작했다. 거짓말을 일삼은 홍주에겐지 그것을 고자질해 대는 친구에겐지 지금 당장 분별할 수는 없었지만 아무튼 화가 났다. 거짓말을 일일이 잡아내는 친구란 과연 필요한 것일까.

"가슴에 난 상처는……."

그는 숙였던 고개를 옆으로 치켜들었다. 친구는 적요한 연습실이 부담스러운지 자주 출입구께로 시선을 주며 말을 이었다.

"가슴에 난 상처는 저수지에 빠졌을 때, 사람들이 건져 올리면서 제방에 찢겨 생긴 거예요. 고등학생 때 저수지에 빠진 사건, 들은 적 있나요?"

그는 멍한 눈으로 그냥 바라보기만 하다가 뒤늦게 더듬거렸다.

"아, 뭐 사춘기 때 한두 번쯤 시도하는 거야, 흔히……."

물론 자살이나 죽음이란 단어는 입에 올리지 않았다. 그렇다고 못 알아들을 것 같지는 않았기 때문이다. 다만 황망한 시선을 둘 데 없어 천장을 올려다보았다. 천장은 일정한 간격으로 나뉜 합판과 일정한 간격으로 빛나는 형광등이 달린 그저 그런 천장이어서 그는 곧 시선을 떨어뜨렸다. 하는 수 없이 친구를 바라보았다. 이번에는 친구가 시선을 돌렸다.

"그 정도면 괜찮게요. 여자 중학생, 단짝들은 남다른 데가 있어요. 서로 지나치게 밀착한 나머지 그 친구를 위해 죽을 수도 있을 정도가 돼요. 고등학생이 되어서도 우린 여전했죠. 그런데 어느 날부턴가 홍주가 나를 꺼린다 싶었어요. 아니, 꺼리는 게 아니라 내게서 다른 데로 관심이 옮겨 간 것을 내가 알아챈 거죠. 무엇보다 약속을 자주 어기고, 함께 있어도 다른 생각에 정신이 팔려 있곤 했어요. 그런데 그럴 때 말이죠, 그러니까, 약속을 어기고는 아무렇지 않게 나타날 때 그 애의 눈에, 볼에 무엇인가가 숨어서 이상하게 반짝이는 거예요. 그 무언가를 보여 주지 않으려고 자주 얼굴을 돌려 버리는 홍주를 보고 난 퍼뜩 아, 애가 사랑에 빠졌구나, 깨달았죠. 그게 누구인지 말하지 않는 건, 사실상 배반을 의미해요. 그때까지 우리 사이엔 비밀이라곤 없었기 때문에 난 한동안 배반당한 기분에 휩싸여 지냈죠. 그러나 홍주는 여간해서 말하지 않았어요, 누굴 사랑하는지."

그런데 어느 날 홍주가 물에 빠졌다. 혼자가 아니었고 한 살 위의 오빠가 먼저 빠졌는데 그는 죽고 홍주는 지나가던 남자에 의해 끌어 올려졌다. 이웃 사람들은 홍주가 잘못해서 물에 빠졌고 오빠가 그녀를 구하려고 뛰어들었다가 죽은 걸로 알았다. 그러나 친구는 알고 있었다. 그게 아니란 것을.

홍주가 친구의 집으로 오기로 약속하고 오지 않았던 무더운 여름 어느 날. 친구는 만화책을 빌려 놓고 기다리다가 마중 나가기로 했다. 중간쯤에서 마주치기를 바라며 천천히 걷던 길은 점점 줄어들어서 어느새 홍주의 집에 다다르고 말았다. 벨을 누르려던 찰나, 그녀는 무심코 들어 올렸던 팔을 내리고 살그머니 손잡이를 돌리고 말았다. 누군가, 무엇인가 훔쳐보고 싶은 호기심을 그 순간 그녀가 인식했는지는 알 수 없다. 다만 그녀가 훔쳐본 장면이 설사 별거 아니더라도, 이를테면 시간을 잊고 독서에 몰두해 있달지, 아무튼 그 무엇이든 홍주가 늦는 이유를 확인하고 싶은 생각이 들었던 것 같다.

거실의 모든 창이 다 열려 있어서 바람이 제법 세게 불었다고 했다. 막 지나쳐 온 방문이 세게 닫히는 바람에 그녀는 깜짝 놀라기까지 했다. 그러나 자주 드나들던 곳이라 몸을 움츠리고 두리번거리면서도 머뭇거리지 않고 홍주의 방으로 갔다. 하지만 빠끔히 열었던 문을 곧바로 닫을 수밖에 없었다. 오직 소리 나지 않게 닫아야 한다는 생각밖에 없었다. 그리고 집을 빠져나올 때는 소리가 나든지 말든지 상관하지 않았다.

"하얀 햇빛이 쏟아지는 창문 아래, 홍주의 침대에서 홍주와 오빠가 키스를 하고 있었어요. 둘 다 윗도리가 흘러내렸는지 아니면 벗은 것인지 허리까지 맨몸이었고, 오빠가 홍주의 가슴을 움켜쥐고 있었어요. 둘은 부드럽게 입을 맞추고 있었어요. 햇빛이 두 사람의 입술 위에서 하얗게 부서졌어요. 그들은 마치 서로의 콧날과 입술을 타고 흘러내리는 햇빛을 받아 마시고 있는 것처럼 보였어요. 내가 무엇을 더 봤는지는 모르겠어요. 실제로 홍주의 방에 하얀 레이스 커튼이 있었는지도 기억나지 않지만, 난 그게 바람에 천천히 흔들리고 있는 걸 본 거 같아요. 다시 말하지만 나도 사춘기 소녀였거든요."

그는 대꾸할 말을 생각해 낼 수 없었다. 설핏, 홍주가 당신은 우리 오빠를 닮았어요, 라는 말을 했던 것 같기도 했다. 그런 말을 언제 했더라. 9년 전인가, 몇 주 전인가.

그리고 일주일이나 지났을까, 두 사람이 물에 빠진 거였다. 아마도 둘은 죽으려 했던 것 같다고 친구는 말했다. 그건, 부모님이 둘의 관계를 알았기 때문이었을 거라고 했다. 혼자 겨우 살아나 집으로 실려 간 이틀 뒤, 홍주가 한밤중에 친구의 집에 숨어들었다. 말을 하지 않아도 모든 것을 알 수 있는, 잠깐의 시간이 흐르고 친구는 홍주의 숨소리가 달라졌다는 것을 알았다. 들이쉴 때 목덜미가 바짝 부풀어 오르면서 색색거리는 소리가 났다. 홍주는 간신히 숨을 쉬고 있었다.

내가 죽었어야 했대. 살아 돌아온 홍주가 처음 내뱉은 소리였다. 끌어올려질 때 제방의 날카로운 돌에 찢겨 가슴에서 피를 흘리는 홍주를 보고 그녀의 엄마는 어떤 표정을 지은 것일까. 경멸과 거부와 냉담이 뒤섞인, 1~2초에 불과할 그 짧은 시간에 한 인간을 껍질째 벗겨 내동댕이쳐 버리는, 그 눈빛을 그녀는 어떻게 받아 낸 것일까. 차라리 표독스러웠다면 더 나았을까. 다른 사람들만 없었다면 너를 다시 저 물속으로 던져 버렸을 거다. 나직하고도 차갑게 내뱉은 그 말을 기억하며 엄마 곁에 있을 수 있었을까.

그 순간부터 엄마는 엄마일 수 없었을 테지. 결코 돌이킬 수 없는 관계도 있다는 것을 그 순간 그녀는 알았겠지. 그래서 그 흉터를 그대로 놔두었던 것일 테지. 그가 아무리 오빠를 닮았다 한들, 목숨을 내놓은 오빠와 같을 수는 없을 테고, 그건 매순간 그녀를 괴롭혔던 어찌해 볼 수 없는 현실이었겠지. 그녀는 심지어 죽은 오빠로부터도, 죽어 버렸기 때문에, 버려진 것일 테지.

"근데 난 말이죠, 홍주가 내게 숨어들어 잠시 잠을 자고 갔다가 아예 집을 나간 날, 이상한 쾌감을 느꼈어요. 그게 맞는 느낌인지 모르겠지만, 정말 그건 잘 모르겠지만, 내가 이겼다는 느낌이 들었어요. 나도 그 오빠를 좋아했거든요. 내 것이 될 수 없는 오빠를 홍주도 끝내 갖지 못했고, 잠시라도 차지했던 홍주는 모두에게서 버림을 받고 말았으니까요. 어쩌면 그때 들었던 그 기분 때문에 지금까지 홍주를 돌봐 주고 있는지도 몰라요."

그는 친구의 눈 속에서 빠르게 도망치는 날선 빛을 보았다. 내 것이 될 수 없는 존재, 그걸 깨달은 순간 죽어 버린 존재. 그녀 입으로 쾌감이라고 말했거니와, 그녀의 눈빛에 숨길 수 없는 기쁜 색이 흐른 건 웬일일까.

그는 문득 몸서리를 쳤다. 그녀들이란, 어쩌면 그렇게 본능에 충실한 건지. 찢어지듯 울어 대며 검은 날개를 펼쳐 서로를 공격하던 까마귀들이 떠올랐다. 그리고 까마귀처럼 검은 옷을 걸치고 눈이 반쯤 녹은 마을 구석의 그림자 속에 숨어 아름답고 젊은 여자를 피투성이로 만들어 버리는 이웃들을 생각했다. 높고 자지러지는 웃음

같은 햇빛이 쏟아지는 거리보다 대기조차 반쯤 녹은 눈길처럼 거뭇거뭇하여 언제나 장례식을 치르는 듯한 분위기를 선호하는 이웃들. 골목마다 스며 있는 이간질. 음험한 욕설 속에서 비로소 안심하는 여자들.

"홍주는 어딜 가는지 말하지도 않고, 돌아와서도 말하지 않아요. 가끔은 정말이지 미쳐 버릴 것 같아요. 내가 왜 이렇게 홍주를 봐주고 있는지 나도 알 수 없을 때는 모든 관계를 다 끊어 버리고 싶어요. 그런데, 홍주가 돌아오면, 왜 그렇게 또 안심이 되는지 모르겠어요."

도망쳤다가 하는 수 없이 친구에게로 돌아오는 홍주는 얼마나 갈 데가 없는 걸까. 홍주와 친구 사이, 암암리에 정해졌을 우열한 위치가 그려졌다. 사춘기 여자 친구 사이에도 이처럼 도저한 관계가 가로놓인다. 그는 팽팽한, 그러나 허술하기 짝이 없는 관계에 마구 화가 치밀었다. 그 반복적인 관계가 불안정하다는 것은 그녀들도 알고 있겠지. 비워 둔 일자리, 언제든 돌아와도 되는 자리를 만들어 놓음으로써 홍주를 붙잡아 두는 친구의 기술이라. 돌아오고 또 돌아오게 해서 이 마룻바닥에서 신발 끈이 떨어지도록 춤을 추게 하는 친구라. 원 투 스리 포, 투 스리 포 원, 높고 빠른 음악 사이로 그보다 더 높은 소리를 찔러 넣으며 앞으로 돌고 뒤로 도는 춤을 가르치도록.

그는 더 이상 들을 말이 없다는 것을 깨닫고 일어섰다. 파마 약 밀수꾼을 만나고 있건, 보디 슬림 숍에 있건, 그녀는 다시 돌아와 춤을 출 테니까. 그가 문을 나설 때 친구가 말했다.

"언젠가 돌아온 홍주가 말했어요. 공포는 사랑을 버리게 한다
고요."

공포 때문에 버리는 게 사랑뿐일까. 그는 어둠 속에서 몸을 돌이
킬 수 없었다. 어두운 곳에 숨어 넘실거리는 삶의 공포를 그도 어
쩔 수 없었다. 거짓말로도 감출 수 없는 공포 때문에 사랑을 버리
고 그녀는 어디로 간 것일까.

신을 모독하는 법

그는 아침 일찍부터 와당 탁본을 마지막 남은 공간에 걸기 시작했다. 이 탁본들은 그가 서울에 있는 지인을 통해 소장자로부터 빌린 것이었다. 일제시대 때 일인이 뜬 것들로, 해방되어 일본으로 건너가야 했던 탁본가가 가깝게 지내던 한국인에게 주고 간 것을 그 사람이 죽기 전에 서지학을 하는 후배에게 선물한 것이었다. 탁본 중에서도 소장 가치가 높은 것이라 웬만해서는 밖으로 내돌리지 않는다며 소중히 다뤄야 한다는 말을 듣고 또 들은 터였다.

그와 중서는 탁본의 크고 작음과 공간에 따라 천장에서 내려뜨린 줄의 길이를 늘이고 줄이면서 세심한 배치를 결정했다. 가로로 긴 것, 세로로 긴 것, 정사각형인 것들이 별거 아닌 것 같아도 어떻게 배치하느냐에 따라 무늬가 돋보이기도 하고 처지기도 했다.

전각의 퍼즐처럼 수많은 탁본이 공간을 가득 채우자 마치 출구도 입구도 알 수 없는 거대한 신전, 혹은 지하 사원 한가운데 들어

선 것 같은 착각이 들었다. 네모로만 크고 작게, 점점 크게, 서로서로 겹치는 줄을 그어 놓은 공간에 있게 되면 그 누구라도 공감각이 혼돈되는 것과 마찬가지였다.

게다가 수많은 기와 문양들을 죽 둘러보니 중국의 첩첩한 지붕이 겹쳐 떠올랐다. 난징의 한 고대 가옥, 우리처럼 개방형 일(一) 자식 배치가 아니라 폐쇄형의 미음(口) 자 건축물, 지붕이 지붕을 첩첩이 덮어 서로가 서로를 타고 기어오르는 듯했다. 가옥의 가장 깊숙한 곳, 여자들이 머무는 처소의 미음 자 중정에는 건물을 잇는 길고 긴 미음 자 회랑 가운데 빗물을 받는 미음 자 우물이 있었다. 비가 오면 첩첩한 가옥 속에 갇힌 여자들은 그 회랑 난간에 기대어 우물에 떨어지는 빗방울과 네모난 하늘을 바라보며 막막함에 가슴 저미었을 것이다. 다락방으로 올라가 하늘로 탈출하려 해도, 미끄럽고 첩첩한 지붕은 필시 그녀들을 아래로 꼬꾸라뜨렸을 터. 눈을 회랑 처마로 돌렸을 때 문득 바라다보이던 일렬 막새기와의 선명한 파초문양.

그러자 힌두 사원의 거대한 부조도 떠올랐다. 깨진 유리처럼 쏟아지는 뜨거운 태양빛 아래, 수십 년 동안 노동에 동원되었을, 누군지 모를 조각가는, 갈비뼈가 앙상한 채 두 손을 들고 한 다리로 서서 고행하는 성인을 조각했다. 성인의 얼굴은 온전히 일그러지지도 온전히 환희에 차지도 않았지만 적당히 그 모두를 아우르고 있었다. 성인 옆에는 고양이 한 마리가 성인과 똑같은 포즈로 두 팔을 든 채 한 다리로 서 있고, 그 발밑에는 쥐들이 경배하고 있었다. 어떤 쥐는 너무 신이 들린 나머지 무릎 꿇고 두 손을 깍지 껴 지극한

신심을 표하고 있었다.

이 부조를 새긴 조각가의 유머를 보고 웃어 버릴 수도 있다. 고양이는 높이 치켜든 팔을 내리자마자 자신의 발밑에서 경배하는 쥐들을 덮쳐 잡아먹어 버릴 것이다. 고행하는 성인이라는 자들의 위험성을 경고한 이 사람은 누구일까. 한눈에 다 들어오지도 않는 거대한 건축물에 복잡한 부조를 조각하면서 절대자와 인간을 함께 싸잡아 비웃어 줄 줄 안 그가 사뭇 궁금했다.

고고하게 보이거나 고상하게 보이거나, 아무튼 그런 자들은 모두 조심할지어다. 그들은 머지않아 당신을 이용할지니…….

라자라자왕은 거대한 조소들을 둘러보며 비로소 마음을 놓았을 것이다. 이렇게 하늘에 경배를 드리니 내 후생은 안전하리라. 그리고 그의 발밑에 엎드려 경배하고 있는 수천의 조각가들을 내려다보며 그대들에게 밥과 떡을 주리라, 했을 것이다. 그러나 수천의 조각가 사이에서 어느 한 사람은 높은 곳에 앉아 있는 왕을 보며 싱긋 웃었을지도 모른다. 마침 작열하는 태양빛이 그의 이에 가서 부딪쳐 실제보다 훨씬 더 삐죽이 찢어진 입술을 만들었을지도 모른다. 적들을 죽이고 백성들을 죽이는 싸움을 일삼고도 자신의 내생을 걱정한 라자라자왕의 사원에 불경죄를 무릅쓰고 장난을 칠 수 있는 사람이라면, 그는 꼭 만나보고 싶었다.

우리 사원과 궁궐과 대왕릉 어디에 불경죄를 저지른 흔적이 남아 있을까. 아무리 짯짯이 되짚어 봐도 기억나지 않았다. 그는 자기에게도 그 조각가처럼 난공불락의 성을 멋지게 모독해 줄 기회가 있기를 바랐다. 당사자가 잘 알아채지 못하게, 혹은 뒤늦게 알아차

리도록 모독하는 편이 훨씬 멋지겠지. 거대한 건축물의 무게에서 벗어나는 방법 중에 멋지게 비웃어 주는 것이 있을 터이다. 숭배와 헌신, 소망으로 가득한 와당 탁본들 사이에서 그는 그런 생각을 좀 했다.

그리고 탁본들을 전시하는 지금 문득 그런 생각이 들었다. 그렇게 비웃어 준 인물은 끝까지 무사했을까. 언제 어디선가는 튀는 행동, 불손한 행위 때문에 권력자에게 걸려들고 말았을지도 모르지. 유물을 제 몸과 같이 여겨야 하는 제 신분을 잘 알면서도 유물을 훔치고 팔아먹고 도망치려는 행위 또한 저런 불경, 불손한 태도와 상관있지 않을까. 누구라고 딱히 짚어 말할 수는 없지만 세상 많은 사람들에게 엿 먹이고 싶은 심정이 없었다고 말할 수 있을까.

"이번 전시회는 규모가 제법 큰 것 같습니다. 많이들 준비하셨네요."

중서와 함께 탁본을 걸던 그는 귀에 익은 목소리에 무심코 입구를 돌아보았다. 경재가 실장과 함께 막 전시장에 발을 들이고 있었다. 그와 눈이 마주치자 전시물을 가리키던 경재의 손이 공중에서 짧게 주춤, 했다. 중서는 장갑을 벗어 바지에 툭툭 치며 성큼성큼 걸어가고, 그는 어정쩡한 표정을 구태여 지우려 하지 않고 발밑의 상자를 집어 들며 시간을 끌었다. 실장은 중서와 그를 향해 손을 까불어 오라는 시늉을 하며 경재의 말에 대답했다.

"자네가 있었으면 훨씬 수월했을 텐데 말이야. 그래, 좀 재미있어 보이나. 어떤가?"

저런 실수라니. 실수한 건 알고나 계시나, 하는 표정으로 중서는 손을 내밀고 승기는 아무래도 상관없다는 듯 싱글싱글 웃으며 두 사람을 맞이했다. 승기는 경재가 올 것을 알고 벌써 자리까지 마련해 둔 모양이었다. 두 사람을 안내하는 몸짓으로 이끌었다.

현관을 막 나서려는데 앞서가던 실장과 경재의 머리 위로 무언가가 툭 떨어졌다. 아이코, 두 사람은 머리를 움켜쥐고 튀듯이 물러섰다. 그들의 머리 위로 묵직한 두루마리 플래카드가 좌르륵 펼쳐지면서 떨어져 휘뜩휘뜩 흔들거리고 있었다. 위에서 아이고, 죄송합니다, 죄송합니다, 하는 소리가 들렸다. 3층 난간에서 두 사람이 몸을 한껏 내밀고 고개를 여러 번 숙였다. 학예사들이 3층 난간에 플래카드를 걸면서 아래를 확인하지 않은 모양이었다. 혼을 내지도 그냥 가지도 못하는 실장 대신 중서가 소리를 질렀다.

"이 사람들아, 4층에 걸어야지, 길이도 안 맞춰 봤나! 너무 길잖아! 이렇게 머리 위에서 달랑거리게 할 생각이야?"

실장은 됐네, 됐어, 하는 손짓을 하면서 경재의 어깨를 싸안듯하고 걸어 나갔다. 중서는 두 손을 써서 플래카드를 위로 들어 올리라는 시늉을 해 보이고는 뒤따라갔다. 그는 그저 마지못해 맨 꽁무니에 따라붙었다.

음식점은 잘 꾸며진 가정집 같았다. 2층으로 오르는 작은 나무 계단과 작은 거실, 창을 비켜 놓인 나무 탁자와 작은 소파들, 장미목 오디오 랙에 잘 들어맞는 품질 좋은 오디오 플레이어, 거기에서 흘러나오는 민속음악. 거실 밖은 뜻밖에도 잔디가 깔린 넓은 정원. 이게 어찌된 일인가, 살펴보니 2층은 북쪽 정원과 연결되어 있었고

1층은 남쪽 정원과 연결되어 있는 구조였다. 경사진 곳에 세운 집이 간혹 이런 구조를 낳을 수 있다지만 정원을 두 개씩이나 가질 수 있다니 한낱 식당일지라도 부러웠다.

여자 종업원 두 명이 무릎 꿇고 앉아 조기를 발라 주고, 구절판의 야채를 싸서 그의 앞 접시에 놓아 주었다. 맞은편에 앉은 여자가 따끈한 누룽지를 덜어 줄 때 그는 눈을 맞추고 싱긋 웃었다. 여자는 그의 눈에서 눈을 떼지 않고 편육을 집어 새우젓에 찍더니 그의 접시에 올렸다. 여자와 딴전을 피우는 그를 나머지 네 사람은 아랑곳하지 않았다.

"관장님 바뀌고는 좀 어떤가. 정 관장님에 대한 정보가 전혀 없어서 말이지. 듣기로는 보통 깐깐한 분이 아니시라는데 말이야."

"생각하기 나름이긴 하지만 그게 편할 수도 있다는 생각이 들더군요. 예측 가능하고 지침도 분명하고 말이죠."

"재량권은 많이 주시는가?"

"공식적인 일이 없는 한 자리를 비우는 분이 아니시더군요. 그래서 언제나 아주 적절할 때 도움을 받을 수 있습니다. 몇 가지 일이 함께 진행되고 있어도 맡은 사람을 혼동하는 법도 없고 체크할 것을 빼먹는 법도 없고요."

재량권을 많이 주지 않는다는 말을 그런 식으로 넘기다니, 역시 경재답다. 그는 편육을 우물거리면서 힐긋 경재를 훔쳐보았다. 지나간 상관의 특성은 어물쩍 넘어가면서도 현재 모시는 상관의 특성을 장점으로 발표하는 저 타고난 방향감각. 한눈에도 알아볼 수 있는 그의 능력은 또 있었다. 어느 한쪽 소홀함이 없도록 옛정은 옛정대로 챙기는 것, 나중에 어찌될지 또 어떻게 알겠는가. 조심스럽게 묻는 실장과 더 조심스럽게, 그러나 확고한 어조로 대답하는 경재.

그는 구절판을 우적우적 씹으며 경재를 향해 박수를 쳤다. 브라보! 아무도 그의 환호에 대꾸하지 않아서 여자에게 술을 건넸다. 여자는 눈웃음을 지으며 잔을 채웠다. 식당을 나가고 나면 까마득히 잊을 눈웃음이지만 그대로 좋았다.

경재는 곁에 앉은 승기에게 유난히 살갑게 대했다. 지나치다 본 현장학습장에 대해 좋은 생각이라고 부추기는가 하면 제대로 보지도 않았을 텐데 패널과 도록에 대해 콕콕 짚어 가며 장점을 말해 주고 최근 연구 작업은 무엇이 있는지 물어봐 주는 것까지. 가까이 있는 제보자라면 승기밖에 없다는 점을 잘 알고 하는 짓일 터였다. 승기는 아무리 동료라 해도 불미스러운 일에는 정색을 하고 나설 사람이라는 것, 경재 역시 잘 알 터였다.

그러거나 말거나 그는 여자를 끌어당기듯 바라보며 술을 주고받았다. 깜빡 잠이 들었나 싶었는데 눈을 뜨면서 보니 여자를 끌어안고 입을 맞추고 있었다. 아니, 내가 웬 짓이지, 싶어 여자를 떼어 내려다가 이왕 이렇게 된 거 더욱 꽉 끌어안았다. 여자는 겉보기와 달리 아주 나긋나긋해서 품 안에 쏙 들어왔다. 그가 다급하게 덮쳤는지 여자의 목은 한껏 뒤로 젖혀 있었는데도 그의 혀를 갖고 노는 게 예사 솜씨가 아니었다. 겨우 입을 뗀 여자를 안고 한두 시간은 빨린 것처럼 얼얼한 입술과 혀를 첩첩 소리 나게 다시다가 아직 목을 길게 꺾고 있는 여자를 보자 콱 깨물고 싶었다. 그리고 혀로 긴 목을 쓰다듬고 싶었다.

"춘추전국시대가 어디 한 시절이겠습니까? 어느 시대라도 깊숙이 개입한 자에게는 언제나 전국시대겠지요."

"그럼, 합종연횡인들 정치가들만의 것이겠어? 정치판에만 정치적인 사람이 있는 것도 아니고 세상 어디나 다 마찬가지지."

"세력이란 게 무정형의 것이 아니더라고요. 그것보다 더 확실하게 눈에 보이는 게 없다니까요. 물고기 몰리는 곳에 먹이가 있게 마련 아닙니까?"

그렇게밖에 말을 못하다니, 변죽을 울리는 말들에 웃음이 나왔지만 그도 이야기에 끼어들고 싶었다.

"고럼, 고럼, 복숭아밭에 길이 난다잖아. 복숭아 좋아하는 놈들, 많지. 벌레부터 사람까지."

승기가 그의 말을 무시하고 물길을 다른 데로 돌렸다.

"그나저나 광개토왕릉 벽화 말입니다. 그거 정말 도굴꾼이 한 짓일까요? 도굴꾼이 했다면 그것만 돌지 않을 텐데, 그 외에 더 나돈다는 말이 없는 걸 보면, 좀 이상하단 말이에요. 더 이상한 건, 우리가 발굴했던 바로 그 부분이 나왔단 거예요. 그렇게 보면 그 당시에 도둑맞은 게 되는데……."

경재의 눈이 순간적으로 현중을 찾다가 현중과 마주치자 황망히 초점을 잃고 흩어졌다. 그는 전에도 들은 적이 있어서 모른 척하고 있었지만 실장이 고개를 끄덕이며 동조하고 나섰다.

"듣고 보니 그러네. 그렇다면 전문 도굴꾼이 아닌 누군가 몇 점을 빼돌렸다는 말인데, 어떻게 된 일일까?"

"뭐, 여러 가지 경우를 가정해 볼 수 있죠. 우리야 현지 사정을 잘 모르니까, 구체적으로 알 수야 없지만, 해산할 때 감시가 소홀한 틈을 타서 중국 측 관계자들이 빼돌렸을 수도 있지 않을까, 싶은데요. 그게 가장 현실적인 추정인 것 같거든요."

"역추적하고 있을 텐데 어디까지 알아냈을까?"

실장이 묻는데 중서가 다시 끼어들었다.

"그게 아닐 수도 있지. 어떻게 알아, 이미 암시장에 왕릉 전체가 다 흘러갔을지. 1차적으로 처음 발굴된 부분이 나돌아 다니는 것일 수도 있잖아. 자네 가정대로라면 학계 인물이 그랬다는 게 되는데 그게, 말이 그렇지, 얼마나 위험한지 알면서 그랬을라고."

"사람 속을 어떻게 알겠어요."

승기가 내뱉는 말에 가슴이 재차 철렁 내려앉았지만 그는 이미 잔뜩 취한 상태를 그대로 유지하고 있으니 대화에 끼어들지 않아도 되고, 경재는 그런 그를 걱정하는 듯한 표정으로 아유, 형님, 너무 취하셨네요, 하며 쓸데없는 말을 주워섬겼다.

"진행되어 가는 상황을 보니까, 일단 진품인지 여부를 가리자는 의견이 있어서 조만간 감정에 들어갈 거 같아."

실장이 마무리를 짓고 승기가 맞장구를 쳤다.

"그렇죠. 감정해야겠죠. 위품이 박물관에 들어오는 경우가 종종 있는 게 현실이니까요."

경재는 자기도 맞장구를 쳐 줘야 하나 눈치를 보다가 때마침 현중의 바지 주머니에서 휴대전화가 바르르 울리는 것을 보았다. 경재는 취한 그의 바지춤에서 전화기를 꺼내 건네주었다. 홍주였다. 그곳에서 기다릴까요, 하는 메시지가 떴다. 그는 화들짝 놀랐다. 홍주와 정기적으로 만나곤 하던 수요일이었다.

그는 자기도 모르게 자리에서 일어났다. 달라붙어 있던 여자가 마치 목 꺾인 인형처럼 팽개쳐졌다. 갑자기 일어나는 그를 사람들이 어리둥절하게 올려다보았다. 적당히 자리가 파하면 그와 긴밀히 얘기를 나누려 했던 경재는 낭패스러운 빛을 띠고 발딱 일어났다. 더구나 이런 상황에 혼자 내빼다니, 경재의 얼굴이 확 붉어졌다. 그는 잡는 손들을 뿌리치고 허겁지겁 나갔고, 경재 또한 허겁지겁 뒤따라 나왔다. 그는 신발을 신다 말고 팔을 붙잡으려는 경재에게 단호한 어조로 말했다.

"선영이랑 헤어질 생각 없으니 그리 알아."

경재는 오늘 그와 만나 선영과의 관계에 쐐기를 박으려 했을 것이다. 주변에서 그들의 실수를 알지 못하는 동안 확실하게 그와 관계를 끊으려면 그 수밖에 없다고 생각했을 것이다. 한시라도 빨리 서로의 입장을 정리하고 점점 조여 오는 올가미로부터 빠져나갈 계획을 짜려고 하겠지. 경재의 말은 그래서 들을 필요조차 없었다. 이쪽의 의견만 전하면 될 것. 길게 말할 필요도 없었다. 그러나 이렇게까지 확고하게 말할 생각이었던 건 아니다. 그래도 내친 김에 한마디 더했다.

"아직 선영이 사랑해. 헤어질 수 없어."

그가 선영을 붙잡고 있는 한, 그를 희생양으로 만들 순 없을 테니, 그는 어떻게 해서라도 선영을 붙잡아야 했다. 경재는 어이가 없다 못해 화가 치밀어 오른 모양인지 거칠게 그의 팔을 붙잡았다.

"다 듣고 있는데 말입니다. 그 여자 다시 만난다면서요? 이젠 누님 놔주십쇼. 이러지 말고요."

선영을 자유롭게 만들기 위해서 당신들이 이런 것이냐고, 장인의 말년에 오점을 남기고 싶지 않은, 더 정확하게는 그 대단한 체면을 구기고 싶지 않은 때문이 아니냐고, 되묻고 싶었지만 그는 별 소리 다 다 듣겠다는 듯이 눈을 흘기고는 돌아서며 대꾸했다. 혼자 사는 남자가, 라는 말은 집어삼키고.

"그럼, 여자 한 번씩 안는 것도 안 된다고?"

경재는 이렇게 위험한 자리에서는 말하면 안 된다는 것을 알면서도 더 이상 참지 못하고 쏘아붙였다.

"이거 보세요. 사람들 얘기하는 거, 형님도 들으셨죠? 기자에게 제보한 것, 내막을 잘 아는 사람이라고요. 그리고 추적 조사하고 있는 거요. 김 씨까지 알아냈다고요. 내가 미리 손을 써 놓긴 했지만, 이렇게 태평해도 되는 거냐고요."

"자네가 입막음 할 줄 알았지. 그냥 두었겠어."

"김 씨는 내 사람이에요. 나를 보호하기 위해 다른 사람을 지목할 수 있는 사람이라고요. 막다른 길에서는 아마, 형님 무사하지 못할 거예요."

그는 경재의 손을 뿌리쳤다. 역시 경재는 대단해. 경재에게서 떨어지지만 않으면 살아날 방도가 있을 거야. 그는 허탈하게 서 있는 경재에게 헤어지지 않아, 라고 다시 한 번 말했다. 그러나 경재의 독한 목소리가 그의 뒤통수를 때렸다.

"그러지 마십시오. 후회하실 겁니다."

그는 어둠 속에서 차를 잡으려고 차도를 향해 손을 저으며 생각했다. 위선을 싫어하는 사람들은 많다. 그리고 그들은 고고한 체하며 체면을 유지하려고 안간힘 쓰는 사람들을 벌거숭이로 만드는 데 유독 쾌감을 느낀다. 그러니 이런 사건을 파고들자면 얼마든지 들춰낼 수 있을 것이다. 먹잇감이 눈앞에 있지 않은가. 하이에나보다 강한 턱을 가진 자들이니 그들의 턱에서 벗어날 길은, 쉽지 않을 것이다.

미야코지마, 그녀의 바다

"일본에 다녀왔어요. 많이 탔죠?"

홍주는 인공 선탠실에서 기계를 조작하기만 한 게 아니라 직접 들어가 굽기까지 했는지 한결 새까맣게 그을어 있었다. 믿기지도 않는 거짓말을 하며 그녀는 새까만 어깨를 문질렀다. 그녀의 손가락에 검은 살갗이 밀려 탈피하기 시작했다. 그러고 보니 벌써 어깨와 등 여기저기 벗겨지기 시작해서 얼룩덜룩해졌다.

동남아도 아닌 일본에 다녀왔다면서 몸은 왜 이렇게 태웠을까. 그제야 언젠가 그녀의 어머니가 일본에 산다고 했던 말이 기억났다. 한 번도 가 보지 않은 일본에 그녀는 지금까지 몇 번이나 다녀왔을까. 그토록 여러 번 거짓말을 했으면 상대방이 눈치 챌 만큼 챘을 거라는 걸 알고 있지 않을까. 게다가 친구에게서 내가 다녀갔다는 얘길 들었을 게 분명한데 저렇게 시치미를 뗄 수 있을까 싶었다. 그런데도 마음 한구석에는 모르는 척해 주고 싶은 생각이 들었다.

그러자 왠지 홀가분해졌다. 서로 잘못을 하나씩 갖고 있으려니 하면 될 것 같았다.

"집에 다녀왔구나. 왜 말을 하고 가지 않았어? 나 며칠 뒤에 일본 갈 건데 같이 갈걸. 걱정했잖아."

아마도 그런 말이 듣고 싶겠지. 미안하다느니, 실수를 했다느니, 그런 말은 할 수 없었다. 홍주도 제발 그래 주었으면, 싶었다. 아니나 다를까, 홍주는 생쥐처럼 눈빛을 빛내며 웃었다. 그녀의 웃는 눈을 보자 너무 반가워서 술이 다 깨 버렸다. 그리고 그녀를 안자 아무 생각 없어졌다. 홍주를 만나는 시간만큼은 자기를 둘러싼 모든 복잡한 사건들 틈에서 벗어나고 싶었다. 만인에게 허락이라도 받은 듯이, 한없이 방만해지고 싶었다.

그녀는 그의 다리 위에 제 다리를 얹은 채 눈을 깜박이지도 않고 다른 곳으로 돌리지도 않고 그를 뚫어지게 바라보았다. 천진한 어린 아이 같았다. 그러다가 그로부터 걱정했다는 말을 듣자 빙그레 웃었다. 여행을 다녀왔으면 여행지에 관해 수다를 떠는 건 당연한 것. 그래서 그는 물어봐 주었다. 일본에서 바다에라도 갔나 보지? 집에서 가까운 바다는 어디야? 물론 대단한 대답은 기대하지 않았다.

"오키나와에 갔어요. 집에서 한참 아래로 내려가야 하는 곳이에요."

표정 관리를 할 겨를이 없는 나머지 그는 입을 벌리고 손을 내저었다. 그대로 내버려 두면 걷잡을 수 없어질 것 같았다. 더구나 왠지 모르게 자신이 거짓말을 시키고 있는 것 같았다. 그러나 홍주는 다리 사이로 홑이불을 감아 넣으며 시치미를 떼고 웃음을 가득 물

었다. 오히려 마주 보기 민망해하는 그를 움직이지 못하게 붙들고
는 거짓말을 계속했다.

"오키나와에는 삼촌이 살아요. 우리나라에 클로렐라를 팔려고
길을 뚫고 있어요. 가끔 서울을 거쳐 부산에 내려오면 저를 찾기
도 해요. 부산과 서울에 지점을 두고 있거든요. 삼촌은, 재밌는 사
람이에요. 실크로드를 따라 클로렐라 지점을 세운다는 꿈을 갖고
있어요. 그 길을 거꾸로 거슬러 오르겠다나요. 남쪽 바다 산물을
가지고 사막을 가로지르겠다는 거예요. 삼촌이 마침 일본으로 돌
아가는 길에 절 찾아왔기에 그냥 함께 떠났어요. 삼촌을 보니까 갑
자기 바다가 보고 싶었어요. 바로 떠나지 않으면 다시는 못 볼 거
같았어요."

클로렐라 수입상? 친구로부터 그에 관해 무슨 말을 들었더라? 그
는 점점 홍주의 이야기에 빠져들었다.

"삼촌 집에 머물면서 미야코지마 해변에 놀러 다녔어요. 오키나
와는 산호초로 둘러싸여 있어서 아주 아름다운 곳이에요. 우리 부
모님과 삼촌네는 사이가 좋지 않아서 서로 오가지 않아요. 엄마는
제가 왔다 간 것도 모르고 있을 거예요. 하지만 삼촌은 저를 예뻐해
서 많이 돌봐 줘요. 삼촌에겐 아이가 없거든요. 어렸을 때 오키나와
바닷가에서 사람들을 바라보던 기억이 나요. 청색증 때문에 10분
이상 걷지도 못했던 그때 얼마나 물에 들어가 헤엄치고 싶었던지.
고등학생 때 처음 그 물에 들어갔어요. 물속에 잠겼다가 머리를 가
까스로 내밀던, 그 순간이 얼마나 특별하던지. 내 머리칼 사이로 푸
른 물이 흐르던 그 순간."

그는 누가 거짓말을 하고 있는지 알 수 없어졌다. 그러고 보니 홍주보다 친구라는 낯선 여자의 말을 아무 의심 없이 믿은 것도 이상한 노릇이었다. 친구라고 했지만 그 친구 말처럼 홍주의 오랜 친구인지, 그저 교습소 오너일 뿐인지 아직 확실한 건 아니라는 생각도 들었다. 홍주가 구태여 그에게 거짓말을 할 이유가 있는가. 홍주가 거짓말을 한 게 아니라면 친구는 왜 또 그에게 얼토당토않은 말들을 늘어놓아야 했을까. 친구는 무슨 속셈이 있는 것일까.

홍주의 얘기를 들으며 그것이 진실인지 가늠하느라 건성으로 고개를 끄덕거렸다. 즐거웠던 기억을 돌이키고 있는 홍주에게 친구를 만났다는 말은 차마 할 수가 없었다. 그는 마침내 홍주의 거짓말에 동조하기로 했다. 그녀에게 거짓말이 필요하다면 분명 그럴 만한 이유가 있겠지. 그리고 이른바 작화증이라면 누가 그 증상을 겪고 있는지 차차 알 수 있겠지. 내가 사랑하는 것은 홍주이지 처음 말을 섞은 친구가 아니지 않은가. 홍주의 수다는 쉽게 끝나지 않을 것 같았다.

"심장 수술을 하고 내가 맨 처음 배운 게 수영이에요. 얼마나 오키나와 바다에 뛰어들고 싶었는지 몰라요. 그런데, 막 물에 들어갔을 때 발이 미끄러져 바닥에 코를 박고 말았어요. 청색증 때문이 아니라 코로 밀려 들어온 모래 알갱이 때문에 숨을 쉴 수 없었어요. 물속에서 중심을 잃고 둥실둥실 공처럼 흔들렸어요. 처음부터 공포가 있었기 때문에 지레 겁을 먹어서인지 오키나와에서는 걸핏하면 발이 걸려 넘어져요. 이번엔 어땠는지 아세요?"

그녀는 친절하게도 이야기 도중 그에게 대답할 기회를 주기도 했다. 그러나 그가 알 노릇이 아니었다. 이야기 자체가 진짜인지 거짓인지도 가늠할 수 없는데 이야기 속의 사건이란 도무지 알 턱이 없었다. 그는 솔직하게 고개를 저었다. 그 고갯짓은 그녀의 이야기에서 허점을 잡아내려는 노력을 계속하고 있다는 것을 시인하는 것이기도 했다.

"미야코지마 해변에는 얕은 물속에 파라솔을 세워 놔요. 얕다고는 하지만 허벅지까지 물이 올라오기도 해요. 비치 의자에 앉으면 간혹 엉덩이가 물에 잠기기도 해요. 찰랑찰랑 의자에 부딪치는 물결이 등뼈를 간지럽히죠. 해가 질 무렵이면 바닷물이 더 깊어져요. 허리까지 물이 들어오거든요. 그렇지만 아무도 일어나지 않아요. 노인들이 일부러 그 시간에 먼 거리를 걸어와 물에 잠긴 의자에 앉아 있곤 해요. 해는 어느새 바다 끝으로 내려가고 물은 어느덧 배꼽을 넘어서요. 노인들은 바다를 바라보며 줄줄이 앉아 있어요. 말을 건네는 노인도 있고 말없이 건너다보기만 하는 노인도 있어요. 왠지 눈치가 보여서 일어나다가 의자 다리에 걸려 또 넘어졌지 뭐예요. 땡볕에 한 시간만 그렇게 앉아서 물을 바라보고 나면 어질어질해져서 술에 취한 것 같아요. 여기 보세요. 조개껍질이 팔꿈치에 박혔어요. 삼촌이 몸이 허해서 그렇다며 클로렐라를 한 상자 줬어요. 오키나와엔 온통 클로렐라 파는 사람과 사는 사람뿐이에요."

이쯤 되면 듣는 사람은 전혀 판단을 할 수 없게 된다. 그녀의 팔꿈치에는 곰돌이 캐릭터가 그려진 조그만 밴드가 붙어 있었다. 오키나와에 미야코지마 해변이 있다는 얘기조차 처음 듣는 사람이라면 곧이곧대로 믿을 수밖에 없다. 노인들의 천국이라는 얘기 말고는 오키나와에 가 본 적도, 특별한 얘기를 들은 적도 없었다. 그는 그녀의 허리를 더욱 힘주어 끌어안았다. 이제 밤이 늦었으니 따뜻하고 나른한 바다를 그리워하며 잠에 들어도 좋을 것이다.

"오빠는 수영을 할 줄 몰랐어요."

이야기를 들을수록 노곤해져 거의 잠에 빠져 드는가 싶었을 때 느닷없이 뒤통수를 맞은 것 같았다. 꾸며 낸 이야기 속에 마침내 오빠가 등장했다. 그는 베개를 등에 받치고 반쯤 일어나 앉았다. 홍주는 그의 옆구리에 찰싹 달라붙어 누워 있다가 그를 따라 몸을 옆으로 반쯤 세웠다. 그녀의 등허리 밑으로 베개가 두 개 받쳐졌다.

"누구라고? 오빠가 있었어?"

언젠가 그녀가 지나치는 말로 오빠를 닮았다고 했던 것을 기억했지만 정작 그녀는 제가 한 말을 잊었을지도 몰라서 그 점을 확실히 해 두고 싶었다.

"오빠는 수영을 할 줄 몰랐어요. 오빠는 수영을 배워야 할 절실한 이유가 없었으니까. 오키나와의 푸른 물에 빠져 죽었죠."

어떤 사람들은 속내를 들키지 않기 위해 얼굴 색깔을 바꾸기까지 하지만 그는 정말이지 표정 관리를 할 줄 몰랐다. 평화롭던 해변이 순식간에 상어 아가리로 변하는 순간이었다.

"끌어올리려 했지만 힘에 부쳤어요. 숨이 가빠서, 나도 죽을 거 같아서. 수술을 받긴 했지만 완전해진 건 아니었으니까요. 끌려 나온 오빠 얼굴엔 모래가 잔뜩 박혀 있었어요. 조개껍질 가루가 박혀서 반짝이고 있었어요. 닦아 내려고 했지만 살갗에 박혀서 닦이지 않았어요."

목소리 끝이 물에 잠기듯 숨어들었다. 친구의 말이 사실이었던 거구나. 그는 홍주의 머리를 끌어안았다. 거짓말 끝에 간신히 대롱대롱 매달려 있는 진실이 어처구니없었다. 그녀는 이까짓 거짓말을 만들어 내느라 여행용 책자를 읽었을까, 영화를 봤을까, 그것도 아니라면 열흘 동안 만난 남자로부터 애길 들었을까. 이런 쓸데없는 노력이라니. 이 모든 게 거짓이라면 그녀는 정말 어디를 싸돌아다니다 온 것일까.

"파도가 불길처럼 높이 타올랐어요. 내 머리를 후려치며 떨어지던 파도는 계속해서 폭발하는 태양의 흑점 같았어요. 파도가 파도에 부딪쳐 튀어 오르는 걸 봐요. 정말 오빠를 휩쓸어 가 버릴 만해요."

그녀가 정말 파도 속에 있었다면 이렇게 거리를 두고 본 것처럼 말할 수 없다는 걸 알아챘다. 역시 거짓말이구나. 그는 머리를 저어 그녀의 거짓말을 끊었다. 그녀의 거짓말이 몽땅 다 거짓은 아니고, 그 거짓말이 무엇으로부터 비롯되었는지 알 것 같기도 했지만 계속 조잘거리게 내버려 둘 수는 없었다. 그녀는 그렇게 해서 옛일을 덮으려 하지만 어떤 거짓말로도 상처는 덮이지 않는다는 것을 말해 주고 싶었다.

그는 세상의 모든 부모는 자식에게 아픔이라는 것을 안다. 부모에게 자식이 아픔인 것 이상으로. 세상의 모든 자식들은 그 부모로부터 분리를 겪는 순간 회복할 수 없는 상처를 떠안게 된다. 그러니 그 뒤에 벌어지는 무수한 아픔들은 그 원초적인 상처의 연장일 뿐이다. 그녀만큼은 아닐지라도 그에게도 상처는 많았다. 그는 무심히 중얼거렸다.

"아버지가 있다는 것 자체가 고통이었던 날들이 있었어. 아버지가 돌아가셨을 때 비로소 그 소란이 끝났다고 여겼지. 아버지의 배와 가슴은 벌써 바짝 말라 있는데 아버지의 등 아래로는 물기가 흥건했고, 사파리 재킷 주머니 밖으로 빵 봉지가 삐죽이 나와 있었지. 그 빵 봉지 때문은 아니겠지만 그 후로도 오랫동안 검은 빵이 들어 있던 바스락거리는 봉지가 떠올랐고 아버지의 죽음은 결코 용서할 수 없는 상처가 되었어. 모든 사람들이 상처를 입어. 그리고 모든 사람들이 다른 모든 사람들에게 상처를 주지."

아버지는 산 것들과의 힘겨루기에서 진 것이라고 그는 생각했다. 두 팔에 팽팽히 전해져 오는 산 것의 거센 저항을 느끼며 밤새도록 싸움을 하고도 결국 낚아 올리지 못한 거대한 물고기에게 자신의 패배를 인정한 것이라고. 그까짓 빵 한 봉지 먹지도 못하고서 죽어 버렸단 말이야. 그는 아주 오랜 세월이 흐른 다음 그렇게 중얼거리면서 눈물을 훔쳤다. 그 뒤로 간혹 그것과 비슷한 빵을 보면 그걸 한꺼번에 다 밀어 넣은 것처럼 목이 막혀 한참을 혼자 캑캑거리곤 했다. 그는 오랜 세월이 지나도록 해결되지 않는, 아버지에 대한 분노인지 연민인지 알 수 없는 감정 때문에 숨이 막혔다.

아버지가 스스로 목숨을 끊었는지 실족을 했는지는 아무도 알지 못했다. 아버지가 실족을 했다면 누구를 원망해야 하는 것인가. 그는 누구라도 원망할 대상이 필요했다. 그래서 그는 아버지에게 모든 죄를 뒤집어씌웠다. 아버지이므로, 그 모든 책임을 져야 했다. 아버지이므로, 이미 죽었을지언정 삶의 고비마다 그의 원망을 들어야 했다. 그는 한참 혼잣속을 오락가락하다가 그의 눈을 들여다보고 있는 홍주를 보게 되었다. 이런, 위로를 하겠다는 것이 오히려 착잡하게 만들었겠는데, 싶었다. 하긴 그 무슨 말이 위로가 되어 줄까. 누가 누구를 이해하고 속속들이 아는 것 따위, 사랑에는 미치지 못하는걸. 그와 선영이 서로를 이해하지 못해서, 알지 못해서 사랑이 끝났겠는가.

그는 홍주의 머리를 끌어안고 다독거렸다. 비누나 샴푸로 가려지지 않는 그녀의 머릿내에 얼굴을 묻었다. 왠지 모르지만 마냥 의심할 수만 없던 마음은 이미 숨겨진 무엇인가를 알고 있는 듯했다. 홍주의 거짓말은 겉모양만 바꾼 진실이라는 것을. 그는 아무 내색하지 않았다. 너는 내게서 무엇을 바라는 거니. 네가 거짓말을 해서 내게 얻어 낼 수 있는 게 무엇이지. 너의 거짓말은 진실보다 더 힘이 있는 걸까. 그래, 날 이용해라. 이용할 수 있다면 실컷 이용해라. 사랑도 쓰임의 하나일 테니까. 그는 문득 지난밤의 작업에 생각이 미쳤다.

홍주는 잠을 자지 않았다. 돌아와 그를 만나서 아주 기분 좋은 모양이었다. 게다가 제가 지어낸 얘기까지 잘 들어 주니 계속 웃음을 짓고 있었다. 그는 그녀의 기대를 어그러뜨리기 싫어서 같이 웃어 주었다. 그녀는 잘 것 같지도 않았고 그를 자게 내버려 두지도 않았다. 그의 뺨에 여러 번 입을 맞추더니 급기야 그를 일으켜 세워서 춤을 추었다. 그녀는 목을 꼿꼿이 세우고 등을 활짝 펴서 우아한 등줄기를 하고 그의 왼편으로 돌았다가 오른편으로 돌았다. 텔레비전의 푸른 불빛이 그녀의 느리게 옮기는 다리에서 엉덩이를 타고 올라갔다. 깊이 꺾이는 허리에서 불빛이 터졌다. 그의 목덜미를 잡는 손바닥은 너무 말캉해서 그 손 안에서 목덜미가 녹아 없어질 것 같았다. 그의 목을 잡고 몸을 옆으로 길게 눕히며 긴 팔을 넓게 펼쳤다. 어슴푸레한 방 안에서 홍주의 눈이 번쩍번쩍 빛났다.

뻣뻣하게 서 있는 그를 끌어당겼다 밀쳤다 하면서 춤을 추던 홍주가 욕실로 들어가 물을 뒤집어쓰고 와서 그를 왈칵 안았다. 차가운 그녀의 몸이 밀착되었다가 떨어졌다가 하며 미끄덩거리자 그는 또 아버지를 떠올렸다. 죽은 아버지의 입에서 산 물고기들이 솟구쳐 나왔다. 방바닥을 흥건하게 적시며 물고기들이 팔딱거렸다. 그날 아버지는 잡은 물고기를 혼자 다 삼키고 죽은 것 같았다. 잠을 잔 것도 아닌데 잠깐 사이에 그는 꿈을 꾸었다. 왜 이런 순간에 아버지가 떠올랐을까. 분노인지 서글픔인지 모를 뜨거움이 왈칵 치솟았다. 그의 목구멍에서 뜨거움이 넘쳐흐르는데 그녀는 그것이 그녀를 향한 불길인 줄 알고 들이켰다. 그녀는 키스를 하면서도 춤을 추었다. 몸으로 추는 게 아니라 그의 입속에서 춤을 추었다. 그는 물고기처럼 입속을 돌아다니는 홍주의 혀를 붙잡아 깨물고 입술을 물어뜯었다. 홍주의 혀는 물고기처럼 입 밖으로 튀어 도망치려다가 그에게 잡히고, 도망쳤다가 다시 그에게 잡혔다. 그들은 입술이 얼얼할 정도로 서로를 빨아들였다.

그는 홍주를 안고 춤을 추면서 아주 예전에 본 「크래시」란 영화를 떠올렸다. 간단하게 말하면 그건 자동차를 힘껏 달려 벽에 가서 부딪히는 내용의 영화였다. 젊은 남자들과 여자들은 무엇 때문인지 죽어라고 벽에 가서 부딪혔다. 누가 더 많이 몸을 깨뜨리나 내기를 하는 자들 같았다. 누가 먼저 왕창 깨져서 죽나, 그런 내기. 다리와 갈비뼈를 부러뜨려 목발을 짚고 걷기가 무섭게 다시 자동차를 달렸다. 결국 온몸을 박살 내 황천길에 오르고서야 그들은 달리지 않았다.

그에게 안겨 있는 여자가 그렇게 죽자고 달려 사람이라는 벽에 부딪히는 홍주였다. 그녀의 다리는 말의 다리였다가 속력 높인 자동차였다가 먼 대륙을 시간을 두려워하지 않고 살포시 밟고 내려온 호류사 관음의 포동포동한 발바닥 같았다. 그 포동포동한 발길이 이제 자기에게로 와서 안긴 것이다. 아니 자기에게로 와서 부딪힌 것이다. 이렇게 제 몸을 내던지는 건 죽자고 하는 짓이겠지. 아버지가 가서 부딪힌 벽이나, 홍주가 와서 부딪히는 벽이나, 그가 도망치고 싶어 하는 벽이나, 어쩌면 모두 한 가지인지도 모른다.

음모자

특별전을 오픈하는 날은 아침부터 모든 직원들과 일일 고용 도우미들까지 들락거리는 바람에 현관부터 전시실, 연구실 할 것 없이 부산스럽기 그지없었다. 그는 마지막으로 전시실을 둘러보고 있었다. 학예사 한 명이 가능한 한 소리를 죽이려는지 앞발로 콩콩 뛰어오며 그에게 다급한 손짓을 했다. 무슨 호들갑이야. 그는 좀 짜증스러워졌다. 학예사는 어찌나 당황했는지 입도 제대로 벌리지 못하고 우물거리며 탁본이 전시된 제2 전시실에서 중서가 급히 그를 찾는다고 했다.

중서는 그를 보자마자 탁본을 손가락질했다. 중서가 몇 번이나 튀기듯이 손가락질한 탁본에 먹물이 분명한 것이 커다랗게 몇 방울 튀겨 있었다. 훼손된 탁본을 보자마자 그는 누군가가 턱을 한방 크게 갈긴 듯 몸을 가눌 수가 없었다. 참을 수 없는 분노가 솟구쳤다. 타인으로부터 전해져 오는 분명한 육체적 적의를 온몸으로 느꼈다.

"어떻게 된 거지?"

묻는다 한들 원하는 대답을 들을 리 없었건만 그는 부들부들 떨며 물었다. 중서도 입술을 사리물며 고개를 저었다.

"어제 제일 늦게 매단 거야. 김경재 와서 나가기 직전에. 자네도 봤잖아. 우리 나가고 난 뒤에 바로 전시실 문 닫았고. 이런 일이 생길 틈도 없었다고."

"혹시 보관 중에 문제가 생겼을까?"

"그렇다면 어제 걸 때 왜 못 봤겠어. 지금 보자마자 눈에 띈 건데."

중서도 답답한지 목에 핏대를 세웠다. 현중은 자기도 모르게 요즘 유행하는 케이 원 게임을 떠올렸다. 분명 이번 전시는 다른 때와 달랐다. 문제가 일어나도 너무 많이 일어났다. 누군지 모를 작자를 향해, 그것이 비록 운명이라 해도, 주먹을 날리고 사정없이 걷어차고 싶었다. 그 녀석의 턱을 돌려놓고 콧대라도 부러뜨려 놓아야 분이 좀 풀릴 것 같았다.

탁본 체험터는 제2 전시실 후문 밖 확장된 휴게 공간에 차릴 예정이었고 그곳에 먹물과 모조품들이 놓여 있었다. 먹물을 이곳으로 들인 적이 있을 리 없고 보면 이것은 실수를 가장한 의도적 범죄라고밖에 생각할 수 없었다. 문을 열면서부터 자리를 뜬 적이 없다는 직원은 어쩔 줄 모르고 손을 비비댔다.

그들은 훼손된 작품을 걷어 냈다. 어떻게 수습해야 할지 머릿속이 하도 복잡해서 말 한마디 할 기운도 나지 않았다. 소청지를 끼운 탁본을 둘둘 말아 둥글고 긴 곽에 넣을 때는 숫제 체머리 떨 듯 고개가 제멋대로 흔들렸다. 그는 연구실로 들어와 의자에 몸을 내던졌다. 보상이고 보험이고, 그런 것이 문제가 아니었다. 그 자신뿐만 아니라 박물관까지 신뢰를 잃어버릴 지경에 처한 것이다.

특별전 기획부터 준비 기간, 전시회 오픈까지 순조로운 게 하나도 없었다. 유물 상자와 목록이 뒤바뀐 일이나 개인 소장품이 쓰레기장에 버려진 일은 여러 사람이 바삐 움직이다 보니 벌어진 일일 수 있다지만, 엎친 데 덮치는 것도 웬만해야지 전시 물품이 훼손되다니, 설명회조차 제대로 될 성싶지 않았다. 우선 행사장에 들어가고 싶지 않았다. 의도적인 훼방이라고밖에 여겨지지 않는데, 누가 무슨 목적으로 이런 짓을 했단 말인가.

로비는 벌써부터 여기저기 서로 인사하고 맞이하는 소리들로 소란스러웠다. 지방 박물관의 관장이나 실장들이 도착했고, 소장품을 제공한 인사들도 도착했다. 도시 내의 각 기관 기관장들과 대리인들이 도착했다. 누군지 모를 여자들도 군데군데 모여 있었고, 대리인은 대리인끼리 모여 인사를 나누다가 어른들을 찾아 허리를 굽혀 자신을 소개했다. 중서는 현관 밖에 나와 있었다. 그냥 보기에는 내방객을 맞이하려는 것 같았지만 한쪽 팔로 가슴을 가로질러 다른 쪽 겨드랑이에 끼우고 남은 팔은 입을 막다시피 해서 턱을 감싼 채 천천히 왔다 갔다 하는 모습이 뭔가 깊이 생각하고 있는 폼이었다. 그는 중서 곁에 가서 허리에 손을 척 얹었다. 호전적인 감정을 감추려는 마음이 전혀 없어서 다리를 쫙 벌리고 버텨 섰다.

"이건 실수가 아니야. 누가 이런 짓을 한 거 같아?"

중서는 턱을 감싸 쥔 손으로 얼굴을 긁적거리듯 움직이며 대답을 미뤘다. 한참 뒤에 낮은 목소리로 느릿느릿 말했다.

"누가 이런 짓을 했는가보다 왜 그랬는지가 더 중요한 거 같아. 이건, 경고라는 생각도 들거든."

"허, 경고라고? 무엇 때문에 우리에게 경고를 해? 이건 일하는 데 곤란하게 만들 뿐이지, 무슨 반대급부를 노릴 수 있는 일도 아니잖아."

"바로 그러니까 경고라는 거야. 뭔가 조심해야 할 일이 있는지도 몰라. 누군가는 이미 그걸 알고 있고, 우리를 향해 사인을 보낸 거지."

그는 중서의 말이 제대로 맞았다는 것을 알았지만 그걸 인정할 수는 없는 노릇이었다. 물론 짐작되는 바가 없는 것은 아니었다. 경재가 그에게 보내는 위협일 가능성이 제일 컸다. 탁본은 그가 빌려 온 물품이라는 것, 그에게 어떤 타격을 입힐지 안다는 점, 게다가 이곳은 경재가 오랫동안 일했던 곳이다. 그라면 이곳에 들어올 수 있을 뿐만 아니라 재빨리 먹물을 뿌리고 가는 것쯤, 일도 아니었을 것이다. 그러나 그걸 말할 수도 없고, 중서 앞에서 인정할 수도 없었다.

"그건, 억지야. 그건 너무 넘겨짚는 거라고."

순간 중서가 목을 움츠려 어깨 속에 파묻으며 돌아섰는데 그에게는 이제부터 몸을 사려 어떤 일에나 삼가겠다는 표현으로 보였다. 그는 돌아서는 중서를 보며 막연히 걱정했던 일이 현실이 되었음을 깨달았다. 그는 멀지 않아 동료들로부터 버려질지도 모른다.

경재가 그랬다면 본격적으로 싸움을 걸어온 것일까. 아니면 홧

김에 저지른 보복일까. 몇 라운드를 더 뛰어야 이 싸움이 끝날 것인
가. 그는 아무런 대응책도 떠오르지 않았다. 그는 어서 행사가 끝나
고 일본으로 날아가기만 바라는 심정으로 설명회 시간이 다 되어서
야 마지못해 행사장으로 들어갔다.

고와(古瓦)

　그는 하루 밤을 걸려 배를 타고 해협을 건넜다. 해협을 지나는 동안 긴 밤을 함께 지났다. 밤 동안 1000년의 세월이 선박의 가장 높은 돛을 감아 오르고, 가장 낮은 밑창으로 깔렸다. 그는 선실들 사이로 난 복도를 따라 기우뚱거리며, 때로 헛디디며 갑판으로 올라갔다 다시 내려오는 짓을 되풀이했다. 1000년 전에도 이런 속도로 바다를 건너지 않았을까, 싶을 만큼 배는 아주 느리게 나아갔다.

　불빛이 어두워서 천혜의 경관이라는 세토나이카이는 아무 쓸모없었다. 그러나 울산이나 경주에서 후쿠오카를 거쳐 리아스 식 해협인 세토나이카이, 그리고 난파라고 불렸던 오사카로 가는 뱃길은 신라에서 왜에 보내는 사신이 주로 이용했던 공식 루트였다는 점이 어둠 속을 주의 깊게 지켜보도록 했다. 갑판에서 점점이 뜬 불빛을 바라보다가 적막하게 식은 넓은 사우나실에서 몸을 물에 담그고 둥그런 선창 밖으로 검은 바다를 내다보기도 했다. 배는 밤을 다 새우

245

고도 닻을 내리지 않았다.

요람에서 내려온 아기들은 땅이 흔들려서 어쩐다지. 네 발로 기면 좀 나을까. 밤새 몸을 감아 돌리던 배의 롤링이 한낮이 되도록 그를 기우뚱거리게 했다. 자꾸 몸이 흔들거려서 보도블록과 전면을 적당히 번갈아 가며 바라봐야 했다.

정문을 지나 돌길에 발을 내딛자 어기적어기적 돌바닥 위를 거닐던 까마귀들이 일제히 화다닥 날아올랐다. 허공을 잣는 바람결이 더러운 깃털과 먼지를 감아 일으켰다. 그는 교토박물관 소회의실로 걸어가다가 벤치에 엉덩이를 걸쳤다. 정면의 본관 너머 별관을 눈으로 더듬고 있는데 갑자기 등 뒤에서 찢어지게 웃는 소리가 났다. 그는 화들짝 놀라 뒤를 돌아봤다. 아니, 아줌마들은 이런 곳에서도 퍼질러 앉아 웃어 젖힌단 말이야? 아무도 없었다. 벤치 등받이 아래서 어치 두 마리가 팔짝팔짝 뛰어다니며 웃음을 내지르고 있었다. 그는 어이가 없어서 어치만큼은 아니지만 크게 웃었다. 어치가 앵무새처럼은 아니더라도 말을 잘 배운다더니 웃음소리까지 배웠나 보다. 주둥이를 높이 치켜들고 웃는 어치 뒤로 까마귀들이 뚱뚱한 엉덩이를 흔들며 느릿느릿 산보하고 있었다. 이런, 이런. 비로소 밤의 시간에서 벗어나는 듯 날갯죽지가 가벼워졌다.

그래, 서로의 깃털을 찢어발길 듯이 찍어 대거나, 흑백의 골목길에서 눈에 젖은 더러운 진흙을 밟으며 수군수군 동네 여자 욕이나 하는 것보다야 그리 풍만한 엉덩이로 게으르게 걷는 게 나을지도 몰라. 그는 웃음을 물고 까마귀들의 엉덩이를 한 번 더 훔쳐보며

‘기와로 본 고대 동아시아 삼국의 교류 학술 대회’라고 쓰인 작은 안내문을 따라 대회 장소를 찾아갔다.

실내는 흡음 장치가 되어 있는지 넓고 휑한 규모에 비해 사람들의 말소리가 거의 울리지 않았다. 이번 학술 대회의 골자는 동아시아 교류이니만큼 한국, 중국, 일본의 고대사 연구자들이 중국의 위진남북조시대로부터 한반도의 삼국시대, 그리고 일본의 아스카와 헤이안시대에 와당 제작 기술을 전하는 과정에서 서로에게 어떤 영향을 주고받았는지 되짚어 보는 것이었다.

일본 측에서는 나라 대학의 요시야마가 먼저 발표했다.

“일본의 고문서에는 기와 생산의 시작이 588년이라고 기록되어 있다. 이 해에 백제에서 네 명의 와박사를 비롯해 불탑 꼭대기에 철탑을 세우는 노반박사 등, 절을 세우기 위한 공인이 도래하였다. 이것을 계기로 일본에서는 처음으로 본격적인 불교 사원이 건립되었다. 『일본서기』에는 와박사라고 기록되어 있다. 아마도 처음 보았던 기와와 그 기와를 만드는 기술자에 대한 경칭일 것이다. 아스카(飛鳥)문화의 시조라 할 수 있는 아스카사(飛鳥寺) 건립에 즈음하여 당초에 사용된 와당은 부여시대의 것과 매우 닮았다. 그러나 문화의 전파라는 것은 결코 하나의 길로만 이뤄지는 것이 아니니 백제는 물론 고구려나 고신라, 또는 중국 대륙에서도 직접, 간접적으로 전해졌을 것으로 생각된다.”

호류사 금당의 붉은 관음상이 다시금 그의 눈앞을 스쳐갔다. 인도를 떠나온 부처가 당에서 화려한 금관을 쓰고 백제에서 주름주름 비단 의상을 걸치고 마침내 바다 끝에 이르러 붉은 횡목 아래서 고운 발바닥을 쉬게 되었다. 그는 아직껏 이보다 더 아름다운 부처를 본 적이 없다. 곡선의 아름다움에 홀린 자는 반드시 이 관음상과 고류지의 목조 관음여래상을 봐야만 한다. 그는 그 아름다운 이마와 이마 양 끝까지 이어진 길고 우아한 눈썹과 붉은 입술, 보드랍게 구부러진 손톱과 손끝에 잡힌 붉은 노리개를 기억했다. 그는 풍만한 몸집으로 휑뎅그렁한 회의실을 스적스적 걷고 있는 금당의 부처를 그려 보았다.

"일본의 암막새 시문은 와당 면에 문양을 직접 그려 조각하는 방법을 이용했다. 수막새 제작에서는 와당 틀에 점토를 채워 넣어서 와당부를 만드는 기법이 있었음에도 이와 같은 방법으로 암막새가 제작되었던 것은 알 수 없는 일이다. 이것은 백제에서 전해진 기와 제작 기법 중에 암막새 제작 기법이 포함되어 있지 않았다는 것을 보여 준다. 용마루 양끝이나 내림마루, 모서리마루의 선단을 장식하는 기와인 귀와(鬼瓦)에 귀면이 사용된 것은 8세기에 접어들면서부터이고, 그전에는 연화문이 장식되었지만 관례적으로 귀와로 부르고 있다. 일본에서 가장 오래된 귀와는 호류사 출토분이다. 문양 면에 직접 문양을 조각한 사례는 이 호류사의 것뿐이고 다른 것은 틀에 점토를 채워 넣어 만든 것이다. 쪼그리고 앉은 사귀(邪鬼)를 나타낸 특이한 문양의 귀와도 만들어졌다. 용마루 양끝에 올리는 치미는 사원의 조영 사업이 시작되는 처음부터 만들어졌던 것이 아스카사 출토 자료에서 밝혀졌다. 동체부에 문양을 갖지 않은 것, 평행선을 나타낸 것, 깃털을 장식한 것 등 다채로운 와제의 치미가 만들어졌다. 관련 사료에 의하면 금동제 치미가 만들어진 것이 밝혀진 바 있다. 하지만 남아 있는 것이 없어 목심(木芯)에 금동판을 입힌 치미가 아닐까 생각하고 있다."

긴 발표가 끝났다. 지정된 질의자들은 금동제 치미가 남아 있는지 질문을 했고, 요시야마는 순수 금동제는 아니고 금동판을 입힌 기록과 흔적이 있을 뿐이라고 보충 설명을 했다. 일본에서도 순수 금동제 치미를 만든 적은 없는 모양이다. 수막새와 암막새는 함께 필요한 것일 텐데, 암막새 제작 기법을 전하지 않은 것은 무슨 이유일까. 혹시 전수를 중간에 끊을 만한 사건이 벌어졌던 것은 아닐까. 와당장이의 처벌 같은. 혹시 그게 아니라면 의도적으로 빠뜨린 것이 아닐까. 그렇다면 거기엔 그럴 만한 이유가 있을 터. 그것이 무엇일까. 그는 가마다와 같은 인물이라면 원인이 잡힐 듯도 해서 추정에 추정을 거듭하느라 자기 차례가 되는 줄도 몰랐다.

마침내 그는 일본 와당의 백제적 요소와 고구려적 요소에 대해 새로운 의견을 개진했다.

"588년에 백제에서 도래하여 590년경부터 와공들이 만들기 시작한 수막새의 와당 문양은 연판 끝에 칼자국을 내어 연꽃 판의 반전을 표현한 것이었다. 그것이 아스카사에서 사용되었다. 이 문양은 우리들이 백제 와당이라고 부르고 있듯이, 부여 지역에서 건립된 절들에서 자주 볼 수 있는 것이다. 하지만 부여 지역의 연꽃 판은 대부분의 경우 8판이지만 아스카사의 경우는 10판이다. 아마도 백제에서 도래한 공인들은 새로운 땅에서의 기와 생산에 즈음하여 본국과는 다른 것을 만들려고 했던 것은 아닐까. 치미는 아스카사

창건 시에 만들어진 것이 백제의 치미 기법과 유사함을 알 수 있다. 솔개의 지느러미를 표현한 치미는 능선의 꼭대기까지 올라가지 않는 당 양식의 치미가 채용되었다."

이번 학회의 성과는 한중일 삼국의 학자들이 각각의 나라에서 이루어진 연구 결과를 한자리에 내놓고 위진남북조시대로부터 수와 당을 거쳐 고구려, 백제, 신라로 갈라지면서 그 양식들이 새롭게 변모하며 마침내 일본으로 건너가, 대륙으로부터 비교적 고립되어 있어 정령신앙이 풍부한 일본의 풍토에 맞는 정취를 이루는데 기와가 맡은 일정한 역할을 되짚어 보는 데 있을 터였다.

이번 학회에서 발표되고 인정된 것들은 대체적인 학설로 굳어질 전망이었다. 그래서 학회에 참석한 사람들은 거의 대부분 제시된 자료들을 들추어 가면서 이미 알고 있던 바를 확인하고 기억을 확실히 하느라 간간이 고개를 끄덕이고 있었다. 그는 일본 와당의 백제적 요소를 웬만큼 발표했을 즈음 고개를 들고 주위를 둘러보았다. 여기까지는 사실상 새로운 이론이 없었다. 그는 마침내 새로운 이론을 꺼냈다.

그는 '백제계'라고 불린 양식이 실은 '고구려계'라는 점을 밝혔다.

"호류사 수막새 문양은 아스카사 창건 시에 사용된 수막새의 문양과 비교하면 백제계와는 다르고 고구려의 청암리폐사의 영향일 것이라고 생각되는데, 고구려의 승 혜자가 도래해 왔으므로 고구려 양식이라고 말할 수 있다. 고구려 양식이 일본에 직접적으로 전해진 것으로 생각되는 요소로 호류사에서 처음 만들어진 암막새가 있다. 고구려의 우현리 중묘 묘실 벽면에 묘사되어 있는 연화문의 팔메트와 반 팔메트가 모두 동일 벽면에 묘사되어 있는 것으로 보아 이러한 요소는 더욱 확실하다고 말할 수 있고, 게다가 수면문 수막새 중에는 고구려 요소를 갖고 있다고 생각할 수 있는 것이 선교폐사 출토 자료에서도 보인다."

그의 의견이 진행되는 동안 사람들은 다른 사람의 자료를 넘겨다보다가 의심스러운 눈으로 그를 바라보다가 옆 사람과 한두 마디 나누고 고개를 갸웃거리기도 했다.

그가 말하고자 한 것은 지금껏 백제계라고 의심 없이 발표하고 받아들였던 것들 중 상당 부분이 고구려계라는 점이었다. 아스카사는 백제계가 유력하고 호류사는 고구려계라는 것을 구분해야 하며, 거의 흡사한 유형이 고구려의 절터 유구에서 발견되었다는 점을 그는 강조했다. 물론 그 시기는 남조 후반기였고 남조는 백제와 가까운 관계였던 점을 고려하면 백제의 영향이 컸을 것이나 일부에서 발견되는 큰 특징을 갖고 보자면 고구려 식의 제작 방법이 뚜렷한 것을 의심할 수 없었다.

그가 지금 말하고 있는 것은 국내에서 동요를 유발할 수도 있는 내용이었다. 지금껏 정설로 여겨 온 백제 기원설은 다른 누구도 아닌 선영의 아버지가 주장한 것이었다. 선영의 아버지는 아스카시대는 백제계가 거의 전부라고 말하고 있었다. 그리고 그것을 입증하기 위해 아스카사와 호류사를 여러 번 왕래했고, 그 덕분에 일본 고고학자들은 한국과 일본을 줄줄이 드나들며 양측의 연구를 촉발하기도 했다. 몇 년간에 걸친 공방 끝에 두 사원의 기와에 대한 상세한 조사가 이루어졌고 둘 다 공히 백제계라고 일단락되었다.

그의 발표가 끝나자 질의가 쏟아졌다. 고구려계라고 여겨지는 유구에서 동일 형식이 발견된 것은 언제인가, 조사의 주체는 누구인가, 학계의 합동 조사였는가, 믿을 만한 조사인가. 그는 이미 예상했던 질문에 하나하나 여유 있는 답변을 했다.

돌아가면 똑같은 문제를 가지고 여러 이견들이 쏟아지겠지. 그는 이미 마지막 카드를 던졌다. 이제는 할 일을 다 했다는 기분에 힘이 쭉 빠져나갔다. 그는 오래전에 일단락된 기와들에 대한 새로운 의견을 내놓은 것이다. 물론 자신 있었다. 상당한 양의 기와가 고구려계라는 것은 그가 9년 동안 연구한 결과였다. 그는 자신이 훔쳐 온 벽화와 와당을 일본으로 내돌렸다는 죄책감 때문에 거의 책임감을 가지고 이것을 밝혀내고 말았다. 그렇다고 저지른 죄가 덮어질 리는 없지만, 학계의 연구를 활발하게 일으킬 수는 있을 것이다.

위진남북조시대 기와의 특징과 변천, 전한으로부터 이어져 온 벽사 기능에 더불어 왕권 강화를 목적으로 특별히 귀면와와 용면와, 치미 등을 집중 생산하게 된 사회 원인을 고찰해 온 중국 측 사회과학연구원의 치엔꿔펑은 서둘러 발표를 마쳤다.

광개토대왕의 무덤을 그렇게 덮어 버리지 않았다면 고작 폐사에서 발견된 고구려의 기와 제작 기법을 가지고 왈가왈부하는 정도가 아니라 고구려 왕실 기와로 이 대회의 논문을 가득 채울 수도 있었을 텐데, 아쉽기 짝이 없었다.

박물관을 돌아보는 중에 그는 귀면와에 유난히 애착을 가진 요시야마와 쉽게 친해졌다.

"귀면와 중에는 명문이 선명히 남아 있는 게 있는데 가마다(迦摩多)와 조초, 구라스 도리라는 이름이었어요."

그는 요시야마의 발음이 정확한지 의심스러웠다. 그는 가마다라는 이름이 적혀 있는 게 분명한지 되물었다. 요시야마는 한문으로 가마다를 써 보였다.

"분명해요. 그중 가마다는 일본식 이름이 아니어서 분명히 신라인일 거라고 생각하고 있어요."

그는 깜짝 놀랐다. 가마다. 그가 일본으로 간 게 사실이었구나. 그의 행적을 전혀 뜻밖의 사람에게서 듣게 되니 너무 놀라웠다. 그는 그 귀면와를 볼 수 있는지 물었다. 꼭 보고 싶다고도 말했다. 이 중간첩 가마다, 그는 신라에서 건너갔지만 백제인이었으며 사실은 백제의 궁궐과 사찰에 기와를 대던 최고의 와당 장인이었던 것이다. 가마다는 아스카문화의 첨두에 있던 사람인 것이다. 사원 깊숙한 곳에는 먼 인도에서 대륙을 밟아 내려오는 동안 붉은 눈썹, 붉은 입술, 붉은 옷자락으로 갈아입은 백제 관음상이 그윽이 서 있고 그 지붕의 가장 높은 곳에서는 가마다의 귀면이 치미와 함께 사악한 존재들을 물리치며, 어쩌면 오히려 교류하며 밤을 지켰을 것이다.

요시야마는 자신이 보관하고 있는 모조 귀면와를 하나 가져왔다. 가마다의 귀면와였다. 그것은 입을 크게 벌리고 상하의 치아를 드러낸 채 혀를 물고 있었다. 아래턱에는 방사상 수염이 나 있고 주위는 온통 곱슬머리였다. 이러한 귀면의 표현은 안압지 출토 귀와와 공통된 요소라고 할 수 있다. 이로써 백제의 가마다가 신라에서 건너갔다는 것이 증명되었다. 더욱 중요한 것은 기와 제작 방식뿐만 아니라 태토를 싣고 와서 그 태토와 똑같은 흙을 찾아다녔다는 점이라고 요시야마는 눈을 빛내며 비밀을 전하듯 말했다.

"그 태토는 백제의 흙이었단 말입니다. 바로 그 초기의 흙으로 빚어진 기와가 바로 이것이고요. 이후의 와당에서는 일본의 흙을 쓰게 됩니다."

도제와 함께 태토까지 싣고 갔다는 가마다. 그는 도대체 어떤 인간이었을까. 요시야마가 말한 가마다와 백제의 끄나풀인 가마다는 같은 인물이 틀림없는가. 그는 잠시 아연했다. 요시야마는 분명히 가마다가 가져간 태토가 백제 것이라 했는데, 그는 신라에서 넘어간 게 아닌가. 그렇다면 그가 가져간 백제의 흙은 어찌된 것인가. 문득 신라에 처음 기술을 전해 준 와당 장인들이 백제의 태토를 가져갔었다는 것을 기억해 냈다. 가마다는 신라뿐만 아니라 왜에까지 백제의 흙을 나른 것이다. 그가 이 나라에서 저 나라로 가지고 다닌 것은 한낱 흙인가. 그가 진실로 욕망했던 것은 1000년을 견딜 기와에 담은 그의 혼인가, 첩자로서 남을 염탐하고 타인을 궁지에 몰아넣고 본국을 유리하게 하기 위해 아슬아슬한 벼랑길로만 달리고 싶은 불안한 영혼인가. 가마다는 상반되는 욕망을 어떻게 다뤘을까. 그는 가마다를 통해 자신을 새로 보는 듯했다. 가마다는 사회적 야망 때문에 내적 욕망을 잠재웠을까. 결국 그 어느 것에도 완벽히 투신하지 못해서 그 어느 것도 이루지 못한 것은 아닐까. 혹시라도 그랬을까 봐 마음 한구석 안타까워지기 시작했다.

그는 지금 봐도 험상궂은 귀면와를 건네받았다. 요시야마는 할 말이 많은 것 같았다.

"와당이 벽사뿐만 아니라 절대왕권을 상징한다는 의견에 저도 동의합니다. 이것을 많이 만들던 시기에 일본의 왕권도 강화되었거든요."

건축물 지붕에 얹던 기와와 무덤 지붕에 얹던 기와는 똑같이 벽사에서 출발했지만, 연화문이 불교의 영원화생을 뜻하는 것이라면 그와 짝을 이루는 귀면문은 절대자의 강한 왕권을 나타낸다는 의견이 중국 측 발표자 치엔꿔펑의 의견이었다. 그것을 증명하기 위해 치엔은 연화문과 귀면문이 가장 성행했던 위진남북조시대를 고찰했다. 지고무상의 권력을 창출하려 한 통치 계급이 귀면문을 통해서는 민중들에게 위협감을 심어 통치자의 뜻에 더욱 복종하게 하고 연화문을 통해서는 영원한 생을 얻으려 했다고 강조했다.

벽사이거나 강한 권력이거나 귀면은 사악한 자들의 접근을 허용하지 않겠다는 것을 뜻한다고 보면 애초 지금처럼 손에서 손으로 쉽사리 옮겨 다닐 수 있는 게 아니었을 것이다. 치미와 함께 지붕 꼭대기에서 불쑥 솟은 모양으로 어딘가를 향해 눈을 부라렸을 귀면에 조심스럽게 손을 내밀었다.

그는 이름이 쓰인 명문을 보고 싶어 조바심을 냈다. 요시야마에게서 가마다의 귀면와를 건네받아 위아래, 양옆을 샅샅이 살펴보며 작은 글자라도 눈에 띄기를 바랐다. 마침내 뒷면 아래쪽에 어설프지만 선명하게도 가마다라는 한자가 쓰여 있고 둥근 원이 이름을 감싸고 있는 것이 보였다. 그는 손가락으로 찬찬이 만져 보았다. 보는 것만으로는 믿기지 않는다는 듯이.

"최대한 똑같이 그렸습니다. 모서리 부분이 많이 닳아서 '다' 자가 거의 지워졌더군요. 저녁 '석' 자와 점만 남은 것도 그렇고, 언뜻 보면 '가' 자도 책받침이 아니라 실 '사' 변으로 보이는 것도 똑같다 싶을 정도로 새겼어요. 철침으로 차진 기와에 새겨 넣느라 선들이 분명하지 않은 점도 그대로 시도해 봤고요."

요시야마는 거의 완벽하게 모조된 가마다의 귀면와를 자랑스러워하는 게 틀림없었다. 그 역시 그렇고말고요, 하면서 손가락으로 명문을 더듬다가 요시야마를 향해 애절한 눈빛을 보냈다. 잠시 들고 있었어도 겨드랑이가 뻐근할 정도의 무게감, 꺼끌꺼끌한가 싶으면 매끈거리는 표면, 보는 것보다도 만지는 느낌이 좋은 기왓장.

그는 혹시 가마다와 연관된 사료가 더 보이지 않더냐고 물었다. 와당 쪽에서건, 정치 쪽에서건, 그 어디에서라도 가마다라는 이름이 보이거든 그는 꼭 연락을 달라고 했다. 하긴, 가마다는 한낱 와당 제작 기술을 가진, 실력자에 의해 쓰임받은 첩자일 뿐이다. 연개소문이나 김유신같이 첩자를 부리던 실력자라면 모를까, 그들이 사용하던 끄나풀에 불과한 그의 행적이 더 드러나기를 기대할 수는 없을 것이다. 그러나 그는 가마다가 하필이면 와당장이였다는 것에 더욱 마음이 끌렸다. 그는 미학적 식견이 있던 자가 아닌가. 한편으로는 천하에 드러나는 가장 넓고 높은 곳에 가장 눈에 띄는 기와를 올리고 한편으로는 밤을 도와 서까래에 몸을 숨기고 샛길로만 다녔을 가마다. 아슬아슬한 삶은 높은 지붕 위에서건, 낮은 샛길에서건 다를 게 없었으리라. 그는 장인을 떠올렸고, 경재를 떠올렸으며,

그 자신을 돌아보았다. 앞으로 장인은 높은 지붕 위에서 샛길로 굴러 떨어질 것인가, 경재가 모든 죄를 안고 어두운 서까래 아래서 붉은 눈으로 바깥 세계를 훔쳐볼 것인가, 계략을 잘 쓴 경재 덕에 우리 모두 살아날 것인가.

한밤 가마에서 타오르는 불길을 고스란히 뒤집어쓰고 불길보다 더욱 붉은 눈으로 기와가 익어 가기를 기다렸을 가마다. 찬비가 내리는 어둔 밤, 조수압의 창밖에 몸을 숨기고 방 안을 엿보았을 비루한 사내. 그의 이글거리는 눈, 꼭 다문 입술, 소리도 없이 말처럼 달리는 두 다리, 귀면처럼 뾰족한 귓바퀴. 물을 부어 다지고 다시 물을 부어 짓밟아 이기는 그의 발. 그 발자국조차 남기지 않을 정도로 차지게 다져진 흙. 거친 수염과 고집 센 고수머리, 부릅뜬 눈과 앙다문 이를 빚었을 억센 손아귀. 그러나 그 손아귀에 사로잡혀 더없이 보드랍게 녹아내렸을 가마다의 여자. 왕에게서 주워들은 크고 작은 비밀을 귓전에 속삭이는 여자를 녹작지근하게 밟아 주었을 사내. 낭자하게 터져 나오는 그녀의 신음을 꼭 막아 주던 두툼한 입술.

가마다가 사료에 오를 일이 없다면 그의 여자는 더더욱 그림자로도 남아 있지 않을 터. 그렇기에 그는 더욱 가슴이 졸아드는 것을 느꼈다. 가마다가 백제에서 신라로, 그리고 왜로 넘나든 것은 끄나풀로서보다도 그의 여자를 다시 보기 위해서가 아니었을까. 그의 행적엔 그의 여자의 발자취와 엇갈리고 뒤쳐진, 그런 안타까움이 그려져 있지 않을까. 가마다의 가슴은 무엇으로 불타고 있었을까. 무엇이 그를 대륙으로, 한반도로, 섬나라로 뛰어다니게 만들었을까. 그가 타인의 가슴 속을 들락거리며 타인을 움직이게 한 것은 단지 나라를 구하겠다는 애국심이었을까. 그는 도리질을 했다. 가마다의 가슴속에서 도리 없이 들끓던 피, 그저 그 피가 한 짓이었을 게다. 어쩌면 뒷일은 계산에 없었을지도 모른다. 뜨거운 가슴으로 낯선 땅을 누비는 그 모든 일은 주인에게 쓰이는 것 같지만 결국 자기 속에서 타오르는 욕망으로 타인의 가슴 속을 들락거린 것일 게다.

그 벼랑길 어디에 여자를 데리고 다닐 수 있었을까. 가마다의 여자는, 그에게 밥을 지어 주고, 지친 심신을 쉬게 해 주고, 또다시 밥을 먹여 떠나보내야 했던 그 여자는 어떻게 되었을까. 이런 오래전 인물들과 건축물과 그림, 수많은 무덤들, 그리고 마치 암호처럼만 여겨지는 문서들에 한없이 매료되는 우리는 또 어떤 영혼을 지녔단 말인가. 그는 언제나 무덤 속 같은 전시실에서 가장 편해지고 실제 무덤 속을 파헤쳐 그곳에 몸을 던져 살다시피 하는 자신들이 흡사 남인 듯 신기하게 여겨졌다.

땅따먹기

　세미나를 마치고 돌아와 보니 가을이 깊어 있었다. 설악산의 단풍이 날마다 50센티미터씩 내려오고 있다고 했다. 아침 마루를 딛는 발이 저절로 오므라들었다. 그는 일찍 일어나 신문을 훑어보았다. 특별히 눈에 띄는 내용은 없었다.

　실장은 아침 일찍 출장을 가느라 그와 눈인사만 나누었고, 다른 직원들도 데면데면 인사하고 지나쳤다. 세미나 내용에 대해서는 아직 알려지지 않은 듯했다.

　그 누가 세미나에서 어떤 내용을 발표했다고 금방 동요가 일어나는 세계는 아니었다. 분위기가 분위기인 만큼 마치 금방 발굴 허가를 받은 무덤 속에 발을 딛듯 조심스럽게 접근하는 게 대부분이었다. 물론 아주 가끔 큰 동요가 일기도 했다. 풍납토성 발굴 당시 일어난 일이 그것으로, 곧장 반향을 일으키기도 했지만 심심찮게 뒷이야기로 오르내리기도 했다.

일제와 기존 학계의 정설로 굳어진 '한성백제 4세기 전성기설'을 이형구는 풍납토성이 사료에 나타난 하남 위례성으로 보이며 한성백제는 건립 초기부터 이미 강력한 고대 국가였다는 설을 제기했다. 그전에 이미 김원룡 박사가 새로이 얻은 발굴 자료를 근거로 백제 건국 집단의 한강 유역 진출은 최소 1세기까지 거슬러 올라간다고 새로운 해석을 시도했지만 깊이 뿌리 내린 학설을 정면 부인하는 그의 주장은 전혀 먹혀들지 않았다.

이형구는 기존 학계의 배타적 관심 속에서 재개발 열풍으로 파헤쳐지던 풍납토성을 지키는 싸움을 오직 혼자 치르게 되었다. 사건이 나고 8년쯤 뒤에 그의 연구 결과가 맞다는 것을 인정하게 되었지만 초기에 그는 완전히 이단아 취급을 받았고 고고학계에서는 이름조차 공식적으로 거론되지 않을 정도로 박한 대접을 받았다.

그만큼은 아니겠지만 어쩌면 그도 그런 과정을 밟아야 할지 모른다. 누군가 권위 있는 자가 인정해 주면, 순식간에 상황은 뒤집어지겠지만 말이다. 둘 중 하나일 것이다. 외면당하느냐, 권위자를 등에 업고 뛰어오르느냐, 그것이다. 권위자가 아닌 주변인 중에서 어느 누구는 비공식적으로나마 그의 새 이론을 지지할 것이고, 어느 누구는 관심조차 두지 않고 홀대할 것이고, 어느 누구는 동향을 살필 것이고.

오직 승기만이 그의 연구에 대해 언제나 미심쩍어 하는 만큼 재빠른 반응을 보였다. 원칙 중심적이고 지나치다 싶을 만큼 꼬장꼬장한 승기인지라 그의 짐작을 배반하지 않았다. 이번 연구 발표만 해도 특별히 그 분야에 관심 있는 사람이 아니고서는 그리 빨리 내용을 알 리가 없는데 승기는 일부러 그의 자리로 와서 알은체를 했다. 하긴 승기라면 그의 연구에 관심을 두는 것이 당연한지도 모른다.

"조사 많이 하셨던걸요. 저도 같은 의견입니다. 그만큼은 아니더라도 저 나름대로 연구도 해 왔거든요. 또 선수를 놓쳤습니다."

역시 정직한 승기는 현중의 연구를 인정할 줄도 알았다. 그러나 무심한 듯한 말투로 그의 약점을 파고들어 화를 돋우겠다는 심보가 느껴졌다. 가소롭게도! 승기가 우려먹고자 하는 핵심은 역시 노력한 시간과 성공은 아무 상관관계가 없다는 말이겠다. 날로 먹은 게 너무 많아서 배가 터질 지경이 되어야 마땅해 보이겠지만, 이 빙충맞은 인간아, 네가 왜 선수를 놓치는지 생각해 봐, 라고 쏘아붙이고 싶었다. 그러나 그는 나약한 후배의 선배가 아닌가. 승기는 혹시 알고 있을까. 제 부지런함이 오히려 약점이 될 수도 있다는 것을. 요컨대, 움직이는 것에는 무조건 반응하는 고양이같이 여러 가지 것에 즉각적으로 반응하다 보니 관심이 지나치게 흩어져 있다는 말이다. 그 역시 한편으로 무심한 듯, 한편으로는 무척 생각해 준다는 듯, 부드럽고도 낮은 목소리로 말했다.

"자네, 땅따먹기 놀이 알지? 돌을 엄지로 밀어서 조금씩 땅을 넓혀 가는 놀이 말이야. 무리하지 않고 돌아올 만큼만 돌을 미는 게 노하우지. 인접 영역을 넓히는 게 제일 좋은 방법이란 말이야."

이만하면 알아듣겠지, 제가 바보가 아니라면.

아이들이 땅따먹기 놀이를 하는 모습을 기억한다. 옷이 더럽혀지는 줄도 모르고 땅바닥에 바짝 엎드려 아주 신중하게 적당한 만큼만 돌을 민다. 그리고 그 돌을 다시 집으로 안전하게 밀어 넣기 위해 몸을 돌려 땅바닥에 엎드린 뒤 엄지손가락의 힘을 조절한다. 그래서 돌이 집을 벗어나지 않고 무사히 돌아오면 표시해 둔 만큼 땅을 넓힐 수 있다. 승기는 알아들었는지 겸연쩍은 표정으로 뒤통수를 긁고는 밖으로 나갔다. 그는 웃으며 승기의 뒷모습에서 눈을 뗐다.

중서는 여전히 무언가에 정신을 쏟고 있는 듯 활기차 보였다. 그를 보자 잘 돌아왔는지 묻기만 하고는 대답도 듣지 않고 제 갈 길로 가 버렸다. 진우도 일상적인 일로 내려왔다가 그에게 세미나에서 어떤 새로운 내용이 발표되었는지 묻고는 그저 그렇다는 표정으로 나올 얘기 나왔네, 하더니 보존실로 올라갔다.

그는 자리를 비운 실장을 대신해서 특별전의 성과를 미리 분석해 보라고 몇몇 직원에게 지시를 내렸다. 직원들은 일반 관람객 숫자와 지역사회 주요 인사들이 방문한 횟수와 내용, 체험 학습에 들어간 각종 물품들, 비용에 관한 자료를 모으고 관람객들의 만족도를 조사했다.

그가 직원으로부터 경과 보고를 받고 있을 때 경재가 들어왔다. 그들은 서로 눈길을 피해 외면하듯 의자를 비스듬히 비껴 놓고 앉았다. 경재가 손을 들어 그의 책상 칸막이에 붙인 그림을 가리켰다. 그것은 일본의 가옥을 반으로 잘라 내부를 드러낸 그래픽이었다.

"형님 마음속 같네요. 다락방을 여러 개 숨긴 가옥요."

가옥 한 채의 지붕이 여러 개였다. 높은 것, 낮은 것, 팔작지붕,

맞배지붕. 그는 경재의 말뜻을 모르는 것도 아니면서 짐짓 딴청을 부렸다.

"일본식 가옥을 보면 항상 지붕 아래 내부가 궁금하기 짝이 없었어. 어렵사리 사진을 찍었지. 그리고 그래픽을 맡겼어. 잘 봐, 저 벽면 말이야. 그냥 내력벽 같지만 너무 두툼하잖아. 저기엔 남모르는 통로가 있어. 지붕 아래로 올라가게 되어 있지. 그리고 저 삼각형 공간에서 밖을 내다보는 거야. 은밀히 말이지. 어쩌면 정탐을 했을지도 몰라."

핵심을 비껴서 뱅뱅 도는 그가 얄미운지 경재는 손을 내저으며 말을 끊고는 언짢은 표정을 지었다.

"변죽 울리는 건 알아줘야 한다니까. 누님이 올 테니 두 분 문제는 두 분이 해결하세요. 누님에게 전혀 마음 없는 줄 알았는데, 나 참. 그건 그렇고 이번 세미나는 또 뭐예요? 도대체 무슨 속셈인 거예요? 협력할 마음이 있는 거예요, 없는 거예요? 이런 식으로 뒤통수 치지 마세요. 아버님 다독거리는 것도 이젠 못 할 노릇이라고요."

드디어 본격적인 협상이 시작되었다. 그의 연구 발표는 언제까지나 당신 그늘에만 있지는 않을 거라는 점을 전면으로 보여 준 것이었다. 이렇게 반응 보이는 것을 보면 나도 얼마든지 치고 나갈 수 있으니 섣불리 긁어 대거나 수작을 부려 나를 희생물로 만들려 하지 말라는 속내를 제대로 전달한 셈이다. 그 점을 가장 온건하게, 가장 겸손한 방법으로 말했다는 것도 알아들었을지는 모를 일이지만. 그는 탁본 건을 먼저 말할까 나중에 말할까, 계산기를 두드렸다. 경재의 눈을 노려보다가 세미나 건부터 해결하자는 생각으로 일견 져

주는 포즈를 취했다. 눈빛도 누그러뜨리고 어깨도 좀 수그렸다.

"먼저 상의 드리지 않은 것은 그 학설이 이미 오래되었기 때문이었어. 이젠 다른 학설이 나올 때도 됐잖아. 뒤집히지 않는 게 오히려 이상한 일이지. 그리고 또 다른 생각도 있었어. 다른 누구도 아닌 내가 새로운 학설을 주장하는 게 한편으로는 아버님의 폭넓은 연구 방식을 드러내는 일이 될 수도 있을 거라고. 다들 그렇게 생각할 거야. 내 연구가 그럴 법하니 발표하도록 했을 거라고 말이야. 안 그런가."

물론 그가 그렇게 말한다고 해서 곧이곧대로 들을 경재는 아니었지만, 이렇게 찾아온 이상 어느 선에선가 서로 합의점을 찾는 편이 낫다고 생각한 것 같았다. 오점을 남기지 않으려는 사람은 함께 살아남을 수 있는 방법을 모색하려 하는 법이다.

"그렇게 생각한다니 제가 뭐 어쩌겠어요. 학설은 또 분분하게 의견을 낳다가 제자리를 잡겠죠. 뭐든 좀 꼬이게 만들지 마세요. 그건 그렇고 형님이 원하는 것을 속 시원히 내놓으세요. 이 일을 해결할 무슨 방법이 있나요?"

"있긴 뭐가 있어."

"우린 한 배에 탔다고요. 혼자 도망갈 수는 없어요."

"자네가 나를 두고 도망가려던 것 아니었어? 내가 혼자 어떻게 도망갈 수 있다고 그래. 자네가 골탕 먹인 거 때문에 내가 얼마나 힘들었는지 알아? 훼손된 탁본 말이야."

경재의 눈이 화들짝 커지며 잠시 흔들렸다.

"손이 발이 되게 싹싹 빌었어. 나는 중요한 사람을 잃게 됐다고.

그 사람이 또다시 내게 도움을 줄 거 같아?"

경재가 두 손 두 발 다 들었다는 듯이 고개를 젓고 손을 내저었다.

"알았어요. 알았다고요. 제가 힘 써 볼게요. 문화재청에서 진품인지 감정하기로 했으니까 형님에게 감정 의뢰를 하도록 손을 써 볼 테니 위작 판결을 내리세요. 형님이 원본을 본 사람이니까 효과가 있을 거예요."

그럼 그렇게 나와야지, 그는 고개를 주억거렸다. 경재는 덧붙였다.

"뭐 나중에 들통 나더라도 실수였다고 핑계 댈 수는 있을 테고, 그것보다 사건 자체가 성립되지 않도록 해 보자고요. 가짜라면 반환이고 뭐고 할 필요가 없을 테니까요."

"내 생각도 그래."

비리가 드러날 경우 대처하는 방식에는 몇 가지가 있을 것이다. 정치권에서 자주 그러듯이 사건 자체를 계속 부인하여 모호하게 하는 방법이 있다. 그러나 법망이 조여 오고 대상이 좁혀 들면, 희생물을 만들어 그가 다 뒤집어쓰고 낙향함으로써 조직에 손상이 안 되게끔 하려 할 것이다. 이럴 경우 희생자에게는 충분한 보상을 할 것. 이 과정에서 손쓸 수 있는 방법 중에는 집요한 기자나 검사를 매수하여 사건 자체가 성립되지 않도록 하는 것이 있고, 마지막으로는 관계자들의 관심에서 멀어지게 하는 것이 있다. 커다란 관심사를 하나 만들어서 각각의 이익에 관심을 집중시키는 것이다.

내게 요구하는 것이 바로 희생자가 되어 주라는 것이었겠지. 하지만 어림없다는 것을 알고 그 계획은 철회한 것이겠지. 그리고 그 뒤의 방법들은 이미 당사자들이 겪을 것을 다 겪은 뒤에, 오점이 다

드러난 뒤에 쓸 수 있는 처방인 것이다.

그렇다면 그 모든 방법 중에서 가장 좋은 것은 일어난 일을 아무것도 아닌 것으로 만드는 것이다. 만약 그럴 수만 있다면. 그래서 그도 위작 판결이 가장 좋은 방법이라고 생각했다. 당국이 좀 번거로운 일을 겪은 것뿐이지 결과적으로 아무 일도 일어나지 않은 셈이니까.

역시 경재는 정보가 재산이다. 현대전에 꼭 필요한 사람이다. 하지만 그 많은 정보는 자주 사람을 두려움에 떨도록 뒤흔들 텐데, 그걸 어찌 견딜까. 빠른 상황 변화에 빠르게 대응하면 좀 나은 걸까. 어쨌든 경재는 훨씬 다양한 대책을 가지고 있는 듯했다. 그에게 묻어가는 편이 훨씬 편안할 것 같기도 했다.

가마다의 최후

위작 판결을 내리고 그는 비가 내리는 한밤에 고속도로를 달렸다. 누가 쫓아오는 것 같아 하룻밤도 서울에 있을 수가 없었다. 새벽빛이 밝아올 무렵 휴게소에서 차를 내렸다. 늦가을 휴게소의 텅 빈 주차장을 이쪽 끝에서 저쪽 끝까지 걸었다. 낱낱이 흩어져 제멋대로 날리는 바람이 그의 몸을 휩쓸었다. 머리칼은 왼편으로, 바지자락은 오른편으로 쏠려 가는데 재킷은 몸을 감고 빙빙 돌았다. 가을바람이 뼈마디의 차례마저 틀어 놓을 듯 쓸쓸하게 불었다.

은행 잎이 젖은 채 길가에 밀려 쌓여 있었고, 붉은 낙엽들도 어지러이 떨어져 길바닥에 달라붙어 있었다. 바람이 불어도 날리지 않고 바닥에 더욱 찰싹 달라붙는 낙엽들이 왠지 자신을 보는 듯했다. 너절하게 찢긴 채 빗물에 젖어 썩어 가는 낙엽을 더는 보고 싶지 않아 고개를 돌려 버렸다.

위작 판결을 내리던 장면은 다시 돌이키고 싶지도 않다. 그는 경재의 교묘한 추천으로 감정단에 낄 수 있었다. 학계 전문가인 김호기 교수와 원로인 그의 장인, 그리고 원본을 본 증인으로서 그, 그렇게 세 명이서 고구려박물관 전시실에 섰다. 김 교수야 진심으로 짯짯이 살펴보았고 두 사람은 마지못해 살펴보는 흉내를 냈을 뿐이다.

김 교수가 유물을 조심스럽게 만지고 뒤집어 보다가 손을 턱에 갖다 대고는 두어 걸음 물러섰다가 하는 한 시간 남짓, 그들도 나름대로 감정하는 사람의 자세를 갖추기는 했다. 눈을 바짝 들이밀거나 괜스레 귀퉁이를 만지작거리며 뒤집어 보거나 하면서. 김 교수가 마침내 결정한 것 같은 태도로 그들을 향해 돌아서자 장인이 선수를 쳤다.

"진품이 아닌데. 색깔 좀 봐. 고구려 벽화를 잘 위조하긴 했는데 색깔까지는 좀 어려웠나 보지. 파란색을 살짝 지워 내긴 했는데, 이 정도야 한눈에 보이지."

김 교수가 고개를 갸웃거리며 진품 맞는데요, 했다. 그는 와당 귀퉁이에 새겨진 명문을 가리켰다.

"이 명문은 집안에 있는 태왕릉 4호묘에서 발굴된 전돌에 새겨진 명문과 같은데요. 뭐, '고여악', 이 세 글자만 남아 있기는 하지만서도."

김 교수의 말을 자르고 그가 나섰다.

"이 부분을 잘 보세요. 돌판을 깎은 표시가 분명하잖습니까? 이건 현대의 연장으로 깎은 게 분명해요. 그 당시 제가 봤을 때는 이렇게 깔끔하지 않았거든요. 와당에 이런 명문 새겨 넣는 것쯤은 너

무 쉽고요. 와당도 좀 보세요. 이렇게 멀쩡할 리가 없잖아요. 그림
도 그대로 모사하긴 했는데, 도료를 벗겨 낸 게 좀 서툴렀네요. 이
렇게 균질하게 벗겨 낸 걸 보면요."

그는 벽화 옆선을 죽 훑어 보이다가 그림을 짚어 보이다가 하며
말했다. 김 교수의 눈을 바라보면서 말해야 하는데 자꾸 시선이 미
끄러졌다. 그래서 유물을 더욱더 짯짯이 살펴보려는 것처럼 손가락
으로 가리킬 때마다 눈을 바짝 가져다 댔다. 장인이 그의 말에 힘
을 실어 주느라 고개를 끄덕거렸다.

김 교수가 명문을 가리키며 조심스럽게 어조를 낮춰 말했다.

"이 글씨를 보면 고구려 글씨가 분명한데요. 그 시기의 명문들을
보면 거의 다 가로획 양 끝을 뭉뚝하게 썼단 말이죠."

"글씨 모양이야 얼마든지 위조 가능하니까요."

그가 말했고 장인이 쐐기를 박았다.

"위조품이에요."

더 볼 필요 없다는 듯, 가짜 앞에서 너무 시간을 허비했다는 듯,
장인이 몸을 가볍게 돌려 버렸다. 그리고 나가면서 말했다.

"정말 요즘 위조품들 보면 대단해요. 기술이 보통이 아니야."

김 교수는 더욱 어조를 낮췄다. 그러게 말이에요. 그리고 고개를
끄덕거렸다. 그러나 이 끄덕거림은 조금쯤 망설이는 듯해서 어딘가
흔쾌하지 않은 데가 있었다. 그는 그것을 모른 척했다.

그는 장인과 눈을 맞추지도 않고 고개를 숙여 인사를 하고는 도
망치듯 박물관을 빠져나왔다. 사람을 속이고 후리는 건, 사기꾼만
하는 짓이 아니었다. 첩자들은 모두 그러했다.

제 방에 들어와서야 숨을 좀 길게 내쉴 수 있었다. 살아남아야 하니까, 나 혼자만 살겠다고 이러는 게 아니니까. 이게 잘못되면 조직 전체의 문제가 되니까, 그는 스스로를 변명했다.

연구물 제출 기한이 일주일 앞으로 다가왔다. 그는 마음이 바빠졌다. 가마다에 관한 자료는 아직도 많이 남아 있었지만 다른 장들과의 형평성을 고려해서 가마다는 그만 끝내고 마지막으로 김유신이 활용한 첩자들과 연개소문의 첩자들을 다뤄야 할 차례였다. 김유신은 이중간첩을 잘 활용했고 연개소문은 직접 중국 대륙과 한반도와 일본을 종횡무진 달렸던 인물이다. 그 과정에 얼마나 많은 첩자가 쓰였을지 흥미로웠다. 연개소문은 이번에는 짧게 다루고 나중에 따로 써야 할 정도로 역사에 끼친 바가 엄청났다.

가마다는 왜로 가서도 백제와 신라를 오갔다. 그즈음 백제는 웅진 천도 직후 문주왕이 병관좌평에게 피살당하고 어린 삼근왕 시기를 거쳐 불안정한 내부적 정치 형세 때문에 대외적인 교류에 신경 쓰지 못하다가 병관좌평의 반란을 진압한 동성왕에 이르러 왕권을 강화하던 시기였다.

가마다는 신라와의 혼인 관계로 한반도 내에서의 어려운 상황을 타개하려는 동성왕의 뜻에 따라 신라 조정의 변동 상황을 밀고하다가 다시 한 번 신라와의 관계가 동결되는 바람에 마지못해 일본으로 떠났다. 백제는 이제 일본과 중국과의 교린 관계에 중점을 두었고, 가마다는 그 사이에서 여전히 백제와 일본을 여러 차례 오간 것으로 보인다.

그 시기는 근초고왕 때부터 시작된 일본에로의 문화 전달이 제
대로 물꼬를 트기 시작한 때였고, 당연히 정치적 연동과 변화도 심
해지기 시작한 때였다. 동성왕은 문화를 전달하려는 시도를 통해,
그리고 수많은 백제인들의 일본행을 통해 힘을 얻기 시작했다. 왜에
서 귀족이 된 백제인들은 위기에 빠진 고국을 돕기 위해 신라를 칠
원군을 보내기 시작했다. 그런 움직임의 중심에는 이미 왜에서 귀
족계급이 된 가마다와 같은 이들이 있었다. 신라에 남겨 놓은 잠복
끄나풀들은 여전히 그에게 중요한 정보를 보내오고 있었다.

가마다는 공방을 이끌며 백제로부터 신기술을 들여오고 다시
내보내는 일과 함께 마침내 일본으로 하여금 신라를 치게 하는 공
작을 진행했다. 그러나 이 과정에서 어찌된 일인지 가마다는 일본
에서 신라의 첩자로 오인받아 잡히게 된다. 이에 대해『일본서기』에
다음과 같은 기사가 실렸다.

추 9월 8일, 신라 간첩 가마다가 대마도에 도착하였기에 그를 즉
시 체포하여 바치니 상야에 유배했다.*

왜로 파견된 신라 간첩이 대마도에 도착했다가 그쪽 관리에게 체
포되었다는 간단한 기사이다. 가마다는 사실 공식적으로는 신라에
서 파견된 와박사였다. 하지만 개로왕의 동생 곤지가 왜로 가서 오

진천황이 되었다는 설도 있고 보면, 왜의 중심 세력은 가마다가 백제인이며 백제를 위해 어떤 일을 하고 있는지 알고 있었을 터였다. 그러니 『일본서기』에 가마다를 신라 간첩으로 기록한 것은 이렇게 함으로써 백제와의 복잡한 이중 관계를 숨기고 신라와의 갈등 관계를 부각시키는 편을 택한 것으로 보인다.

오랜 세월 동안 갖은 공작 활동을 한 뒤 그는 잡히고 말았다. 백제를 위해 왜의 군대를 움직이게까지 한 뒤였지만 또 다른 은밀한 공작을 수행하다가 마침내 덜미를 잡힌 것으로 보인다. 어쩌면 왜에서 이미 상당한 위치에 있는 그를 잡았을 때는 보다 중요한 계획이 있었을 테고, 그 과정에서 이중간첩 역할을 하고 있던 가마다를 제거해야 할 필요가 있었을 것이다.

그런데 그는 왜 왜병을 파견하는 공작을 성사시킨 것으로 만족하지 않고 몸소 신라에 들어갔을까. 혹시 도모에 때문이 아니었을까. 궁궐에 속한 공방의 끄나풀들로부터 도모에에 관한 소식을 듣고 있었을 테니, 도모에가 조수압의 공작으로 이미 험한 지경에 처했거나 신라 왕의 총애를 잃었다는 것을 알았을지도 모르고, 그런 소식을 들은 가마다는 바다를 건너지 않을 수 없었을지도 모른다.

연구와는 하등 상관없는 첩자의 개인사에 지나친 관심을 쏟고 있는 것을 알고 있었지만, 그는 조금 더, 조금만 더, 하며 끊지 못하고 있었다. 여자에 대한 자심한 사랑이 뒤늦게 바다를 도로 건너게 했을까. 여자를 데리고 나오다가 잡혔을까, 혼자 나오다가 잡혔을까. 잡히면서 무엇을 생각했을까. 이제 영영 끝이구나, 가슴에 피가 맺혔을까, 차라리 홀가분해했을까. 내 역사가 끝남으로써 내 역사에 속한 사랑도 끝나는구나 했을까. 이것은 천재지변에 속하는 일이므로, 그로서는 어찌해 볼 도리가 없었을 것이므로 가뿐히 손을 털었을까.

그는 박물관 뜰을 천천히 가로질러 연구동으로 들어갔다. 진우와 중서가 얘기를 나누며 나오다가 그를 보고 손을 들었다. 이런 제길, 그는 자기도 모르게 투덜댔다. 마지못해 손을 들어 인사를 해 주었다. 언제부터인가 없던 버릇이 생겼다. 예기치 않게 사람을 만나면 뒷굽을 끌며 걷는 속도를 늦추게 된 것이다. 그건 특히 왼발이 심해서 굽이 닳는 모양새가 달라 똑바로 서면 한쪽으로 기울 정도가 됐다.

"자네 논문이 논쟁을 일으킬 것 같아."

중서의 말에 진우가 토를 달았다.

"사실 그 논문도 완전하다고 할 수는 없지만 달라붙는 사람이 많으면 후속 연구가 이루어지겠지."

중서가 다시 말을 받았다.

"의문을 제기한 것이니까 당연한 거 아냐? 당분간 연구가 쏟아질 것 같군. 잘된 일이야."

"보완을 좀 해야 할 거라고 나도 생각하고 있어."

반박을 해 오거나 동조를 해 오거나 그에 대응하기 위해서는 백제와 고구려 와당에 대해 더 치밀하게 연구할 예정이었다. 그의 논문에 대한 얘기가 다 끝나지도 않았는데 진우가 보존실에 새로운 물건이 들어왔다고 자랑을 했다.

"서해 앞바다에서 건진 청자가 열 점이나 왔어. 이건 정말이지, 흠도 없고 말이지, 최고야."

그는 심드렁했지만 도굴 사건이 더 이상 오르내리지 않는 것만으로도 여유가 생겨서 흥분한 진우와 중서를 따라 우르르 보존실 계단을 오르는 데 끼었다. 문화재청이 도굴꾼들에게서 압수한 유물들인데 열 점이나 가져온 걸 보니 진우의 능력도 새삼스러웠다. 주발과 대접들이 기다란 탁자 위에 줄지어 놓여 있었다. 12세기 전남 지방에서 제작되어서 개성으로 옮겨지던 도중 좌초한 배에서 건져 올린 것이라고 했다. 다들 보존 처리 도중에 있는 것들이라 함부로 만질 수는 없었다. 푸른빛이 온전한 것도 있었지만 대개는 아직 붉은 더께가 달라붙어 있었다. 그는 흥이 나서 설명하는 진우 뒤편에 조용히 서 있다가 살그머니 물러나 나왔다. 도굴품이라는 게 또 그의 기분에 거슬렸다.

연구실에 들어가려다가 실장과 마주쳤다.

"대전에서 와당 관련 세미나가 열릴 예정인데 자네 이름 올릴까 하고 찾았네."

그는 고맙다는 말 대신 이를 강하게 물고 고개를 크게 한 번 숙였다. 그것 한 번에 턱이 한층 강인해진 느낌이었다. 실장은 웃으며 어깨를 두드려 주고 돌아갔다. 그는 턱을 쩍 벌려 위아래가 어긋나게 움직이며 자리에 앉았다. 실장이 벌써 추천할 정도면 얼마나 많은 사람들이 알고 있을까, 궁금했다. 한편으로는 실장이 대수롭지 않게 넘기는 걸 보면 그저 새로운 학설로 본 것일 뿐이지 다른 뜻이 있어 보이지는 않아 마음이 놓이기도 했다.

그는 학예사들이 올린 경과 보고서를 검토하고 실장에게 결재를 올렸다. 언제나 다름없이 시간을 따라 진행되는 일상은 사람을 편안하게 했다. 그는 와당 관련 세미나 자료를 찾으러 박물관 도서실을 열람했다. 중앙박물관에 있는 자료를 찾아 목록을 작성하고 현재 발굴이 진행 중인 지역을 몇 군데 확인하고 테마에 맞는 발굴 현장을 다시 찾아보았다. 부소사 절터가 눈에 띄었다. 며칠 내로 다녀와야 할 것 같았다. 중앙박물관에 갈 일정까지 잡으니 하루도 비지 않고 꽉 찼다. 아무래도 바쁜 것이 낫지, 그는 중얼거렸다.

승기가 그의 칸막이 안으로 얼굴을 불쑥 들이밀었다. 말없이 눈살을 찌푸리고 미간을 바짝 당겨 무언가 의심쩍다는 표정을 분명히 전달하려는 것 같았다. 그는 당당히 마주보려 했지만 눈길이 떨리는 걸 어쩔 수 없었다. 그의 머릿속으로 몇 가지 짐작이 휙휙 스쳐 지나갔다.

"고구려박물관 유물 말입니다. 위품이라고 하셨습니까?"

그거였구나. 심장이 멎을 듯했다. 손도 얼굴도 몸도 전혀 움직여지지 않았다. 입을 여니 목구멍에서 가느다란 피리 소리가 새어나왔다.

"그래, 자세히 보니 모조품이더라고."

"그게 사실입니까? 어딜 봐서 그렇단 말입니까? 하도 궁금하기도 하고 정말 보고 싶기도 해서 며칠 전에 보고 왔는데 그거, 진품입니다. 우리가 발굴했던 바로 그거라고요. 보관 상태도 아주 훌륭하고, 손상된 부분조차 하나 없더라고요."

승기가 독하게 쏘아보았다. 승기는 이미 내막을 짐작하고 있고 그렇다는 것을 확실히 전하려 했다. 현중은 그게 말이지, 나도 처음에는 진품이라고 생각했어, 그런데 깎인 면을 보니, 어쩌고 하면서 어물쩍 변명을 하려 했지만 승기는 그의 말을 끊어 버렸다.

"선배님, 그거 진품 확실합니다. 재감정해야 할 겁니다."

승기의 뒤통수에 대고 그는 기어 들어가는 소리로 말했다. 돌판을 깎은 연장이 의심스러웠어. 와당도 최근에 만들어진 게 역력했고. 위작 판정을 내린 근거로 만들어 둔 거짓말을 다 듣지도 않고 승기는 나가 버렸다.

승기가 한마디 찌르고 쌩하니 문을 열고 나가자마자 휴대전화가 바르르 울렸다. 그는 한동안 숨을 고르느라 메시지를 확인할 수 없었다. 문자 메시지는 경재에게서 온 것이었다. '누님 한국에 오신대요, 누님 오시면 확실하게 얘기하세요.' 멎은 듯했던 심장이 이젠 말을 달리기 시작했다. 얼굴 한 번 보지 못한 시간이 5년이었다. 먼 맨해튼이 어느새 바짝 다가와 있었다. 가슴에서 오랫동안 말이 달렸고, 가쁜 숨과 교차시키는 사이 베란다에 놓인 치미가 떠올랐다.

적어도 다섯 번은 떨어져서 박살난 치미. 안아 들면 두 팔 가득 꽉 차는 양감. 날렵하게 뻗어 오른 꼬리 쪽은 너무 여러 번 깨져서 손으로 만지면 기와 가루가 바슬바슬 묻어났다. 떨어뜨려 놓고 단 한 번도 제 손으로 집어 들지 않던 선영. 놀라는 시늉조차 하지 않던 선영이 돌아온다는 것이다. 단 한 번의 실수로 그에게서 멀찍이 떨어져 나간 그녀가 5년의 시간이 흐른 지금, 미진한 그 무엇을 다지기 위해 온다는 것이다.

선영은 내게 무엇을 물을 것인가. 나는 뭐라고 대답해야 할 것인

가. 선영에게는 무슨 말이든 확실하게 해야 할 것이다. 5년 전처럼 그냥저냥 보낼 수도, 내 곁에 있어라 할 수도 없을 것이다. 하지만 뭐라고 말할 것인가. 구차한 변명을 늘어놓을 것인가, 아니면 선영의 얼굴을 보고 그때 느낌대로 즉석에서 마음을 정할 것인가. 선영은 헤어지지 않겠다는 그를 다시 받아 줄 것인가. 받아 주지 않겠다고 하면, 그는 어떻게 해야 하는가. 그는 좀 질리는 기분이었다. 지금 벌어지고 있는 일들은 스스로 해결하기에는 너무 무거운 일들이었다.

선영을 생각하면 무작정 홍주의 품에 안기고 싶었다. 홍주라면 그에게 아무것도 묻지 않을 것이다. 나를 얼마나 사랑해요, 나를 위해 무엇을 할 수 있나요, 그 따위, 홍주의 입에서 나올 리 없다. 그는 홍주에게 전화를 하려다가 무슨 이유에서인지 멈칫했다. 교습 시간이라 전화를 받지 못할 거야. 그렇게 피곤한데 나를 만나러 오라고 하는 게 어째 찜찜하네. 문자 메시지나 보낼까. 오늘 저녁 너를 만나러 가고 싶어. 나는 어쩌면 서울로 떠나야 할지 몰라. 그는 지우고 싶을까 봐 바로 보내기 버튼을 눌렀다. 그리고 얼른 폴더를 닫았다. 답신은 오지 않았다. 괜히 마음이 놓였다. 못 받았을지도 몰라. 그놈의 문자 메시지는 다른 데로 날아가는 경우가 종종 있더라니까.

그는 망설이다가 경재에게 답신을 보냈다. '이승기가 눈치 챈 것 같아. 재감정해야 할 거 같다고 쌍심지를 돋우는데.' 조금 뒤에 전화벨이 울렸다. 경재가 긴장한 목소리로 곁에 누구 없는지 물어 왔다. 그는 자리에서 일어나 연구동 뒤뜰로 나갔다.

"되도록이면 승기 씨 마주치지 말고 변명도 하지 마세요. 무슨 방법을 찾아볼 테니……."

경재도 해결책이 바로 바로 떠오르는 건 아닌 모양이었다. 한참 동안 아무 말 없이 깊이 끓는 숨소리만 들려왔다. 그는 떨어진 석류를 자근자근 밟으며 경재의 답변을 기다렸다.

"형님이 뭔가를 내주고 흥정을 해야 할 거 같은데, 승기 씨가 쉬운 사람이 아니라서, 좀 더 생각해 봐야겠어요."

무언가 내주라고? 무얼 내줄 수 있을까? 내가 가진 게 뭐가 있어서.

비가 오는지 베란다 난간이 팅팅 울리는 소리가 났다. 그는 창문을 열었다. 비가 오려는지 몰아치는 강한 바람에 나뭇가지가 난간을 때리는 소리였다. 그는 젖어드는 뜰 아래를 한참 내려다보다가 문을 닫고 들어왔다. 행여 오늘 밤 홍주가 찾아올까. 찾아오면 확 품에 안을까. 그는 닫힌 문 앞에서 잠시 서성거리다가 뜨거운 차를 챙겨 자리로 돌아왔다.

고전에는 머리를 때리는 말이 아주 많다. 그는 허구한 날 머리를 두들겨 맞는 기분으로 작업을 하고 옛 서적을 읽어 댄다. '다른 사람과 결속한다는 것은 다른 사람이 내 역사 속으로 들어오는 일이다.' 그는 고개를 들고 빈 벽을 쳐다보았다. 홍주, 너는 내 역사의 일부가 되었는가. 나는 너의 역사에 기록될 인간인가. 그럴 리 없겠지. 그는 가슴이 아팠다. 슬펐다. 가마다가 끝났으니 가마다도 내 역사에서 지워진 것인가. 홍주를 영영 지워야 하나. 나는 또 홍주에게 칼을 휘둘러야 하나. 그 짓을 되풀이해야 하나.

그는 선영에게 전화해야 한다고 생각한다. 서울에 오면 바로 올라갈게. 오랜만에 만나면 다들 좋을 거야. 보고 싶기도 하고. 그는 그렇게 전화하고 싶었다. 좀 웃으면서, 웃음이 나올 리 없겠지만. 그렇다면 선영은 내 역사의 일부인가. 내 역사 속에는 전쟁터만 있어서 누군가 편안히 머물기엔 좀, 마땅치 않을지도 몰라, 그는 자조했다.

그녀, 겨울냉면

　그는 살며시 문을 열고 들어갔다. 홍주의 앞가슴에서는 기름진 땀이 번들거렸다. 그녀는 빠른 곡의 춤을 추고 있었다. 곡이 끝나자 그에게 눈인사를 건네고는 수강생들에게 다음 동작을 가르쳤다. 웹스핀 앤 보터포고라는 동작이에요. 알아듣기 어려운 명칭을 말하면서 여자 수강생을 붙들고 남자 스텝을 가르치고 다시 남자 수강생을 붙잡고 여자 스텝을 가르쳤다. 여자가 남자 주위를 빠르게 돌다가 마주 보자마자 양 다리를 번갈아 옆으로 쭉쭉 뻗는 동작이었다. 다리를 뻗으며 엉덩이를 한 번씩 살랑살랑 쳐올리는 것까지 곁들여야 해서 무척 경쾌해 보였다.
　그녀는 느리게 반복해서 시범을 보이고 다시 몇 사람을 붙잡고 춤을 춰 줘 동작을 익히도록 했다. 그러고는 수강생들끼리 연습하라고 하고 활짝 웃으며 다가왔다. 가까이 보니 오일을 발랐는지 송골송골 맺힌 땀이 탱크 톱 속으로 동그르르 흘러내렸다. 그녀가 숨

280

이 차게 물었다. 왜 왔어요, 부르면 달려갔을 텐데. 그는 그녀의 젖은 목덜미를 바라보며 대답했다. 내가 달려오고 싶었어.

그는 홍주와 함께 교습소를 나오면서 문에 나붙은 시간표를 가리켰다. 시간표는 하루 일곱 시간씩 빼곡하게 짜여 있었다. 정말 이렇게 많이 뛰는 거야? 홍주는 땀에 젖은 얼굴로 자랑스럽게 고개를 끄덕였다. 그럼요. 그는 고개를 절레절레 흔들었다. 이러다 쓰러지는 거 아냐? 그녀는 웃으며 말했다. 보다시피 튼튼해요.

그는 드러누운 그녀의 다리를 문질러 주었다. 그녀는 간지럽다며 다리를 털기도 하고 몸을 두어 바퀴 돌려 도망치기도 했다. 피곤하겠다, 주물러 줄게. 그는 그녀를 잡아당기며 엎드리게 했다. 맙소사, 그녀의 등짝 가득 부항 자국이 찍혀 있었다. 그럼 그렇지, 도망치지 않을 수가 없을 거야. 이렇게 힘들게 일하고 있다니. 그나마 다리가 튼튼한 게 다행이지. 그는 그녀의 친구에게 화가 치밀어 오르기 시작했다. 이렇게 부려 먹으면서 뭐, 제가 아니면 홍주가 있을 데가 없다고? 당장 그만두라고 말하고 싶었다.

"이거 뭐야. 이렇게 힘들면 시간을 줄여 달라고 해. 그렇지 않으면 다른 데로 가겠다고 하든가."

그는 손바닥을 쫙 펴서 그녀의 등짝을 문질렀다.

"그건, 일종의 월말 행사예요. 월말과 주말이 겹치면 이상하게 몸이 근질거려요, 언제부턴가 버릇처럼 월말엔 부항을 떴어요. 그렇게 하고 나면 시간도 잘 가지만 왠지 개운한 기분이 들어요."

행사는 무슨 행사. 일주일 동안 혹사당하고 몸이 무거우니 그렇게 시작했겠지. 아무렇지 않은 척 말하는 습관은 여전했다. 하지만 월말과 주말이 겹친 날 스산한 시간을 함께할 아무도 없다면 그 시간을 견딜 어떤 습관을 만든다는 점은 충분히 이해할 수 있었다. 그건 독신자들이 명절을 싫어하는 이유와 같을 것이다. 하지만 역시 부항 뜨기를 취미로 갖는 건 썩 받아들이기 어려운 일이었다. 대부분의 사람들이 하듯 주말을 즐기는 온갖 방법들이 있지 않나. 등산이며 여행, 스파를 즐기거나 하다못해 요가며 마사지까지. 하필 부항을 뜨며 주말을 보내고 어딘가 목적도 없이 서성이는 건 왠지 모르게 꺼림칙했다. 그녀의 스산한 주말이 너무 미안했다. 그의 주말에는 경재도 스쳐 가고 선영도 스쳐 갔다. 가진 사람은 여전히 가진 사람이었다. 아무것도 갖지 못한 홍주에게 난 무엇을 줘야 하지. 겨드랑이 아래서 그의 가슴을 만지작거리는 그녀의 등을 쓰다듬으며 물었다.

"그리고 뭐했어? 이틀 내내 부항만 뜨고 있지는 않았을 거잖아."

"엄마가 다녀갔어요. 밥을 해 주고 갔어요. 엄마가 난 그냥 누워 있으래요. 엄마 혼자 요리를 했어요. 내가 제일 좋아하는 보들보들한 잡채하고, 냉면을 만들어 줬어요."

엄마가 왔다고? 게다가 가을도 깊어 가는 계절에 냉면이라.

"냉면을 좋아하나 보네. 냉면 먹기엔 좀 추운 느낌인데."

"면으로 된 음식은 다 좋아해요. 두툼한 밀가루 반죽에서 실처럼 가늘게 뽑아낼 생각을 했다는 게 참 신기하잖아요. 어떤 사람이 맨 먼저 면을 만들기 시작했을까. 음식 중에서 가장 독특하다고 생각해요."

그는 그녀의 얘기를 들으면 언제부턴가 슬슬 불안해지기 시작한다는 것을 깨달았다. 자기도 모르게 그냥 들어 넘겨도 되는 말인지 다른 뜻이 숨겨진 말인지 가려내려고 신경을 곤두세우곤 했다. 엄마가 다녀갔다니, 그녀와 엄마는 그사이 화해를 한 것일까. 아무리 상처가 심하다 한들, 엄마니까, 서로 용서하지 않았을까. 정말 그랬다면 그녀의 가슴은 씻은 듯이 나았을지도 모른다. 그는 겨드랑이 밑에서 얘기하고 있는 홍주를 내려다보았다. 홍주는 면발을 잡아당기듯 그의 젖꼭지 둘레에 난 긴 털을 잡아당기며 조잘거리고 있었다. 그걸 보자 문득 그녀가 또 거짓말을 시작하고 있는지도 모른다는 생각이 들었다. 어쩌면, 거의 7센티미터가량은 될 그의 젖꼭지 털을 만지면서 자기도 모르게 냉면과 잡채가 떠올랐는지도 모른다. 언제였는지 홍주가 그걸 보며 여기 털이 이렇게 긴 사람은 처음 봐요, 했던 말이 기억났다. 그리고 그의 옆에 누우면 언제나 털을 잡아당기는 버릇이 생겼다.

"엄마가 해 주는 잡채는 면발이 유난히 보드라우면서도 가늘고 탄력이 있어요. 냉면에 토마토를 잘라서 올리는 것도 여전했고요."

그녀의 등을 쓰다듬는 그의 손에 힘이 들어갔다. 엄마가 다녀갔다는 것이 거짓말이라면……. 엄마의 음식을 가끔씩 떠올리는 그녀의 심정이 어떨지 그의 가슴이 꽉 메어 왔다. 그는 그녀를 지그시 끌어당겼다. 그녀의 얼굴이 그의 가슴에 닿았다. 참, 뭐라고 할 말이 없었다. 그렇게라도 해서 엄마를 기다리는 그녀. 도대체 이 여자에게 뭐라고 말을 해야 하지? 이런 여자를 어떻게 떠나야 한다지. 엄마에 관한 한 고등학생에서 전혀 더 자라지 않은 여자였다.

손아귀 가득 그녀의 어깨를 쥐고 끌어당겼다. 그녀의 숨이 혹하고 목덜미에 끼쳤다. 의식이 아득해지려는 순간, 뭔가 아귀가 맞지 않는다는 생각이 번뜩 들었다. 한 번 든 의심은 어쩔 수 없이 그녀의 말에서 빈틈을 찾아냈다. 그 먼 일본에서 다니러 왔는데 겨우 주말에만 머물다 갔다, 그것도 듣자 하니 일요일 하루가 아닌가. 그 짧은 시간에 둘이서 화해를 했다? 뭔가 미심쩍은 기분이 들었다. 이토록 허술한 여자라니. 일본에서 오셨어? 라고 물어야 하나, 그는 망설이다가 다르게 물었다. 이제는 수수께끼를 푸는 걸 넘어서 빙빙 돌려가며 심문을 하는 기분이 들기 시작했다. 가슴 아픈 것과 함께 호기심이 드는 것도 어쩔 수 없었다. 그러면서 그가 눈치 챘다는 것을 그녀가 알아채지 않도록 손은 계속 그녀의 어깨를 다독거렸다.

"밥 해 주고 그냥 가셨어?"

얘기를 하느라 조금씩 들썩거리던 그녀의 머리가 멈칫했다. 아, 쇼핑을 했어요. 그녀는 빠르게 덧붙였다.

"이불을 하나 사 줬고요, 겨울 코트도 사 줬어요. 내 방 바닥에서 주무시고는 방이 춥다고 이불을 사 주셨어요. 연한 보라색과 자주색이 섞인 이불이에요. 나도 엄마에게 겨울 스웨터를……."

그는 그녀에게 입을 맞춰 버렸다. 그녀의 말이 중간에 끊겼다. 이쯤 되면 사실인지 거짓인지를 떠나서 엄마가 돌아간 얘기를 해야 할 것이고, 그녀는 상상 속에서일지라도 고통을 겪을 수밖에 없을 테니까 더 이상 말하게 하고 싶지 않았다. 그녀의 말을 듣고 있으니 자신이 너무 나쁜 놈이라는 생각이 들었고 갑자기 격렬한 감정이 솟구쳤다. 게다가 그녀가 계속 젖꼭지를 간질이고 있었기 때문에 발바닥이 쩌르르 했고 그도 그녀의 젖꼭지를 만지작거리다 보니 더이상 참을 수가 없기도 했다. 그는 그녀를 눕히고 몸을 꽂았다. 그는 자신을 제어할 수 없었다. 그녀를 행복하게 해 주려는 마음도 그의 격한 감정을 넘지 못했다.

그녀는 고양이처럼 자지러지며 간신히 말했다. 못이 깊이 박힌 거 같아. 꼼짝할 수 없어. 그녀는 엉덩이를 들어 올리려 했지만 중심이 깊이 박힌 탓에 다리만 버르적거렸다. 마침내 그녀가 다리를 들어 그를 감아 꽉 끌어안자 그는 더욱 깊이 들어갔다. 그 순간 그녀가 몸을 빳빳이 뻗으며 소리를 질렀다. 소리는 짙은 어둠을 찢고 갑작스레 그녀의 얼굴을 비췄다. 그는 눈을 번쩍 뜨고 그녀를 내려다보았다. 붉은 이마 아래 속눈썹 사이로 눈물이 부글부글 끓어오르더니 주르륵 넘쳐흘렀다. 그가 그녀의 눈물을 핥아 주려는데 그녀의 깊은 곳이 그를 강하게 밀어냈다. 방심한 그는 순간 허방으로 툭 떨어지는 느낌에 깜짝 놀랐다. 마치 허공에 대롱대롱 매달려 가슴께를 겨우 걸치고 있는 것 같았다. 그는 급히 아랫도리를 밀쳐 넣어 그녀와 완전히 결합해 있다는 안정감을 얻고자 했다.

그녀의 어깨를 움켜쥐고 더욱 강하게 쳐들어가던 그는 다시 이상한 느낌이 들어 멈칫했다. 살그머니 눈을 뜨고 그녀 얼굴을 내려다보았다. 그녀의 얼굴에는 이제 아무 표정이 없었다. 그는 순간적으로 이번이 마지막이라는 느낌에 사로잡혔다. 안타깝기도 하고 슬프기도 하고 화가 나는 것 같기도 한, 이상한 감정에 치받쳐 더욱더 깊이 그녀의 몸속으로 들어갔다. 그러자 벌을 받아야만 한다는 죄책감이 강하게 밀려왔다. 그는 그녀의 손을 잡고 소리쳤다. 내 뺨을 갈겨 줘, 어서! 그는 자기 뺨을 찰싹 갈기며 몸을 격하게 움직였다.

그녀가 갑자기 몸을 빳빳이 뻗더니 손톱으로 깊고 길게 할퀴며 소리를 질렀다. 그녀의 눈과 몸 깊은 곳에서 뜨거운 물이 왈칵왈칵 쏟아져 그의 음모를 흠뻑 적셨다. 그는 뜨거운 그녀의 물을 뒤집어 쓰며 더욱 파고들었다. 그녀의 엉덩이를 꿰뚫고 등뼈를 타 올라가고 싶었다. 나를 때리라니까! 너를 나를 벌해야만 해. 그는 울컥거리며 몰려나오는 그녀의 눈물과 액체로 뒤범벅이 되어 온몸을 그녀 몸에 마구 문질러 댔다. 그녀는 마침내 자지러지듯 마지막으로 물을 쏟고 눈을 꼭 감아 버렸다. 그녀는 끝내 그를 벌하지 않았다.

그들은 물구덩이에 빠진 것처럼 흠뻑 젖었다. 시트가 너무 젖어 있어서일까. 그는 몸이 거름종이가 된 것 같았다. 그때껏 악착같이 담고 있던 무언가가 조금씩 조금씩 빠져나가는 것 같았다. 손가락 새로, 겨드랑이 새로, 가랑이 새로. 사지를 바짝 붙여 보려고 해도 움직일 수가 없었다.

그녀도 한참을 움직이지 못했다. 폐부에 남아 있는 숨을 다 몰아 낼 듯 깊은 숨만 쉬고 있었다. 그가 찬물로 몸을 헹구고 와서 다시 누울 때까지 그녀는 탈진한 사람처럼 모로 누워 있었다. 젖은 얼굴 에 머리카락이 감겨 있었다. 그는 차디찬 손과 음부를 그녀의 엉덩 이에 밀착시켜 지그시 눌렀다. 아, 그녀는 고개를 뒤로 젖히며 비로 소 깨어났다.

"난 가끔 물에 빠졌던 때로 되돌아가요. 언젠가 자고 났을 때 난 눈을 뜰 수도, 말을 할 수도, 손가락 하나 까딱할 수도 없었어요. 마 치 물에 빠져 가라앉고 있는 것 같았어요. 손을 휘적거려 무엇이든 걸리길 바라고 다리를 허우적거려 보지만 아무것도 닿는 게 없어요. 푸를 것이라 생각했던 물속은 거무튀튀할 뿐이었어요. 두렵지도 않아요. 엄마 말처럼 그때 죽었어야 했으니까. 이제라도 죽는 것 같으니까, 기분은 괜찮아요. 물에서 건진 오빠, 제대로 된 봉분이 아니었어요. 아무리 가루 한 움큼이어도 그렇게 작은 무덤이어서는 안 될 것 같았어요. 그건 널 잊기로 작정했다는 부모님의 속내를 숨김없이 드러내 준 것뿐이었어요. 형식적으로 무덤을 만들고 그 앞에서 울고 있지만 엄마나 아빠가 나와 오빠한테 터뜨려야 할 분노를 그렇게 보여 줬다는 것, 난 다 알고 있었어요.

그때 하필 집중호우가 내렸어요. 공동묘지 경사 아래로 저수지가 새로 생길 정도로 비가 왔어요. 오빠 무덤은 비석도 없이 경사진 비탈 바로 그 윗자리였어요. 난 무덤이 떠내려갈까 봐 울어 대는 개구리처럼 울었어요. 아마 훨씬 오래전에…… 오빠의 무덤은 쓸려 내려갔을 거예요. 난…… 가 볼 수도 없어요."

그는 자기도 모르게 팔을 거두었다가 그걸 깨닫고 슬그머니 도로 팔을 뻗어 홍주를 안았다. 엄마가 왔다는 말은 다 거짓이었다. 엄마와 화해를 했다면 이런 슬픔은 거두어졌을 테니. 이런 여자와 함께 살 수 있을까. 그는 몸의 어딘가가 저려 오는 것을 느꼈다. 공포는 사랑을 버리게 해, 라던 그녀의 말이 기억났다. 그에게 돌아올 때는 그 공포를 이겨 낼 자신이 생겼던 것일까. 홍주는 그토록 험한 일을 당하고도 모든 것을 다 쏟아서 사랑했다. 몸이 부르면 달려오고 가라 하면 모래를 품은 바람이 얼굴에 튀어와 박히는 밤거리로 혼자 무겁게 걸어 나가고. 그것은 경험도 학습도 간섭하지 못하는 천성의 세계다. 그 무엇으로도 훼손시키거나 변형시키지 못할 그 멍청하고도 폐쇄적인 세계를 지켜봐야 하는 것도 그는 괴로웠다. 그는 자신의 공포가 두려웠다. 영혼과 육체가 서로에게 등을 돌린 찰나, 그 잠깐의 틈을 파고든 여자. 영혼과 육체가 다시 제자리로 돌아오면 여자를 버려야 할지 모른다. 그는 이제 자신이 공포를 느끼고 있다는 것을 알았다.

사랑을 버리고 권력을 택한 퀸 엘리자베스가 있는가 하면 불안한 권력을 지키기 위해, 다시 말하면, 죽임을 당하지 않기 위해 사랑이고 뭐고 돌아볼 겨를도 없이 피의 대청소를 감행한 블러디 메리와 같은 여자도 있고, 다시 말하면, 공포 때문에 사랑을 버렸던 여자였고, 사랑을 위해 스스로 스파이가 되었던 조세핀 베이커도 있다. 사랑이 얼마나 공포스러우면 사랑을 버리고 피를 택할까. 그는 어렴풋이 알 것 같아서 슬퍼졌다. 그런가 하면 강을 건너와 몸을 숨기는 오자서에게 밥을 주고 강물에 제 몸을 던진 이름 없는 여자도 있다. 그렇게 금방 떠날 작자에게 밥을 주고 몸을 주는 여자가 있다. 충분한 대가도 누리지 못하고 떠나야 하는 여자들이 있는 것도 현실이다.

그런 여자들, 그는 다 빠져나가 텅 빈 몸으로 그가 알고 있는 어리석은 여자들을 모두 떠올려 보려고 애쓴다. 그리고 그런 여자는 홍주 하나가 아니라는 것으로 위안을 삼고자 한다. 카미유 클로델, 가마다의 여자, 그리고 또……. 그러나 한참 동안 머리를 뒤적거리던 그는 그런 여자는 사료에 거의 남아 있지 않다는 것을 깨달았다. 그래서 어리석은 거다. 그렇게 사라져 간 여자들을 대체 역사가 그리워할 필요가 있겠는가 말이다. 그는 홍주를 위로하고 싶어도 껴안을 수 없었다. 그는 두려워졌다. 그토록 뼈저린 과거를 가진 여자를 어떻게 쉽사리 위로할 수 있겠는가. 핑계라 해도 좋다. 아니, 핑계일 것이다. 대단한 핑곗거리가 생긴다면, 차라리 나을 것이다.

그는 잠 속에서 은밀히 사건이 일어나길 바란다. 그가 스스로 떠나지 않아도 떠난 상황이 되도록 무슨 천재지변이라도 생기길 바란다. 내가 어쩌지 못하는 일을 천재지변이 대신해 주는 것은 얼마나 다행스러운 일인가 말이다. 이를테면, 그녀가 일본으로 간 사이 지진이라도 일어나서 제때 돌아오지 못하고 그는 마침 서울로 발령을 받는달지. 하긴 아무리 그래도 연락이야 가능할 것이니 마음이 남아 있는 한 천재지변도 어쩌지 못 할 것 같긴 했다.

보다 현실적으로는 그녀가 극적으로 엄마와 화해해서 일본으로 건너가는 것이 있겠다. 그녀의 엄마가 일본에 있다는 것을 가정한 것이긴 하지만. 엄마에게 돌아간다면 그의 마음이 그나마 좀 가벼울 것 같다. 하긴 돌아가는 상황을 보니 그가 어딘가 먼 시골로 가게 되는 것은 피할 수 없을 것 같다. 그러면 발령의 형식을 빌린 이별이 가능할지도 모른다. 그는 사랑이 스스로 떠날 수 없다는 것을 안다. 그러므로 천재지변이, 중요한 사건이 그의 비겁을 가려 주길 은밀히 바라고 있는 것이다.

그는 잠결처럼 그녀에게로 돌아누우며 어깨를 감쌌다. 그러고는 잠에 떨어져 가는 목소리를 흉내 내며 말했다.

"알고 있을지 모르지만, 일이 너무 복잡하게 됐어. 아주 힘이 드네……. 선영도 돌아온다고 하고……."

말해 놓고 금세 걱정이 됐다. 그래서 얼른 덧붙였다.

"난 멀리 떠나야 할지도 몰라."

너에게 따라오라고 말할 수가 없어, 라고 변명하고 싶었다. 그러나 무엇이 막았는지 그렇게까지는 말하지 못했다. 한참 동안 대답이 없었다. 그는 그녀의 어깨와 등을 쉼 없이 어루만졌다. 그렇게 해서라도 자기를 용서하고 싶었다. 어둠과 침묵이 부담스러워질 즈음, 엄마에게 갈 가망은 전혀 없는가 궁금해졌다. 그래서 그저 묻는 말이니 잠들었으면 대답하지 않아도 된다는 듯 들릴락 말락 하게 물었다.

"엄마가 오라고 하면 갈 거야?"

홍주는 여전히 대답이 없었다. 그러나 잠이 들었을 때의 무심한 숨소리도 들리지 않았다. 그는 더 이상 물어서는 안 되는지 알면서도 뭐라고 대답하는지 듣고 싶은 괜한 고집이 생겼다.

"엄마에게 가는 것, 어떻게 생각해?"

그녀는 역시 아무 대답도 하지 않았다. 그래서 그도 그냥 잠이 든 척했다. 엄마가 왔다 갔다는 것이 거짓말임이 분명해진 지금, 화해하지 못한 관계라는 것이 분명해진 지금, 그런 것을 묻는다는 게 어떤 속셈인지 들켰을 것만 같았다. 그는 홍주가 알아차렸을까 봐 더욱더 모른 체했다. 호흡이 불안해지지 않도록 다른 생각을 하려 애썼다. 그래 도모에가 있었지. 가마다가 잃어버린 여자.

흔적 없이 사라진, 도모에. 하찮은 첩자의 여자. 도모에는 아무리 찾아도 찾아지지 않을 거라는 걸 알고 있었다. 도대체 사료에 그 여자가 올라야 할 일이 없는 것이다. 아무리 사랑했어도 그 여자는 한낱 첩자의 쓰임을 받은 여자일 뿐이고, 설사 가마다가 그 여자를 소재로 '신라의 미소' 같은 기와를 빚었다 해도 그것은 도모에로 불리는 게 아니라 신라의 미소니 신라의 여인이니 하며 불릴 테니. 숨겨진 여자란 얼마나 끝끝내 잘 숨겨졌는지, 그게 중요한지 모른다.

그는 도모에의 흔적을 쫓을 생각을 그만둔다. 강력한 쇠뇌도 끝에 가서는 얇디얇은 노나라 비단조차 뚫을 수 없고, 회오리바람도 그 마지막 힘은 가벼운 기러기 털도 움직일 수 없다. 처음부터 강력하지 않은 게 아니라 끝에 가서 힘이 쇠약해지기 때문이다. 『사기』에 나오는 말이다. 사랑도 이와 같음을. 1000년 전, 2000년 전에도 마찬가지였다. 그는 가슴이 저려 왔다. 사랑이 그토록 나약한 것임을 그는 인정하지 않을 수 없었다. 사랑은 많은 반대를 무릅쓰게 할 수는 있지만 그것을 지속시킬 수 있는 힘은 없다.

걸러 낼 것 다 걸러 내 찌꺼기만 담은 몸으로 벌거벗은 채 잠이 들려다가 실없이 웃음이 나왔다. 웃기는 일이었다. 다 늦게 무슨 사랑 타령일까. 예쁘면 얼마나 예쁠 것이며 멋있으면 뭐 얼마나 멋질 거라고, 닭이 볏을 세우듯 그리 우스꽝스럽게 폼을 잡는 것인지. 그렇게 자기들의 사랑을 비웃다가 허탈하게 멈추곤 했다. 그래도 그 사랑을 도망가지 못하게 잡으려는 건, 살고자 하는 간절함이겠지. 그는 바람 빠지는 소리를 내며 조금 더 웃었다. 홍주가 들었을지, 그건 모르겠다.

끝나지 않는 제의

「숨겨진 삼국시대의 첩자 이야기」 원고를 넘기고 나니 박물관은 또다시 특별전을 준비하느라 바빴다. 별다른 갈등 없이 중서의 고문서전으로 결정이 났다. 승기는 일이 있다고 서울로 올라갔다. 그는 승기가 무슨 일을 벌일지 몰라 애가 탔다. 목구멍에서 피리 소리는커녕 아무런 소리도 낼 수 없었다. 입을 열면 뜨거운 밭은 김이 새어 나왔다. 평생 이로 삼을 쪼개 실을 자아낸 사람처럼 이며 잇몸이며 온통 시큰거리고 아려서 입으로 하는 일이라곤 겨우 침을 다시는 것뿐이었다.

11시경, 장인이 사임했다는 소식이 들려왔다. 그리고 공석을 채우기 위해 곧 선거가 있을 예정이라는 소식도 함께 묻어왔다. 누가 뒤를 잇게 될 것인지 사람들은 모여 서면 수군덕거렸다. 그는 적임자라 예상되는 인물이 수시로 뒤바뀌는 것을 주워들으며 뒤꿈치를 들고 살금살금 연구원들 사이를 지나다녔다.

점심 식사 시간에 식판을 들고 줄 서서 기다리다가 배식을 받은 사람들이 한둘, 서넛 모여 앉는 것을 보고 텔레비전 오락 프로에서 벌이곤 하는 게임을 떠올렸다. 커다란 광장에 모인 사람들에게 질문을 던지고 맞는 답이라 생각되는 표식 아래로 모이게 하는 게임. 애매모호한 질문에 답은 선명한 오와 엑스. 우르르 엑스 표식으로 모여들었다가 작은 힌트에 다시 우르르 갈리는 모습들. 다시 한 번 던지는 장난 섞인 팁에 갈팡질팡하는, 때로는 한쪽 발만 걸치고 눈치를 보는, 가여운 사람들.

결국 사임하는 편을 택했구나. 그 수밖에 없었겠지. 대상이 좁혀들기 전에는 표적을 분명히 알 수 없기 때문에 고위직일 경우 문제가 커지기 전에 일단 사임하는 편이 유리할 것이다. 그러면 새로운 선거로 주의를 다른 곳으로 돌릴 수 있을 테니, 미봉책이지만 최선이었을 것이다. 어디선가 탐색은 계속되고 있을 테고, 그건 언제 어떻게 그들의 목을 옥죌지 모를 일이다.

그는 경재의 답변을 기다렸다. 그가 가져올 최선책을. 아홉 개의 목숨을 갖고 있다는 고양이처럼, 경재는 다시 살아날 방도를 알려 줄 것이다. 그러나 하루를 다 기다려도 아무런 연락이 없었다.

퇴근하기 직전, 메시지가 떴다. '승기와 만났음. 형님이 빠른 시일 내에 전근을 신청하시기 바람. 장리군 박물관에 자리가 있음.' '설득하느라 힘들었습니다. 형님도 좀 미안해하는 척이라도 하세요. 승기 씨 내려가기 전에 휴가라도 얻든가.'

기다렸던 소식이지만 가슴이 덜컹 내려앉았다. 한직에서 몇 년 동안 근신하고 있으라는 말이었다. 내심 어떤 심판도 달게 받겠다고 마음먹고 있었지만 막상 답을 듣고 보니 몸의 어느 한쪽을 뚝 떼어 버리는 것 같았다. 월왕 구천이 오왕의 마굿간에서 말을 돌보면서 훗날을 도모했던 것이 언뜻 떠오르려 했지만 그는 양심에 거리껴 얼른 지워 버렸다. 정정당당히 싸워 진 것도 아니면서 무슨 구천의 고사? 이만하길 다행이라 여겨야지. 경재의 메시지가 이어졌다. '다음 승진 기회를 승기에게 주십시다. 그는 그럴 만한 가치가 있으니까요.'

그럴 만한 가치? 정직하게 원칙을 지키며 살아온 사람이 마땅히 가져야 할 것을 이제야 갖는 것뿐이라고, 승기는 그저 지금까지 이뤄 온 성과를 인정받는 것뿐이라고, 승기가 언제나 주장하던 것을 우리 모두 수긍하자는 얘기였다. 그렇게 구렁이 담 넘어가듯, 이 태풍을 피해 보자는 말이었다. 아무튼 그 꼬장꼬장한 승기와 흥정을 해 내다니 경재가 대단하긴 대단한 놈인가 보지.

경재가 승기에게 간곡히 부탁하는 모습이 원치 않아도 생생히 그려졌다. 탁자 너머에 앉은 승기를 향해 마주 잡은 두 손을 눈에 띄지 않을 정도로 비비며 거의 무릎이라도 꿇을 자세였겠지. 승기 씨, 이왕 일이 이렇게 된 거, 뒤집어엎는 게 최선은 아니잖겠어? 여러 사람 살려 주는 셈 치고……. 떨리는 목소리로 그런 말을 주워 섬겼겠지. 나락의 끝에서 지푸라기 잡는 사람의 모습을 여실히 보여 줬겠지. 내가 해야 할 말을 경재가 하고 있었겠지.

승기는 어떤 표정, 어떤 대답으로 경재와 나를 모멸했을까. 그 얼굴을 경재는 어떻게 마주 봤을까. 나라면 승기를 끝까지 설득할 수 있었을까. 나에게라면 승기는 어느 정도까지 요구했을까. 눈에 냉기

294

를 가득 담고, 그것을 내 온몸에 뒤집어씌울 듯한 얼굴이었겠지. 그
리고 내가 진심으로 무릎을 꿇고 있다는 것이 느껴지지 않는다면,
그는 물러서지 않았을 테지.

그는 도저히 승기를 마주 볼 용기가 나지 않았다. 자신을 대신해
준 경재에게 가슴 깊이 고마움을 느꼈다. 그리고 경재의 제안을 승
낙하는 승기는 어떤 모습이었을지 상상해 보았다. 승기 씨, 우리도
승기 씨가 실장이 되는 게 옳다고 생각하고 있었어. 승기 씨가 이뤄
온 성과를 보면 누구라도 그게 순리라고 생각할 거야. 입술 끝을
삐죽이 내밀고 입 꼬리를 말아 올려 내내 경멸해 마지않는다는 표
정을 짓다가 실장 자리를 제안받고는 당연하다는 듯이 목을 빳빳
이 세우는 승기가 떠올랐다. 연이어, 자기도 모르게 멈칫하고서는
목을 움츠리며 한참 망설이다가 계속 이어지는 경재의 간곡한 청에
마지못한 듯 제안을 받아들이는 승기도 떠올랐다. 원칙과 정의는
그렇게 밀실에서 이루어지는 게 아니라고 언제나 소리 높여 외치던
승기는 어떻게 그 제안에 수긍했을까.

어차피 조직에 몸담은 사람, 조직을 불명예로부터 살리는 것이
자신에게도 유리하다는 것을 그 자리에서 인정했을까. 아니면 제안
을 덥석 받고 나서 스스로를 합리화했을까. 승기는 도대체 어떤 심
정으로 그 제안을 받아들였을까. 그는 가슴이 너무 답답했다.

'저도 멀리 떠납니다.'

경재의 메시지가 다시 떴다. 그는 잘 알았다고 한마디만 날리고
받은 메시지를 모두 지우며 중얼거렸다. 떠나기는, 도망치는 거지.
그래, 되도록 빨리 도망치자. 아무의 눈에도 띄지 말고.

해 질 무렵, 그녀의 미야코지마

그는 집에 들어서자마자 외투도 벗지 않고 유리 장을 열었다. 레드와인 한 잔 분량을 유리 포트에 따랐다. 거기에 설탕 한 스푼, 레몬 작은 조각, 통계피 한 조각을 넣었다. 포트를 가스 위에 얹고 푸른 불꽃 위의 검붉은 와인이 데워지는 것을 바라보았다. 끓기 직전에 불에서 내려야 하므로 검붉은 액체를 초조하게 지켜보았다. 오금이 당겼다.

불꽃과 액체를 번갈아 바라보면서 승기에게 남아 있는 감정을 지우고, 내일 만나야 할 선영을 잊고, 선영의 아버지도 지웠다. 지쳐버린 머릿속은 선영을 만나 해야 할 이야기를 생각할 수조차 없었다. 우선 이것부터 좀 마셔서 속을 데우고 싶었다. 와인이 보글보글 끓어오르려 하자마자 얼른 불을 껐다. 그리고 따끈한 와인을 잔에 따랐다. 계피의 진한 향 때문에 눈이 따끔거리는 걸 참고 호호 불며 마셨다.

마치 선술집에 급히 들어온 사람이 손바닥으로 바를 두들겨 주인을 부르고, 부스스한 머리에 나른한 눈을 겨우 뜬 주인은 주문을 받지도 않고 막 데워진 뜨끈한 와인을 건네는, 그런 스산한 밤 같은 밤. 계피 넣은 와인은 손끝까지 찡끗찡끗, 저릿저릿하게 뻗쳤다. 추운 거리에서 떨다가 불을 오래 지핀 여행자용 숙소에 들어가 홍주를 꽉 끌어안고 가슴에 손을 집어넣으면 손끝부터 온몸을 관통하는 듯한 저릿함이다.

맵고 뜨겁고 진하게 단 와인을 마시며 그는 추운 데서 막 들어온 사람처럼 몸을 떨었다. 긴장해 있던 목덜미가 간신히 녹기 시작했다. 뻐근하던 어깨도 조금씩 풀어졌다. 다리 힘이 좍 풀려 서 있을 수가 없었다.

그는 반 잔 정도 선 채 마시다가 책상에 털썩 주저앉았다. 습관처럼 네티즌들의 반응을 살피다가 무심코 열어 본 메일함에 홍주의 편지가 도착해 있었다. 그는 남은 와인을 급하게 삼키다가 사레가 들고 말았다. 캑캑거리느라 눈물이 맺힌 눈으로 편지를 읽었다.

'미야코지마에 왔어요. 겨울이 되면 일본에 와요. 여긴 참 따뜻하거든요. 엄마가 이젠 떠나지 말래요. 해변에 노을이 지고 있어요. 아름다워요.'

온몸에 힘이 쫙 빠져서 등받이에 털썩 몸을 던졌다. 결국 이렇게 됐는가. 홍주마저 떠나고 말았는가. 아니, 떠나게 했는가. 내가 결국 홍주를 버리고 말았는가. 따뜻한 미야코지마에 가 있다고 하지만 그 말을 그대로 믿을 수 없었다. 너무나 잘 알고 있지 않은가, 그녀의 거짓말을. 그녀는 지금 어디에서 푸른 하늘을 덮는 노을을 보고 있단 말인가. 먼지를 말아 올리는 거친 바람이 부는 부두, 난방을 시작해서 공기가 탁한 선탠실, 그도 아니면 손님 하나 들지 않는 휑한 클로렐라 판매점.

맵고도 뜨겁던 와인은 그새 식어 버렸다. 그는 그녀에게 따끈한 와인을 만들어 주고 싶었다. 겨울 내내 데운 와인을 먹으며 미야코지마를 잊자, 너 없이 나더러 어떻게 이 추운 데서 지내란 말이냐, 어서 돌아와, 그런 답장을 쓰려고 했다. 하지만 아무 말도 쓰지 못하고 한참을 망설였다. 그런 말을 쓰고 감당해야 할 뒷일을 걱정해서만은 아니다. 그 밤, 그렇게까지 참혹하게 만들어 놓고 이제 와서 후회스러워서만은 아니다. 그녀는 정말 어디에 있는가. 그녀가 미야코지마에 있다면 차라리 낫겠다. 그녀가 그 따뜻한 해변에 있는 게 확실하다면 그의 곁에서 데운 와인을 먹는 것보다 훨씬 나을지도 모른다. 하지만 그가 이렇게 불안하고 초조한데 그녀가 잘 있을 것 같지 않았다. 그는 그녀의 갑작스러운 결정이 무엇을 뜻하는지 몰라 두려웠다.

사랑은 살에서 벌어지는 일이다. 나트륨과 칼륨이 미세한 차이로 서로에게 감응해서 세포막을 넘나드는 것처럼 끊임없이 서로에게 감응한다. 그러니 하찮은 한순간도 하찮지 않다. 온몸의 세포가 낯선 세포에 대응해서 일시에 나트륨을 방출하는 일은 언제고 생길 수 있다. 하찮아 보이는 세포 속의 변화를 서로는 감지한다. 상대의 작은 변화는 작은 세포에게 감당할 수 없이 커다란 변화일 수 있다. 아슬아슬하게 이룬 균형은 순식간에 깨어질 수 있다. 홍주가 그에게서 맡은 것은 그의 커다란 변화일 것이다. 그도 홍주의, 순식간에 식은 살에서 그것을 느꼈다. 그는 차갑게 식은 와인을 마시며 식은 계피 맛에 눈살을 찌푸렸다. 식은 계피는 가슴을 저리게 하지 못해. 아무 맛이 없지. 그는 핑계를 댔다. 한참 망설이다가 그래도 일단은 홍주를 불러 보았다.

'미야코지마에 갔을 거라고 생각은 했어. 하지만 간다고 말하고 가면 좋았을 텐데. 내가 좋은 선물을 해 줄 수도 있었을 텐데.'

그렇게 쓰고 보니 사이가 좋았던 동료, 혹은 친구에게 쓴 것 같았다. 이렇게밖에 쓰지 못하는 자신이 미워서 견딜 수 없었다. 그녀는 내게 어떤 존재였을까. 내 역사의 중간에 끼어들었던 잠깐의 여자. 그런데 왜 이렇게 가슴이 아프단 말인가. 그는 짧은 편지조차 보내지 못하고 집을 나왔다. 초겨울의 차가운 바람이 얼굴을 할퀴고 지나갔다. 그는 홍주의 교습소로 걸어갔다. 뺨이 얼얼해질 정도의 추위였다. 교습소 계단에서 한참 서 있었다. 문이 열리고 홍주든 친구든 누군가 나오기를 기다렸다. 그 누구든 만나면 무엇이든 알 수 있겠지. 그러나 그는 정말 누군가 문을 열고 나올까 봐 어느 순간 획 뒤돌아서고 말았다.

그는 추위에 오들오들 떨며 서둘러 길을 건넜다. 주먹으로 주머니 속을 파고들었지만 손은 여전히 차가웠다. 가마다는 가을에 풍랑이 이는 바다를 건너가다 잡히고 말았다. 차라리 잘 잡혔다고 생각했을지도 모른다. 이제야말로 영원히 이별할 수 있겠구나, 그래서 신라에 남은 여자를 잊을 수 있었을 것이다. 죽음 때문에 잊는 것이니 가마다의 죄가 될 수는 없었겠지. 가마다는 유배지에서 찬 별을 보며 죽어 갔을 것이다. 죽은 그의 손에 지푸라기 한 줌쯤 쥐어 있었을지도 모르겠다.

그는 한심하도록 뜨거운 여자들을 그리워하면서도 무서워했다. 무슨 일이 있어도 사랑을 배반하지 않는 여자들이 있다. 사랑이 스스로 떠날 수 없음을 아는 여자다. 그녀들이 배반하는 것이라곤 이미 그녀를 배반한 남자일 뿐, 그녀가 끝내는 것이라곤 이미 끝난 사랑일 뿐.

그는 서둘러 길을 걸었다. 너무 추워서 고개를 셔츠 깃에 파묻는데 어떤 냄새가 뭉클 느껴졌다. 그의 가슴에 얼굴을 묻은 거짓말쟁이 여자의 머릿내가 끼쳐 왔다. 그는 추위에 콧물을 훌쩍이며 홍주의 전화번호를 눌렀다. 다 떠난 마당에 홍주마저 떠나게 할 수는 없다. 아무 대책 없이, 그는 이미 바뀐 전화번호를 눌렀다.

---

*「슬픈 첩자」, 「첩자 부리기」, 「당신의 치미」, 「전략가들」 중 첩자에 관한 내용은 『우리가 몰랐던 삼국시대 스파이』(강준식, 아름다운책, 2004)에서 저자의 허락을 얻어 부분 인용하였다.

　살아가다 보면 내게서 어떤 마수가 드러나는 때가 있다. 며칠 전에도 그런 꿈을 꾼 적이 있다. 내가 누군가의 등에 여섯 개의 못을 박았다. 그 누군가는 내가 아는 사람이었지만 실제 그 사람이 아니라는 것을 나는 안다. 사실 그 사람은 내게 못 박힐 만한 짓을 한 적이 없다. 그저 나를 귀찮게 했다는 것뿐. 나를 괴롭히고 나를 진력나게 하는 사람들을 그 한 사람에게 뭉뚱그려 넣고 그에게 못질을 한 것이다. 그런데 못을 박고 보니 너무 한 것 같아서 하나쯤 빼주자는 생각을 한다. 맨 아래에 있는 못을 살짝 돌려 빼는데 벌써 저 끝에서 피가 몰리면서 못을 밀어내는 것이 느껴진다. 못을 밀어내면서 피가 울컥 쏟아진다. 그걸 틀어막으며 밤새 병원을 찾아다닌다……

　그러고 나서 잠에서 깨면 내 마수가 다른 사람들에게 뻗치고 있다는 것을 깨닫는다. 기분 나빠도 곧바로 내색하지 못하는 나는 수면 아래 꽁꽁 눌러놓았던 것을 한순간 터트린다. 하지만 그것은 결국 꿈속에서다. 꿈속에서 일을 저지르고 나면 나는 편안해진다. 어쨌든 나는 일을 저지른 것이다. 소심하지만 어쨌든 나는 사람에게 못을 박아 보았다. 그 관계는 그렇게 일단락을 짓게 된다. 그러고 나면 그 사람은 내게서 아무것도 아닌 사람이 된다. 팔 길이 하나를 넘어선 사이.

한겨울 이틀 동안 깜빡 잊고 베란다 문을 닫지 않고 잔 적이 있다. 오랫동안 키워 온 영산홍이 꽁꽁 얼어 버렸다. 쩍 갈라진 화분을 내려다보며 망연히 앉아 있는다. 그리고 영산홍에게 조그맣게 말한다. 밤늦도록 소설 쓰느라 잊었다, 라고. 그 핑계는 꽁꽁 얼어 버린 영산홍에게 위안을 줄 수 있을까? 아니, 내게만이라도 위안을 줄 수 있을까? 소설 쓰느라 잊고 있었던 게 어디 영산홍 하나뿐일까?

영산홍 봉오리는 갓 피어난 젖꼭지처럼 오뚝하고 야들야들했었다. 주홍색 꽃잎이 활짝 열리면 그 얇은 피부를 보며 그 꽃이 내 가슴에 돋아 피어난 것처럼 행복했다.

영산홍 나무는 꼭대기부터 말라 가기 시작했다. 그래도 죽은 것 같지는 않았다. 봄이 되어 화분을 갈아 주고 물을 듬뿍듬뿍 주었지만 나무 끝으로는 물이 올라가지 않았다. 그리고 마침내 봉오리가 올라왔다. 그토록 풍성하게 솟아오르던 봉오리가 성글어졌다. 그래도 눈물이 났다. 내 마수에서 벗어난 영산홍이 너무 자랑스러웠다. 성글게 피었어도 주홍색 여린 잎은 사랑스럽기만 하다. 제발,

내 곁에 있는 것들아, 내 마수에서 벗어나라. 내 무관심에서 벗어
나라.

2008년 10월
방현희

사랑과 생명의 고고학

허윤진(문학평론가)

쇠락한 묘실에 남겨지다

명예도, 사랑도, 그에게서 떠나갔다. 그가 불현듯 한기(寒氣)를 느끼는 것은 지금이 겨울이고 그래서 날씨가 춥기 때문이 아니다. 그가 혈혈단신이기 때문이다. 『달을 쫓는 스파이』는 술기운으로도 덮혀지지 않는, 존재의 추위를 고스란히 드러내면서 끝이 난다. 한때는 애정으로 든든하게 맺어졌던 관계가 영점으로 돌아가는 것이 작은 죽음이라면, 그 죽음을 감싸 안는 공간은 묘실이라고 할 수 있을 것이다. 우리는 한 남자의 볼품없고 초라한 묘실 안에 덩그러니 남겨졌다. 한 사내의 이야기-삶은 끝났어도 우리의 이야기-삶은 끝나지 않았다. 그에게 일어났던 일들은 언젠가 우리에게도 일어날 수 있을 테니 그의 이력을 되짚어 보는 일은 미래의 이야기-삶을 위해서 유용할 터. 자, 어슴푸레하고 서늘한 벽을 더듬어 가며 이곳을 빠져나가 보자. 발끝에 뭔가 걸린다. 어두워서 잘 보이지 않는다. 시어 오는 눈으로 글자들을 띄엄띄엄 읽는다.

사소함의 역사

방현희의 소설에서 역사적인 소재는 고고학적인 환경과 더불어 그 실체를 드러낸다. 역사적 인물이 소설의 인물로 등장하고 인물의 삶이 재구성되는 여러 역사소설 작품들과는 달리, 방현희의 소설 속에는 과거의 역사와 현재의 시공간 사이에 분명한 단절이 있다.

우리들이 일상을 살아가듯 선인(先人)들이 그렇게 살아갔을 시간을 추측해 볼 만한 단서는 그다지 많지 않다. 인물들은 부분부분 남아 있는 옛 사람들의 잔해를 뒤지면서 이야기-삶을 알아 가는 과정에 얼마나 크고 작은 한계가 많은지를 깨닫게 될 따름이다. 인물들은 고분과 그 안의 껴묻거리 등을 만나면서 과거와 현재 사이의 간극을 확인하고, 동시에 특별해 보이는 삶의 면면이 사실은 지독하고 끈질긴 형식적 반복이라는 것을 인정한다.

과거와 고고학적으로 만나는 일은 물질적이고 육체적인 작업이다. 사료에 기반해서 역사를 연구한다는 것은 육체노동보다는 정신노동에 기대어 지적 작업을 펼친다는 뜻이다. 반면 고고학적으로 역사에 투신하면 실제의 장소, 실제의 유물을 손과 도구로 파내고 만지게 된다. 고고학적 탐사는 축자적으로나 비유적으로나 시간의 지층(地層)을 파고 들어가는 일이다. 이런 면에서 과거와 현재, 심지어는 전생과 현생을 오가는 —고전소설의 출생담을 떠올려 보라— 소설 쓰기는 종이/화면 위에서 펼쳐지는 고고학적 글쓰기라 할 만하다.

『달을 쫓는 스파이』에서 현재 인물들이 살고 있는 시간대와 대비를 이루는 역사적 시간대는 삼국시대다. 중심인물인 현중은 삼국시대의 와당에 관심을 갖고 있다. 이 소설에서 삼국시대의 와당은 과거에 이루어진 역사와 현재 이루어지고 있는 역사를 매개하는 역할을 한다.

와당이 그 자체로도 매력적인 예술 작품인 것은 분명하지만 어쨌든 현중이 건축의 '일부'를 이루는 세밀한 부분에 주목하는 것은 인상적이다. 대형 건축물이나 금은보석 세공품에 비해 소박하다면 소박한 이 장식품은 조용히 잠을 자고 있다가 깨어나 제 몸에 깃든 시간을 오롯이 보여 준다. 미래에서 온 인간은 와당에 새겨진 문양을 만지며 상징과 도상의 역사를 뒤쫓아 간다. 새와 같은 자연적 대상에서부터 귀신과 같은 초자연적 대상에 이르기까지, 와당에는 인간과 몸 비비며 살았음 직한 것들이 새겨 있다. 시간의 흔적을 뒤쫓는 고고학자들, 과거를 추억하는 우리들은, 과거의 사람들이 살았던 삶의 내력을 드문드문 남겨진 도상들 사이에서 애써 찾아본다.

주위에서 흔히 볼 수 있는 평범한 재료인 흙으로 빚어 낸 와당에 관심을 갖는 작가는 흙과 물처럼 평범한 존재들을 아낀다. 방현희의 소설에 등장하는 역사적 배경이나 소재는 왕과 귀족의 화려한 궁정 세계에 기울어 있지 않다. 평범함은 중요함의 반의어가 아니다. 작가는 흙과 물처럼 평범하고도 중요한 인간들과 그들의 세계를 빚어 보려 한다. 『달을 쫓는 스파이』에 등장하는 삼국시대의 첩자들이나 소설의 인물들은 제이차세계대전 당시 화려한 국제 정치 무대를 누비며 활약했던 유명한 스파이인 리하르트 조르게나 마타 하리와 사뭇 다르다. 특히 상대적으로 작은 판에서 암투를 벌이는 소설 속 인물들은 자신이 세계를 쥐고 흔들며 변화시킨다는 은밀하고도 화려한 쾌감을 맛보기 힘들다.

시대가 변하고 사람들이 바뀌어도 변하지 않는 것이 있다면 인간의 생존 본능과 인정 욕망이 아닐까 싶다. 생명체에는 자기 보존 욕구가 있다. 하나의 생명체로서 인간이 어떻게든 살아남고자 애를 쓰는 것은 본능에 충실한 행동이다. 그리고 인정 욕망은 사회적 맥락에서의 생존 본능이라고 할 수 있겠다.

생명력이 약한 개체는 자연 상태에서 대개는 도태되게 마련이다. 도태되지 않으려면 다른 개체들보다 비교 우위에 있어야 한다. '정치'라는 단어의 함의는 여러 가지가 있겠지만, 그중 하나는 '여러 세력 간의 역학 관계 조정'일 것이다. 정치를 한다는 것은 결국 살아남기 위해 타인들을 움직이고 그 속에서 힘을 갖는다는 뜻이다. 인간은 태어나는 순간부터 크고 작은 정치적 장(場)에 내던져진 채 생존 투쟁을 벌인다. 아마도, 유사 이래로 끊이지 않은 전쟁은 인간의 정치적 활동이 가장 센 화력으로 뿜어져 나오는 특수한 경우일 것이다. 동양의 고전 『손자병법』이 상당 부분 인간관계술로 읽히는 것은 일상이 매 순간 정치요, 전쟁이라는 방증일 것이다.

『달을 쫓는 스파이』를 읽으면서 박물관 전시장 뒤편에 존재함 직한 세계를 들여다보는 것은 충분히 흥미롭다. 현중을 비롯해서 승기, 중서 등이 나누는 대화를 읽는 것만으로도 박물관에서 다루어질 법한 정보를 얻게 되는 재미가 있다. 박물관의 학예실은 전문 지식을 어떻게 공적으로 유통할 것인가를 고민하는, 상당히 지적인 공간이다. 그러나 이 '지적인' 공간에서는 사실 동물적인 싸움이 시시각각 벌어지고 있다.

앎을 추구하는 이들이 지적·윤리적 정결성이 결여된 상태일 수 있다는 것은 그다지 놀랍지 않다. 현중이나 처남 경재는 힘을 더 많이 갖기 위해 끈질기게 노력하는 인간 군상의 일부에 지나지 않는다. 명예도, 사람도, 남들보다 더 많이 가져야 직성이 풀리는 사람들이 다수 존재하는 이상 평화는 소원할 수밖에 없다. 그러나 첩자를 쓰고 전쟁을 일으켜 더 큰 영토를 얻고 더 큰 영화를 누렸던 역사 속의 제국들을 보라. 아무리 강력한 세력도 천년만년 무소불위의 권력을 누릴 수는 없다. 권력자들은 죽은 후에까지 평범한 사람들보다 더 영화로운 곳에 묻히길 원해 그들의 음택(陰宅)까지도 화려하게 장식하지만, 결국에는 흙과 돌만이 쓸쓸하게 남아 있지 않은가. 우리는 수집가들의 입맛에 따라 여기저기 떠돌아다니는 무덤의 일부를 보면서, 인간의 역사란 삶과 죽음, 욕망을 중심으로 같은 궤도를 반복해서 도는 지루한 경주 같다는 결론에 이르게 된다.

상처의 발굴

넋두리가 곧바로 예술이 되는 것은 아니지만 넋두리를 들으면 인간의 서사 본능이 어떤 연원들을 가지는가를 짐작해 볼 수는 있다. 아주머니들이 '내 팔자를 소설로 쓰면 열두 권도 더 된다.'는 말로 문을 여는 일상담(日常談)을 듣다 보면 세부적인 삽화에는 차이가 많지만 그녀들의 삶에 굽이굽이 고비를 만든 핵심적인 사건들은 상당히 겹친다는 것을 알 수 있다. 사랑, 결혼, 출산, 만남과 이별의 사건들 말이다.

그녀들이 장롱 속에 꼭꼭 숨겨 둔 일생의 비밀을 듣고 싶다면 하품을 하고 졸기도 하면서 이야기가 찾아올 순간을 기다려야 할 것이다. 상처는 영원히 마음을 저리게 하므로, 튼튼하고 억센 그녀들조차 이야기를 꺼내 놓기는 쉽지 않을 테니 말이다. 설사 이야기를 듣게 되더라도, 이야기가 상처의 전부라고 단정 지어서는 곤란하다. 상처에 흘렀던 진물의 색과 냄새를 고스란히 표현해 내는 일은 그 어떤 매체를 빌려도 불가능하니 말이다. 상처의 주인인 그/녀만의 육체로 겪었던 감각적 경험을 다른 몸을 지닌 우리가 어떻게 '이해' 할 수 있겠는가. 우리는 다만, 인류의 역사 속에서 반복되어 온 상처들의 '형식'만을 어렴풋하게 추상화할 수 있을 따름이다.

상처가 타인들의 시선에 노출될 때 그것은 연민의 자리가 되기 쉽다. 그래서 연민의 시선 속에 떨어지지 않으려 하는 사람들은 짐짓 강한 척을 하면서 상처를 숨긴다. 『달을 쫓는 스파이』가 시작될 때 그려지는 현중의 모습도 별다른 문제가 없어 보인다. 비록 그가 여자와 사랑을 나누는 동안 틀어 놓은 일본 영화 「스파이 조르게」가 그에게 모종의 불안을 불러일으키고 있지만 말이다. 그가 지니고 있는 상처가 어떤 것인지는 소설을 좀 더 읽어 봐야 비로소 짐작할 수 있다.

소설의 초반부를 보면 현중은 일과 여자관계에 탐닉하는 그저 그런 사내 정도로 여겨진다. 소설이 진행되면서 현중이 이제까지 해 왔던 일들과 그의 감정이 점차 수면 위로 부상한다. 9년 전, 그는 광개토왕릉으로 추정되는 고분을 중국에서 다른 연구원들과 함께 조사하다가 벽화 네 점과 와당 세 점을 훔쳐 나왔다. 그가 범했던 '절도'의 역사는 그가 버렸던 절도품 중 하나인 여인 '홍주'가 재출현하자마자, 현재를 위협하며 육박해 온다. 그는 명예를 위해 자신의 것이 아닌 역사적 유물을 훔쳤고, 욕망을 위해 자신의 것이 될 수 없는 여자를 훔쳤다.

그는 당시의 기억을 회상하며, 그리고 현재의 상황을 조망하며, 절도의 동기를 미화하려 애쓴다. 그러나 아무리 연구 대상을 향한 학문적인 열망이 컸다 한들 역사 유물의 일부를 절도해서는 안 되었을 것이다. 처남과 장인은 그의 죄를 씻어 내기 위해 기꺼이 공모자가 된다. 여기저기 떠돌던 장물을 박물관에서 취득했을 때, 그것이 아무리 선의의 취득이라 해도 박물관 역시 조직적 범죄에 연루된다. 개인의 죄가 조직의 죄로 확대되면서 애초의 불순한 동기는 정체가 희미해져 버린다.

홍주의 눈빛이 아무리 강렬하게 자신의 폐부를 찔러 들어왔다 한들 그것이 그에게 그녀를 훔치고 빼앗아도 좋다는 면죄부를 주는 것은 아니다. 한 친구의 아내가 그에게 보낸 눈길이 그로 하여금 친구의 아내를 탐해도 좋다고 보장하는 것이 아니듯 말이다. 현중은 문화재와 여인이 절도의 유인(誘因)을 품고 있었다고 말한다. 그는 자신의 욕망을 전적으로 인정하기보다 욕망의 대상에 책임을 전가하는 데 익숙하다.

비겁함은 어떤 식으로든 파탄을 가져오는 법. 선영을 만나고 있는 동안 홍주와 관계를 맺고 심지어 선영이 그의 부도덕함을 용서한 후에도 홍주와의 관계를 끊지 못한 이상, 그가 선영에게서 따뜻한 사랑을 기대해서는 안 된다. 애초에 그가 선영과 결혼을 한 것도 더 높은 자리, 그러니까 권력의 자리에 대한 욕심에서 비롯된 일이 아니던가. 타인을 쓰임의 대상으로 물화(物化)한 자가 그 타인이 자신을 더 이상 '쓰지' 않는다고 섭섭해하고 아쉬워하는 것은 그다지 설득력이 없다. 마찬가지로, 후배 승기의 뛰어난 논문 주제를 훔치고 승기가 연정을 품었던 홍주를 훔친 현중이 승기에게 온화한 시선을 요구할 수도 없는 일이다. 타인이 성실하게 수행한 지적 노동의 결과를 훔친 후, 훔쳤다는 기억 자체를 편리하게 삭제해 버린 현중은 여러모로 신뢰하기 어려운 인간형이다.

꽤 오랫동안 계속되어 온 '절도의 역사'는 현재로 연장되어, 그는 술김이라는 핑계로 자위하면서 어린 후배가 발굴해 낸 추를 슬쩍 훔쳐 내기도 한다. (안타까운 것은 부당한 것을 참지 못했던 승기마저도 종국에는 자신의 욕망을 위해서 타인들의 부도덕을 묵인하고 현실과 타협해 버렸을지도 모른다는 점이다.)

현중이 이처럼 윤리적으로 무정부 상태가 된 연원을 추적하기

312

위해서는 현중의 유년 시절, 어느 여름으로 돌아가야 한다. 어느 날 그는 집에서 기르던 강아지를 이유 없이 두들겨 패다가 죽이기에 이르고, 그 연후에는 밤낚시를 나갔다가 시체가 되어 돌아온 아버지의 모습을 목격하기에 이른다. 강아지와 아버지의 죽음을 보면서 그는 죽음은 얼룩덜룩한 흔적이라는 생각을 하게 된다. 아버지가 자살을 하게 된 이유는 아버지가 개량해 오던 볍씨 종자를 한 친구가 훔쳐 진급을 거듭하고 아버지는 좌천되었기 때문이다.

그가 어린 나이에 겪었을 충격의 정도를 쉽게 단정 지을 수는 없지만, 그에게 깊은 상처가 있다고 해서 그가 타인에게 상처를 남겨도 좋다는 허락은 누구에게서도, 어디에서도 받아 낼 수 없다. 그는 자신의 상처를 통해 타인의 상처를 짐작하는 법을 미처 배우지 못했다. 그러니 그가 홍주와 오래도록 함께할 수 없는 것은 당연한 일이다. 그는 세상으로부터 도망치고 싶을 때, 자신의 존재감이 희미해지고 위협을 느낄 때에나 홍주를 만났다. 개와 늑대의 시간이라고 불리는 오후 5시에서 7시, 그녀와 만나서 마치 다른 사람이 되는 것 같은 일탈감을 충족해 왔다. 그에게도 이따금씩 죄책감은 찾아오기에, '과연 홍주를 이렇게 대해도 되는 것인지', 홍주를 '마음대로 써도 되는 것인지' 자문하곤 하지만, 물음은 대답 없이 그저 사라질 뿐이다. 그는 이중 첩자였던 백제의 와당장이 가마다와 자신을 동일시하며 여자를 홀로 남겨 놓고 떠나야 하는 고독한 첩자의 운명을 낭만적으로 이따금 음미하곤 한다.

현중에게 홍주는 '방과 후'의 여자다. 가부장적인 사회에서 정치는 대개 남성들의 영역으로 받아들여져 왔다. 여성 정치인이 존재한다고 해도 그(녀)는 여성성을 삭제하여 명예 남성이 되거나 여성성을 과장하여 성적 매력에 의존해 살아남는 경우가 많다. 남성들의 '공적' 세계는 고담준론의 세련된 수사로 포장되지만 사실 그 세계를 움직이는 것은 숨 가쁘게 헐떡이는 수컷들의 본능이 아니었던가? 수컷들이 전쟁터에서 돌아온 후에 암컷의 품에서 '안락'한 휴식을 누리고자 하는 것은 이기적인 수컷의 욕심일 뿐이다. 현중은 선영이 어떤 것에 관심이 있는지에 대해 무관심했던 만큼 홍주가 떠돌아다니는 시간에 대해 무관심하다. 그가 원하는 것은 자기 자신의 평안이니 말이다.

첩자의 미덕은 완벽하게 속이는 것이다. 자신과 타인을 어정쩡하게 속여서는 죽음만이 돌아올 뿐이다. 사랑의 관계가 한 편의 정치적 드라마요, 첩보전이라면 그는 패퇴했다. 역설적이게도, 나의 정체를 완벽하게 가장하여 적을 감쪽같이 속이기 위해서는 나를 완전하게 드러내야 한다. 그래야만 적의 경계를 풀 수 있으니 말이다. 이 소설에서 인용되는 월왕 부차의 고사도, 영화 「색, 계」도 이 진리를 증거하지 않는가. 현중은 자신의 욕망에 솔직하지 않았으니, 자신을 베팅하여 타인을 얻는다는 극단적이고 강렬한 승부수를 띄울 수 없었다.

현중은 홍주를 쓰고 있다고 착각했지만 사실은 홍주가 현중을 쓰고 있었다 해도 과언이 아니다. 흙으로 빚은 와당이 습기에는 극도로 무력하듯, 현중은 홍주에게 사실상 약자일 수밖에 없다. 그는 홍주의 매력적인 일랑일랑 향에서 도망치려 했지만 그녀의 향기를 뿌리치지 못했다. 솔직한 첩자 홍주는 소설의 초반부에서부터 자신

의 기밀을 슬쩍 흘린 바 있다. 현중이 자신의 오빠를 닮았다는 홍
주의 말을 후에 해석해 보면 현중과의 관계는 과거의 관계와 '닮은'
관계라는 뜻이 된다. 그녀는 현중과의 관계에서 옛날, 자신이 절실
하게 사랑했던 친오빠의 흔적을 찾으려고 애썼는지도 모른다. 그녀
가 현중과 관계를 맺는 경험이 거의 매번 홍수에 비유되는 것은 훗
날 밝혀질 익사의 경험과 관련이 있다. 홍주는 오랫동안 자신 안에
가두었던 상처에서 해방되기 위해 현중을 이용했는지도 모른다. 타
인의 욕망을 대수롭지 않게 생각한 벌로 현중은 홍주에게 무용한
존재가 되는 것이다.

　우리는 홍주의 상처에 어떤 깊이가 있는지 아직, 다 알지 못한다.
다만 분명한 것은 그녀가 상처의 기원을 털어놓는 데 상당한 시간
이 걸렸다는 사실이다. 그녀가 자신의 행적을 숨긴 채 현중에게 했
던 수많은 거짓말, 혹은 상상으로 그려 낸 이야기들은 그만큼 상처
가 크다는 것을 짐작하게 한다. 무수한 거짓말은 그녀가 숨기고 있
는 진실의 무게를 가늠하게 하는 척도가 된다. 허구에서 진실의 흔
적을 발견하게 된다는 이러한 역설은 문학의 역설과 닮아 있다.
　상처는,

　　한 사람의 삶과 그를 둘러싼 짧지 않은 역사가 묻혀 있는 곳이
다. 섣불리 열어서는 안 되는 것인지도 모른다. 그것은 발굴의 기
본이다. 한 번 열면 결코 열기 전으로 돌이킬 수 없다. 이제 발굴
허가를 받은 모양이니 기다리면 자연스럽게 상처의 역사를 알게
될 것이다.　　　　　　　　　　　　　　　　　　　—82~83쪽

우리는 이제 그녀의 상처를 더듬어 볼 준비가 되었다.

동굴의 사랑

『달을 쫓는 스파이』에서 대부분의 서술은 현중의 시선에 매개되어 이루어진다. 그래서 현중이 작품의 한 인물에 지나지 않는다고 하더라도, 소설에서 재현되는 세계는 상당 부분 그의 입장에 치우쳐 있다. 현중과 홍주. 두 개의 자음(ㅎ, ㅈ)을 공유하고 있는 두 남녀가 등장할 때 작품의 초점은 현중에게 맞춰져 있지만 보다 흥미로운 인물은 홍주다.

방현희의 단편집 『바빌론 특급우편』(열림원, 2006)에 수록된 작품들 중 「화이트 아웃」의 여성 인물도 '홍주'라는 이름을 갖고 있다. (같은 단편집에 수록된 「녹색 원숭이」에서 무용가 종우를 버리고 떠난 방탕한 남자의 이름이 '현중'이라는 것은 흥미로운 대비점이다.) 「화이트 아웃」의 홍주는 사촌 오빠를 사랑한 여인이었다. 『달을 쫓는 스파이』의 홍주가 친오빠를 사랑한 여인이듯이. 그녀들의 이름이 어떤 한자로 이루어져 있는지는 확인할 수 없지만 혹시 '紅朱'는 아니었을까 짐작해 본다. 그녀들의 이름 안에 이미 붉은 열정이 타오르고 있을지도 모르니 말이다.

근친상간의 금기는 문명이 만들어 낸 하나의 법일 것이다. 법 안에 머무르고 있는 우리로서는 근친상간에 관한 뉴스가 이따금 타전될 때마다 치밀어 오르는 욕지기로 얼굴을 찌푸리게 된다. 특히

나 가정에서의 권력 관계를 이용해 약자를 성적 착취의 대상으로 만든 성폭력 사건이라면 더더욱 그렇다. 하지만 이런 문명적인 불편함이 태초부터 있었던 것인가 하면 확신할 수 없다. 문명 이전의 시간, 인류가 동물과 다름없이 군집 생활을 하던 때에도 사람들은 과연 우리가 경험하는 욕지기를 느꼈을까? 동물의 암컷과 수컷이 그저 서로 대들듯, 그렇게 뒤섞여서 본능에 충실했을지 모른다. 그때의 성(性)은 가족, 사랑, 금기 등의 문명적 어휘와는 무관하게 작동했을 것이다.

방현희의 첫 번째 장편인 『달항아리 속 금동물고기』(열림원, 2002)에도 인용되고 있지만 여러 창세신화에서 대부분의 남신과 여신은 근친 관계, 특히 남매 관계인 경우가 많다. 이것은 인류 태초의 성(性)이 문명의 어휘로 번역된 결과일 수도 있다. 어떤 면에서 근친 간의 '사랑'은 사랑 자체의 속성을 극단적으로 몰고 간 경우라고 할 수 있다. 나를 닮은 또 다른 나를 사랑하는 것. 이것이 자기애의 특수 사례이자 표본 사례인 근친 간의 사랑일 것이다. 『달항아리 속 금동물고기』에서도 근친 간의 사랑은 멀고 먼 옛날이야기 속의 사랑만은 아니었다. 길고 긴 시간의 흐름 속에서도 그것은 사라지지 않고 현재까지 인간을 고민하게 만든다.

이야기꾼이 이런 오래 묵은 문제적 이야기에 무관심할 수는 없는 일. 방현희가 이제까지 써 온 작품들에서 이 흥미로운 주제는 되풀이되어 왔다. 첫 번째 장편에 인용된 상피 붙은 남매의 이야기는 참으로 처연하다. 함께 사랑을 해 놓고도 누이를 몹쓸 년으로 몰아가는 오라비의 비겁한 태도는, 홍주에게로 낭만적 도피를 하는 현중의 심약한 모습과 일면 겹쳐지기도 한다. 오빠는 죽고 자신은 살아남았기에 모든 비난을 묵묵히 감수해야 했던 홍주는 대들보에 묶여 매타작을 받은 옛날의 한 누이와 다르지 않다. 먼 옛날의 처자가 흘린 피가 홍주의 가슴께에 길게 난 상처 아래 모여 있다고 해도 과언이 아닐 것이다.

함께 사랑을 나누고도 비난 받는 것은 비단 근친 간의 사랑을 한 여인들만의 일은 아니다. 연인을 사랑한 '과거'가 있다는 이유로, 21세기인 지금도 한국의 수많은 여인들이 멍에를 쓰고 살아간다. 그 과거란 여인 혼자서 만들 수는 없었던 시간인데도 말이다. 그저 사랑에 충실했다는 이유로 더럽다는 낙인이 찍힌 여인들은 전설 속에만, 소설 속에만 존재하는 것이 아니다. 이런저런 이유로 차가운 수술대에 오르는 여인들이 한국에 무수히 존재하는 이상, 먼 옛날의 가슴 아픈 전설과 지금 이곳, 홍주의 이야기가 별스러운 이야기라고만 치부해 버릴 수 없다. 상피 붙은 누이들이 처벌의 대가로 흘려보내야 했던 피와 눈물은 이야기의 장구한 흐름을 만들어 내고 있다. 번듯하고 큰 무덤을 가질 수 없었던 오빠를 걱정하면서 비가 올 때면 개구리처럼 울어야 했던 홍주의 담담한 고백은 애처롭게 느껴진다.

홍주는 사랑에 투신한 여인의 극단적인 한 예에 지나지 않을지도 모른다. 히말라야로, 뉴욕으로, 현중에게서 뒷걸음질 쳐 사라진 아내 선영 역시 또 다른 홍주다. 타인과 자신의 경계를 허무는 것은 늘 위험천만한 일이다. 타인과 관계를 맺고 서로 영향을 주면서 내가 나 아닌 존재가 되는 형질 변형이 일어날 수 있기 때문이다.

위험을 무릅쓰고 타인에게 투신하고, 타인을 나 자신과 등가적인 존재로 받아들인 결과가 그 타인의 배신이라면, 배신당한 이는 어떻게 처신해야 하는가? 비록 소설의 표면에 선영의 모습이 두드러지게 나타나 있지는 않지만, 설산을 가로지르며 폭발하는 감정을 차갑게 식혀야 했던 여인의 감정을 조금쯤은 짐작해 볼 수 있다. 현중에게 홍주의 '역사'를 낱낱이 읊어 주었던 홍주의 친구 역시 홍주와 닮아 있다. 홍주가 사랑한 홍주의 친오빠를 그녀도 사랑했기에, 그녀는 친구의 불행을 다소간 자신의 행복으로 받아들인다. 그녀가 악하거나 비열하다고 섣불리 비난할 수는 없다. 그녀 역시 사랑의 감정 앞에서 무력해지고 나약해진 한 여인에 불과하므로.

현중은 작품의 끝 부분에서 사랑에 '미쳤던' 여인들의 이름을 역사 속에서 불러낸다. 자고로, 사랑에 미쳤던 여인들, 아니 사람들은 많고도 많았다. 방현희의 『달항아리 속 금동물고기』, 『바빌론 특급 우편』, 그리고 『달을 쫓는 스파이』에서도 사랑의 병을 앓았던 이들을 쉽게 찾아볼 수 있다. 누군가 오랜 시간이 흐른 후에 그/녀들이 머무르고 있는 언어의 동굴에 불빛을 비춘다면, 그 사람은 아, 하고 깊이 탄식하게 될 것이다. 도료가 벗겨지지 않은 선명한 벽화처럼 생생한 그/녀들의 인생담을 듣게 될 것이다.

다시, 소설을 들다

소설의 끝에서 홍주가 실제로 일본에 갔는지 아닌지는 중요하지 않다. 다만 중요한 것은 그녀가 떠났다는 사실이다. 그녀가 사라짐과 동시에 현중이 그녀와 함께 보냈던 시간도 사라졌다. 현중은 또 다시 기억을 변조할 것인가? 내가 나의 몸으로 시간을 살아왔다는 것을 증명하기 위해서 나에겐 기억이 필요하다. 우리가 치매에 걸린 노년의 그/녀를 보면서 고통을 느끼는 것은 단순히 그/녀가 질환을 겪고 있기 때문만은 아니다. 상당한 기억이 사라져 버린 그/녀는 우리가 익숙하게 알고 있던 그/녀가 아니기에, 우리는 존재의 엄청난 변화 앞에서 당혹스러워지고 좌절하게 되는 것이다.

상처에서 여전히 피가 흐르더라도 상처를 마주하면서, 우리는 비로소 과거에서 현재로, 또 현재에서 미래로 유장하게 가지를 뻗어 나가는 사적(史的) 안목을 갖게 된다. 어디엔가 남아 있을 개인적·공동체적 상처를 발굴하기 위해서 우리는 다시, 소설을 읽는다. 반복되고 변주되는 이야기의 무늬에서 도망칠 수 있는 길은 없다.

방현희

1964년 전북 익산에서 태어났다. 2001년 《동서문학》으로 작품 활동을 시작했으며 2002년 제1회 《문학 | 판》 장편공모에 『달항아리 속 금동물고기』가 당선되었다. 소설집 『바빌론 특급우편』과 테마 소설집 『붉은 이마 여자』(공저), 심리 치유 우화집 『동냥 그릇』 등이 있다.

달을 쫓는 스파이

1판 1쇄 찍음 2008년 10월 31일
1판 1쇄 펴냄 2008년 11월 7일

지은이   방현희
발행인   박근섭·박상준
편집인   장은수
펴낸곳   (주)민음사

출판등록   1966. 5. 19. 제16-490호
주소   서울시 강남구 신사동 506번지 강남출판문화센터 5층 (135-887)
대표전화   515-2000 | 팩시밀리   515-2007
홈페이지   www.minumsa.com

값 11,000원

ISBN 978-89-374-8217-5 (03810)